Knaur

W0394476

Über den Autor:

Christopher Ross ist das Pseudonym eines erfolgreichen Schriftstellers, dessen romantische Abenteuerromane sich beim Publikum größter Beliebtheit erfreuen. Er gilt als ausgezeichneter Kenner der amerikanischen Geschichte und ist viele Wochen des Jahres unterwegs, um für seine Romane zu recherchieren.

Christopher Ross

Hinter dem weißen Horizont

Roman

Knaur

Besuchen Sie uns im Internet:
www.knaur.de

Vollständige Taschenbuchausgabe 2002
Droemersche Verlagsanstalt Th. Knaur Nachf., München
Copyright © 2000 bei Schneekluth Verlag GmbH, München
Alle Rechte vorbehalten. Das Werk darf – auch teilweise –
nur mit Genehmigung des Verlages wiedergegeben werden.
Umschlaggestaltung: ZERO Werbeagentur, München
Unter Verwendung von Bildern von Corbis
Satz: Ventura Publisher im Verlag
Druck und Bindung: Clausen & Bosse, Leck
Printed in Germany
ISBN 3-426-62052-9

2 4 5 3 1

1

Clarissa Swenson würde diesen Augenblick niemals vergessen. Den Ruck, der durch die einmotorige Maschine ging, und die plötzliche Stille, als der Motor der *Bellanca* aussetzte. Das Rauschen des Windes, der an den Tragflächen rüttelte, und den besorgten Blick ihres Mannes, der verzweifelt versuchte, die Maschine im Wind zu halten. Sie war zu lange mit einem Piloten verheiratet, um in Panik zu geraten. Jack war ein erfahrener Buschpilot, der monatelang sein Leben bei den *Barnstormers* riskiert hatte und seit fünf Jahren über Alaska und den Yukon flog. Er würde die Maschine nach unten bringen. Sie wusste, wie empfindlich die *Bellancas* in diesem Nebel reagierten, und hatte von Jack gelernt, dass man eine solche Maschine auch ohne laufenden Propeller in der Wildnis landen konnte, wenn man eine Senke oder ein verschneites Ufer fand, um sicher aufsetzen zu können. Aber in diesem Nebel waren selbst die hohen Fichten am zugefrorenen Fluss nur als dunkle Schatten auszumachen. »Wir haben ein Problem«, sagte Jack in seiner nüchternen Art, »wenn wir nicht bald was finden, geht die Maschine zu Bruch.«

Unter normalen Umständen hätte Jack die *Bellanca* sicher auf den Boden gebracht, davon war Clarissa fest überzeugt. So wie vor einigen Jahren, als sie mit dem Wanderzirkus in Wyoming gastiert hatten und Jack mit einem Doppeldecker über den Festplatz geflogen war. Kein Zuschauer hatte gemerkt, dass etwas nicht in Ordnung gewesen war. Nur ihr war aufgefallen, dass der abgeschaltete Motor nicht zur Show gehört hatte und Jack bemüht gewesen war, die leichte Maschine in den Wind zu stellen. Er war holpernd auf dem langen Highway gelandet, der vor der Stadt durch das endlose Grasland führte. Aber damals hatte die Sonne geschienen, und jetzt befanden sie sich in einer Nebelwand, die keinen Anfang und kein Ende erkennen ließ und irgendwo in der Ferne mit dem weißen Horizont verschmolz. Ohne Vorwarnung war die weiße Wand vor ihnen aufgetaucht, wie eine zähe Suppe, die ein unsichtbarer Riese hinter den Bergen ausgeschüttet hatte. »Ich muss ein Loch finden«, hatte Jack gesagt, »dann können wir über die Wolken gehen und nach besserem Wetter suchen. Irgendwo muss der Nebel doch zu Ende sein.«

Der Nebel wurde dicker, schien die Maschine wie ein nasses Tuch einzuhüllen und jedes Leben ersticken zu wollen. Ein Blick auf den Höhenmesser zeigte Clarissa, dass sie sich keine zweihundert Fuß mehr über dem Boden befanden und jeden Augenblick die Bäume streifen oder gegen eine Bergwand prallen konnten. In einem Umkreis von zweihundert Meilen war nur Wildnis. Sie hatten den Lake Laberge am frühen Morgen verlassen und befanden sich irgendwo über den Ogilvie Mountains, einer einsamen Gegend, die einigen Polizisten der legendären Royal Canadian Mounted Police zum Verhängnis geworden war, als sie sich in der verschneiten Wildnis verirrt hatten und einen qualvollen Tod in der Kälte gestorben waren. Ihnen würde es ähnlich ergehen, wenn Jack es nicht schaffte, eine Lücke im Nebel zu finden und die Maschine heil auf den Boden zu bringen.

Die *Bellanca* zitterte im böigen Wind. Die Landkarte, die auf der Ablage über den Armaturen gelegen hatte, war gegen das Seitenfenster gerutscht. Der Nebel drängte sich vor der Frontscheibe und floss bedrohlich an der Maschine entlang. Jack saß gerade auf seinem Sitz, den Kopf weit nach vorn gebeugt, den Blick in das endlose Weiß gerichtet. Seine Hände umklammerten den Steuerknüppel. An den vielen Schweißtropfen, die über seine Stirn und seine Wangen perlten, erkannte Clarissa, wie ernst ihre Lage war. Die Nadel des Höhenmessers drehte sich stetig nach links. »Jack«, sagte sie leise. Sie starrte nach vorn, die Hände in den Sitz gekrallt, und betete stumm. Ihre Angst wurde immer größer. »Wir müssen runter«, sagte sie mit einem Blick auf den Höhenmesser. »Um Gottes willen, wir müssen runter.«

Jack drückte das Ruder nach vorn, arbeitete mit Händen und Füßen, um die Maschine im Gleichgewicht zu halten. Er befand sich nicht zum ersten Mal in einer solchen Situation, war als *Barnstormer* im amerikanischen Westen und Buschflieger im hohen Norden schon etliche Male in Lebensgefahr gewesen, zuletzt vor ein paar Wochen, als er in einen eisigen Nebel geraten war, der die Tragflächen seiner *Bellanca* mit einer dicken Eisschicht überzogen hatte. Eis auf den Tragflächen war das Schlimmste, was einem Buschpiloten passieren konnte, drückte ein kleines Flugzeug wie die *Bellanca* unweigerlich nach unten und ließ es zerschellen, wenn man zu spät reagierte. Jack hatte die Maschine am Seeufer aufgesetzt und mit dem Propeller ins feuchte Gras gebohrt, ein geringer Schaden, der bald wieder behoben war. Diesmal ging es um Leben und Tod, wenn nicht bald eine Lücke im Nebel sichtbar wurde. Er beugte sich noch weiter nach vorn und starrte angestrengt in das endlose Weiß.

Clarissa sah das Loch zuerst, eine kaum sichtbare Öffnung im Nebel, die den Boden zumindest erahnen ließ. »Jack! Da drüben!«, rief sie aufgeregt. Ihr Mann steuerte die Maschine nach links und hielt mit zitterndem Steuerknüppel auf die Öffnung zu. Der Zeiger des Höhenmessers drehte sich viel zu schnell, als die *Bellanca* nach unten sauste. Nebelfetzen flogen am grauen Rumpf vorbei und schlugen hinter ihnen zusammen. Das düstere Zwielicht eines späten Herbsttages empfing sie. Die Maschine bockte, wurde vom Wind nach oben und wieder nach unten geworfen, hielt sich kaum noch in der Luft. Unter ihnen tauchten die dunklen Umrisse eines Fichtenwaldes und das graue Band eines zugefrorenen Baches auf. Auf einem Hügelkamm, der sich zwischen einigen Felsen erhob, glaubte Clarissa einen einsamen Wolf zu sehen. Jack suchte nach einem Landeplatz und fand lediglich ein abschüssiges Schneefeld, das sich zwischen einer Felswand und dem Wald erstreckte. Es gab keine andere Möglichkeit, die Maschine zu landen. »Halt dich fest«, warnte Jack seine Frau. »Wir bauen eine Bruchlandung.«

Während die *Bellanca* ständig tiefer sackte und ihr Mann angestrengt versuchte, die Maschine in den Wind zu drehen, gingen Clarissa die seltsamsten Gedanken durch den Kopf. Sie dachte an jenen Morgen in South Dakota, als sie ihren ersten Looping mit Jack geflogen war. Ein wunderschöner Morgen mit einem wolkenlosen Himmel und strahlendem Sonnenschein, wie zum Fliegen gemacht, hatte Jack gesagt. Sie war zu ihm ins Cockpit geklettert und hatte sich wie ein Kind gefreut, als er die Maschine auf den Kopf gestellt hatte. Mehrere hundert Fuß über dem Erdboden hatte er ihr einen Heiratsantrag gemacht. »Natürlich will ich dich heiraten, Jack«, hatte sie geantwortet, »ich dachte schon, du fragst nie.« Nach der Landung waren sie einander in die Arme gefallen, und die Leute hatten begeistert applaudiert.

Sie dachte an ihre wilden Jahre bei den *Barnstormers*, die vielen unbedeutenden Städte und die schäbigen Motels, in denen sie übernachtet hatten. Es waren schwere Zeiten gewesen, und manchmal hatte ihr Geld nicht einmal für ein ordentliches Frühstück gereicht, aber sie waren glücklich gewesen, obwohl Jack beinahe jeden Nachmittag sein Leben riskiert hatte. Damals hatte Clarissa keine Angst gehabt. Sie war eine Fliegerbraut, gehörte nicht zu den jungen Dingern, die jedem *Barnstormer* auf Schritt und Tritt folgten und beim ersten Looping in Ohnmacht fielen. Jack war ein erstklassiger Flieger und hatte sie mit seiner Begeisterung angesteckt. Sie hatte sogar daran gedacht, selber das Fliegen zu erlernen. Auch zur Beerdigung ihres Vaters waren sie im Doppeldecker geflogen, und nachdem sie die kleine Farm für ein paar Dollar verkauft hatten, waren sie nach Alaska gegangen, um dort ein neues Leben zu beginnen.

Seit fünf Jahren waren sie im hohen Norden, zuerst in Alaska und dann im Yukon-Territorium des nördlichen Kanada, und sie hatten ihren Schritt nicht ein einziges Mal bereut. Jack hatte einen Vertrag von der Regierung bekommen und versorgte die Indianerdörfer in den Bergen mit Lebensmitteln und Medikamenten, und es gab genügend Fallensteller und Jäger, die ihn anheuerten, um schneller in die Wildnis zu kommen. Diesmal waren sie ohne Fracht unterwegs, um eine neue Route über die Berge zu erkunden, und Clarissa hatte die Gelegenheit ergriffen, um sich »mal wieder den Wind um die Nase wehen zu lassen«, wie ihr Mann sich auszudrücken pflegte. Niemand würde sie vermissen, wenn sie nach einer Bruchlandung hilflos im eisigen Schnee liegen blieben. Niemand würde nach ihnen suchen. Clarissas Brustkorb verengte sich, als die schrecklichen Bilder eines Absturzes vor ihr auftauchten, und ihre Augen flackerten nervös. Selbst eine Fliegerbraut wie sie spürte Todesangst, wenn ein kleines Flugzeug wie die *Bellanca* hilflos auf ein abschüssiges Schneefeld zuraste und nur ein Wunder sie noch retten konnte.

Die weiße Wand des schneebedeckten Hanges kam bedrohlich schnell auf sie zu. Ihre Gedanken wurden vom pfeifenden Wind zerfetzt, und die Maschine klapperte wie ein Wrack, das von einem Sturm gegen die Hangarwand getrieben wird. Sie schrien nicht, als die Maschine aufsetzte und die Skier abbrachen, nur Jack stieß einen deftigen Fluch aus, bevor er nach vorn geschleudert wurde und mit dem Kopf in die Frontscheibe krachte. Clarissa hatte mehr Glück, fiel gegen ihren verletzten Mann und blieb bei Bewusstsein, während die *Bellanca* steuerlos über das Schneefeld holperte, sich einmal überschlug und auf den Wald zuraste. Sie hielt sich mit beiden Händen fest, sah das Blut ihres Mannes auf der Frontscheibe und erkannte schon in diesem Augenblick, dass Jack nicht mehr zu helfen war. Jetzt schrie sie, unkontrolliert und laut, bis die Maschine gegen einen Baum knallte, sie durch die aufgesprungene Tür nach draußen geschleudert wurde und regungslos liegen blieb. Sie sah nicht mehr, wie das Flugzeug explodierte und ihr Mann bis zur Unkenntlichkeit verbrannte, wachte erst wieder auf, als ein kalter Windstoß ihre Augen öffnete und sie aus der Bewusstlosigkeit riss.

Clarissa starrte in die Flammen, die immer noch aus der Maschine schlugen, wollte aufstehen und zu ihrem Mann laufen und fiel mit einem Aufschrei in den Schnee zurück. Ihr rechtes Bein war gebrochen. »Jack. Jack.« Sie wollte schreien, aber sie brachte nur ein heiseres Krächzen heraus, und als sie sich zur Seite drehte, schoss ein brennender Schmerz durch ihren Körper und lenkte sie vom Schicksal ihres Mannes ab. Sie blieb liegen, weinte schluchzend, bis keine Tränen mehr kamen, und beschloss erst dann, um ihr eigenes Leben zu kämpfen. Trauer und Mitleid hatten in dieser Wildnis keinen Platz. Ihrem Mann war nicht mehr zu helfen, und es ging jetzt nur noch darum, selbst zu überleben.

Aus dem Norden zog ein frostiger Wind heran, die Temperatur war auf mindestens zehn Grad unter null gesunken. Clarissa stützte sich auf die Ellenbogen und blickte Hilfe suchend in die Runde. Hinter ihr erstreckte sich die glitzernde Ebene, jungfräulicher Schnee, der nur von der tiefen Schleifspur der *Bellanca* durchzogen war. Die zerklüfteten Felsen ragten wie die gichtkranken Hände eines Greises dahinter empor. Vor ihr lag der dunkle Fichtenwald. Sie konnte sich nicht daran erinnern, aus der Luft eine Trapperhütte oder irgendei-

nen anderen Hinweis auf menschliches Leben gesehen zu haben. Sie war allein, fernab der Zivilisation, und durch das gebrochene Bein zum Tode verurteilt. Selbst wenn es ihr gelang, das verletzte Bein zu schienen und Krücken zu finden, könnte sie niemals in dieser Wildnis überleben. Hier gab es hungrige Wölfe, die sie anfallen würden, sobald sie ihre Schwäche bemerkten, und sie konnte sich glücklich schätzen, wenn sich die Bären schon zum Winterschlaf zurückgezogen hatten. Der Winter hatte sich mit den ersten Schneefällen angekündigt, und es würde nicht mehr lange dauern, bis die Temperaturen noch tiefer sanken und der unbarmherzige Frost ihr Leben auslöschen würde. Sie brauchte einen warmen Unterschlupf und etwas zu essen und zu trinken, sonst würde es nur wenige Stunden dauern, bis sie ihrem Mann folgte.
Clarissa lebte lange genug in der Wildnis, um sich keinen Illusionen hinzugeben. Nur ein Wunder konnte sie noch retten. Die Chancen, mit einem gebrochenen Bein in dieser Eiseskälte zu überleben, waren beinahe aussichtslos. Sie blickte zu dem brennenden Flugzeug hinüber und spürte, wie ihr Brustkorb sich zusammenzog. Für einen langen Augenblick verdrängte die Trauer um ihren toten Mann den eigenen Schmerz. Ihr wurde klar, dass Jack für alle Zeiten von ihr gegangen war und sie ihn niemals wieder sehen würde. Das lausbubenhafte Grinsen, das seinen Mund manchmal umspielt hatte, würde sie niemals wieder verzaubern, und seine sanften Hände würden ihr nicht mehr sagen, dass er sie liebte. Sie schloss für einige Momente die Augen und fraß den Schmerz in sich hinein. Wenn sie weiterleben wollte, musste sie etwas tun. Wenn sie un-

tätig liegen blieb, würde die eisige Kälte sie in den sicheren Tod schicken.

Schließlich zog sie sich mit den Händen durch den Schnee, stützte sich mit dem gesunden Bein ab und schrie vor Schmerzen auf, als sie das gebrochene Bein bewegte. Mit aller Kraft kämpfte sie gegen eine erneute Ohnmacht an. Sie kroch ein paar Meter und bekam eine hölzerne Strebe des Flugzeugs zu fassen, die während der Bruchlandung abgesplittert war. Jede Bewegung bereitete ihr höllische Schmerzen. Sie drückte das gebrochene Bein mit dem gesunden Fuß nach unten, atmete tief durch, um die schwarzen Schleier vor ihren Augen zu vertreiben, und legte die Strebe an den Unterschenkel. Sie band das Holz mit einigen Rohhautschnüren fest, die sie in der Tasche ihres Anoraks gefunden hatte. Auf ihrer Stirn standen Schweißtropfen. Sie kroch zum Waldrand und suchte zwei abgebrochene Äste, die ihr als Krücken dienen konnten, stemmte sich vom Boden hoch und sank erschöpft gegen einen Baum. Es dauerte eine halbe Stunde, bis sie sich von der Anstrengung erholt hatte und wieder ruhig atmen konnte. Sie humpelte ein paar Meter und blieb stehen.

Dann stützte sie sich wieder auf die Krücken und näherte sich dem ausgebrannten Flugzeug. Vielleicht ließen sich einige Sachen gebrauchen. In angemessener Entfernung blieb sie stehen. »Liebster Jack«, flüsterte sie traurig, »und ich kann dich nicht mal begraben.« Sie kehrte um und schlug die entgegengesetzte Richtung ein, nur weg von dem Wrack und ihrem verbrannten Mann. Auf dem Schneehang zögerte sie minutenlang. Erst jetzt wurde ihr die eisige Kälte bewusst. Sie würde es nicht schaffen! Sie würde keinen Tag in dieser arktischen Kälte überstehen, obwohl sie einen winterfesten Anorak aus Karibufell und gefütterte Hosen trug. Ihre Stiefel waren mit Eisbärenfell überzogen, das Geschenk eines Inuit, der mit ihnen nach Barrow geflogen war. Sie trug eine Fellmütze mit Ohrenschützern und hatte sogar eine Schneebrille aus Elfenbein um den Hals hängen. Darauf hatte Jack immer geachtet. Wer über menschenleere Gebiete flog, musste immer mit einem Wetterumschwung rechnen und darauf gefasst sein, auf einem See oder an einem Flussufer zu landen und einige Zeit in der Kälte auszuharren. Clarissa blickte zu dem Flugzeug zurück. Was tat man, wenn die Maschine ausgebrannt war und die nächste Siedlung über zweihundert Meilen entfernt war? Wie kam man mit einem gebrochenen Bein durch den Schnee?

Sie humpelte am Waldrand entlang, wo der Schnee nicht so tief war und der Wind nicht so stark blies. Ihre einzige Chance bestand darin, einen Fallensteller oder eine Patrouille der Royal Canadian Mounted Police aufzuspüren. Ein beinahe aussichtsloses Unterfangen in dieser endlosen Weite. Oder sie begegnete einigen Indianern, aber die gingen im Winter kaum auf die Jagd und verirrten sich nur selten in die geheimnisvollen Ogilvie Mountains. Zumindest die Han, die an den Ufern des Yukon lebten, wagten sich nicht in die dunklen Schluchten. Sie fürchteten sich vor den bösen Geistern, die nur darauf warteten, einen stattlichen Jäger ins Verderben zu locken. In den Bergen regierten die Bären und die Wölfe. Sie hatten die weißen Goldsucher vertrieben, die vor mehr als dreißig Jahren über die versteckten Pfade gezogen waren, und wurden den Polizisten zum Verhängnis, die so unvorsichtig gewesen waren, im tiefsten Winter das Schicksal herauszufordern.

Das einzige Lebewesen, das es jemals mit den bösen Geistern aufgenommen hatte, war ein Krieger der Hare gewesen, der vom Mackenzie River gekommen war und seine Frau in einem Schneesturm verloren hatte. Er war tagelang durch die Wildnis geirrt, um sie zu finden, und hatte einen einsamen Wolf getötet, um in der Einsamkeit überleben zu können. Er hatte das rohe Fleisch des Wolfs gegessen und sein Blut getrunken, und manche Indianer erzählten, dass er zu einem Wolfshund geworden war, zu einem Geist-Tier, das ziellos durch die Ogilvie Mountains zog, auf der Suche nach seiner geliebten Frau und darum bemüht, unschuldige Menschen vor dem Tod zu retten.

Daran musste Clarissa denken, als sie die schattenhaften Umrisse eines einsamen Wolfes in der Dämmerung sah. Er stand auf einem fernen Hügelkamm, den Kopf stolz erhoben, und blickte zu ihr herab. Das musste derselbe Wolf sein, den sie vom Flugzeug aus entdeckt hatte. Sie blickte genauer hin und rieb sich erstaunt die Augen, denn plötzlich war der Wolf verschwunden, und sie war wieder allein mit der Wildnis und dem Wind. Sie blieb stehen und sprach ein Gebet, das sie als Kind von ihrer Mutter gelernt hatte. Es machte wenig Sinn in dieser Abgeschiedenheit, doch ihr fielen keine anderen Worte ein, und dem lieben Gott würde es egal sein, was sie sagte, solange sie sich nur an ihn wandte. »Und dass du mir gut für meinen Jack sorgst«, fügte sie ernst hinzu. »Er war ein guter Mann.«

2

Im düsteren Licht des Nachmittags kämpfte Clarissa sich am Waldrand entlang. Die beiden Astgabeln, die sie als Krücken benutzte, hielten sie auf den Beinen. Der Schmerz in dem gebrochenen Bein hatte nachgelassen und flammte erst wieder auf, als sie mit einer Krücke wegrutschte und in den Schnee fiel. Ein Schmerzensschrei kam über ihre Lippen und wurde zu einem leisen Wimmern. Sie drückte ihr Gesicht in den Schnee und dachte daran, wie einfach es wäre, die Augen zu schließen und auf den Tod zu warten. Aber ihr Kampfgeist war nicht erloschen. Sie kämpfte sich vom Boden hoch und humpelte weiter, ohne Ziel und ohne einen festen Plan. Dawson City und die Roadhouses am Ufer des Yukon lagen unerreichbar hinter den Bergen. Wo die nächste Indianersiedlung war, wusste sie nicht. Sie hatte nicht die geringste Ahnung, welche Trails die Polizisten der Royal Canadian Mounted Police auf ihren Patrouillen benutzten, und ob ein Trapper in der einsamen Gegend seine Fallen auslegte.

Die Chancen auf eine Rettung schwanden mit dem Zwielicht, das wie ein grauer Schleier über den Bergen hing und die verschneiten Felshänge noch unwirtlicher erscheinen ließ. Am Polarkreis kündigt sich der Winter bereits im Oktober mit langen Nächten an. Die Sonne verschwindet vom Himmel und kapituliert vor den bösen Mächten der Indianer, bis sie im Frühjahr von ihrer Leidenszeit erlöst wird und die Dunkelheit nach Norden zurückdrängt.

Wenn es Nacht wurde und der Frost das Land mit seinen klammen Fingern in die Gewalt bekam, würde Clarissa dem Tod in die Arme humpeln. Ihre Notration, der Schlafsack und die warmen Decken waren mit der Maschine verbrannt, und sie besaß nicht einmal Streichhölzer, um ein Feuer anzuzünden. Ihre Kleidung war winterfest, aber sie musste in Bewegung bleiben. Sobald sie stürzte und nicht mehr aufstand, war sie verloren. All das wusste Clarissa, und dennoch lief sie weiter.

Während sie vor der Kälte in den Wald floh und durch das Unterholz humpelte, beschimpfte sie sich selbst, um die nötige Kraft für den anstrengenden Marsch zu finden. »Verdammt, Clarissa, lass dich nicht hängen, du schaffst es! Dein Selbstmitleid ist was für Frauen aus San Francisco oder Seattle, die noch nie in der Wildnis waren! Du lebst lange genug hier draußen, du lässt dich nicht unterkriegen!« Dann stürzte sie wieder, und es bedurfte ihrer ganzen Kraft, um erneut der Versuchung zu widerstehen, die Augen zu schließen und auf den Tod zu warten. Wie schön musste es sein, diese eisige Welt zu verlassen und in einem Paradies voller Sonnenschein aufzuwachen und ihren Mann in die Arme zu schließen. Vielleicht stimmte, was ihr Pfarrer in Mobridge gesagt hatte, und das Paradies sah tatsächlich so aus wie in dem Bilderbuch, das sie in der Sonntagsschule immer durchgeblättert hatten. Ein blühender Garten mit grünen Tälern, sprudelnden Wasserfällen und exotischen Blumen, die unter einem strahlend blauen Himmel in der Sonne leuchteten.

Sie zog sich an den Krücken aus dem Unterholz und sank müde gegen einen Baum. Mit geschlossenen Augen kämpfte sie gegen die drohende Erschöpfung an.

Sie mochte den arktischen Norden, seine kargen Landschaften und die majestätischen Gebirge, die sich im Landesinneren erhoben. Sie mochte die Menschen, ihre selbstlose Hilfsbereitschaft und ihren hintergründigen Humor, sie liebte die wilden Tiere und die endlose Weite, in der sie lebten. Wenn das Nordlicht am Himmel flackerte, konnte sie regelrecht ins Schwärmen geraten. Aber sie wusste auch um die Gefahren des hohen Nordens und war sich im Klaren darüber, wie schnell das Land und die Tiere zu erbitterten Feinden werden konnten. Ein schneebedeckter Gipfel, der im Zwielicht des arktischen Winters romantisch aussah, wurde zu einem unüberwindbaren Hindernis. Das Heulen des Windes verwandelte sich in das drohende Fauchen eines wilden Tieres und machte den Aufenthalt in einer festen Blockhütte erst recht behaglich.

Als Kind hatte sie ein ähnliches Erlebnis gehabt. Es war zwei Tage nach ihrem siebten Geburtstag gewesen, daran erinnerte sie sich noch genau, denn sie hatte den selbst genähten Teddybär im Arm gehabt, als sie in den Schnee gefallen war. Sie hatte sich mit einer Freundin im verschneiten Wald verirrt und war in die falsche Richtung gelaufen, wie sich später herausgestellt hatte, weg vom Farmhaus ihrer Eltern. Irgendwo waren sie vor Erschöpfung zusammengebrochen. Sie wären wohl erfroren, denn auch in South Dakota waren die Winter kalt und streng, und ihre Eltern und die anderen Nachbarn hatten einige Meilen westlich gesucht und nicht einmal ihre Spuren gefunden. Sie hatten es einem Landstreicher zu verdanken, dass sie mit dem Leben davonkamen. Er war vor dem Schnee in den Wald geflüchtet und flößte ihnen heißen Tee ein. Dann brachte er sie zu ihren Eltern zurück. Ihr Vater gab dem armen Mann kein Trinkgeld, nicht einen einzigen Dollar, und er beschimpfte ihre Mutter, weil sie dem Landstreicher etwas Brot und Räucherschinken gegeben und kostbaren Kaffee eingeschenkt hatte. »Du bist wohl verrückt!«, brüllte er. »Was meinst du, warum ich mir den Buckel krumm schufte? Damit du unseren Sonntagskaffee an Bettler verteilst?«

In diesem Wald gab es keinen Landstreicher, der sie retten konnte. Ohne darüber nachzudenken, was sie tun würde, wenn sie den Waldrand erreicht hatte, humpelte sie weiter. Sie wehrte sich gegen die drohende Dunkelheit und den Wind, der durch die Bäume pfiff und ihr die eisige Kälte ins Gesicht trieb. Die Erschöpfung und die Müdigkeit standen ihr ins Gesicht geschrieben. Sie beschränkte sich darauf, von einem Schritt zum nächsten zu denken. Beide Krücken nach vorn setzen, mit dem gesunden Bein abstoßen und das gebrochene Bein nachziehen, dann wieder von vorn, einen Schritt nach dem anderen und nicht auf die Schmerzen achten, die bei jedem Nachziehen des verletzten Beines den Körper peinigen. Man überlebt nur in kleinen Schritten. Bis zum Waldrand, weiter durfte sie nicht denken, sonst würde sie vor Verzweiflung kapitulieren. Wie ein Schiffbrüchiger, der das weite Meer vor sich liegen sieht, wie ein Bergsteiger, der zum Gipfel eines hohen Berges emporblickt.

Sie erreichte den Waldrand und glaubte einen Trail im Schnee auszumachen. Er führte einen Hügel empor und verschwand zwischen einigen windzerzausten Fichten, die neben einem klobigen Felsbrocken aufrag-

ten. Sie gab sich keiner großen Hoffnung hin. Wenn es wirklich ein Trail war, konnte er vor vielen Wochen entstanden sein, und es war nicht einmal gesagt, dass ein Mensch über den Hügel gelaufen war. Dieses Land wurde von wilden Tieren beherrscht, von Bären, Wölfen und Karibus. Sie blickte den Hügel hinauf und glaubte nicht, dass sie es schaffen würde. Bis zum Kamm waren es ungefähr hundert Meter, hundert endlose Meter, die ihr in dieser Kälte zum Verhängnis werden konnten. Wenn es hinter dem Hügel keine Aussicht auf Rettung gab, war sie verloren. Sie überlegte, dass es sicherer war, die lange Nacht im Schutz des Waldes abzuwarten. Wenn sie sich mit Zweigen und Moos zudeckte, hatte sie vielleicht eine Chance. Sie verharrte unschlüssig zwischen den Bäumen und bemerkte eine Bewegung auf dem Hügelkamm.
Der Wolf war zurückgekehrt. Er bewegte sich lautlos, erschien wie ein Geist neben dem Felsbrocken und blickte mit funkelnden Augen zu ihr herab. Das Licht des Mondes, der über den Bergen aufgegangen war, lag wie flüssiges Silber auf seinem gewölbten Rücken. Clarissa glaubte an ein Trugbild, wollte das geheimnisvolle Tier mit einem Zwinkern ihrer Augen vertreiben, aber diesmal blieb der Wolf stehen und zog sie in seinen Bann. Wie die Geistertiere in den Geschichten der Inuit und Indianer. Wieder kam ihr die Legende von dem Krieger der Hare in den Sinn, der seine Frau in den Ogilvie Mountains verloren hatte und als rastloser Wolfshund durch die Berge streifte. Es war zu dunkel, und sie stand zu weit entfernt, um erkennen zu können, ob es sich bei dem Tier um einen Wolf oder einen Wolfshund handelte. Er schien kleiner als die Timber-

wölfe zu sein, die durch die Berge am Yukon streiften. Oder war das nur ihre Einbildung? Sie hatte großen Respekt vor den Eingeborenen und ihrem Geisterglauben, war aber realistisch genug, um nicht an die Geschichte von dem Wolfshund zu glauben. Seltsam war nur, dass der Wolf allein war. Wölfe lebten in Rudeln, und Einzelgänger waren höchst selten und viel zu scheu, um sich einem Menschen zu nähern. Es sei denn, der Mensch war schwer verletzt und stellte eine leichte Beute dar. War es schon so weit?

Clarissa versuchte, den Wolf mit heiseren Schreien zu vertreiben, aber er rührte sich nicht von der Stelle. Wie eine Statue verharrte er auf dem Hügelkamm. Eine eigenartige Kraft ging von dem Tier aus, ein magisches Leuchten, das in seinen Augen brannte und sie aufzufordern schien, ihm zu folgen. Sie wurde unschlüssig, schalt sich eine Närrin, weil sie ihre Zeit damit vergeudete, über einen einsamen Wolf nachzudenken. Aber eine unsichtbare Kraft hinderte sie daran, in den Wald zurückzukehren. Sie schrie noch einmal, winkte mit einer Krücke, aber der Wolf wich keinen Schritt zurück. Er kam sogar näher, ging zwei, drei Schritte und blieb wieder stehen, als wartete er darauf, dass Clarissa ihm folgte. Sie humpelte auf ihn zu und glaubte, ein zufriedenes Knurren zu hören. Der Wolf wandte ihr den Rücken zu.

Auch auf dem kaum sichtbaren Pfad lag der Schnee meterdick, und sie suchte angestrengt nach einem anderen Weg, um dem Wolf zu folgen. Gleich neben dem Hügel erstreckte sich ein weiter Felsentisch, auf dem kaum Schnee lag, und sie sammelte noch einmal alle Kraft, um den festen Untergrund unter die Füße zu bekommen. Sie warf die Krücken voraus und stemmte sich mit den Unterarmen auf den kalten Stein. Das gebrochene Bein schleifte über den scharfkantigen Felsrand und schmerzte so stark, dass sie beinahe das Bewusstsein verlor. Sie blieb minutenlang liegen und brauchte sehr lange, um wieder auf die Beine zu kommen. Der Wolf wartete geduldig. Er schien ihre Bemühungen mit einem Leuchten seiner Augen zu belohnen und trottete langsam weiter, als er sah, dass sie ihm folgte. Im Halbdunkel zeichnete er sich als schwarzer Schatten ab.

Auf dem Felsentisch wehte der Wind besonders stark, und sie brauchte ihre ganze Energie, um nicht zu stürzen. Irgendwie schaffte sie es, auf die andere Seite zu kommen. Der Wolf war mit der Nacht verschmolzen und nicht mehr zu sehen. Nicht einmal seine Augen leuchteten in der Dunkelheit. Enttäuscht wollte sie zum Wald zurückkehren, aber die geheimnisvolle Kraft zog sie weiter. »Nanuk«, flüsterte sie. So hieß der Wolfshund in der Legende. Nicht einmal die Hare konnten erklären, warum das Tier einen Namen der Inuit trug. Einige Schamanen sagten, dass der Wolfshund übernatürliche Kräfte besaß und bis in die Dörfer der Inuit gelaufen war. Sogar einen Winter soll er am Ufer des Eismeeres verbracht haben. »Nanuk ist ein halber Wolf«, sagten die Medizinmänner, »die andere Hälfte haben die Geister geschaffen.« Ein weißer Reporter, der in den *Dawson City News* über diese Legende geschrieben hatte und tausend Eide schwor, dem geheimnisvollen Tier begegnet zu sein, glaubte an eine Mischung zwischen einem Wolf und einem Husky. Das würde auch erklären, warum sich das Tier zu den

Menschen hingezogen fühlte. Clarissa wusste nicht, was sie glauben sollte, und humpelte widerwillig zum Rand des Felsens.
Sie stützte sich auf ihre Krücken und blickte in ein schmales Tal hinab, das auf der Nordseite von einer schroffen Felswand und im Süden von einem dichten Fichtenwald begrenzt wurde. In der Mitte war ein schmaler Fluss zu Eis erstarrt. Der Wolf tauchte aus den schneebedeckten Büschen am Ufer auf, blickte sie aus leuchtenden Augen an und rannte zu der Felswand. Er verschwand in einer aufgewirbelten Schneewolke, die wie silbernes Konfetti zu Boden regnete. Clarissa folgte seinen Spuren mit den Augen und entdeckte eine Blockhütte. Ihr Herz machte einen Sprung. Die Unterkunft eines Trappers! Dort würde es ein warmes Lager und Verpflegung geben. Der Ehrenkodex der kanadischen Wildnis schrieb vor, dass einsam gelegene Blockhütten nicht verschlossen sein durften und immer genügend Konserven und Feuerholz vorrätig sein mussten. »Nanuk«, sagte sie wieder. Hatte der geheimnisvolle Wolf sie zu der Hütte geführt?
Später wusste sie nicht mehr, wie sie durch den knietiefen Schnee zu der Hütte gekommen war. Sie hatte das Gefühl, zwei Tage und zwei Nächte unterwegs gewesen zu sein. Sie humpelte und stolperte und kroch, die Krücken in beiden Händen, und schließlich auf allen vieren. Mit dem Mut der Verzweiflung kämpfte sie sich durch den Schnee, weinend, keuchend, die eisige Kälte verfluchend, bis sie die Stufen der schmalen Veranda erreichte. Sie zog sich auf die eisverkrusteten Bretter und blieb liegen. »Ich muss weiter«, feuerte sie sich heiser an, »wenn ich liegen bleibe, erfriere ich. Ich

muss es schaffen.« Sie hangelte sich an den Krücken empor, die sie auch auf den letzten Metern nicht losgelassen hatte, und schnaufte mehrmals durch, bevor sie sich den Schnee von den Kleidern klopfte und die Tür öffnete. Sie folgte dem Licht des Mondes, das einen hellen Streifen in die Hütte warf. Ihr Gesicht und ihre Lippen waren klamm von der Kälte, und selbst unter ihrer festen Winterkleidung hatte sich der Frost eingenistet.

Die Freude über ihre Entdeckung vertrieb die Müdigkeit und sogar den brennenden Schmerz in ihrem Bein. In der Hütte gab es einen Yukon-Ofen, und neben dem Ofen und vor dem Haus war genügend Holz für den ganzen Winter gestapelt. Sie entdeckte die Umrisse eines Tisches und zweier Stühle und stieß gegen einen Wandschrank, als sie ihre Handschuhe abstreifte und in der Dunkelheit nach Streichhölzern suchte. Sie fand welche in der Schublade, riss mit zitternden Händen eines an und entzündete die Kerosinlampe auf dem Tisch. Nachdem sie die Helligkeit eingestellt hatte, machte sie sich daran, den Ofen einzuheizen. Sie schnitzte einige Späne von einem Holzscheit, entfachte ein Feuer und legte mehr Holz nach, als die Flammen emporzüngelten. Sie schloss die Klapptür und regulierte die Luftzufuhr mit einer platt gedrückten Konservendose, die eine durchgerostete Stelle auf der Ofenplatte bedeckte. Die Wärme streichelte ihren Körper und taute den letzten Schnee von ihrem Gesicht und ihrer Kleidung. »Lieber Gott, ich danke dir«, flüsterte sie dankbar, während sie ihre Hände über den Ofen hielt und die Wärme genoss.

Sie schloss die Tür, humpelte zum Ofen zurück und

legte einige Holzscheite nach. Erst dann sah sie sich in der Hütte um. Die Möbel waren notdürftig aus Fichtenholz gezimmert und wesentlich baufälliger als ihre eigenen am Lake Laberge. An der hinteren Wand stand ein Bett, eigentlich eher eine Koje, und die zurückgeschlagenen Decken machten den Eindruck, als hätte der Trapper, dem diese Hütte gehörte, noch in der letzten Nacht hier geschlafen. Aber Clarissa wusste aus Erfahrung, dass die rauen Fallensteller selten aufräumten und die meisten Trapperhütten chaotisch aussahen. Auch am Lake Laberge, wenige Meilen von ihnen entfernt, wohnte ein solcher Mann. Als Clarissa seine Hütte zum ersten Mal betreten hatte, war sie entsetzt gewesen. Ihre Mutter hatte immer auf peinliche Ordnung geachtet, und sie war eine solche Unordnung nicht gewohnt. Ihr eigenes Blockhaus war nicht so sauber wie die Farm ihrer Eltern, aber es hingen Vorhänge an den Fenstern, und die Töpfe und das Geschirr standen sauber in den Regalen.
Sie wunderte sich darüber, dass ihr gerade jetzt solche Gedanken durch den Kopf gingen, und schüttelte den Kopf. Ich bin gerettet, ich bleibe am Leben, dachte sie dankbar. Der Wandschrank war mit zahlreichen Konservendosen gefüllt, sogar Pfirsiche und Aprikosen gab es, ein absoluter Luxus in dieser Einsamkeit, und daneben standen Mehl, Tee und Zucker und genügend andere Vorräte, um sie am Leben zu erhalten, bis Rettung kam. Neben dem Ofen fand sie einen Topf und eine Pfanne. Sie humpelte am Wandschrank vorbei und wurde erst jetzt auf den leichten Gestank aufmerksam, der das Blockhaus ausfüllte. Sie ging dem Geruch nach und fand die Überreste eines Kaninchens, die in

der hintersten Ecke der Hütte aufgetaut waren. Clarissa war keine Indianerin, die Spuren lesen konnte, glaubte aber, dass ungefähr drei Tage vergangen sein mussten, seitdem der Trapper das Tier abgehäutet hatte. Sie schleuderte die Reste aus dem Fenster und verwarf den Gedanken, eine Konservendose zu öffnen. Sie hatte keinen Hunger mehr, war nur noch erschöpft und müde. Zu viel war an diesem Tag geschehen. Nur die Aufregung über ihre wunderbare Entdeckung hatte sie wach gehalten, doch jetzt übermannte sie die Erschöpfung. Sie humpelte zu der Schlafstatt des Trappers, ließ sich auf den Wolldecken nieder und flüchtete in einen tiefen und traumlosen Schlaf.

3

Die Schmerzen kehrten am späten Morgen zurück. Sie erwachte mit dem hellen Schimmer, der durch das Fenster auf ihr Lager fiel, richtete sich erschrocken auf und spürte ein heftiges Ziehen in ihrem rechten Bein. Mit einem Aufschrei fiel sie nach hinten. Sie blieb stöhnend liegen, die Hände um die Bettkanten gekrallt, und presste die Zähne aufeinander, bis Schweißtropfen über ihre Stirn liefen. Der Schmerz ließ langsam nach. Sie seufzte erleichtert und versuchte es noch einmal, setzte vorsichtig das gesunde Bein aus dem Bett, griff nach ihren Krücken und zog das verletzte Bein nach. Langsam humpelte sie durch die Hütte und blieb vor dem Fenster stehen. Sie kratzte einige Eisblumen von den Scheiben und ließ den Blick über das verschneite Tal wandern. Tiefer Schnee, vom Nachtwind zu sanften Dünen aufgeworfen, bedeckte die Berge, Hügel und Täler. Das jungfräuliche Weiß, das wie Tausende von Edelsteinen im schwachen Morgenlicht glitzerte, ließ nicht erahnen, welches Drama sich am vergangenen Tag am Waldrand abgespielt hatte. Wie eine weiße Mauer des Schweigens lagen die verschneiten Hügel zwischen der Blockhütte und dem ausgebrannten Flugzeug.

Clarissa stützte sich mit den flachen Händen gegen die zugefrorene Fensterscheibe und schloss die Augen. In der Dunkelheit erlebte sie noch einmal die Bruchlandung, spürte den fürchterlichen Schlag, als die *Bellanca* gegen den Baum prallte und sie durch die offene Tür geschleudert wurde. Sie fühlte den kalten Schnee und das

heiße Feuer, sah die Flammen aus dem Flugzeugwrack schießen und ihren toten Mann verschlingen. »Jack«, flüsterte sie betroffen. Dicke Tränen quollen unter ihren Lidern hervor und tropften wie glitzernde Perlen auf den Fensterrahmen. Wieder wurde ihr klar, dass sie ihren Mann niemals wieder sehen würde. Er hatte sie verlassen, war für immer gegangen. »Ich liebe dich, Jack«, flüsterte sie weinend. »Wo immer du bist, Jack, du sollst wissen, dass ich dich niemals vergessen werde. Irgendwann bringt uns der liebe Gott wieder zusammen. Ich weiß es, Jack. Warte auf mich, hörst du?«
Plötzlich glaubte sie das Motorengeräusch einer *Bellanca* zu hören und humpelte aufgeregt durch den Raum. Sie öffnete die Tür und trat in die eisige Stille, die das Blockhaus wie unsichtbarer Nebel umgab. Fahles Licht lag über dem Schnee und verschmolz mit den grauen Wolken, die müde über dem Land hingen. Die Stille war beinahe unheimlich. Es gab kein Flugzeug, keine *Bellanca*, nur die Erinnerung an sieben anstrengende, aber wundervolle Jahre, die Clarissa mit ihrem Mann im amerikanischen Westen und in Alaska verbracht hatte. Die ersten beiden Jahre nach ihrer Hochzeit waren sie als *Barnstormers* durch South Dakota, Montana und Wyoming gezogen. Jack hatte seine Kunststücke am Himmel gezeigt und abenteuerlustige Bürger auf kurze Trips mitgenommen, und sie hatte die Werbetrommel gerührt und die Eintrittsgelder kassiert. Ein abenteuerliches Leben, das sie bei einem Wanderzirkus fortgesetzt hatten, bis Jack auf die Idee gekommen war, nach Alaska zu gehen. In Fairbanks hatten sie einen Flugdienst gegründet und gute Geschäfte gemacht.

Nachdenklich schloss sie die Tür. Sie humpelte zum Ofen und brachte das Feuer in Gang, setzte sich auf einen Stuhl und wartete darauf, dass die Wärme sie umfing. Mit Tränen in den Augen dachte sie an den Tag, an dem sie ihren Mann kennen gelernt hatte. Jack war aus dem Himmel gefallen, im wahrsten Sinne des Wortes. Er trudelte mit seiner *Standard* aus den Wolken, fing sie keine hundert Meter über der Hauptstraße ab und flog mit knatterndem Motor zu der Rennbahn, die sich abseits der Stadt zwischen den Feldern erstreckte. Clarissa hatte vor dem Farmhaus gestanden, als die *Standard* vom Himmel gestürzt kam, und rannte querfeldein, um den tollkühnen Helden in seiner Flugmaschine zu bestaunen. Dusty folgte ihr bellend. Der braune Mischlingshund mit den weißen Pfoten wich nicht mehr von ihrer Seite, seit sie ihn auf der Hauptstraße aufgelesen hatte. Niemand wusste, woher er kam. Er stand einfach da, wedelte mit dem Schwanz, als er das Mädchen mit den blonden Zöpfen entdeckte, und blickte sie aus seinen samtschwarzen Augen an. Natürlich war ihr Vater dagegen gewesen, den Hund zu behalten, aber sie hatte sich durchgesetzt, und er hatte müde abgewinkt: »Dann kümmere dich auch darum, dass er was zu fressen kriegt. Ich hab keine Lust, eine Sonderschicht wegen deines lausigen Köters einzulegen.« Ihr Vater arbeitete in der großen Konservenfabrik vor der Stadt und überließ ihrer Mutter die ganze Feldarbeit, obwohl sie seit einigen Jahren schwer krank war und täglich davon sprach, »bald mit dem lieben Herrgott vereint zu sein«. Als Jack mit seiner Maschine landete, arbeitete sie auf dem Maisfeld. »Geh nur«, sagte sie zu ihrer Tochter, »ich lebe sowieso nicht mehr lange genug, um mich mit diesen Teufelsmaschinen anzufreunden.« Clarissa schloss sich den vielen Schaulustigen an, die zur Rennbahn drängten, und blickte mit klopfendem Herzen auf den hoch gewachsenen Mann, der aus der Maschine kletterte. »Das ist ein Mann!«, hörte sie eine Frau sagen.

Und was für einer! Er hatte das kantige Gesicht eines Helden und die leuchtenden Augen eines Lausbuben, der endlich sein lang ersehntes Spielzeug bekommen hat. Sein lockiges Haar wurde von einer Fliegermütze bedeckt, und über seiner braunen Lederjacke hing ein weißer Schal. Seine Stiefel reichten bis zu den Knien. »Gestatten, mein Name ist Jack Swenson«, stellte er sich vor, »ich würde Ihnen gerne ein paar Kunststücke vorführen.« Sein freundliches Lachen schien angeboren und kam besonders bei den Frauen und Mädchen an, die ihn wie einen Filmstar bedrängten. Clarissa war viel zu schüchtern, um ihn anzusprechen, und wurde rot wie eine Tomate, als der Flieger zu ihr kam und eine Hand auf ihre Schulter legte. »Wie wär's, mein Fräulein? Der erste Flug ist immer umsonst. Die Herrschaften, die nach Ihnen fliegen, zahlen drei Dollar. Ist das ein Angebot, meine Herrschaften? Beobachten Sie dieses wagemutige Fräulein, wie sie sich mit meiner Maschine in die Lüfte erhebt.« Clarissa war viel zu erschrocken, um abzulehnen, und kletterte zögernd in die Flugmaschine. »Sie werden sehen, es wird Ihnen gefallen, mein Fräulein«, ermutigte er sie lachend. »Wie heißen Sie?«

»Clarissa«, antwortete sie. Der Rest ihrer Antwort ging im Motorenlärm des Doppeldeckers unter, der von Jack über die staubige Rennbahn gesteuert wurde und unter den bewundernden Rufen der Zuschauer vom Boden abhob. Sie schloss die Augen und hielt sich mit beiden Händen im Cockpit fest, öffnete sie erst wieder, als die Maschine gerade in der Luft lag. Sie blickte zögernd nach unten, sah das einsame Farmhaus inmitten der blühenden Maisfelder und ihre Mutter, die sich neugierig aufrichtete und mit einer Hand ihre Augen beschattete. »Da ist Mom!«, rief sie aufgeregt. Sie deutete nach unten und winkte heftig, verspürte ein seltenes Glücksgefühl, das sie sich nicht erklären konnte. »Oh, das war wunderbar, Mr. Swenson«, bedankte sie sich, nachdem er die *Standard* nach unten gebracht hatte und langsam ausrollen ließ.

Noch am selben Abend hatte Clarissa ihr erstes Rendezvous mit dem Flieger, der mit einem Strauß frischer Feldblumen bei ihren Eltern auftauchte und besonders ihrer Mutter imponierte. Ihr griesgrämiger Vater war gegen den »verwöhnten Städter, der den armen Farmersmädchen mit seiner Teufelsmaschine den Kopf verdreht«, musste aber klein beigeben, als Jack gestand, auf einer Farm in Minnesota aufgewachsen zu sein. Sie gingen in den Drugstore an der Hauptstraße, tranken schwarzen Kaffee und aßen Apfelkuchen mit Vanilleeis, einen Nachtisch, den es bei ihren Eltern nur am Thanksgiving Day und an Weihnachten gab. Die beiden Mädchen, die in dem Laden bedienten, warfen einander verstohlene Blicke zu und beneideten Clarissa um ihre Eroberung. »Er sieht einfach himmlisch aus«, schwärmten sie, als Jack nach draußen ging. »Meinst du, er wird dich heiraten?«

»Wer weiß?«, antwortete sie mit einem Augenzwinkern. Wie konnte sie auch ahnen, dass Jack ihr schon vier Wochen später einen Heiratsantrag machen würde? Sie hatte ihn schon in dem Augenblick geliebt, als er aus seinem Doppeldecker gestiegen war und seinen weißen Schal über die Schultern geworfen hatte, und er gestand ihr später, sie bereits aus der Luft gesehen zu haben. »Ein schönes Mädchen wie dich erkenne ich sogar durch die Wolken«, flunkerte er, und sie umarmte ihn und küsste ihn, bis sie keine Luft mehr bekamen. Jack Swenson war ein Charmeur, und sie war ein achtzehnjähriges Mädchen, das sich rettungslos verliebt hatte und ihn nicht mehr gehen lassen würde.

Nach drei wundervollen Tagen ging er doch, und sie musste die Hänseleien ihrer eifersüchtigen Freundinnen und die abfälligen Reden ihres Vaters ertragen, aber nach knapp vier Wochen kehrte er zurück, und sie heirateten in der weißen Methodistenkirche am Stadtrand. Ihr Vater betrank sich mit den anderen Farmern, und ihre kranke Mutter weinte, aber sie ließen sich nicht beirren und flogen mit der *Standard* in eine neue Zukunft.

Clarissa lächelte im Halbschlaf, wurde vom lang gezogenen Heulen eines Wolfes aus ihrem Traum geschreckt und ließ beinahe die Krücken fallen. Sie humpelte zur Tür und trat neugierig in die Kälte hinaus. Der Wolf verharrte auf demselben Hügel wie am vergangenen Abend und blickte zu ihr herüber. Das bleiche Tageslicht schimmerte auf seinem seidigen Fell und in seinen Augen. Obwohl er mehr als hundert Schritte entfernt war, bildete sie sich ein, dass sie blau waren. »Nanuk«, begrüßte Clarissa das geheimnisvolle Tier. »Der Wolfshund.« Aus der Entfernung war nicht zu sehen, ob es sich tatsächlich um einen Wolfshund handelte, aber die Farbe der Augen und die Form der Ohren, die Clarissa erst jetzt, bei Tageslicht, ausmachen konnte, ließen kaum einen Zweifel daran. »Bist du es wirklich, Nanuk?«, fragte sie leise. »Hast du mein Leben gerettet?« Sie humpelte von der Veranda und blickte über den glitzernden Schnee. »Nanuk?«

Der Wolfshund, wenn es wirklich einer war, antwortete nicht. Er legte den Kopf schief, wie ein geprügelter Hund, der keinem Menschen mehr trauen kann, und winselte leise. Er lief ein paar Schritte, schnüffelte in ihre Richtung und kehrte auf den Hügel zurück. Im trüben Licht des Tages erkannte sie einen schwarzen Fleck über seiner Schnauze, als hätte er im Schlamm gewühlt.

»Nanuk?«, wiederholte sie. »Komm zu mir, Nanuk! Ich hab was zu fressen für dich.« Sie humpelte ins Haus, suchte im Wandschrank nach einigen Keksen und kehrte auf die Veranda zurück. »Komm. Hol dir deine Belohnung ab, Nanuk.« Aber der Wolfshund war verschwunden, und sie schüttelte ungläubig den Kopf, glaubte plötzlich, sich alles nur eingebildet zu haben. Sagte man den Trappern nicht nach, dass sie zu fantasieren anfingen, wenn sie allein in der Wildnis waren? Es sollte Fallensteller geben, die riesige Ungeheuer in den Bergen gesehen hatten und von Bären oder Karibus mit außergewöhnlichen Kräften erzählten. Hinter dem Tombstone Mountain sollte es einen Grizzly geben, der einem Trapper das Leben gerettet hatte. Der Fallensteller war mit seinem Hundeschlitten unterwegs gewesen und einem Elch begegnet, und der Bär hatte den Angreifer vertrieben. »So wahr mir Gott hel-

fe«, hatte der Gerettete mit todernster Miene hinzugefügt.
Clarissa ging ins Haus zurück und legte ein neues Holzscheit in den Ofen. Sie füllte Neuschnee in den großen Topf, stellte ihn auf die heiße Platte und wartete geduldig, bis der Schnee geschmolzen war. Mit dem heißen Wasser brühte sie eine Kanne Kräutertee auf. Sitzend zog sie ihren Anorak, die wollene Bluse und ihr Unterhemd aus. Sie wusch sich mit dem restlichen Wasser und rieb ihre gerötete Haut mit dem Tuch trocken, das über dem Ofen an einer Leine hing. Wegen ihres gebrochenen Beines behielt sie die Hose und die Stiefel an. Sie schlüpfte in ihre Bluse und hängte den Anorak und das Unterhemd über die Leine. Mit trockenen Keksen, die ein halbes Jahr alt sein mussten, und heißem Kräutertee begann sie den Tag.
Nach dem Frühstück ging es ihr wesentlich besser. Sie verschnaufte eine Weile, pickte die Krümel von der Holzplatte und spülte sie mit Tee hinunter. Dann machte sie sich seufzend daran, ihre Schiene auszutauschen. Sie fand den Stiel einer Schaufel oder einer Hacke, humpelte zum Bett und schaffte es unter großen Schmerzen, die Schiene von ihrem Bein zu lösen und ihre Hose nach unten zu schieben. Manchmal wurde der Schmerz unerträglich, und sie brauchte ihre ganze Kraft, um gegen eine Ohnmacht anzukämpfen. Beim Anblick der Verletzung wurde ihr beinahe übel. Sie zog die Hose wieder nach oben, band den Holzstiel fest an das gebrochene Bein und blieb minutenlang liegen, bis der Schmerz abgeklungen war und sie wieder klar denken konnte. Sie griff nach den Krücken, stand vorsichtig auf und seufzte zufrieden, als sie feststellte,

dass ihr das Humpeln mit der neuen Schiene wesentlich leichter fiel. Sie ging zum Fenster, blickte zum Hügel empor und entdeckte nichts außer dem bleichen Schnee und den grauen Wolken über dem Wald.

Während sie zum Tisch zurückhinkte und von ihrem Tee trank, dachte sie darüber nach, wo sich wohl der Trapper aufhielt, der in dieser Hütte wohnte. Vieles wies darauf hin, dass er das Blockhaus erst vor wenigen Tagen verlassen hatte. Das abgehäutete Kaninchen, die Essensreste in der Pfanne, aber auch die frische Asche im Ofen. Die Haken neben der Tür, an denen normalerweise das Gewehr und die Schneeschuhe hingen, waren leer. Wo war der Mann? Auf der Jagd? Verschollen? War er nach Dawson City gegangen, um dort den Winter zu verbringen? Sie hoffte, dass es nicht so war, denn nur ein Mann konnte ihr helfen, noch vor dem tiefen Winter nach Hause zurückzukehren.

Sie verbrachte den Mittag damit, die Hütte notdürftig aufzuräumen und den Wandschrank zu durchsuchen. Die Lebensmittel würden lange halten, wenn sie nicht wie ein hungriger Trapper aß. Von dem Tee konnte sie den ganzen Winter trinken. In der einen Schublade waren Patronen vom Kaliber 30-30, so viel immerhin verstand sie von Waffen, aber es gab kein Gewehr und keine Pistole. In der anderen Schublade fand sie Papier und einen Bleistift und einige beschriebene Bätter mit Gedichten, außerdem zwei Bücher, eines mit Gedichten von Shakespeare und einen Roman, der »Moby Dick« hieß und von einem Mann erzählte, der einen riesigen weißen Wal jagte. Das verriet ihr das bunte Titelbild, obwohl der Umschlag mehrfach eingerissen

war. Ein Trapper, der Bücher las und Gedichte verfasste? Sie griff nach den beschriebenen Blättern und las im Schein der Kerosinlampe. Sie hatte einen ganzen Kanister mit dem wertvollen Brennstoff im Wandschrank entdeckt, und es gab keinen Grund zu sparen.
Die Gedichte waren in einer einfachen, aber sehr eindringlichen Sprache geschrieben und erzählten von der Einsamkeit in der Wildnis und der Trauer eines Mannes um seine verstorbene Frau, eine Indianerin vom Stamm der Tlingit. Anscheinend hatte der Trapper, wenn er die Gedichte wirklich selbst zu Papier gebracht hatte, ein ähnliches Schicksal erlitten wie sie. Die Indianerin war von einem Bären getötet worden, und ihr Mann zog seit diesem Tag ziellos durch die Wildnis und versuchte sich an dem Bären zu rächen. In einem Gedicht sprach er sogar davon, den Grizzly in seinem Winterschlaf zu überraschen und ihm die Kehle durchzuschneiden. Er musste seine Frau sehr geliebt haben. Er mied die Siedlungen und Roadhouses, blieb nur so lange in einer Stadt, bis er seine Pelze verkauft hatte, und zog in die Wildnis zurück. »Gebeugt zieht der Mann in die Einsamkeit zurück, in den Bergen betrauert er sein großes Glück.« Die Gedichte waren keine Meisterwerke, das erkannte selbst Clarissa, aber sie hinterließen einen nachhaltigen Eindruck. Clarissa kam ins Grübeln. Ob der Trapper wohl jemals Ruhe finden würde? Und was würde mit ihr geschehen, falls sie jemals aus den Bergen herauskam? Würde sie sich in ihre Hütte an den Lake Laberge zurückziehen, oder würde sie ein ähnliches Schicksal wie der Trapper erleiden?

Sie legte die Gedichte zurück und humpelte nach draußen, um die nähere Umgebung der Hütte abzusuchen. Weit kam sie mit den Krücken nicht, aber sie wollte wenigstens wissen, was hinter dem Blockhaus war. Sie fand eine Axt und einen Baumstumpf, auf dem der Trapper sein Brennholz schlug. An der Wand hingen einige Fallen. Neben dem Holzverschlag, der als Toilette diente, lagen einige Äste, die der Bewohner der Hütte von den Baumstämmen geschlagen hatte. Sie suchte zwei starke Äste heraus, nahm die Axt und kehrte an den warmen Ofen zurück. Bis in die Nacht hinein schnitzte sie an besseren Krücken. Die Arbeit war nicht einfach, und ihr gebrochenes Bein behinderte sie, aber sie ließ nicht locker und ertrug tapfer den Schmerz, der sich immer dann einstellte, wenn sie ihr Ziel verfehlte und an den Ästen vorbeischlug. Sie kümmerte sich nicht darum, dass der Mond aufging und über den Himmel wanderte, und gab sich erst zufrieden, als die neuen Krücken fertig waren und sie damit zum Wandschrank humpelte. Sie lächelte schwach, zerschlug die alten Krücken und verheizte sie im Ofen. Die Arbeit hatte viel Kraft gekostet, und sie merkte, wie sich Erschöpfung in ihrem Körper ausbreitete. Die Müdigkeit war plötzlich so stark, dass sie es nicht einmal schaffte, eine Konservendose zu öffnen. Sie beließ es bei einigen Keksen und aufgewärmtem Tee und warf ein Holzscheit in den Ofen, bevor sie sich auf ihr Nachtlager zurückzog. Der Trapper wird Augen machen, falls er heute Nacht heimkehrt, dachte sie lächelnd, dann sank sie in die Decken und schlief ein. Das klagende Heulen, das auf einem nahen Hügel die Luft erfüllte, hörte sie nicht mehr.

4

Clarissa gewöhnte sich an die Einsamkeit. Der Bewohner der Blockhütte kehrte nicht zurück, und sie richtete sich darauf ein, eine lange Zeit in den Bergen zu verbringen. Wenn ihr gebrochenes Bein sich nicht entzündete, brauchte sie keine Angst zu haben. Die Vorräte und das Brennholz reichten monatelang. Der Trapper hatte für den ganzen Winter vorgesorgt, und sie brauchte keinen Schritt aus der Hütte zu gehen. Sobald der Schnee geschmolzen war, würde sie sich auf den langen Marsch in die Zivilisation machen. Sie mochte die Einsamkeit. Das Alleinsein würde ihr helfen, den Tod ihres Mannes zu verarbeiten und über ein neues Leben nachzudenken. Sie würde viel Kraft sammeln, nicht nur körperlich, um für eine andere Zukunft bereit zu sein.

Die Einsamkeit war nichts Neues für sie. Als Kind war sie häufig allein gewesen, in der Scheune, hinter der Tränke, immer auf der Flucht vor ihrem Vater, der den Frust über sein verpfuschtes Leben an seiner Frau und seiner Tochter ausließ. Jerry Wagner war als kleiner Junge aus Europa nach Amerika gekommen. Seine Eltern hatten eine kleine Farm in South Dakota bewirtschaftet, und ihm war nichts anderes übrig geblieben, als das Anwesen zu übernehmen. Ein Tornado hatte seine erste Ernte vernichtet, und einige Jahre später war ein Heuschreckenschwarm über seine Felder hergefallen. Die Farm rentierte sich kaum, und er beschloss, in der Fabrik vor der Stadt zu arbeiten. Eine Arbeit, die ihm keinen Spaß machte und gerade so viel

Geld brachte, dass sie nicht verhungerten. Aber etwas anderes gab es in Mobridge nicht. Seine Frau kümmerte sich um die Farm und verschwieg ihm die tödliche Krankheit, die sie langsam dahinraffte. Sie war die Tochter eines Eisenwarenhändlers, der im Krieg gegen die Indianer umgekommen war.

Clarissa hatte den Zorn ihres Vaters oft zu spüren bekommen. Wenn sie die Augen schloss, spürte sie die Hiebe mit dem ledernen Gürtel noch immer. Ihre Mutter hatte sie verteidigt, war aber gleichgültiger geworden, als die tödliche Krankheit die Oberhand gewonnen hatte. Clarissa hatte nie erfahren, woran sie wirklich erkrankt war. Irgendeine Form von Krebs, hatte man ihr gesagt, doch sie war der festen Überzeugung, dass auch ihr Vater seinen Anteil am Tod der Mutter hatte. Mit einem anderen Ehemann hätte Lotti Wagner niemals diese Depressionen gehabt, die sie oft tagelang an den Schaukelstuhl auf der Veranda gefesselt hatten. »So siehst du aus«, tobte Jerry jedes Mal, »ich schufte mir die Finger wund, und du ruhst dich aus.« Clarissa hatte tagelang geweint, als ihre Mutter gestorben war. Zur Beerdigung ihres Vaters waren Jack und sie mit dem Doppeldecker gekommen, und sie war gerade lange genug in der Stadt geblieben, bis sie die Farm an einen Nachbarn verkauft hatte.

Jeden Morgen, wenn Clarissa aufstand, führte ihr erster Weg zum Fenster. Der Ausblick war immer der gleiche. Die dunklen Bäume, die verschneiten Hügel, die schneebedeckten Gipfel der Ogilvie Mountains und die Wolken, die im trüben Zwielicht des Winters bis auf den Boden zu reichen schienen. Und jeden Morgen wurde sie durch das klagende Heulen des Wolfshun-

des geweckt, der auf einem der Hügel verharrte und mit leuchtenden Augen zu ihr herüberblickte, wenn sie die Tür öffnete. »Nanuk«, grüßte sie mit belegter Stimme. »Wie geht es dir, mein Freund?«
Nanuk bellte aufgeregt, kam aber keinen Schritt näher. Der Wolf in ihm gebot, dass er dem zweibeinigen Wesen fern blieb und in die Berge zurückkehrte, aber der Hund in ihm war neugierig und wollte sich die blonde Frau aus der Nähe ansehen. Clarissa respektierte das zögernde Verhalten des geheimnisvollen Wächters und drängte ihn nicht. Sie liebkoste ihren vierbeinigen Retter mit freundlichen Worten, bot ihm etwas zu fressen an und lächelte auch dann, wenn Nanuk sich abwandte und ihren Blicken entschwand.
Es dauerte eine Woche, bis der Hund in Nanuk die Oberhand gewann und er zum ersten Mal seinen angestammten Platz auf dem Hügel verließ. Sein Zutrauen währte nur wenige Augenblicke. Er stapfte zwei, drei Schritte durch den tiefen Schnee und kehrte hastig auf den Hügel zurück. Nachdem er den Mond angeheult hatte, der bis spät am Morgen über den Bergen schien, verschwand er in einem leichten Schneetreiben.
Die morgendliche Begegnung mit Nanuk und die Lektüre, die sie in der Schublade gefunden hatte, waren die einzige Abwechslung in der Eintönigkeit des winterlichen Alltags. Sie hatte angefangen, »Moby Dick« zu lesen, saß oft stundenlang am Holztisch und erlebte im flackernden Schein der Kerosinlampe, wie Kapitän Ahab nach dem weißen Wal suchte. Das mächtige Tier war schuld daran, dass der Kapitän nur noch ein Bein besaß und eine Prothese aus Elfenbein trug. »Was Ahab mit einem Bein kann, kann ich mit meinem ge-

brochenen Bein noch lange«, meinte sie trotzig und verbrachte jeden Tag zumindest zehn Minuten hinter der Hütte, um ihre Muskeln mit Freiübungen zu stärken. Stechende Schmerzen erinnerten sie bisweilen daran, dass sie in ihren Anstrengungen zu weit gegangen war. Sie wollte unbedingt bei Kräften sein, wenn der Bruch verheilt war, um der Wildnis auch körperlich widerstehen zu können.

Clarissa erholte sich schnell. Einer jungen Frau wie ihr, die auch während ihrer Ehe oft allein gewesen war und sich niemals nach dem Glanz der großen Städte gesehnt hatte, taten die Einsamkeit und die Ruhe gut. Die Freiübungen, die Hausarbeit, die Lektüre des Buches und ihre Begegnungen mit Nanuk schafften genug Abwechslung, um sie nicht trübsinnig werden zu lassen. Den Schmerz, den der Tod ihres Mannes hinterlassen hatte, akzeptierte sie. Jack war die Liebe ihres Lebens gewesen, und es würde niemals wieder einen Mann geben, der sie auf diese Weise besitzen würde. Er war ein verantwortungsvoller Mann und ein leichtsinniger Junge zugleich gewesen, ein wilder Draufgänger und ein zärtlicher Liebhaber, ein leidenschaftlicher Flieger und ein guter Geschäftsmann. Sie hatte ihn bewundert, ohne ihren eigenen Charakter aufzugeben, und er hatte sie respektiert und gesagt: »Du bist die stärkste Frau, die ich jemals kennen gelernt habe. Eigentlich brauchst du keinen Mann, deshalb bin ich besonders dankbar, dass du mich geheiratet hast.«

Jetzt war sie wirklich allein und unternahm alles, um den Worten ihres Mannes gerecht zu werden. Wenn er irgendwo über den Wolken schwebte und auf sie heruntersah, wollte sie ihn nicht enttäuschen. »Ich schaffe es, Jack«, sagte sie manchmal, wenn sie das Buch niederlegte und der Schmerz sie zu übermannen drohte. »Ich bin eine starke Frau. Nicht so verrückt wie dieser Kapitän Ahab, der sein Leben riskiert, um einen weißen Wal zu fangen, aber stark genug, um diesen Winter zu überstehen und ein neues Leben anzufangen.« Was sie nach ihrer Rückkehr tun würde, wusste sie nicht. In der Wildnis dachte man von einem Tag auf den anderen, sonst lief man Gefahr, eine Unachtsamkeit zu begehen und sein Leben zu verlieren. Selbst ein kleiner Fehler konnte im hohen Norden den Tod bedeuten.

Der Beinbruch verheilte, und das Gehen fiel ihr zusehends leichter. Das tägliche Training stärkte besonders ihre Armmuskeln, und sie spürte, wie neue Energie ihren Körper erfüllte. Eine Frau, die den arktischen Winter nicht kannte, wäre in der zunehmenden Dunkelheit vielleicht depressiv geworden und an der Einsamkeit verzweifelt, aber Clarissa wusste, was auf sie zukam, und akzeptierte die langen Nächte und die eisige Kälte vor dem Haus als unabänderliche Laune der Natur. Es wurde so kalt, dass der Schnee wie Sand unter ihren Stiefeln knirschte. Dreißig Grad unter null, schätzte sie. Im ersten Winter, den sie in Alaska verbracht hatte, waren es mehr als vierzig Grad gewesen. Sie erinnerte sich noch genau daran, wie Jack nach jeder Landung das Öl abließ und in einem Topf auf dem Ofen warm hielt. Den Motor der *Bellanca* umwickelte er immer mit Decken. Wenn er im Winter starten wollte, wärmte er den Motor mit einem kleinen Ofen, bevor er ins Cockpit stieg. »Da haben wir uns auf was eingelassen«, sagte er jedes Mal.

Nanuk machte die Kälte wenig aus. Sein Winterfell war dick genug und schützte seinen Körper vor dem kalten Wind. Er stand auch bei vierzig Grad unter null auf dem Hügel, wenn Clarissa die Tür öffnete und auf die Veranda trat. Es war November geworden, und die Dunkelheit lag wie eine schwere Last auf dem Land, wurde während des Tages lediglich von einem hellen Schimmer verdrängt. Die Sonne ließ sich kaum noch blicken. Während der restlichen Stunden ging das einzige Licht vom Mond und den Sternen aus, von der weißen Schneedecke, die auch den schwachen Schein der Gestirne reflektierte, und vom Nordlicht, das weiß und grün in der Dunkelheit aufleuchtete. In flammenden Schleiern zog es über den nächtlichen Himmel.

Die Begrüßung des Wolfshundes wurde zu einem Ritual. Nanuk wurde zutraulicher, kam ihr jetzt mehrere Schritte entgegen und bellte aufgeregt, und sie hoffte bereits, ihn bald berühren und sich für ihre wundersame Rettung bedanken zu dürfen. Nanuk war kein Geist-Hund, das hatte sie längst erkannt, er war ein Lebewesen aus Fleisch und Blut, halb Wolf, halb Hund, und mit blauen Augen, die sie an Dusty erinnerten. Sie hatte niemals mehr einen Hund besessen, seit der braune Mischlingshund von einem Güterzug der Union Pacific überfahren worden war. Der Hund war selber schuld gewesen, aber das hatte den Verlust nicht leichter gemacht. Er war einem Kaninchen nachgelaufen und hatte nicht auf den Zug geachtet, war auf den Bahndamm geklettert und direkt unter die schwere Diesellok geraten.

Ausgerechnet an dem Morgen, an dem Clarissa ihm ein paar Schritte entgegenlaufen wollte, war Nanuk verschwunden. Der Hügelkamm, auf dem er jeden Morgen gewartet hatte, lag einsam und verlassen in der Dunkelheit. Sie humpelte über die Veranda, um besser sehen zu können, und senkte betrübt den Kopf. Der Wolfshund hatte sie verlassen. Der Schmerz über sein Verschwinden zeigte ihr, wie sehr sie sich an ihn gewöhnt hatte. Er war zu einem verlässlichen Kameraden in dieser Abgeschiedenheit geworden, obwohl sie einander noch nie aus der Nähe gesehen hatten. Sie ging in die Hütte zurück und setzte sich niedergeschlagen an den Tisch. Geistesabwesend brühte sie neuen Tee auf. Sie nippte an dem heißen Getränk, ohne einen klaren Gedanken fassen zu können, und schalt sich eine Närrin, weil sie versucht hatte, einen verwilderten Wolfshund zu zähmen.

Er war kein Geist-Hund, aber was war er dann? Sie hätte gern gewusst, woher Nanuk kam, ob er jemals unter Menschen gelebt, und was ihn in die Wildnis getrieben hatte. Stimmte es, was die Indianer über ihn erzählten? Besaß er magische Kräfte? War er wirklich bis zum Eismeer gelaufen? Warum zog er nicht mit einem Wolfsrudel durch die Wälder? Hatten die Wölfe ihn abgelehnt, weil kein reines Blut in seinen Adern floss? War er ein Einzelgänger? Viele Fragen, die ihr nicht aus dem Kopf gingen und sie an diesem Tag sogar davon abhielten, in ihrem Buch zu lesen und ihre Freiübungen zu machen. Sie verbrachte beinahe den ganzen Tag damit, Tee zu trinken, in die Luft zu starren, und wenn sie aufstand, humpelte sie zum Fenster und blickte zu dem Hügel hinüber. Nanuk blieb verschwunden.

Seine geheimnisvolle Flucht hielt sie jedoch nicht davon ab, auf das morgendliche Ritual zu verzichten. Auch wenn Nanuk sie verlassen hatte, humpelte sie auf die Veranda und atmete die eisige Morgenluft ein. Ihr Blick wanderte über die verschneiten Hügel, entdeckten einen Schneehasen oder einen Fuchs, aber der Wolfshund war in die Wildnis zurückgekehrt. Manchmal wurde sie nachts durch ein klagendes Heulen geweckt, und sie griff aufgeregt nach ihren Krücken und hinkte zur Tür, aber die unheimlichen Laute kamen von einem Wolfsrudel, das irgendwo in den Bergen jagte, und der Mond goss sein trübes Licht auf den Schnee, der während der Nacht gefallen war. Selbst die Spuren, die Nanuk hinterlassen hatte, waren verschwunden.

Clarissa akzeptierte das Verschwinden des Wolfshundes und sagte sich, dass er in der Wildnis ohnehin besser aufgehoben war. Es war egoistisch von ihr gewesen, an eine Freundschaft mit dem unabhängigen Geschöpf zu glauben. Er brauchte seine Freiheit. Sie kehrte zu dem Tagesablauf zurück, der ihr Leben in der Einsamkeit erträglich machte, und versuchte, Nanuk aus ihren Gedanken zu verdrängen. Sie redete sich ein, das Zutrauen des Wolfshundes nur gesucht zu haben, um sich vom Schmerz über den Tod ihres Mannes abzulenken, und machte sich sogar Vorwürfe, weil sie nicht ausschließlich an Jack dachte. Dabei war er immer in ihren Gedanken, selbst dann, wenn sie eine Dose Bohnen öffnete oder neuen Tee aufgoss. Jack hatte am liebsten Eintopf gegessen, und frisches Obst, das am Yukon nur selten zu bekommen war. Mit dem Teetrinken hatte er erst nach der Hochzeit angefangen. Auf der Farm seiner Eltern hatte es nur Kaffee und

warme Milch gegeben. Sie dachte daran, dass er seinen Tee am liebsten mit Honig gesüßt hatte.
Die Einsamkeit blieb vollkommen. Sie suchte vergeblich nach einem Fallensteller, nach jagenden Indianern oder einer Patrouille der Royal Canadian Mounted Police und war auch gar nicht sicher, ob sie jetzt schon in die Zivilisation zurückkehren wollte. Sie lebte im Einklang mit der Wildnis und hatte einen neuen Rhythmus gefunden, den sie nicht durchbrechen wollte. Sie war nicht mehr in Lebensgefahr. Die Hütte bot ausreichenden Schutz gegen wilde Tiere und das Wetter, und wenn sie das letzte Kapitel von »Moby Dick« gelesen hatte, würde sie einfach wieder von vorn anfangen. Sie lebte mit der Erinnerung an ihren toten Mann und war froh, nicht mit anderen Menschen verkehren zu müssen. Die vertraute Umgebung, ihre tägliche Routine und »Moby Dick« beschützten sie vor einer Wirklichkeit, die lediglich auf der anderen Seite der Berge existierte und ihr nur geschadet hätte. Sie wollte keine Fragen stellen und über keine Antworten nachdenken. Die Gegenwart war ihr genug. Sie brauchte Zeit, um den schweren Schicksalsschlag zu verarbeiten, der ihr Leben beendet hatte.
Eine Woche nachdem Nanuk in der Wildnis verschwunden war, tauchte er wieder auf. Clarissa ging wie gewohnt zur Tür, trat auf die Veranda hinaus und blieb fassungslos stehen, als sie den vertrauten Anblick des Wolfshundes wahrnahm. Nanuk stand auf dem Hügelkamm und wedelte mit dem Schweif, und als das Mondlicht über seine Schnauze fiel, erkannte sie dunkle Flecke, die nur vom Blut erlegter Tiere stammen konnten. Er war auf der Jagd gewesen. »Na-

nuk«, begrüßte sie ihren vierbeinigen Freund erregt. »Schön, dass du wieder hier bist.«
Nanuk blieb scheu, wagte sich während der ersten beiden Tage nach seiner Rückkehr überhaupt nicht von seinem Platz und ging auch dann nur ein paar Schritte auf und ab. Lediglich an seinem wedelnden Schweif erkannte Clarissa, wie sehr er sich über das Wiedersehen mit ihr freute. Sie beschloss, sich weiter vorzuwagen. Am dritten Tag humpelte sie von der Veranda und stellte einen Teller mit Keksen in den Schnee. »Nanuk. Ich hab dir was mitgebracht. Leckere Kekse. Hol sie dir.« Sie wartete einen Augenblick, sprach mit ihm, ohne dass er seinen Platz verließ, und kehrte ins Haus zurück. Neben dem Fenster blieb sie stehen. Sie spähte aufmerksam nach draußen, wartete geduldig und ohne sich zu bewegen, bis Nanuk den Hügelkamm verließ und zögernd durch den Schnee stapfte. Er blieb alle paar Schritte stehen, schnupperte misstrauisch und ging dann langsam weiter. »Hab keine Angst!«, flüsterte Clarissa. »Ich bin deine Freundin.«
Erst jetzt, aus einer Entfernung von höchstens zwanzig Metern, sah Clarissa, wie wild und schön der Wolfshund war. Sein Fell glänzte hell, beinahe silbern, schien weich wie das Biberfell, das zu Hause über ihrem Kamin hing. Seine Augen leuchteten hell, spiegelten den Mond, der voll und klar über den Bergen stand. Die dunklen Flecke über seiner Schnauze gaben ihm ein entschlossenes Aussehen. Seine Ohren waren etwas kürzer als bei einem reinrassigen Timberwolf, und auch der Kopf wirkte etwas klobiger, aber diese Mängel taten seiner Schönheit keinen Abbruch. Er bewegte sich elegant, glitt wie eine Raubkatze über den

harschen Schnee und schnupperte an den Keksen, bevor er einen schnappte und damit im wirbelnden Schnee verschwand.
Clarissa jubelte innerlich. »Siehst du, Nanuk, du hast es geschafft«, sagte sie zufrieden. »Du wirst sehen, wir werden noch dicke Freunde.« Tatsächlich wiederholte sich das Spiel am nächsten und auch am übernächsten Tag. Nanuk erschien jetzt weniger misstrauisch und zögerte nicht mehr so lange, bevor er nach einem der Kekse schnappte. Dann ging Clarissa noch einen Schritt weiter. Nachdem sie den Teller mit den Keksen in den Schnee gestellt hatte, blieb sie auf der Veranda stehen. Sie wollte den Wolfshund dazu bringen, auch in ihrer Gegenwart zur Hütte zu kommen. »Hab keine Angst, Nanuk«, wiederholte sie geduldig. »Komm zu mir. Ich tu dir nichts. Ich bin deine Freundin.«
Es dauerte unendlich lange, bis der Wolfshund den Hügel verließ. Er stapfte so vorsichtig durch den Schnee, als vermutete er Glasscherben darunter, und blieb immer wieder stehen, dann gab er sich einen Ruck und kam bis auf wenige Meter an Clarissa heran. »Nanuk«, flüsterte sie zärtlich. »Nanuk. Komm her, ich möchte mich bei dir bedanken. Du heißt doch Nanuk, oder?« Der Wolfshund ließ den Teller mit den Keksen stehen und wagte noch einen Schritt, dann noch einen, bis er sich in Reichweite seiner zweibeinigen Freundin befand. Er fletschte die Zähne und ließ ein warnendes Knurren vernehmen, das Clarissa einen Schauer über den Rücken jagte.
»Nanuk, Nanuk«, sagte sie leise seinen Namen. Dann wedelte er mit dem Schweif, und sie streckte eine Hand nach ihm aus. Sie fühlte sein weiches Fell und

war glücklich. »Na, also! Wir werden gute Freunde, was hab ich gesagt?« Im nächsten Augenblick sprang der Wolfshund durch den Schnee davon und war verschwunden.

5

Sieben Wochen nach der Bruchlandung konnte Clarissa wieder gehen. Sie setzte sich neben den Ofen, löste die Schiene, warf sie zum Feuerholz und begann, vorsichtig ihre Stiefel und die Hose auszuziehen. Ihre Hände zitterten bei jeder Bewegung. Sie hatte Angst, das verheilte Bein zu stark zu belasten. Doch nichts geschah, und eine halbe Stunde später lagen die Stiefel, ihre Wollsocken und die gefütterte Hose auf dem Boden. Vorsichtig berührte sie die verheilte Stelle. Viele Jahre später würde ein Arzt in Seattle behaupten, der Knochen sei unregelmäßig zusammengewachsen. Sie spürte nichts und war froh darüber, endlich wieder gesund zu sein. Es hatte keine Entzündung und auch keine anderen Komplikationen gegeben, anscheinend war es ein glatter Bruch gewesen, und nur die Muskeln waren etwas zurückgegangen. Sie würde ihre Turnübungen fortsetzen, auch mit den Beinen arbeiten, die Muskeln belasten und in spätestens zwei Wochen wieder normal gehen können.

Auf wackeligen Knien ging sie zum Wandschrank. Zuerst langsam, dann etwas schneller und sicherer. Sie fühlte sich wie neugeboren, kostete jeden Schritt aus, obwohl sie kaum wagte, das verheilte Bein voll zu belasten. Vor dem Schrank blieb sie erleichtert stehen. Sie griff nach einer Dose mit Pfirsichen und öffnete sie mit ihrem Messer, nahm einen Löffel und setzte sich an den Holztisch neben dem Yukon-Ofen. In stiller Freude genoss sie das süße Festmahl. Nach dem Essen setzte sie einen Topf mit Schnee auf den heißen Ofen.

Sie zog ihre Unterwäsche aus und wusch sich mit dem warmen Wasser von Kopf bis Fuß. Das herrliche Gefühl, endlich wieder sauber zu sein, würde sie niemals beschreiben können. Nackt trat sie auf die Veranda, schüttete das schmutzige Wasser weg und schöpfte neuen Schnee. Obwohl sie nur wenige Sekunden an der frischen Luft verbrachte, spürte sie die Kälte bis auf die Knochen. Sie ging schnell zurück und stellte den Topf erneut auf den Ofen. Nachdem sie sich in eine Wolldecke gehüllt hatte, blieb sie zitternd neben dem Ofen stehen, bis die Wärme sich in ihrem ganzen Körper ausgebreitet hatte.
Während sie ihre schmutzige Bluse und die Unterwäsche in das heiße Wasser tauchte und mit der Kernseife bearbeitete, die sie in einer Schublade gefunden hatte, musste sie an den irischen Buschpiloten denken, der in einem versteckten Tal der Brooks Range beinahe erfroren wäre. McCormick war für dieselbe Gesellschaft in Fairbanks wie ihr Mann geflogen, ein lauter und fröhlicher Bursche; seine Großeltern hatten beim Bau der Union Pacific geholfen und waren, wie er ständig betonte, lausig dafür entlohnt worden. Er war nach Alaska gegangen, weil man auf dem »Festland«, wie er den Rest der Vereingten Staaten nannte, kaum noch einen Meter laufen konnte, ohne einem anderen Iren zu begegnen, und wurde als tollkühner Draufgänger bekannt. In der Nähe eines Indianerdorfes hatte er eine Bruchlandung gebaut und seine Maschine kopfüber in einen eisigen See getaucht. Er hatte Glück im Unglück gehabt, war zwischen dem aufgebrochenen Eis hochgekommen und in den Schnee geklettert. Weil er wusste, wie schnell man nach einem

solchen Unfall erfrieren konnte, hatte er sich seiner Kleider entledigt und war nackt in das zwei Meilen entfernte Indianerdorf gerannt. Nur diese Verzweiflungstat hatte ihm das Leben gerettet. Das war wenigstens die Geschichte, die man sich unter den Buschfliegern erzählte.

Clarissa blieb in ihre Decke gehüllt am Tisch sitzen und las eines ihrer Lieblingskapitel in »Moby Dick«, bis ihre Kleider trocken waren und sie sich wieder ankleiden konnte. Es war ein himmlisches Gefühl, wieder saubere Kleider am Körper zu haben. Sie lief in der Hütte auf und ab, um ihr verheiltes Bein zu trainieren, blieb unter den leeren Haken stehen, an denen das Gewehr des Trappers und seine Schneeschuhe gehangen haben mussten, und dachte zum wiederholten Male darüber nach, was wohl aus dem Mann geworden war. Wenn man in dieser Wildnis den kleinsten Fehler beging, war man dem Tod geweiht, und auch erfahrene Trapper waren nicht gegen solche Fehler gefeit. Sie hatte von Fallenstellern gehört, die sich in den Bergen verirrt hatten und von Bären, Wölfen oder anderen wilden Tieren getötet worden waren. Sobald sie wieder im Vollbesitz ihrer Kräfte war, würde sie die Umgebung der Hütte absuchen, nur für den Fall, dass ihm etwas passiert war. Wenn er nicht mehr am Leben war, wollte sie wenigstens seinen erfrorenen Körper bestatten.

Sie ging auf die Veranda und machte ihre Turnübungen. Das verheilte Bein konnte sie jetzt jeden Tag mehr belasten, und ihre Genesung schritt rasch voran. Schon nach einer Woche traute sie sich zu, durch den Schnee zu marschieren. Mit den alten Schneeschuhen, die sie hinter dem Haus gefunden hatte, wollte sie eine kurze Wanderung unternehmen. Sie zog ihre Winterkleidung an, hängte eine Felltasche mit Vorräten und heißem Tee über ihre Schultern und schob die Axt in ihren Gürtel. Sie besaß kein Gewehr, nicht mal eine Pistole, und wollte für alle Fälle gewappnet sein. Ihr Gesicht schützte sie mit einer Wollmaske, die sie in ihrer Anoraktasche gefunden hatte. Sie legte Holz in den Ofen, damit die Hütte nach ihrer Rückkehr warm war, und marschierte los.

Es war Anfang Dezember, wenn sie richtig gerechnet hatte, und die Kälte war noch unbarmherziger geworden. Mindestens dreißig Grad unter null, schätzte Clarissa. Düsteres Halbdunkel lag über den verschneiten Hügeln. Der Wind kam aus Nordost und wehte weiße Schleier über den Schnee. Die Kristalle rieben wie Sand an ihrer Kleidung. Sie war gut gegen die niedrigen Temperaturen geschützt und hatte sich längst daran gewöhnt, auf Schneeschuhen durch den Winter zu stapfen, das hatte sie bereits vor drei Jahren gelernt, als sie nach Alaska gekommen waren. Fairbanks war für seine eisigen Winter bekannt, und gleich nach ihrer Ankunft hatten sie einen der härtesten Winter der letzten zwanzig Jahre erlebt. So hatte die Zeitung von Fairbanks die eisigen Temperaturen beschrieben. Sie hatten damals in der Stadt gewohnt, und weil Clarissa es sich in den Kopf gesetzt hatte, unbedingt ein Indianerdorf kennen zu lernen, war sie mit Jack nach Norden geflogen, neue Schneeschuhe und die Notausrüstung im Gepäck. McCormick, der irische Kollege ihres Mannes, hatte nicht verstehen können, warum sie unbedingt bei dieser »Affenkälte« mitfliegen wollte, und sie

hatte ihn ausgelacht und erklärt, dass sie auch mal nackt durch den Schnee laufen und sich zum Gespött der Leute machen wolle.
Unterwegs hatte sie nicht mehr gelacht. Über den Bergen sank die Temperatur dramatisch, und auf den Tragflächen bildete sich Eis. Sie wusste längst, wie gefährlich das Eis für ihre *Bellanca* werden konnte, und blickte besorgt aus dem Fenster. Sie waren von menschenleerer Wildnis umgeben, weit und breit keine Siedlung und nur Wälder, Felsen und schroffe Schluchten, selbst das Indianerdorf lag noch eine Flugstunde entfernt. »Kein Grund zur Sorge, Schatz«, meinte Jack. »Jetzt können wir es uns endlich mal gemütlich machen.« Eine Anspielung auf das schäbige Haus am Stadtrand, in dem sie wohnten. Der Wind pfiff durch alle Ritzen, und der Ofen hatte mehr Löcher als eine Hundedecke. »Keine Angst. Wir landen auf dem See da unten.« Er deutete auf den zugefrorenen See, der sich zwischen einigen Felshängen ausbreitete, und steuerte die Maschine nach unten. Erst viele Wochen später gestand er, wie gefährlich die Landung gewesen war. Weil eine dünne Schicht Neuschnee auf dem zugefrorenen See lag, konnte er nicht erkennen, wie stabil die Eisdecke war. Er musste sich auf sein Glück verlassen. Erleichtert ließ er die *Bellanca* ausrollen, nachdem sie sicher gelandet waren. »Na, was hab ich gesagt? Selbst im Sommer hätten wir nicht besser landen können. Ausgesprochen langweilig.«
Sie verankerten die Maschine im festen Eis, zurrten die Seile fest und packten den Motor in warme Decken. Jack ließ das Öl in einen Kanister laufen, der immer in der Nähe des kleinen Ofens blieb. Sie schlugen das Zelt

am Seeufer auf, unter einigen Fichten, deren schneebeladene Zweige bis über das Eis reichten, und erkundeten die Umgebung auf Schneeschuhen. Clarissa brauchte einige Zeit, bis sie sich an die seltsamen Schuhe gewöhnt hatte. Sie waren aus Weidenzweigen gefertigt, die man in eine ovale Form gepresst und mit Rohhautschnüren bespannt hatte. Das Netz verhinderte, dass man zu tief in den Schnee sank. In einer Mischung aus Begeisterung und Furcht folgte sie ihrem Mann. Begeisterung über die Tatsache, die Wildnis wie ein erfahrener Fallensteller zu meistern, und Furcht vor den Unwägbarkeiten, die in der Einsamkeit warteten. Wilde Tiere, ein Elch, der aus dem Unterholz brach, ein Schneesturm.

Sie würde die Nacht in dem Zelt niemals vergessen. Wie sie aneinander gekauert in ihren Schlafsäcken lagen, das Flackern der Kerosinlampe in den Augen. Das Flattern der Planen, wenn der Wind über den See blies. Das Zischen des kleinen Ofens. Den Geruch des Motorenöls, das dicht daneben stand. Das Heulen der Wölfe, die irgendwo durch die Einsamkeit streiften. Das grüne Nordlicht, das selbst durch die Zeltplanen zu sehen war. Den liebevollen Blick ihres Mannes, der sie zärtlich geküsst und geflüstert hatte: »Ich liebe dich, mein Schatz. Ich liebe dich.«

Mit dem Lächeln ihres Mannes vor den Augen stapfte Clarissa durch den tiefen Schnee. Diesmal folgte sie den Spuren des Wolfshundes über den Hügel, den kalten Wind und das leichte Schneetreiben im Gesicht. Nanuk war nicht zu sehen. Er war jeden Morgen über den Hügel gekommen, hatte sein Frühstück abgeholt und sich von ihr berühren lassen. Tagsüber blieb er meistens verschwunden. Manchmal hörte sie ein vielstimmiges Heulen in der Einsamkeit und lief erschrocken zum Fenster. Das mussten andere Wölfe sein. Sie war überzeugt, dass mindestens ein Rudel durch die nahen Täler streifte. Solange sie in der Nähe der Hütte blieb und einen starken und ausgeruhten Eindruck machte, konnten sie ihr nichts anhaben. Wölfe waren nicht so gefährlich, wie manche Leute im Süden glaubten. Auch das hatte sie in Alaska gelernt. Sie lebten in einem festen sozialen Gefüge, das viel straffer als eine Familie organisiert war, und wollten von den Menschen nur in Ruhe gelassen werden. »Die Biester sind nicht gefährlich«, hatte sie ein Lehrer in Fairbanks aufgeklärt, »sie sind nicht mal aggressiv. Die wollen nur ihre Ruhe. Ihr schlechter Ruf geht auf das Mittelalter zurück. Als die Pest in Europa wütete, vergriffen sie sich an den Leichen. In guten Zeiten greifen sie keine Menschen an. Sie töten Rinder und Schafe, das ist wahr, deshalb schießen die Rancher im Süden auf sie. Die Indianer haben Angst vor ihnen. Sie glauben, dass sie von den Geistern abstammen. Sie sind heilige Tiere.«

Ohne einen festen Plan gefasst zu haben, marschierte Clarissa zu dem ausgebrannten Flugzeugwrack. Ihre Spuren waren längst vom Wind verweht worden, und sie brauchte einige Zeit, um sich im Halbdunkel des arktischen Morgens zu orientieren. Während der letzten Wochen war mehr Schnee gefallen, und die Landschaft hatte sich verändert. Sie folgte ihrem Instinkt und erschrak regelrecht, als sie über ein Trümmerteil der *Bellanca* stolperte. Eine der Kufen, die sich während der Bruchlandung gelöst hatte. Sie blickte zum

Waldrand und erkannte das Wrack, das vollkommen vom Schnee bedeckt war und auf den ersten Blick wie ein umgestürzter Baum aussah. Selbst wenn andere Buschflieger nach ihnen Ausschau gehalten hätten oder eine Patrouille der Royal Canadian Mounted Police am Waldrand vorbeigezogen wäre, hätten sie das Flugzeug nur durch Zufall entdecken können. Nur wer die Umgebung genau absuchte, entdeckte die Wrackteile im Schnee. Der arktische Winter hatte die Maschine und den verkohlten Körper von Jack Swenson mit einem Leichentuch aus frostigem Schnee bedeckt.

Clarissa blieb stehen und starrte minutenlang auf das Wrack. Ihre Beine, die sie während des Marsches kaum gespürt hatte, wurden schwach, und ihre Lippen unter der wollenen Maske begannen zu zittern. Die Vernunft riet ihr, den Schnee unberührt zu lassen und umzukehren, doch sie gehorchte ihrer inneren Stimme und ging langsam auf das Wrack zu. Ihre Augen waren mit Tränen gefüllt, als sie mit ihren Handschuhen den Schnee von den Resten des Flugzeugs kratzte. Ihre Hände berührten etwas Schwarzes. »Jack!«, schrie sie entsetzt. »Jack! Warum bist du gegangen?« Sie stolperte zurück und fiel in den Schnee, wurde an den Augenblick nach der Bruchlandung erinnert, als sie bewusstlos zu Boden geschleudert wurde.

Weinend blieb sie im Schnee liegen, bis sie keine Luft mehr bekam, zog die Wollmaske nach oben und spürte die arktische Kälte im Gesicht. Der Wind ließ ihre Tränen gefrieren. Sie kämpfte gegen ihren Schmerz an, stand wieder auf und zog die Wollmaske übers Gesicht. Seit dem Tod ihres Mannes waren erst acht Wochen vergangen. »Ich werde dich nie vergessen, Jack«, sagte sie traurig. Sie suchte nach dem Ski, über den sie gestolpert war, und rammte ihn wie einen Grabstein neben das Wrack. Wenn sie nach der Schneeschmelze immer noch hier war, würde sie ein Kreuz binden und eine Grabstätte herrichten.

Vor dem Ski, der wie ein Mahnmal an ihre Bruchlandung und den tragischen Tod ihres Mannes erinnerte, begann sie zu beten. Das Vaterunser, das sie immer noch auswendig konnte, und ein kurzes Gebet, das sie von ihrer Mutter gelernt hatte. Dann sprach sie noch einmal mit ihrem Mann: »Der Nebel war schuld, Jack«, sagte sie. »Wir hätten gar nicht losfliegen dürfen. Warum haben wir nicht auf die Mounties gehört, die aus den Bergen gekommen sind? Warum mussten wir wieder alles besser wissen? Ich weiß, Jack, dich trifft keine Schuld. Und mich auch nicht. Das bisschen Nebel hat noch keinem Buschflieger das Genick gebrochen. Unsere Konkurrenz war doch auch unterwegs, oder etwa nicht? Wir hatten einfach Pech, Jack! Weil wir keinen Landeplatz gefunden haben. Bisher hatten wir immer Glück, aber diesmal lief alles schief. Ausgerechnet in einer Gegend, wo es keinen anständigen Landeplatz gibt, mussten wir runtergehen. Ein paar Meter weiter, und wir hätten wahrscheinlich einen zugefrorenen See gefunden. Gott hat es nicht zugelassen. Ich weiß nicht, warum du sterben musstest. Es macht einfach keinen Sinn. Warum musstest du sterben, und warum soll ich leben?« Sie dachte einen Augenblick nach, glaubte die Stimme ihres Mannes zu hören, und fuhr fort: »Ich weiß, Jack, du willst nicht, dass ich aufgebe. Lebe dein Leben, wenn mir jemals was passiert, hast du immer gesagt. Das stimmt doch? Ich will es versuchen, Jack. Schon um dir zu zeigen, dass ich eine ganze Frau bin. Ich komme heil aus diesen Bergen heraus!«

Sie wandte sich von dem Wrack ab und erschrak, als sie den Wolfshund entdeckte. Er stand keine zehn Schritte hinter ihr und blickte sie neugierig an. »Nanuk«, begrüßte sie ihn herzlich. »Du machst dir sicher Gedanken, was ich hier suche, nicht wahr? Jack war mein Mann, verstehst du, und ich werde ihn immer in Erinnerung behalten. Das bin ich ihm schuldig. Er war ein guter Mann, Nanuk, und das ist sein Grab, auch wenn es nicht so aussieht. Im Frühling werde ich ihm frische Blumen bringen.«

Nanuk ging zögernd auf sie zu und ließ sich von ihr streicheln, zog sich aber gleich wieder zurück. Anscheinend erschrak er selbst über seine Zutraulichkeit. Er lief ein paar Schritte durch den Schnee und blieb abwartend stehen. Seine blauen Augen hoben sich leuchtend gegen das Halbdunkel ab. Er jaulte verstört, schien neugierig auf das vermummte Wrack zu blicken und stapfte in gebührendem Abstand an Clarissa vorbei. Sie rührte sich nicht, wartete geduldig, bis sie zu erkennen glaubte, dass Nanuk ihr etwas zeigen wollte. Sie folgte seinen Spuren zum Fluss hinunter. Am Ufer war der Wind besonders heftig, und sie musste sich weit nach vorn beugen, um nicht umgeblasen zu werden. Eiskristalle knirschten unter ihren Schneeschuhen. Nanuk blieb alle paar Meter stehen, um nachzusehen, ob sie ihm folgte, und überquerte mit kurzen Schritten den gefrorenen Fluss.

Es war heller geworden, und am Himmel waren glühende Streifen zu sehen. Sie verbreiteten einen geisterhaften Glanz und tauchten die Hügel in unwirkliches Licht. Unheimliche Schatten huschten über das Eis. Nanuk kletterte am anderen Ufer empor und verschwand in dem orangefarbenen Licht, in das der Waldrand getaucht war. »Nanuk! Wo willst du hin?«, rief Clarissa ihm nach. »Warte auf mich!« Sie lief keuchend hinter dem Wolfshund her, stapfte durch den tiefen Schnee und blieb am Waldrand stehen. Ihr vierbeiniger Freund war zwischen den dunklen Fichten verschwunden. »Nanuk! Wo bist du?«, rief sie.
Zögernd drang sie in den Wald ein. Unter den Bäumen lag wenig Schnee, und sie kam ohne die hinderlichen Schneeschuhe voran. »Wohin wolltest du mich führen, Nanuk?«, überlegte sie flüsternd. Sie spürte die bösen Geister, von denen die Indianer immer sprachen, und blickte sich ängstlich um. Am liebsten wäre sie aus dem Wald gerannt und hätte sich in der Hütte verkrochen. Sie besaß keine Schusswaffe, und wenn sie von einem wilden Tier angegriffen wurde, hatte sie kaum eine Chance. Sie griff nach der Axt und nahm sie wurfbereit in ihre rechte Hand.
»Nanuk?«, rief sie mit gedämpfter Stimme. »Bist du hier?«
Clarissa lauschte vergeblich auf eine Antwort. Sie war ungefähr fünfzig Meter in den Wald eingedrungen und von beängstigender Dunkelheit umgeben. Nur ein dünner Streifen des schwachen Tageslichts drang zwischen die Bäume. Sie ging langsam weiter, drang hinter ein Gebüsch und sah eine reglose Gestalt auf dem Boden liegen. Ein toter Mann! Der Trapper, dem die

Blockhütte gehörte! Sein rechter Fuß war zwischen den massiven Eisenzangen einer Bärenfalle eingeklemmt, und an seinem Körper hatten sich wilde Tiere schadlos gehalten. »Mein Gott«, flüsterte sie.

6

Clarissa legte einige Steine und Zweige über den toten Fallensteller, damit die wilden Tiere ihn nicht mehr fanden. Der Boden war viel zu hart für ein Grab. Sie sprach ein kurzes Gebet und verdrängte den Anblick der gefrorenen Leiche. Der Mann musste unvorstellbare Qualen erlitten haben, bevor er gestorben war, und sie bedauerte, ihn nicht eher gefunden zu haben. Sie tröstete sich damit, dass sie auf jeden Fall zu spät gekommen wäre. Selbst wenn er nur wenige Stunden in der Falle gelegen hätte, wäre er bei dieser Kälte und mit einer solchen Verletzung gestorben. Sie hob das Gewehr des toten Mannes auf, eine schwere Büchse mit doppeltem Lauf, stellte fest, dass keine Patronen mehr in der Waffe waren, und hängte sie sich über die Schultern.

Nach einem Augenblick des Schweigens kehrte sie zum Waldrand zurück. Sie schnallte die Schneeschuhe an und kämpfte sich durch einige Verwehungen zum Fluss. Ein verwaschener Himmel hing über den Eisbrocken, die blau und grün schillernd aus dem erstarrten Wasser ragten. Der Horizont war hellgrau, zerfloss mit der Wolkendecke zu einem düsteren Himmel. Der Wind hatte nachgelassen, war kaum noch zu spüren und einer beängstigenden Stille gewichen. Clarissa blieb stehen und lauschte. Sie sehnte sich nach dem Jaulen des Wolfshundes, aber Nanuk blieb verschwunden, und die Einsamkeit war vollkommen. Erst ein fallender Ast, der unter der Last des schweren Schnees zu Boden fiel, durchbrach das Schweigen. Sie

erschrak, glaubte an einen Gewehrschuss und atmete auf, als sie den aufspritzenden Schnee unter den Fichten sah. Erleichtert marschierte sie weiter.
Zwischen den Hügeln, die ihre Blockhütte umgaben, blieb sie noch einmal stehen. Wieder war ein Geräusch an ihre Ohren gedrungen, diesmal nur leise und kaum spürbar, und sie griff nach der Axt und blickte sich aufmerksam um. Sie war allein in der Wildnis. Anscheinend hatte die Fantasie ihr einen Streich gespielt. Außer dem ächzenden Geräusch, das ihre Schneeschuhe auf dem verharschten Untergrund hinterließen, war nichts zu hören. Sie blieb dennoch vorsichtig und war bereit, sich jederzeit gegen den möglichen Angriff eines wilden Tieres zu wehren. Sogar Bären waren zu Beginn des Winters schon in den Ogilvie Mountains gesehen worden. In Whitehorse wurde die Geschichte einer jungen Indianerin erzählt, die noch im November von einem ausgewachsenen Grizzly angefallen worden war. Ihr Mann, ein weißer Trapper, war auf der Jagd, als sie ein Geräusch hörte und vorsichtig aus ihrer Hütte trat. Sie war nur mit einem leichten Jagdgewehr bewaffnet, rechnete nicht mit dem fauchenden Bären, der sich plötzlich vor ihr aufrichtete und sie mit erhobenen Pranken bedrohte. Er hätte längst seinen Winterschlaf halten sollen. Sie schoss in panischer Angst auf ihn, wollte ein zweites Mal abdrücken, als das Schloss ihres Gewehres klemmte. Sie ließ sich nicht aus der Ruhe bringen, verschanzte sich in der Hütte und hantierte an der Waffe, während der verletzte Grizzly mit aller Macht gegen die Holzwand drückte. Er würde die Hütte wie ein Kartenhaus zerdrücken. Endlich war das Gewehr schussbereit. Nur

noch eine Kugel steckte im Lauf. Sie öffnete die Tür und trat dem Raubtier furchtlos entgegen. Ihre Kugel traf den Bären ins Maul und tötete ihn auf der Stelle. Normalerweise blieben die Nerven eines Grizzly noch zehn oder fünfzehn Minuten intakt, und man konnte auch von einem sterbenden Bären zerrissen werden, aber ihre Kugel hatte das Nervensystem getroffen, und der Grizzly leistete keine Gegenwehr mehr.

Clarissa hatte diese Geschichte oft genug gehört und war sich im Klaren darüber, dass nicht jede Frau so viel Glück haben konnte. Wer von einem wütenden Grizzly angegriffen wurde, hatte nur eine Chance, wenn er eine großkalibrige Büchse dabeihatte. Das Gewehr des Trappers, das über ihren Schultern hing, war stark genug, aber es war nicht geladen. Mit einer Axt oder einem Messer würde sie nicht einmal einen angreifenden Wolf abwehren. Sie lief weiter und schämte sich ihrer Angst. Auch am Lake Laberge gab es wilde Tiere, und sie hatte niemals Angst verspürt, wenn sie allein unterwegs gewesen war. Hatten der Tod ihres Mannes und das lange Alleinsein sie furchtsamer gemacht? Oder war es das Gefühl, weitab von der nächsten Siedlung der einzige Mensch zu sein? Sie beschleunigte ihre Schritte, stieg auf die Veranda ihrer Hütte und streifte die Schneeschuhe ab. Nachdem sie sich noch einmal aufmerksam umgeblickt hatte, betrat sie das Blockhaus.

Sie verschloss die Tür und legte den Anorak, die Handschuhe und die Fellmütze ab. Die Stiefel mit dem Eisbärenfell stellte sie neben den Ofen. Sie wärmte ihren durchfrorenen Körper und trank etwas heißen Tee, öffnete eine Dose mit Bohnen und wärmte sie auf dem

Ofen. Wie gerne hätte sie frisches Obst und frisches Gemüse gehabt, aber das war selbst in den Städten nur selten zu bekommen. Sie hoffte nur, dass sie keinen Skorbut bekam, so wie die Seefahrer im letzten Jahrhundert, die monatelang auf hoher See gewesen waren und sich nur von Zwieback und brackigem Wasser ernährt hatten. Es gab Fotografien solcher Männer, die mit blutendem Zahnfleisch und verfaulten Zähnen von Bord gegangen und manchmal sogar gestorben waren. Doch die Bohnen schmeckten herrlich und waren genau die richtige Kost nach dem anstrengenden Marsch. Der schwarze Tee weckte ihre Lebensgeister. Sie beschloss, alle paar Tage eine kurze Wanderung zu unternehmen, um bei Kräften zu bleiben und etwas Abwechslung in ihren eintönigen Alltag zu bringen. Die Angst würde mit jedem Marsch geringer werden. Jetzt hatte sie ein Gewehr, das stark genug war, einen ausgewachsenen Bären oder Elch zu fällen. Vielleicht würde sie sogar auf die Jagd gehen. Etwas frisches Fleisch würde ihren Speiseplan, der aus Konserven, Keksen und einmal im Monat aus einer Dose Pfirsiche oder Aprikosen bestand, bereichern. Sie fand eine Schachtel mit Patronen, lud die schwere Waffe und hängte sie an die Haken über der Tür. Das Gewehr gab ihr ein Gefühl der Sicherheit und verstärkte die Hoffnung, unbeschadet bis zu ihrer Rettung in der Blockhütte auszuharren.
Sie konnte mit einem Gewehr umgehen. Das hatte sie mit jeder Frau gemein, die im hohen Norden wohnte. Ohne eine Waffe stand man in der Wildnis auf verlorenem Posten. Selbst in einer Stadt wie Fairbanks gingen die meisten Menschen bewaffnet aus dem Haus. Dort

waren schon Elche auf der Hauptstraße gesehen worden. Jack und sie hatten das Schießen von einem Kunstschützen gelernt, der für denselben Wanderzirkus wie sie gearbeitet hatte. In der Vorstellung war »The Mysterious Shootist from Chattanooga« auf einem Schimmel durch die Manege geritten und hatte zwölf Kugeln auf eine angebliche Jungfrau abgefeuert. Er hatte nicht einmal danebengeschossen! Manche Zeitungsschreiber vermuteten einen Trick, doch »The Mysterious Shootist from Chattanooga«, der eigentlich Leroy Applegate hieß und aus Philadelphia stammte, war ein hervorragender Schütze und brauchte keine faulen Tricks. »Es ist ganz einfach«, hatte er zu Beginn seiner Lektion gesagt, »ihr müsst nur im richtigen Moment abdrücken.« Natürlich besaß Clarissa nicht einmal annähernd die Perfektion des Kunstschützen, aber sie hatte einige Jäger beim Wettschießen in Fairbanks hinter sich gelassen und war stolz darauf. »Hier oben musst du immer darauf gefasst sein, allein deinen Mann stehen zu müssen«, hatte die Frau eines alten Trappers zu ihr gesagt, als sie in den hohen Norden gekommen waren. Wie Recht sie doch gehabt hatte!

Jetzt war sie wirklich allein, schon seit über zwei Monaten, und die fünf Jahre, die sie mit ihrem Mann in der Wildnis verbracht hatte, machten sich bezahlt. Sie konnte kochen und einen Haushalt führen, aber sie beherrschte auch vieles, was die Frauen in Nebraska oder Ohio als Männerarbeit verachteten. Sie konnte auf Schneeschuhen durch meterhohen Schnee laufen, die Spur eines Bären oder Wolfes lesen, mit einem Beil und einem Messer umgehen, schießen und jagen, erlegtes Wild ausnehmen und das monatelange Halbdunkel des Winters ertragen. Und sie konnte allein sein. Als Frau eines Buschpiloten war sie es gewohnt, auf ihren Mann zu warten, niemals zu wissen, welches Schicksal ihn in der verschneiten Wildnis festhielt. Sie vermisste ihn, weinte jede Nacht um ihn, doch wenn der Morgen graute und sie vor die Hütte trat, um Nanuk zu begrüßen, spürte sie eine beinahe magische Kraft, die es ihr ermöglichen würde, auch monatelang in der Blockhütte auf das Frühjahr zu warten. Manchmal dachte sie sogar daran, freiwillig in der Einsamkeit zu bleiben. Sie war nicht versessen darauf, mit einem anderen Menschen zu sprechen und von ihm getröstet zu werden. Sie wollte ihre Stärke beweisen und ihr Schicksal allein tragen. Seltsamerweise verliehen ihr die Tage und Nächte in der Abgeschiedenheit der Ogilvie Mountains neue Kraft. Sie zehrte von der andächtigen Stille und der geheimnisvollen Kraft des Nordens.

Der Wolfshund begrüßte sie jeden Morgen. Er gewöhnte sich an ihren Geruch, und sie akzeptierte seine seltsame Art, ihr seine Zuneigung zu zeigen. Nach jeder Liebkosung verschwand er wieder. In seinem Körper schienen zwei Seelen zu wohnen, die Seelen der Tiere, von denen er abstammte. Den Wolf drängte es in die Einsamkeit der Berge, den Hund trieb es zu einem Menschen, der für ihn sorgen wollte. Clarissa mochte Nanuk, ohne seine Unabhängigkeit beschneiden zu wollen. Er glich einem Indianer oder Inuit, der aus der Wildnis in die Stadt kam, einen oder zwei Tage blieb und wieder verschwand. Umso erfreuter war sie, als sie eines Nachts aus dem Fenster sah und den Wolfshund vor dem Haus liegen sah. Sie hütete sich,

Nanuk zu wecken, genoss ihre Freude heimlich und still, und liebkoste ihn erst, als er an einem besonders kalten Morgen vor der Tür stand und sich mit dem Schweif wedelnd an ihre Beine schmiegte. Sie beugte sich zu ihm hinab und kraulte sein dichtes Fell. »Was ist denn mit dir los, Nanuk? Merkst du endlich, wie gern ich dich habe?«

Die herzliche Begrüßung wiederholte sich jeden Morgen. Einige Tage später kam Nanuk sogar in die Hütte und schnupperte aufgeregt herum. Clarissa belohnte ihn mit einigen Keksen und frischem Wasser, das er gierig schlabberte. Nach wenigen Minuten verschwand er wieder, anscheinend erschrocken über seine plötzliche Zutraulichkeit. Sie blickte ihm schmunzelnd nach, erfreut über die Freundschaft, die sie in dieser Wildnis geschlossen hatte.

Sie freute sich jeden Morgen auf die Begegnung mit dem Wolfshund, hatte das Gefühl, dass er auf seinen Namen hörte, wenn sie ihn »Nanuk« rief und zärtlich kraulte. Und wenn sie in seine himmelblauen Augen blickte, glaubte sie, dem Geheimnis auf der Spur zu sein, das die Indianer mit diesem angeblichen Geist-Hund verbanden. Er war anders als die Hunde, die sie bisher gesehen hatte, und vielleicht hatten die Indianer ja Recht, und er stammte tatsächlich von den Geistern ab.

Ein paar Tage vor Weihnachten geschah etwas, das sie in diesem Glauben bestärkte. Sie war auf einer ihrer Wanderungen, stapfte mit den Schneeschuhen durch den Neuschnee auf dem zugefrorenen Fluss, als ein vielstimmiges Geheul über die Hügel drang und wie der Atem eines bösen Geistes in der klaren Luft hing.

Das Geheul war so nahe, dass Clarissa stehen blieb und ihr Gewehr von den Schultern nahm. Sie blickte in die Richtung, aus der das Heulen gekommen war, und empfand das Halbdunkel des Nachmittags wie eine Bedrohung, die sich immer enger um sie zusammenzog. Durch den Schlitz in ihrer Wollmaske sah sie graue Gestalten auf einem Hügelkamm auftauchen.
Wölfe! Ein ganzes Rudel, das lauernd im Schnee stehen blieb und sie zu erwarten schien. Das Knurren des Leitwolfes, der etwas abseits stand und seinen gefährlichen Rachen öffnete, hallte in der Kälte nach. Anscheinend hatten die Tiere seit mehreren Tagen nichts mehr gefressen. Nach der vergeblichen Jagd auf einen Elch oder ein Karibu waren sie ausgehungert und so verzweifelt, dass sie einen Menschen bedrohten. Sie rüsteten sich zum Angriff, daran bestand kein Zweifel, und hatten ihr geschickt den Weg zur Hütte abgeschnitten.
Clarissa verstand zu wenig von Wölfen, um sagen zu können, ob sie bewusst vorgingen oder von einem bösen Geist geleitet wurden, wie manche Indianer behaupteten. Es war ihr auch egal. Als selbstbewusste Frau, die seit fünf Jahren im hohen Norden lebte, dachte sie praktisch und nüchtern. Die Wölfe hatten es auf sie abgesehen, und sie musste alles tun, um diesen Angriff abzuwehren. Das war nicht einfach. Sie zählte mindestens sieben Augenpaare, und selbst wenn sie ein paarmal traf, waren immer noch genügend Tiere übrig, um sie zu töten. Die Übermacht der Wölfe war zu stark. Sie waren gerissen genug, um sie von mehreren Seiten anzugreifen und ihr keine Chance zu lassen.
»Glaubt nicht, dass ihr mich so einfach bekommt!«,

rief sie den Wölfen entgegen. »Meint ihr, ich bin wochenlang durch die Hütte gehumpelt, um mich von euch zerreißen zu lassen! Verschwindet! Habt ihr gehört? Ihr sollt verschwinden!« Sie feuerte einen Schuss ab, und die Wölfe wichen nervös zurück.
Wenige Augenblicke später waren sie wieder da. Ihre dunklen Körper hoben sich wie bedrohliche Schatten gegen den grauen Dunst des Nachmittags ab und kamen langsam näher. Zwei Tiere waren jetzt seitlich von ihr, und sie glaubte bereits an einen bösen Traum, denn sie hatte noch niemals gehört oder gelesen, dass Wölfe einen Menschen auf diese Art in die Enge trieben. Dieses Gefühl wurde noch stärker, als hinter ihr ein wütendes Knurren laut wurde, sie mit dem entsicherten Gewehr herumfuhr und Nanuk entdeckte. Er rannte den Hügel hinauf und blieb mit gefletschten Zähnen vor den Wölfen stehen. Clarissa stand wie versteinert. Ungläubig beobachtete sie, wie das Rudel vor ihrem vierbeinigen Freund zurückwich und lautlos im Dunst verschwand. Nanuk lief in die andere Richtung weg. Er würdigte sie kaum eines Blickes und tauchte zwischen den Bäumen unter.
Später vermochte sie nicht zu sagen, ob sie den Vorfall nur geträumt hatte oder Nanuk tatsächlich über magische Kräfte verfügte.
Dem Reporter der *Dawson City News* würde sie dieses seltsame Erlebnis bei ihrer Rückkehr in die Zivilisation verschweigen. Man sollte sie nicht für verrückt halten. Die Indianerin, die von ihrem winterlichen Zusammenstoß mit dem Grizzly berichtet hatte, war wochenlang als Aufschneiderin und Lügnerin beschimpft worden, bevor man die Überreste des toten Bären vor ihrer

Hütte gefunden hatte. Clarissa wollte weder eine Heldin noch eine Lügnerin sein, gehörte nicht zu den Menschen, die mit ihren Abenteuern prahlten. Was die Leser einer Zeitung für abenteuerlich hielten, war in den meisten Fällen ein verzweifelter Kampf auf Leben und Tod gewesen. So wie der Kampf des Kapitäns Ahab gegen Moby Dick. Wer wusste schon, welche Albträume den Autor verfolgten? Aber wenige Tage vor Weihnachten dachte Clarissa noch nicht daran, wieder in die Zivilisation zurückzukehren. Sie lebte im Einklang mit ihrer unwirtlichen Umgebung und hatte sich darauf eingestellt, den Winter allein zu verbringen. Sie bedauerte lediglich, nicht mehr Bücher in der Hütte gefunden zu haben. Ihr Lieblingskapitel in »Moby Dick« konnte sie schon fast auswendig. Sie begann, die leeren Blätter, die bei den Gedichten des toten Trappers lagen, mit eigenen Eindrücken zu beschreiben, und warf sie gleich darauf ins Feuer. Selbst der Fallensteller hatte sich besser ausdrücken können. Auch die kleinen Bären, die sie aus Brennholz schnitzte, landeten im Ofen. In ihrer Hütte am Lake Laberge hatte sie die einsamen Abende mit Handarbeiten verbracht, oder sie hatte in den Zeitungen gelesen, die Jack aus Whitehorse mitgebracht hatte. Hier beschränkte sich das Leben auf die tägliche Routine, ihre Wanderungen in der Umgebung, die sie bereits zwei Tage nach dem aufregenden Erlebnis mit den Wölfen wieder aufnahm, und ihre Begegnungen mit Nanuk.

Sie hatte längst vergessen, wie viele Tage seit ihrer Bruchlandung vergangen waren, und konnte das genaue Datum nicht bestimmen, wollte aber auch in der Wildnis nicht auf ein Weihnachtsfest verzichten. Die

Vorbereitungen vertrieben die quälenden Gedanken an den Tod ihres Mannes, die immer dann aufkamen, wenn sie untätig in der Hütte saß. Mit der Axt, die sie auf jede Wanderung mitnahm, fällte sie eine kniehohe Fichte. Sie stellte den Baum direkt unter das Fenster und stützte den Stamm mit einigen Felsbrocken, die sie hinter dem Blockhaus gefunden hatte. Die Zweige schmückte sie mit bunten Stofffetzen, die sie aus einem Hemd des toten Trappers riss. Im Schein der Kerzen, die sie auf den Holztisch gestellt hatte, wirkte der Baum beinahe feierlich. Nicht so schön wie der festliche Baum, den ihr Mann und sie zum letzten Weihnachtsfest aufgestellt hatten, aber schön genug für ihr einsames Fest in der Wildnis.
Sie beschenkte sich mit einem Festmahl, das aus gekochtem Reis und eingemachten Früchten bestand, und prostete ihrem Spiegelbild im Fenster mit heißem Tee zu. Für Nanuk hatte sie einen hölzernen Knochen geschnitzt. Sie gab ihm das Geschenk, als er im flackernden Schein des Nordlichts vor der Hütte erschien, als hätte er geahnt, dass heute ein ganz besonderer Tag war. Mit dem Knochen im Maul legte er sich in den Schnee. Wolfshunde mieden die Wärme, fühlten sich nur in der eisigen Kälte des Nordens wohl. »Fröhliche Weihnachten, Nanuk«, wünschte sie ihm und streichelte sein flauschiges Fell. Er antwortete mit einem freundlichen Brummen und schleckte ihre Hand ab, seine Art, sich für ihre Freundschaft zu bedanken.
In der Hütte blieb Clarissa vor dem geschmückten Baum stehen und sprach ein Gebet. »Fröhliche Weihnachten, Jack. Wo immer du bist«, fügte sie andächtig

hinzu. Sie sang eines der Weihnachtslieder, die sie zu Hause immer gesungen hatten, und konnte schon wieder lachen, als der Wolfshund sie mit einem klagenden Heulen begleitete.

7

Der Winter verging, und Clarissa und Nanuk wurden gute Freunde. Der Wolfshund kannte keine Scheu mehr, weder am frühen Morgen, wenn er sie vor der Hütte begrüßte, noch um die Mittagszeit, wenn er sie auf ihrem Kontrollgang durch die nähere Umgebung begleitete. Aber aus dem wilden Geschöpf war kein zahmes Haustier geworden. Nanuk würde niemals seine Unabhängigkeit verlieren und sich in die Abhängigkeit eines Menschen begeben. Er würde immer dem Ruf der Wildnis folgen. Clarissa war lediglich zu einer Vertrauten geworden, und er beschützte sie, als wäre sie eine ranghöhere Wölfin. Wenn er mit ihr unterwegs war, kündigte er die leiseste Veränderung in ihrer Umgebung durch ein leises Knurren oder ein Aufstellen seiner Ohren an. Es roch nicht immer nach Gefahr. Manchmal fiel irgendwo ein Eiszapfen in den Schnee, oder der Wind wehte plötzlich aus einer anderen Richtung. Oder ein Schneehase ließ sich blicken, und Nanuk folgte seinem Jagdtrieb. Aber er war immer auf der Hut, und wenn er stehen blieb und seine scharfen Zähne zeigte, war höchste Vorsicht geboten. Dann drohte eine unmittelbare Gefahr. Ein wildes Tier, dem man aus dem Weg gehen musste, ein Wetterumschwung, der einen Sturm oder Schneetreiben verhieß. Nanuk hatte sein Leben in der Wildnis verbracht und konnte seine Herkunft nicht verleugnen. Er war hellwach und schien einen sechsten Sinn für Gefahren zu besitzen.

Clarissa verließ sich auf ihn, ohne ihre eigene Vorsicht

zu vernachlässigen. Ihr Gewehr war immer geladen, und die Axt und ihr Messer steckten im Gürtel, wenn sie auf eine Wanderung ging. Sie genoss die Nähe des Wolfshundes, der etwas Abwechslung in ihr eintöniges Leben brachte und ihr das Gefühl gab, nicht allein auf der Welt zu leben. Selten hatte sie ein so schönes Tier gesehen. Die Huskys, die sie in Fairbanks und am Lake Laberge kannte, und die Hunde vor dem Schlitten, den sie manchmal über den See gesteuert hatte, waren alle kleiner und tollpatschiger gewesen. Nanuk wirkte kräftiger, bewegte sich geschmeidiger und eleganter, und in seinen hellblauen Augen war mehr Leben. In seinem Blick lagen die Wildheit eines Timberwolfs, der rastlos durch die Wälder streifte, und die Sanftheit eines treuen Hundes, der seinem Herrn aufs Wort folgte. Und wenn er auf einem Hügelkamm stand und aufmerksam in die Ferne spähte, schien er mit den Geistern im Bunde zu sein.
Nanuk war ein Einzelgänger, wie so viele Wolfshunde, die zwischen zwei Welten pendelten. Man konnte ihn nicht zähmen. Er würde selber entscheiden, wie weit er seiner zweibeinigen Freundin folgen und wann er in die Wildnis zurückkehren würde. Eine Unabhängigkeit, die auch Clarissa nach dem Tod ihres Mannes anstrebte. Sie wollte sich nicht mehr binden. In ihrer Jugend hatte sie immer davon geträumt, von einem Märchenprinz aus ihrer eintönigen Umgebung entführt zu werden, und irgendwie war dieser Traum auch in Erfüllung gegangen, aber jetzt war ihr Märchenprinz gegangen, und sie wollte nicht mal in die heimatliche Blockhütte am Lake Laberge zurück. Der Gedanke, mit den Erinnerungen an ein besseres und schönes Leben

konfrontiert zu werden, stimmte sie traurig. Sie wollte allein bleiben.
Es wurde kälter, und der Schnee gefror zu harten Kristallen, die unter ihren Schneeschuhen wie Glas zersprangen. Das Land schien unter der schweren Wolkendecke zu erstarren. Tagsüber zeigte der Himmel ein verwaschenes Grau, nachts waren nicht einmal der Mond und die Sterne zu sehen. Erst am Neujahrstag riss die Wolkendecke auf, und das Funkeln der Sterne kündigte wie ein stummes Feuerwerk das neue Jahrzehnt an. Der Kalender mit der magischen Jahreszahl 1930 hing bereits in ihrer Küche. Auf dem Titelbild war eine Fotografie aus Arizona zu sehen. Ein Goldsucher, der aus der Wüste an den Yukon gekommen war, um dort zum zweiten Mal sein Glück zu machen, hatte ihn mitgebracht. Sie hatte sich wie ein Kind auf das neue Jahrzehnt gefreut. Jack und sie hatten beschlossen, in einem Restaurant in Whitehorse zu feiern. Stattdessen saß sie nun allein in ihrer Hütte und tunkte Kekse in ihren heißen Tee. Der Wolfshund war wieder einmal verschwunden.
Am dritten Tag des neuen Jahres kehrte Nanuk zurück und begleitete sie auf einer Wanderung über den gefrorenen Fluss. Das Eis wirkte stumpf und schimmerte matt im schwachen Tageslicht. Ihre Schneeschuhe schleiften über den Boden. Sie hatte auf ihren Wanderungen niemals einen Menschen getroffen, nicht mal ein Buschflugzeug war am Himmel erschienen. Nur den Wölfen mit den leuchtenden Augen war sie begegnet, im Traum oder auf einem der Hügel. Die Einsamkeit war ihr vertraut geworden. Deshalb reagierte sie fast verärgert, als Stimmen laut wurden und Nanuk

mit aufgestellten Ohren stehen blieb. Sie nahm das Gewehr von den Schultern und wartete auf das Erscheinen der Fremden. Sie befand sich immer noch auf dem Fluss, und sie mussten jeden Moment am Ufer erscheinen.

Indianische Jäger, vermutete sie. Die Eingeborenen hatten ihren Kampf gegen die weißen Eindringlinge längst aufgegeben und stellten keine Gefahr mehr dar, aber in dieser Wildnis war es besser, auf alles gefasst zu sein. Es gab Goldsucher, die sich bedroht fühlten und sofort schossen, wenn ein Fremder auftauchte, und am Pelly River lebte angeblich ein Trapper, der seinen Verstand verloren hatte und einen Polizisten der Royal Canadian Mounted Police umgebracht haben soll. Niemand hatte den »Crazy Trapper« jemals gesehen, nicht einmal seine Hütte, und der Mountie konnte genauso gut erfroren sein, aber das war den Leuten egal. Der Yukon war gefährlich, und man hielt seine Waffe besser schussbereit, wenn man fremde Stimmen hörte. Besonders wenn ein Wolfshund wie Nanuk die Ohren aufstellte.

Drei vermummte Gestalten tauchten aus dem Dunst über dem Flussufer auf. Sie benahmen sich arglos, hatten ihre Gewehre über den Schultern hängen und verstummten erst, als sie Clarissa und Nanuk auf dem gefrorenen Fluss sahen. Indianische Jäger, in Anoraks aus Karibufell und wollene Hosen gekleidet, wasserdichte *mukluks* an den Füßen. Alle trugen Fellkappen mit heruntergeklappten Ohrenschützern, zwei hatten Rucksäcke auf dem Rücken. Sie mussten den Rauch über der Hütte gesehen haben und darauf gefasst gewesen sein, einem Weißen zu begegnen, aber das Entsetzen in ihren Augen verriet Clarissa, dass sie nichts von ihrer Anwesenheit gewusst hatten. Sie nahm an, dass sie mit dem Trapper befreundet waren, der in der Hütte gewohnt hatte. »Ich bin Clarissa Swenson«, begrüßte sie die überraschten Jäger. »Wer seid ihr? Woher kommt ihr?«

Die Indianer hörten gar nicht hin, hatten nur Augen für den Wolfshund an ihrer Seite. »Das ist Nanuk«, fügte sie lächelnd hinzu, ohne daran zu denken, welche Bedeutung dieser Name bei den Eingeborenen hatte. »Wollt ihr euch in meiner Hütte aufwärmen? Ich habe heißen Tee. Oder wollt ihr lieber Kaffee?«

»Nanuk!«, stieß einer der Indianer entsetzt hervor. Seine Augen waren geweitet, glänzten im trüben Tageslicht. »Nanuk! Nanuk!«, wiederholten die anderen Jäger ehrfürchtig. »Der Wolfshund, der mit den Geistern im Bunde ist!« Ihr Anführer wich einen Schritt zurück und blickte Clarissa erstaunt an. »Bist du eine Geist-Frau?«

»Nein«, erwiderte sie lachend, »ich verbringe den Winter in der Hütte. Der Trapper ist tot. Er ist in eine seiner Fallen getreten und erfroren. Ich konnte ihm nicht helfen. Kanntet ihr den Trapper?«

»Ein guter Freund«, antwortete der Anführer in gebrochenem Englisch. »Er war mit meiner Schwester verheiratet, aber das ist viele Jahre her. Meine Schwester ist im großen Fluss ertrunken.«

»Das tut mir Leid.«

»Es braucht dir nicht Leid zu tun«, meinte der Indianer, »die Geister rufen uns, wenn es an der Zeit ist. Nur die Berge und die Flüsse sind ewig. Nur dieses wilde Land wird immer bestehen.«

Nanuk knurrte leise, und die Indianer wichen noch weiter zurück. Sie hatten großen Respekt vor dem Wolfshund. Der Anführer streckte vorsichtig eine Hand aus. »Das ist der Geist-Hund, von dem wir in unseren Hütten erzählen, nicht wahr? Warum ist er bei dir? Du musst eine Geist-Frau sein, sonst würde er dich nicht beschützen. Er lebt bei den Wintergeistern in den Bergen.«
Clarissa nahm an, dass der Indianer getauft war, sonst hätte er nicht so gut Englisch gesprochen. Die meisten Indianer hatten die Sprache von den Missionaren gelernt. Aber auch die Männer in den schwarzen Kutten hatten nicht verhindern können, dass sie immer noch an Geister glaubten. Sogar weiße Menschen glaubten an übernatürliche Kräfte. Der hohe Norden war zu geheimnisvoll und strahlte abseits der Siedlungen eine beinahe mystische Kraft aus. Es gab zu viel in dieser Wildnis, das man nicht logisch erklären konnte. Sie dachte daran, wie Nanuk sie zu der Hütte geführt hatte und wie sie den Wölfen mit den leuchtenden Augen begegnet war. Sie hatte keinen Grund, sich über den Glauben der Indianer lustig zu machen. »Nanuk hat mich gerettet. Mein Mann und ich sind mit dem Flugzeug abgestürzt. Jack ist gestorben. So heißt mein Mann.« Sie sprach in einfachen Sätzen, damit die Indianer sie verstanden. »Nanuk hat mir die Hütte gezeigt. Er begleitet mich auf meinen Wanderungen. Braucht ihr Vorräte? Wollt ihr heißen Tee?«
Der Anführer blickte auf den Wolfshund und schüttelte den Kopf. »Nein, nein, wir müssen zurück. Wir haben keine Zeit.« Seine Begleiter nickten heftig. »Keine Zeit. Keine Zeit. Müssen weg.«

Sie zogen sich ohne ein Wort des Abschieds hinter die Uferböschung zurück und stapften durch den Schnee davon. Clarissa blickte ihnen grübelnd nach. »Sie haben Angst vor dir, Nanuk«, sagte sie zu dem Wolfshund. Er stand breitbeinig auf dem Eis und ließ nicht erkennen, was er von den Indianern hielt. Ob sie zu einem anderen Stamm gehörten als der Krieger, der sich angeblich in den Wolfshund verwandelt hatte? »Komm, Nanuk, wir gehen nach Hause«, sagte sie, nachdem die Jäger in der Ferne verschwunden waren. Sie kehrte zur Hütte zurück und nahm einige Scheite vom Holzstapel, bevor sie sich von Nanuk verabschiedete und die Tür hinter sich schloss. Durch das Fenster beobachtete sie, wie der Wolfshund sich in den Schnee legte. Anscheinend hatte er jedes Interesse an den Indianern verloren.
Erst als das Feuer im Ofen aufflackerte, und sie sich mit einem heißen Tee an ihren Lieblingsplatz setzte, kam ihr in den Sinn, dass die Indianer ihr gar nicht gesagt hatten, aus welchem Dorf sie kamen. Wohnten sie in dem Tal, das sie mit der *Bellanca* angesteuert hatten? Sie hätte mit den Indianern gehen können und in ein paar Tagen am Lake Laberge sein können. Die Indianer wurden jeden Winter von Buschfliegern und Patrouillen der Royal Canadian Mounted Police besucht, und es hätte bestimmt nicht lange gedauert, bis sie irgendjemand in die Zivilisation gebracht hätte. War es nicht ihre Pflicht, die RCMP über die Bruchlandung zu informieren? Sie wusste es nicht, es war ihr auch egal. Jack konnte nicht mehr geholfen werden, und sie war mit ihrem Leben in der Wildnis zufrieden.
Die Indianer kehrten nicht zurück, und sie begegnete

während der folgenden Wochen keinem Menschen mehr. Um etwas Abwechslung in ihren Speiseplan zu bringen, legte sie einige Fallen aus und fing einen Hasen, den sie zu einem Ragout mit Bohnen und eingemachten Rüben verarbeitete. Das Fleisch gab ihr neue Kraft. Einen Teil ihrer Beute schenkte sie Nanuk, der sich gierig darüber hermachte. Auch für einen Wolfshund war es im Winter schwierig, etwas zum Fressen zu finden, und er kehrte nicht immer mit einer blutigen Schnauze von seinen Ausflügen zurück.

An einem klaren Tag im Februar wurde Clarissa durch leises Motorengeräusch geweckt. Sie rannte aus der Hütte und entdeckte eine silberne *Bellanca* über den Bergen. Zuerst glaubte sie an eine Sinnestäuschung, dann kam die Maschine näher, und sie sah deutlich die schwarze Nummer auf dem Rumpf. Sie kannte das Flugzeug. Es gehörte einem befreundeten Buschpiloten, der für eine große Firma in Whitehorse flog. Sie winkte nicht, dazu war das Flugzeug viel zu weit entfernt, sie machte auch keine Anstalten, auf sich aufmerksam zu machen, beobachtete stumm, wie die *Bellanca* ungefähr eine Meile nördlich über die weißen Hügel flog. Die Maschine verschwand hinter den Bergen. Clarissa wartete, bis das Motorengeräusch verstummt war, und kehrte betrübt in die Hütte zurück. Der Anblick der *Bellanca* hatte die Erinnerung an ihren toten Mann zurückgebracht, und sie lenkte sich mit überflüssigen Hausarbeiten ab, um auf andere Gedanken zu kommen. Sie ging früh zu Bett und ließ sich von einem heulenden Wolfsrudel in den Schlaf singen.

Noch vor dem Morgengrauen wurde sie durch lautes und hektisches Gebell geweckt. Sie stürzte aus dem

Bett, stülpte sich die Stiefel über und schlüpfte in den Anorak, nahm ihr Gewehr vom Haken und rannte nach draußen. Der volle Mond beleuchtete eine gespenstische Szene. Nanuk war in einen hitzigen Kampf mit sechs Hunden verwickelt. Die Huskys waren vor einen Schlitten gespannt, der vor dem Eingang der Hütte auf der Seite lag, und zogen geifernd an ihren Leinen. Sie schnappten nach dem Wolfshund, der mit gefletschten Zähnen angriff und einen der Huskys am rechten Vorderlauf gepackt hatte. »Nanuk!«, schrie Clarissa entsetzt. »Lass sofort die Hunde los!« Sie ging mit dem Gewehrkolben dazwischen, prügelte den Wolfshund aus dem Rudel und traf ihn so hart am Kopf, dass er benommen im Schnee liegen blieb. Sie griff nach den Leinen und zerrte das aufgebrachte Hundegespann zur Hütte, rammte den Anker des Schlittens fest in den Schnee. »Aufhören! Sofort aufhören!«, schrie sie die Huskys an. Sie versetzte dem Leithund einen kräftigen Hieb gegen den Schädel und taumelte erschöpft zurück.

Keuchend suchte sie nach dem verletzten Wolfshund. »Nanuk! Wo bist du?« Sie lief ein paar Meter in den Schnee hinein und merkte erst dann, dass sie keine Winterhosen angezogen hatte. Sie kehrte sofort um. »Ich musste dir wehtun, Nanuk, versteh das doch. Du hättest das ganze Gespann getötet.« Sie ging zum Haus, warf den Schlittenhunden böse Blicke zu und war zufrieden, als sie sich jaulend in den Schnee verzogen. »Benehmt euch, oder ich zieh euch das Fell über die Ohren!« Sie verschwand im Haus und setzte sich neben den Ofen, legte ein Holzscheit nach, bevor sie ihre wollenen Hosen auszog und ihre Oberschenkel massierte. Nach einer Weile floss wieder Blut durch die Adern. Erleichtert griff sie nach dem Tee, den sie auf den Ofen gestellt hatte. Sie nahm einen großen Schluck und blieb in der Wärme sitzen, bis sie wieder ganz bei Kräften war.

Wenn Schlittenhunde gegeneinander kämpften, musste man sie hart anfassen. Das hatte Clarissa von einem Hundezüchter in Fairbanks gelernt, wenige Monate, nachdem sie in den hohen Norden gekommen war. »Huskys sind keine Schoßhunde«, hatte der Mann gesagt, »die Biester wirst du nie zu Haustieren machen. Versteh mich nicht falsch, ich liebe meine Hunde. Meinen Leithund nehme ich jeden Abend in den Arm. Aber diese Biester sind halbe Wölfe, die musst du hart anfassen, wenn du was erreichen willst. Du gehörst zum Rudel, verstehst du? Sie müssen dich akzeptieren.« Wenn es keine Rangfolge gab, kam es zu Eifersüchteleien und wilden Kämpfen, die regelrecht ausarten konnten, wenn ein Wolfshund wie Nanuk beteiligt war. Wahrscheinlich hatte er geglaubt, die Hunde gehörten zu Clarissa.

Nachdem sie den Becher geleert hatte, zog sie ihre Winterkleidung an. Irgendwo musste der Mann sein, dem dieser herrenlose Schlitten gehörte, und es war ihre Pflicht, nach ihm zu suchen. Oder handelte es sich um eine Frau? Sie steckte einige Patronen in ihre Anoraktaschen und packte ein paar Vorräte zusammen, denn sie wusste nicht, wo der Mann vom Schlitten gefallen war. Die Unglücksstelle konnte viele Meilen entfernt sein. Die Huskys waren weit gelaufen. Sie vermutete, dass der Mann verletzt war, und nahm etwas von dem Verbandszeug mit, das sie im Wandschrank gefunden hatte. Wer hier draußen lebte, konnte mit einem Gespann umgehen und fiel nicht vom Schlitten, ohne dass ein Unglück geschehen war. Die Hunde waren unverletzt, außer den Kratzern, die Nanuk ihnen beigebracht hatte, und es sah nicht so aus, als wären sie in einen Kampf mit einem Elch verwickelt worden. War der Schlitten gegen einen Baum geprallt? War der Mann verletzt und bewusstlos in den Schnee gefallen? Auf jeden Fall war er allein in der Wildnis, und sie musste ihm unbedingt helfen. In Alaska und am Lake Laberge hatte sie gelernt, einen Hundeschlitten zu lenken. Sie war kein besonders guter *musher,* aber es würde reichen.

Sie trat vor die Hütte und sprach eine Weile mit den Hunden. Es war immer schwer, mit einem unbekannten Gespann zu fahren, weil man die Eigenheiten der Hunde nicht kannte. Aber sie hatte keine Wahl. »Ihr werdet mir dabei helfen«, sagte sie zu den Hunden. »Habt ihr gehört? Wir müssen den armen Mann finden, der vom Schlitten gefallen ist. Wir dürfen ihn nicht im Stich lassen.« Sie ging am Schlitten entlang und sah das Wappen der Royal Canadian Mounted Police auf einigen Gepäckstücken im Mondlicht leuchten. »Ein Mountie«, erschrak sie. »Ich dachte, die fahren nur zu dritt oder viert in den Bergen herum.« Sie trat auf die Kufen, zog den Anker aus dem Schnee und blieb mit einem Fuß auf der Bremse, als sie das Startsignal gab: »Vorwärts! Wollt ihr wohl laufen, ihr faulen Hunde?« Sie drehte den Schlitten und brauste auf den Spuren zum Fluss hinab.

8

Clarissa kreuzte eine zweite Schlittenspur, bevor sie den Polizisten entdeckte. Die Hunde hatten das Gefährt nach Norden gezogen und waren im Mondlicht verschwunden, das leuchtend über den Fichten lag. Noch während sie ihren Schlitten bremste, sah sie den Verletzten zwischen den Bäumen liegen, einen kräftigen Mann, der wie alle Mounties gekleidet war, die auf Patrouille in den Bergen unterwegs waren. Die Fellmütze mit den Ohrenschützern und der breite Kragen seines Büffelfellmantels waren blutbespritzt. Selbst auf seinem Gesicht und dem gefrorenen Schnurrbart war Blut. Sie hielt den Schlitten an, rammte den Anker in den Schnee und rannte zu dem verwundeten Polizisten. Eine Kugel hatte den Mantelkragen durchschlagen und war in seine Schulter gedrungen. »Constable!«, rief sie. »Was ist mit Ihnen?« Sie schob eine Hand unter den Kopf des Verletzten und stellte fest, dass er nicht bei Bewusstsein war. Dann beugte sie sich hinab und hielt ein Ohr vor Nase und Mund des Angeschossenen. Sein Atem ging sehr schwach – aber er lebte! Er musste seit mindestens einer Stunde im Schnee liegen und hatte sein Leben nur dem glücklichen Umstand zu verdanken, dass keine lebenswichtigen Organe verletzt waren und die schneebedeckten Fichten den kalten Wind gemildert hatten.

Unter Aufbietung aller Kräfte wuchtete Clarissa den verletzten Polizisten auf den Schlitten. Sie verstaute sein Gewehr zwischen dem Gepäck, zog den Anker aus dem Schnee und sprang auf die Schlittenkufen. »Vorwärts!«, trieb sie die Hunde an. Sobald sie wieder auf dem Pfad waren, ließ sie die Peitsche knallen. In einem Schleier aus aufspritzendem Schnee rannten die Hunde nach Süden. Die Huskys schienen zu merken, dass ihr Herr dringend versorgt werden musste, und legten sich mit voller Kraft ins Geschirr. Clarissa stand auf den schlingernden Kufen, war dankbar, dass der Mond voll am Himmel stand und den Trail beleuchtete. »Heya! Heya! Lauft schneller!«, rief sie verzweifelt. Sie wollte so schnell wie möglich nach Hause. Der Schütze, der auf den Mountie geschossen hatte, musste noch in der Nähe sein, und sie hatte keine Lust, ihm in dieser Einsamkeit zu begegnen. Ein Verbrecher, der auf einen Polizisten schoss, war entweder skrupellos oder verzweifelt und würde auch nicht davor zurückschrecken, eine Frau umzubringen. In Whitehorse hatten sie von einem Gesetzlosen erzählt, der Goldgräber und Reisende beraubte und sich in den Bergen versteckt hielt, ein gewisser Bill Anayak. Angeblich suchten die Mounties schon seit Jahren nach ihm, obwohl es auch Leute gab, die seine Existenz als Hirngespinst abtaten. Clarissa wagte nicht daran zu denken, was geschehen konnte, wenn es diesen Verbrecher wirklich gab. Wenn er wirklich auf den Polizisten geschossen hatte und zurückkam, um ihn endgültig umzubringen. Sie verdrängte den Gedanken und konzentrierte sich darauf, den Verletzten so schnell wie möglich in die Hütte zu bringen. Wenn der Mountie nicht bald verarztet wurde, konnte er verbluten. Sie zog die Peitsche aus der Halterung und ließ sie über den Hunden knallen.

Es dämmerte bereits, als sie das Blockhaus erreichten. Clarissa wuchtete den verletzten Polizisten auf das Bett und zog ihm vorsichtig den Mantel aus. Sie legte die Wunde frei und säuberte sie mit heißem Wasser. Die Kugel steckte unterhalb der linken Schulter im weichen Fleisch. Es blieb ihr nichts anderes übrig, als das Blei aus der Wunde zu holen, wenn sie eine Entzündung und den möglichen Tod des Mounties verhindern wollte. Sie hatte einen solchen Eingriff noch niemals vorgenommen, aber genug darüber gelesen und gehört, um nicht in Panik zu geraten. Wer so lange in der Abgeschiedenheit des hohen Nordens gewohnt hatte, gewöhnte sich daran, viele Arbeiten zu verrichten, die in der Zivilisation von Spezialisten erledigt wurden. Gleich hinter Whitehorse begann die Wildnis, und man durfte nicht damit rechnen, dass ein Arzt wegen jeder kleineren Verletzung einen Buschflieger charterte oder mit dem Hundeschlitten kam. In den Blockhütten der Trapper und Goldsucher war Eigeniniative gefragt, hier regte sich wegen einer kleineren Wunde niemand auf. Die Männer behandelten ihre Verletzungen selbst, und die Frauen brachten ihre Kinder wie im letzten Jahrhundert zur Welt. Man lernte, ohne die vielen Segnungen der Zivilisation auszukommen.

Nachdem Clarissa ihr Messer geschärft und im Feuer sterilisiert hatte, steckte sie dem Bewusstlosen ein Stück Holz zwischen die Zähne und machte sich an die Arbeit. Mit dem heißen Messer stocherte sie in der Wunde herum. Der Mountie stöhnte leise, als sie die Kugel zu fassen bekam. Sein Körper bäumte sich auf und sackte entkräftet auf die Decken zurück. Das Holz fiel aus seinem Mund. Clarissa warf die Kugel in den Ofen, öffnete eine Patrone und brannte die Wunde mit etwas Schießpulver aus. So hatten es angeblich die Trapper im Wilden Westen gemacht, und sie baute darauf, keiner Legende aufgesessen zu sein. Der Gestank des verbrannten Fleisches war furchtbar. Sie schmierte etwas Salbe auf die Wunde und wickelte einen Verband darum. Der Mann hatte viel Blut verloren. Sie wischte ihm den Schweiß von der Stirn, zog ihn bis auf die Unterwäsche aus und deckte ihn zu. Er hatte den Eingriff gut überstanden und atmete regelmäßig. Jetzt ging es nur noch darum, eine Infektion zu vermeiden und dafür zu sorgen, dass er wieder zu Kräften kam.

Clarissa schob ihr Messer hinter den Gürtel und betrachtete den unruhig schlafenden Mann. Er mochte in ihrem Alter sein, vielleicht zwei oder drei Jahre älter, und machte einen zähen Eindruck. Sein rotblondes Haar war lockig und ließ ihn wie einen Iren aussehen. Auf seiner Nase waren Sommersprossen. Über seinen geschlossenen Augen wuchsen buschige Augenbrauen, und an seiner linken Schläfe war eine verwachsene Narbe zu erkennen. Das Eis an seinem Schnurrbart war getaut, und seine Lippen hatten wieder Farbe bekommen. Er war nicht der unerschrockene Mountie mit dem kantigen Gesicht, der für die RCMP auf den bunten Plakaten warb, und das genaue Gegenteil von ihrem verstorbenen Mann, der wesentlich mehr Ähnlichkeit mit dem weißen Ritter gehabt hatte, der durch ihre jugendlichen Träume geritten war.

Clarissa wartete, bis die Atemzüge des Mannes lang und ruhig kamen, dann ging sie nach draußen und kümmerte sich um die Hunde. Sie löste die Huskys

vom Schlitten und band sie an Holzpflöcke, die sie mit dem stumpfen Ende der Axt in den Boden rammte, jeden Hund für sich und an einer so kurzen Leine, dass er die anderen Tiere nicht erreichen konnte. Es war schlimm genug, dass Nanuk sich auf die Schlittenhunde gestürzt hatte. Huskys waren streitsüchtig und wachten eifersüchtig über ihr Gebiet, ließen einen Außenseiter wie den Wolfshund erst nach einigen Tagen an sich heran. Sie kochte Reis und Konservenfleisch und fütterte das bellende Gespann. Das Wasser, das sie ihnen hinstellte, war lauwarm. »Und benehmt euch«, warnte sie spielerisch. »Sonst versohle ich euch den Hintern.«
Clarissa blieb den ganzen Tag in der Hütte und wachte am Bett des kranken Mountie. Sie verließ das Blockhaus nur einmal, um nach den Hunden zu sehen. Sie lagen erschöpft im Schnee und blinzelten in die Helligkeit, die sich am Himmel zeigte. »So gefallt ihr mir besser«, lobte sie. Schon in South Dakota hatte man ihr nachgesagt, dass sie gut mit Tieren umgehen konnte. Nicht nur mit dem armen Dusty, der von einem Zug überfahren worden war. »Aber schlaft nicht ein, hört ihr? Gebt mir Bescheid, wenn sich jemand der Hütte nähert. Ich hab keine Lust, von diesem Bill Anayak überrascht zu werden.« Sie kehrte ins Haus zurück und warf ein paar Holzscheite in den Ofen. Das Feuer prasselte und verbreitete angenehme Wärme. Sie hielt ihre kalten Hände über die Ofenplatte und blickte zu dem schlafenden Mountie hinüber. Er wurde bestimmt wegen seines rotblonden Haares gehänselt. Ob sie ihn »Red« nannten? Es gab wenige Iren in Alaska und am Yukon, und er hatte sicher viel Spott zu ertragen.

Sie hatte kein Abzeichen und keine Streifen an seiner Jacke gesehen und nahm an, dass er ein gewöhnlicher Constable war. Oder trugen die Mounties ihre Rangabzeichen nur an der scharlachroten Paradeuniform? Sie wusste es nicht. Wirkliche Sorgen bereitete ihr der Gedanke, dass er nicht allein in der Wildnis gewesen war. Die Polizisten der Royal Canadian Mounted Police gingen meist zu dritt oder viert auf lange Patrouillen, und es war mehr als ungewöhnlich, dass ein Mann allein in den Ogilvie Mountains unterwegs war. Waren noch andere Polizisten in den Bergen? Hielten sie ihren Kameraden für tot? Waren sie zu ihrem Stützpunkt zurückgekehrt. Oder hatten sie sich an die Verfolgung des Schützen gemacht? Es gab einige Fragen, die sie dem Mountie stellen würde, wenn er wieder gesund war.
Sie trat ans Fenster und kratzte einige Eisblumen vom Glas. Draußen war alles still. Das Tal lag ruhig und verlassen unter dem verwaschenen Himmel. Schneekristalle glitzerten im fahlen Glanz des Tages. Die Hunde dösten im Schnee. Sie ließ den Blick über die Hügel und den Fluss wandern, suchte nach dem Wolfshund, der nach dem Streit mit den Huskys verschwunden war. Ob er jemals zurückkommen würde? Erst jetzt merkte sie, wie sehr sie sich an Nanuk gewöhnt hatte. Er hatte sie über den Verlust ihres Mannes hinweggetröstet und würde immer einen Platz in ihrem Herzen haben. Sie rieb noch einmal über die Scheibe, um besser sehen zu können, aber der Wolfshund blieb verschwunden. Ein leises Seufzen kam über ihre Lippen.
Sie kehrte zum Ofen zurück und kochte neuen Tee, ließ ihn eine Weile ziehen und etwas abkühlen, bevor sie am Becher nippte.

Der Mountie stöhnte leise. Sie ging zu ihm und legte eine Hand auf seine Stirn. Clarissa atmete erleichtert auf, als sie feststellte, dass die Temperatur normal war. »Sie werden wieder gesund, Constable«, ermunterte sie den schlafenden Polizisten. Mit einem Deckenzipfel wischte sie den Speichel aus seinen Mundwinkeln. »In ein paar Tagen sind Sie wieder auf dem Damm.« Sie blieb eine Weile an seinem Bett sitzen und betrachtete sein Gesicht, das im Schein der Kerosinlampe seltsam friedlich wirkte. Er sah nicht gerade wie ein Held aus, und doch musste er aus einem ganz besonderen Holz geschnitzt sein, wenn die RCMP ihn zum Yukon geschickt hatte. Der Dienst im hohen Norden stellte besonders hohe Anforderungen an die Polizisten. Im Sommer kämpften sie sich auf dem Pferderücken durch moskitoverseuchte Wälder, im Winter fuhren sie mit Hundeschlitten über vereiste Wildnispfade. In Regina oder Ottawa, so erzählte man, war der Dienst wesentlich leichter.

Sie bereitete ihr Nachtlager auf dem Boden, ein paar Meter neben dem bullernden Yukon-Ofen. Ein zerzaustes Bärenfell, das unter dem Bett gelegen hatte, zwei gestreifte Wolldecken der Hudson's Bay Company, mehr hatte sie nicht, um sich warm zu halten. Sie stellte die Kerosinlampe neben sich auf den Boden, las zwei spannende Kapitel in »Moby Dick« und schlief ein. Sie träumte von Nanuk, sah den Wolfshund mit blutiger Schnauze durch die Berge irren und verzweifelt den Mond anheulen. Er wurde verfolgt. Bill Anayak, der gefürchtete Verbrecher, jagte ihn mit einem Hundeschlitten und schoss mit seinem Karabiner auf ihn. Die Schüsse klangen wie Peitschenschläge in der kalten Luft und rissen Clarissa aus dem Schlaf. Sie fuhr erschrocken hoch und stieß in ihrer Panik beinahe die Lampe um. Sie schraubte den Docht höher und kroch aus den Decken.

Ihr erster Blick galt dem Mountie. Er schlief ruhig und fest und hatte seine Ohnmacht anscheinend überstanden. Dann lief sie zum Fenster. Vor der Hütte war alles still. Die Huskys schliefen, und die Hügel lagen schweigsam unter dem vollen Mond. Von Nanuk und seinem Verfolger war nichts zu sehen. Sie atmete erleichtert auf und kehrte zu ihrem Nachtlager zurück. Von Müdigkeit übermannt, schlief sie schon nach wenigen Minuten wieder ein. Diesmal war ihr Schlaf traumlos, und sie erwachte erst, als das Tageslicht durchs Fenster fiel und einen hellen Streifen auf den Boden warf. Sie öffnete die Augen, warf ein paar Holzscheite in den Ofen und ging mit dem Topf nach draußen, um Schnee zu holen. Die Huskys empfingen sie mit lautem Gebell.

»Schon gut, schon gut, ihr bekommt gleich was zu fressen«, beruhigte Clarissa die nervösen Hunde. »Lasst mich erst mal Wasser aufstellen, dann seid ihr dran.«

Sie kehrte ins Haus zurück und stellte den Topf mit dem Schnee auf den Ofen. Während der Schnee schmolz, öffnete sie einige Konservendosen und erwärmte den Inhalt in der Pfanne. Dann ging sie zu den Hunden hinaus. Sie fütterte den Leithund zuerst, gab ihm eine größere Portion als den anderen, ungeachtet des wütenden Gebells, das jede ihrer Bewegungen verfolgte. Sie brauchte das Vertrauen dieses stämmigen Huskys, wenn sie mit dem Gespann zurechtkommen wollte. Es konnte Tage dauern, bis der Mountie fähig war, einen Schlitten zu steuern, und so lange musste sie die Hunde bewegen. »Benehmt euch, verstanden?«, rief sie den Hunden zu. Sie bedauerte, dass sie ihre Namen nicht kannte.

In der Blockhütte goss sie frischen Tee auf. Sie dankte dem toten Trapper zum wiederholten Male, dass er so viele Vorräte in der Hütte gelagert hatte, sogar wilden Honig, mit dem sie ihren Tee süßte. Ohne die Voraussicht des Fallenstellers hätte sie alle paar Tage auf die Jagd gehen müssen und es bestimmt nicht geschafft, die Hunde durchzufüttern. Im Gepäck des verletzten Mountie war kein Hundefutter gewesen, nur etwas Trockenfleisch und Schokolade. Zum Frühstück gönnte sie sich einen Riegel. Sie saß am Tisch, den Blick auf das vereiste Fenster gerichtet, und dachte darüber nach, was geschehen würde, wenn der Mountie wieder gesund war. Würde sie mit ihm in die Zivilisation zurückkehren? Oder würde sie darauf bestehen, allein in der Wildnis zu bleiben? Sie wusste es noch nicht. Wenn der Tag gekommen war, würde sie sich spontan entscheiden.

Der Mountie regte sich stöhnend. Sie stellte ihren Becher auf den Tisch und eilte zu dem Verletzten. Er hatte die Augen geöffnet und blickte sie neugierig an, brauchte unendlich lange, um die neue Umgebung und ihren Anblick aufzunehmen. »Wo bin ich?«, fragte er heiser. »Was ist passiert? Wer sind Sie, Ma'am?«

»Clarissa Swenson«, nannte sie ihren Namen. »Mein Mann ist … war Buschflieger. Wir mussten in den Bergen notlanden. Die Maschine ging zu Bruch, und Jack … mein Mann … kam ums Leben. Ich hab die Hütte gefunden. Ist zwei oder drei Monate her.« Sie erzählte dem Polizisten, wie sein Hundegespann mit dem Schlitten gekommen war und sie ihn gefunden hatte. »Ich hab Ihnen eine Kugel rausgeholt. Unter der Schulter. Ich glaube nicht, dass sie irgendwelche Organe getroffen hat.« Sie blickte den erschöpften Mann lange an, bewunderte seine Augen, die eine ungewöhnliche Sanftheit ausstrahlten und gleichzeitig energisch und humorvoll wirkten. Sie waren grün oder braun oder beides, so genau ließ sich das in dem trüben Licht nicht feststellen, und sie spiegelten die Besorgnis wider, die er nach dem Überfall spürte. »Wer hat auf Sie geschossen, Constable? Sie haben großes Glück gehabt, wissen Sie das?«

»Das ist mir klar, Ma'am«, meinte er. »Ich bin Frank Watson, Constable der RCMP in Dawson City.« Seine angespannte Miene verriet, dass er immer noch große Schmerzen haben musste. »Und ich bin Ihnen sehr dankbar, dass Sie mir geholfen haben. Sie müssen eine außergewöhnliche Frau sein.« Er verzog sein Gesicht und sammelte neue Kraft. »Tut mir Leid um Ihren Mann. Dieses Land kann ziemlich erbarmungslos sein, nicht wahr? Ich hatte meine Kameraden vorgeschickt, wissen Sie? Es waren noch zwei andere Männer bei mir. Ich habe sie vorgeschickt, weil ich nicht annahm, dass mir noch etwas passieren könnte. Dabei war dieser Schurke die ganze Zeit in unserer Nähe. Bill Anayak, einer der gefährlichsten Verbrecher des ganzen Nordens. Er hat unzählige Goldsucher und Trapper beraubt, und Sie können von Glück sagen, dass er Ihre Hütte nicht gefunden hat.« Er griff sich mit schmerzverzerrtem Gesicht an den Verband. »Wie haben Sie es geschafft, allein in dieser Wildnis zu überleben,

Ma'am?« Er brachte ein Lächeln fertig. »Ich weiß, dass die Frauen im hohen Norden von einem anderen Kaliber sind, aber Sie haben keinen Hundeschlitten, und diese Berge sind verdammt einsam. Sorry, aber ein anderer Ausdruck fällt mir für diese Gegend nicht ein.«
»In meiner Gegenwart können Sie ruhig fluchen«, winkte sie ab, »was meinen Sie, wie oft ich während der letzten Wochen geflucht habe?« Sie lächelte schwach. »Ich hatte Glück, Constable. Großes Glück! Ich habe mir während der Bruchlandung ein Bein gebrochen. Wenn mich Nanuk nicht zu dieser Hütte geführt hätte, wäre ich jämmerlich erfroren, das können Sie mir glauben...«
»Nanuk?«, erwiderte der Mountie. »So heißt doch dieser Geist-Hund, vor dem die Indianer solche Angst haben. Wollen Sie mir etwa sagen, der Wolfshund habe sie vor dem Erfrieren gerettet?«
Sie zuckte mit den Schultern. »Ich weiß nicht, ob es diesen Geist-Hund wirklich gibt, Constable. Mir hat ein Wolfshund geholfen. Ich kenne natürlich die Legende und habe ihn Nanuk genannt. Er scheint tatsächlich übernatürliche Kräfte zu besitzen.« Sie lächelte wieder. »Vielleicht bilde ich mir das auch nur ein. Wir haben uns angefreundet. Er kommt und geht, wann er will. Vor zwei Nächten hat er sich mit Ihren Hunden angelegt, und ich weiß nicht, ob er jemals wiederkommt, aber er hat vor der Hütte geschlafen und aus meinem Topf gefressen, und ich lasse nichts auf ihn kommen. Er hat die bösen Geister fern gehalten.«
»Sie müssen den Hund ziemlich mögen, Ma'am. Ich freue mich schon darauf, ihn kennen zu lernen.« Er bewegte seinen Arm und verzog schmerzerfüllt das Ge-

sicht. »He«, meinte er mit gepresster Stimme, »und ich dachte, ich wäre wieder auf dem Damm.«
»Das dauert noch eine Weile. Sie haben viel Blut verloren«, widersprach sie dem Mountie. Sie legte eine Hand auf seine Brust. »Warten Sie, ich bringe Ihnen heißen Tee und Fleischbrühe.«
Sie ging zum Ofen und erhitzte die gefrorene Brühe, die von dem Kaninchen übrig geblieben war. »Die Suppe wird Ihnen gut tun«, sagte sie zu dem Mountie. Aber als sie den Becher mit der heißen Brühe zu dem Verletzten brachte, war er eingeschlafen.

9

Clarissa schreckte von ihrem Lager hoch. Der eisige Wind, der durch die offene Tür hereinwehte, und das aufgeregte Bellen der Huskys rissen sie aus dem traumlosen Schlaf. Entsetzt beobachtete sie, wie der Mountie sich am Türrahmen festhielt und mit seinen Hunden sprach. »Keine Bange, Blondie, ich bin bald wieder gesund! Gib mir noch ein paar Tage, ja?« Er war barfuß und nur mit seiner wollenen Unterwäsche und einem Pullover bekleidet. Seine hagere Gestalt hob sich gegen das schüchterne Zwielicht des jungen Morgens ab. Die feuchten Schneeschleier, die ihm ins Gesicht wehten, schienen ihm nichts auszumachen.

Sie sprang auf und zog ihn in die Hütte zurück. Mit der linken Hand schlug sie die Tür zu. »Sind Sie wahnsinnig?«, fuhr sie den Mountie nervös an. »Wollen Sie unbedingt sterben?« Sie führte ihn zu der Koje, drückte ihn sanft nach unten und deckte ihn mit allen verfügbaren Decken zu. »Und ich dachte, ein Mountie wäre vernünftig!«, schimpfte sie, während sie seine nackten Füße massierte. »Oder wollen Sie sich eine Lungenentzündung holen? Da draußen ist Winter. Wir haben zwanzig Grad unter null!«

Der Constable lachte. Die eisige Luft hatte seine Augen gerötet und etwas Farbe in sein Gesicht gebracht. Auf seiner Stirn glitzerten einige Schneeflocken. »Ich bin ein zäher Bursche, Ma'am. So schnell wirft mich nichts um. Ich bin die Kälte gewohnt.«

»Das hab ich gemerkt«, erwiderte sie spöttisch. »Sie sahen ziemlich munter aus, als Sie verletzt im Schnee lagen. Wenn ich mich recht erinnere, wollten Sie den Schlitten selber zur Hütte steuern. Oder wollten Sie laufen? War ich zu früh? Hätte ich später kommen sollen, um Ihnen nicht den Spaß zu verderben?«

»Schon gut«, wehrte er lachend ab. Er streckte beide Hände abwehrend nach oben. »Ich hätte im Bett bleiben sollen. Ich hab mich wie ein dummer Junge benommen. Zufrieden, Miss?«

»Clarissa. Ich heiße Clarissa.«

»Frank«, erwiderte er fröhlich. Die Wunde schien ihn kaum noch zu behindern. »Und nennen Sie mich nicht Frankie. Der Letzte, der das getan hat, läuft heute noch mit einem blauen Auge herum.«

»Gut, dass Sie mich warnen«, meinte sie trocken. Sie deckte ihn zu und hielt die Decken fest. »Bleiben Sie im Bett, Frank. Ich bin keine Krankenschwester, aber ich weiß, dass man bei diesen Temperaturen nur überlebt, wenn man sich wärmer als ein Eisbär anzieht. In der Unterwäsche ist man verloren.« Sie grinste verschmitzt. »Außerdem sieht es nicht besonders vorteilhaft aus.«

Sein lausbubenhaftes Lachen erinnerte sie an ihren toten Mann. »Sie sind schlimmer als meine Mutter, Clarissa. Unser Sergeant Major fängt bei einem solchen Wetter erst richtig zu leben an. Sergeant Major Tommy Caulkin. Der Bursche ist stärker als ein Grizzly. Schon mal von ihm gehört? Vor zwei Jahren war er mit einer Patrouille in den Bergen verschollen. Die Männer hatten nichts zu essen und wurden von Wölfen eingekreist. Er brachte sie durch. Er ließ einen Hund schlachten, vertrieb die Wölfe mit dem Karabiner und führte die Männer nach Hause.«

»Ich kenne die Geschichte«, erinnerte Clarissa sich an einen längeren Zeitungsartikel in den *Dawson City News*. »Aber Caulkin ist schon seit vielen Jahren hier oben, und ich kann mich nicht erinnern, dass er in seiner Unterwäsche aus der Wildnis kam.«

»Da haben Sie auch wieder Recht«, räumte Frank ein. Er berührte den Verband über seiner Wunde und nickte zufrieden. »Sind Sie sicher, dass Sie nie als Krankenschwester gearbeitet haben? Sie haben mich gerettet. Ich bin fast wieder gesund!«

»Dann warten Sie noch zwei, drei Tage, bis Sie aus dem Haus gehen. Und ziehen Sie sich warm an, wenn es so weit ist. Mit den Hunden komme ich allein zurecht.« Sie brachte ihrem Patienten einen Becher mit heißem Tee und einige Biskuits. »Ich bin keine Expertin, was Schlittenhunde angeht, und war nur ein paarmal mit einem Schlitten unterwegs, aber das ist ein gutes Gespann.«

»Das Beste«, stimmte Frank zu. »Das sind die Hunde, die unseren Sergeant Major nach Hause gebracht haben. Ohne Blondie hätte er es nie geschafft. Das ist der Leithund. Ein schlauer Bursche. Etwas eigenwillig, aber unheimlich zäh und ausdauernd.«

»Blondie? Ein seltsamer Name für einen Husky.«

»Haben Sie sich sein Fell mal näher angesehen? Die Haare auf seinem Kopf sind blond. Na ja, nicht richtig blond, aber wenn die Sonne scheint, sieht es so aus. Blondie ist einer unserer besten Hunde. Seit ich den Außenposten am Sixtymile übernommen habe, ist er ständig bei mir. Haben Sie auch Hunde?«

»Nein, wir waren meistens mit unserer *Bellanca* unterwegs. So hieß die Maschine, die mein Mann flog. Er war ein erstklassiger Pilot, ein tollkühner Buschflieger, der neben einem abgelegenen Indianerdorf landen konnte. Wenn es sein muss, lande ich auf dem Dach einer Blockhütte, sagte er immer.« Ihr Lächeln vermischte sich mit einigen Tränen, als sie von Jack sprach. »Gegen die Bruchlandung war er machtlos. Der Motor fiel aus, und der Nebel war so dicht, dass wir kaum die Hand vor Augen sahen. Es grenzte an ein Wunder, dass er die Maschine überhaupt auf den Boden brachte. Ein Pilot vom Festland wäre abgestürzt.«
»Für Buschpiloten und Mounties gibt es einen besonderen Himmel«, versuchte er sie aufzumuntern. »Da leben die Männer weiter, als wäre nichts geschehen. Nur schlechtes Wetter, das gibt es in diesem Himmel nicht, und bei zehn Grad unter null ist auch mit der Kälte Schluss. Das reinste Paradies, nicht wahr?«
»Was ist mit den Frauen?«, ging sie auf seine Geschichte ein.
»Die kommen in denselben Himmel. Ihr Mann merkt nicht mal, dass er von Ihnen getrennt wurde. In der Ewigkeit vergeht nur eine Sekunde, bis Sie wieder bei ihm sind.« Er grinste wie ein kleiner Junge. »Hab ich von einem Corporal aus Alberta. Ziemlich religiöser Bursche. Er behauptet steif und fest, dass die Sache mit den Buschpiloten und den Mounties in der Bibel steht.«
»Die Stelle müssen Sie mir zeigen«, verlangte Clarissa. Ihre Fröhlichkeit war zurückgekehrt, und sie vertrieb die letzten quälenden Gedanken, indem sie zum Ofen ging und sich einen Tee einschenkte. Sie legte Holz

nach und kehrte zu dem Mountie zurück. »Wie lange sind Sie schon am Yukon, Frank?«, fragte sie.

»Im Oktober waren es vier Jahre«, antwortete der Polizist. »Sie hätten mich sehen sollen, als ich in Dawson City den Dampfer verließ. Ein richtiges Greenhorn war ich damals. Ein grüner Junge, der keine Ahnung hatte, wie es am Yukon aussieht. Ich komme aus dem südlichen Saskatchewan. Haben Sie eine Ahnung, wie es da aussieht? Da gibt es keinen einzigen Baum. Na ja, vielleicht zwei oder drei. Ansonsten nur Prärie, endloses Grasland, so weit das Auge reicht. Ich bekam einen richtigen Schock, als ich in Skagway ankam und die vielen Fichten sah.«

»Uns erging es ähnlich«, bestätigte Clarissa amüsiert. »Ich bin in South Dakota aufgewachsen, da sieht es genauso aus. Nur in den Black Hills wachsen Bäume. Auf der Prärie kann man bis zum Horizont sehen. Das gibt es im hohen Norden nur in der Tundra, jenseits des Polarkreises. Aber dort ist es mir zu kalt. Mir reichen die vierzig Grad unter null, die wir letztes Jahr hatten. Damals froren sogar die Kufen unserer *Bellanca* am Boden fest.«

»Dann wissen Sie ja, wie mir zumute war«, erkannte der Mountie. Seine Wunde war beinahe verheilt, und es ging ihm schon wesentlich besser. Der heiße Tee verbreitete angenehme Wärme in seinem Körper. »Haben Sie auf einer Farm gearbeitet?«

Sie nickte. »In der Nähe von Mobridge, das ist nicht mal so groß wie Dawson City. Dort hat Jack mich gefunden. Er zog damals als Kunstflieger durch die Lande, und ich ging mit ihm. Ich verstand mich nicht besonders gut mit meinem Vater. Aber ich glaube, ich hätte South Dakota auch ohne Jack verlassen. Ich war jung und wollte was erleben. Warum sind Sie weggegangen?«

»Aus einem ähnlichen Grund. Ich hatte die Farmarbeit satt, wollte endlich mal was anderes tun. Meine Eltern hatten auch eine Farm, wissen Sie, drüben im alten England. Na ja, und als ich hörte, dass ein Junge aus der Nachbarschaft zur RCMP gegangen war, dachte ich, das könnte ich auch. Ich wurde genommen und landete im Ausbildungslager in Regina. Dort sehnte ich mich öfter nach der Farm zurück, als mir lieb war. Sechs Monate lang quälten sie uns. Wir mussten reiten und exerzieren und irgendwelche Dinge auswendig lernen, an die ich mich nicht mehr erinnern kann. Es war schlimmer als in der Schule. Aber heute bin ich froh, dass ich mich gemeldet habe, denn sonst würde ich wohl heute noch auf irgendeinem Weizenfeld schuften.« Er nahm einen Schluck von seinem Tee. Die Gesellschaft der jungen Frau, die ihn gerettet hatte, beflügelte seine Stimmung. »Als wir fertig waren, hörte ich, dass Wally an den Yukon versetzt werden sollte. Wally war mein bester Freund. Ein begnadeter Rugbyspieler und ein noch besserer Fußballer. In Europa würde er längst in einer Länderauswahl spielen. Ich dachte, was soll Wally am Yukon? Hier gibt es keinen einzigen Fußballplatz, und meistens liegt so viel Schnee, dass man gar nicht spielen kann. Also ging ich zum Superintendent und bat ihn, mich ins Yukon-Territorium zu schicken. Am nächsten Morgen stand mein Name auf dem Marschbefehl. Hätte ich damals schon gewusst, was mich hier erwartet, ich weiß nicht, ob ich mich gemeldet hätte.«

Clarissa erfuhr, dass er bereits wenige Minuten nach seiner Ankunft zum Dienst geschickt wurde. »Ziehen Sie Ihre Arbeitsuniform an und melden Sie sich beim Sergeant Major«, waren die ersten Worte, die der Kommandant nach einer kurzen Begrüßung an ihn richtete. »Ich musste einen Todeskandidaten bewachen. Barney Westmore saß in der Todeszelle, weil er einen Geschäftsmann erschlagen hatte. Wegen ein paar lumpiger Dollar! Barney war Alkoholiker. Er arbeitete als Koch in der Kantine eines großen Sägewerks, und die Arbeiter mochten sein Essen, aber als er im Suff die Küche demolierte, wurde ihm gekündigt, und er schlug sich mit Gelegenheitsarbeiten durch. Wenn er keinen Job bekam, stahl er Geld, um sich Schnaps kaufen zu können. Als er in einem Drugstore einbrach, kam ihm der Besitzer auf die Schliche und erwischte ihn auf frischer Tat. Barney verlor die Nerven und erschlug den Mann mit einer Konservendose. Ich musste ihn bewachen. In seiner letzten Nacht wechselte ich mich alle vier Stunden mit einem Corporal ab. Wenn man neu bei der Polizei ist, geht einem so was ganz schön an die Nieren. Barney schien es weniger auszumachen. Er spielte Karten mit uns, und als er am Morgen der Hinrichtung nach seinem letzten Wunsch gefragt wurde, verlangte er einen Drink. ›Johnny Walker, du verdammter Mistkerl!‹, fluchte er. In Wirklichkeit drückte er sich noch etwas drastischer aus. ›Du hast mir diesen Schlamassel eingebrockt, also sorge auch dafür, dass ich das Ende einigermaßen überstehe!‹ Der Corporal will gehört haben, dass Barney rülpste, als er in die Fallgrube fiel.«

»Und ich dachte, die Mounties gehen nur auf Patrouil-

le«, meinte Clarissa. »Haben Sie Ihre Entscheidung noch nicht bereut?«
»Niemals«, antwortete er überzeugt. »Barney war der letzte Todeskandidat, den es in dieser Gegend gab. Die Zeiten des Goldrausches sind seit dreißig Jahren vorbei. Natürlich verbringen wir unseren Dienst nicht nur damit, in der scharlachroten Uniform zu repräsentieren und zu Pferde oder mit dem Hundeschlitten durch die Gegend zu ziehen. Die Schreibarbeiten in der Garnison sind genauso langweilig wie der Wachdienst. Aber es gibt keine Arbeit, die einem uneingeschränkt gefällt. Nein, ich fühle mich am Yukon wohl. Die Kälte schreckt mich schon lange nicht mehr. Für mich gibt es kein schöneres Land als den Norden, und auch ein Verbrecher wie Bill Anayak wird mich nicht vertreiben. Früher oder später wandert der Kerl ins Gefängnis.«
»Meinen Sie, er ist noch in der Nähe?« Sie blickte zum Fenster, das auch an diesem Morgen wieder mit Eisblumen bedeckt war.
»Bill Anayak? Der Mistkerl ist viel zu feige, um sich in einem offenen Kampf mit uns anzulegen. Der schießt nur aus dem Hinterhalt. Ich nehme an, er hat sich irgendwo im Norden verkrochen, bei den Indianern oder den Inuit. Sein Vater war ein Inuit aus Inuvik. Vielleicht hält er sich dort versteckt. Ich nehme an, dass wir eine Patrouille losschicken, sobald ich zurück bin. Wir waren gar nicht hinter ihm her. Wir wollten einige Trapper besuchen, und als wir von einem Indianer hörten, dass Bill Anyak in der Nähe war, kehrten wir sofort um. Der Superintendent mag es nicht, wenn wir die Helden spielen und ohne Befehl auf Verbre-

cherjagd gehen. Leider machte ich den Fehler, meine Kameraden vorauszuschicken. Das muss Bill Anayak gemerkt haben.«

Sie tranken ihren Tee aus, und Clarissa ging vor die Tür und wusch die Becher mit Schnee aus. Die Hunde empfingen sie mit lautem Gebell, wollten endlich wieder gefordert werden. Es gibt nichts Schlimmeres für einen Husky, als untätig im Schnee zu liegen. Ein Husky ist zum Laufen geboren, sagen sie im hohen Norden. Clarissa tat ihnen den Gefallen. Sie schlüpfte in ihre Winterkleidung, verabschiedete sich von Frank und ging auf eine zweistündige Tour. Seitdem sie den Namen des Leithundes kannte, kam sie noch besser mit den Hunden aus. »Vorwärts, Blondie!«, feuerte sie die Hündin mit dem hellen Fell an. »Jetzt kannst du laufen! Zeig mir, was du kannst!« Die Hunde sprangen willig durch den Schnee, zogen den Schlitten über den gefrorenen Fluss und am Waldrand entlang. Im zügigen Tempo ging es durch den wirbelnden Schnee zur Blockhütte zurück.

Nachdem Clarissa die Hunde ausgespannt und an die Pfähle gebunden hatte, kehrte sie ins Haus zurück. Sie stellte ihr Gewehr neben die Tür, zog den Anorak und die Handschuhe aus und blieb erstaunt stehen. Ihr Patient saß angezogen am Tisch und las in ihrem Buch.

»Ein harter Bursche, dieser Kapitän Ahab. Wenn er nicht so verrückt gewesen wäre, hätte er bei der RCMP anheuern können. Haben Sie das Buch schon ausgelesen?«

»Ungefähr zehnmal«, antwortete sie amüsiert. »Noch ein paar Monate in dieser Wildnis, und ich kann es auswendig.«

»Wenn wir in Dawson City sind, leihe ich Ihnen den ›Virginier‹. Er kämpft gegen Viehdiebe. Ein rauer Bursche, aber wenn es um Frauen geht, kehrt er den Gentleman heraus. Ein Ritter vom Scheitel bis zur Sohle! So lässig wollte ich auch immer sein.«

»Haben Sie keinen Erfolg bei Frauen?«, neckte sie ihn.

»Ich bin ein Mountie«, antwortete er schlagfertig, »wir haben keine Zeit, einer Frau den Hof zu machen. Nur an Silvester macht der Superintendent eine Ausnahme. Da findet der große Ball in Dawson statt, und wir dürfen sogar mit den Mädchen tanzen.«

»Ich war noch nie auf einem Ball.«

»Noch nie?«

»Jack und ich waren die meiste Zeit unterwegs, und an Silvester waren wir so erschöpft, dass wir meistens zu Hause feierten. Nur manchmal blieben wir in den Honkytonks am Wegesrand hängen, da wurde viel getanzt. Squaredance, Two-Step, solche Sachen.«

Sie blickte nachdenklich an ihm vorbei, erinnerte sich an einen Abend in Cheyenne, als Jack während der Frontier Days seine Kunststücke gezeigt hatte. Am Abend hatten sie mit den Cowboys und Cowgirls in einer Spelunke gefeiert. Es war wild zugegangen, und um Mitternacht war ein Bullenreiter mit der Bierflasche auf einen anderen Cowboy losgegangen und hatte eine Schlägerei angefangen. Aber sie hatten sich köstlich amüsiert. Am nächsten Tag waren sie im Tiefflug über die Rodeo-Arena gesaust. Jack hatte einen besonders steilen Extra-Looping geflogen und sich gebührend von den Cowboys verabschiedet.

»Wollen Sie wirklich schon aufstehen?«, fragte sie be-

sorgt. »Die Schießerei ist erst ein paar Tage her, und die Wunde ist bestimmt noch nicht verheilt. Haben sie denn keine Schmerzen?«
»Nicht mehr«, schwindelte Frank, denn manchmal, wenn er sich zu schnell bewegte, meldete sich die Wunde noch immer. Aber er wollte Clarissa nicht länger zur Last fallen. »Ich glaube, es wird höchste Zeit, dass wir die Betten tauschen. Ich nehme an, dass wir in einigen Tagen nach Dawson zurückfahren können.« Er blickte sie neugierig an. »Sie kommen doch mit, oder?«
Sie hatte sich vor der Frage gefürchtet, und noch vor zwei oder drei Tagen hätte sie nicht gewusst, was sie antworten sollte. Jetzt war sie sogar zu einem Scherz fähig. »Natürlich. Hier kann ich sowieso nicht mehr bleiben. Die Hunde haben meine ganzen Vorräte gefressen. Ich müsste alle paar Tage auf die Jagd gehen, und was dabei herauskommt, habe ich vor einigen Wochen gemerkt. Mehr als einen Hasen hab ich nicht erwischt.«
»Die RCMP könnte Sie nach Hause bringen. Ich hoffe, unser Chef ist Ihnen dankbar, dass Sie mich gerettet haben. Vielleicht gibt man Ihnen unsere goldene Ehrennadel. Wo wohnen sie?«
»Am Lake Laberge, aber da möchte ich nicht mehr hin.« Der Entschluss, nicht mehr nach Hause zurückzukehren, hatte sich verstärkt, und die Antwort kam ohne ein Zögern. »Ich habe Jack verloren und möchte nicht mit der Erinnerung konfrontiert werden. In unserer Blockhütte kann ich nicht mehr leben. Ich lasse einige Sachen nach Dawson kommen und suche mir ein Haus.«

»Sind Sie sicher? Das ist ein weit reichender Entschluss.«
»Ich weiß. Ich möchte in Dawson neu anfangen.«
»Haben Sie schon eine Ahnung, was Sie machen möchten?« Er lächelte verschmitzt. »In Dawson gibt es ein großes Krankenhaus. Sie könnten als Krankenschwester arbeiten. Wie wär's, wenn ich Ihnen ein Zeugnis ausstelle? Mrs. Clarissa Swenson hat einen Polizisten der Royal Canadian Mounted Police vor dem sicheren Tod gerettet. Gezeichnet: Constable Frank J. Watson.«
Sie lächelte zurück. »Mir wird schon was einfallen.«
An diesem Abend feierten sie Franks Genesung mit eingemachten Aprikosen. Sie warfen ein Holzscheit mehr in den Ofen und genossen die Wärme, die selbst den Frost vor der Hütte vergessen ließ. »Wissen Sie was?«, sagte Frank, als er sich in seine Decken rollte. »Ich bin froh, Sie getroffen zu haben!«
Aber Clarissa war längst eingeschlafen und hörte ihn nicht mehr. Sie träumte von ihrer ungewissen Zukunft in Dawson City und seufzte leise, als das klagende Heulen eines Wolfs zu hören war. »Nanuk«, flüsterte sie im Schlaf. »Wo bist du, Nanuk?«

10

Das sieht nicht gut aus«, sagte Frank. Er stand in der offenen Tür, als Clarissa die Hunde fütterte, hatte seinen Anorak und die Pelzmütze aufgezogen, um gegen den kalten Wind geschützt zu sein, und blickte sorgenvoll zum Himmel empor. Dunkle Wolken türmten sich über dem Waldrand. »Ich glaube, wir bekommen schlechtes Wetter! Merken Sie, wie nervös die Hunde sind? Sie spüren, dass ein Sturm naht. Wir bleiben besser zu Hause.«

Clarissa folgte seinem Blick und kniff die Augen zusammen. Als langjährige Frau eines Buschpiloten kannte sie sich mit dem Wetter aus. Jeden Morgen, wenn ein Flug geplant war, hatte ihr erster Blick dem Himmel gegolten. Sie wusste, welche Wolken ein schweres Gewitter oder einen Temperatursturz ankündigten, oder wenn Neuschnee in der Luft lag.

»Ein Schneesturm«, meinte sie nervös, »so was hab ich seit letzten Dezember nicht mehr erlebt.« Am Yukon waren starke Schneefälle selten, und einen ausgewachsenen Sturm gab es in jedem Winter nur ein- oder zweimal. »Soll ich die Hunde hinterm Haus anbinden?«

»Nicht nötig«, erwiderte Frank, »die sind hart im Nehmen. In einem Schneesturm fühlen die sich erst richtig wohl. Blondie würde sonst was dafür geben, durch einen Sturm zu rennen.« Er ließ sich die Axt geben und trieb die Holzpflöcke noch tiefer in die vereiste Erde hinein. »So, jetzt kann nichts mehr passieren.« Er

kraulte den Leithund zärtlich am Nacken. »Stimmt's, Blondie?«
Sie kehrten in die warme Hütte zurück und warteten geduldig auf den Sturm. Im Ofen prasselte das Feuer. Clarissa setzte Tee auf, bereitete ein Frühstück aus Biskuits, wildem Honig und den Aprikosen, die von ihrem Festessen übrig geblieben waren. Sie konnten nichts tun, saßen neben dem bullernden Ofen und waren zufrieden, in diesem Augenblick nicht mit dem Schlitten in der Wildnis unterwegs zu sein. Wer in den Bergen von einem Schneesturm überrascht wurde, musste sehr viel Glück haben, um ungeschoren die nächste Hütte zu erreichen.
»Wenn meine Kameraden nach mir suchen und mich hier finden, hab ich wohl nichts mehr zu lachen«, sagte Frank. Er trug seine Uniformhose und das kragenlose Hemd, das er selber gewaschen hatte. »Eine warme Hütte, gutes Essen, eine schöne Frau ... Von so was träumen die meisten Mounties, wenn sie allein in den Bergen unterwegs sind. Höchste Zeit, dass wir nach Dawson kommen.«
Er blickte Clarissa fragend an. »Was dagegen, wenn wir aufbrechen, sobald der Sturm sich gelegt hat?«
»Ich bin bereit«, antwortete sie entschlossen. Sie trank von ihrem Tee und legte beide Hände um den warmen Becher. Ihr Blick ging in die Ferne. »Aber ich möchte mich von meinem toten Mann verabschieden, bevor wir gehen. Ich konnte ihn nicht begraben. Er liegt im Wrack unter dem Schnee.« Sie weinte leise und stand auf, damit er ihre Tränen nicht sah. »Im Frühjahr möchte ich zurückkommen und ein richtiges Grab anlegen. Ich möchte Wildblumen darauf legen. Er moch-

te Wildblumen. Manchmal landete er irgendwo in der Wildnis, nur um mir einen Strauß zu pflücken. Können Sie das verstehen?«

»Ich glaube schon«, meinte er leise. »Ich war nie verheiratet, aber in Saskatchewan hatte ich eine Freundin, der hab ich auch immer Blumen mitgebracht. Indian Paint Brush mochte sie am liebsten, die mit den roten Blüten.« Er blickte nachdenklich in seinen Tee. »Die Sache ging auseinander, als ich zur RCMP ging. Sie schrieb mir nur noch einmal, einen belanglosen Brief, der mir wohl zeigen sollte, dass keine Gefühle mehr da waren. Aber das ist beinahe vier Jahre her und fast schon vergessen.«

Sie schwiegen sich eine Weile an, schmierten Honig auf ihre Biskuits, tranken Tee und lauschten dem Rauschen des Windes, das langsam zu einem Heulen anschwoll. Der Wintergeist ließ seine klagende Stimme ertönen. Die Indianer glaubten, dass er zürnte, wenn ein Schneesturm über dem Land heulte. Vor dem Fenster wurde es dunkler, und die ersten Schneeflocken wurden gegen die Scheiben getrieben. Die Kerosinlampe, die auf dem Tisch stand, verbreitete warmes Licht und gab ihnen das Gefühl, meilenweit von dem Schneesturm entfernt zu sein.

Frank warf ein Holzscheit in den Ofen. »Das erinnert mich an meine alte Heimat. Ich komme aus England, habe ich das schon erzählt? Wir wohnten in einem Vorort von Manchester. Eine schmutzige Stadt. Mein Vater arbeitete in einem Kohlebergwerk, und meine Mutter half bei einer Nachbarin als Näherin aus. Es ging uns nicht besonders rosig, selbst damals nicht, als mein Vater noch am Leben war. So richtig zufrieden war ich nur, wenn es regnete. Richtig regnete. Wenn es draußen schüttete und wir gemeinsam in der Küche saßen und aus dem Fenster blickten. Mein Vater stand hinter uns und legte seine mächtigen Arme um uns, und meine Mutter kochte Tee, so wie Sie vorhin, und zur Feier des Tages gab es sogar etwas Zucker. Nichts Besonderes, aber mir wird immer ganz warm ums Herz, wenn ich an diese stillen Abende denke. So nahe standen wir uns sonst nie.«

»Und wann sind Sie aus England weggegangen?«, fragte sie.

»1920«, antwortete er, ohne zu überlegen, »vor zehn Jahren. Ich war damals vierzehn. Mein Vater war gestorben, und ich wollte meiner Mutter nicht länger auf der Tasche liegen. Ich hatte die Prüfung bestanden und konnte arbeiten, half einem Farmer auf den Feldern, trieb Vieh zum Markt, verkaufte Zeitungen und half in einer Druckerei aus, aber unser Geld reichte hinten und vorne nicht, und ich beschloss, mich der Boys Brigade anzuschließen. So was wie die Pfadfinder, nur ernsthafter. Sie halfen mir, nach Kanada auszuwandern. Ich landete bei einem großen Farmer und schuftete von morgens bis abends auf den Feldern.« Er schob sich einen Biskuit in den Mund. »Na ja, den Rest der Geschichte kennen Sie«, fuhr er mit vollem Mund fort. »Irgendwann hatte ich genug von der Farmarbeit und ging zur RCMP.« Er trank von seinem Tee. »Warum sind Sie hier im Norden?«

Sie zuckte mit den Schultern. »Beim Zirkus war kein Geld mehr zu verdienen, und die glorreichen Tage des *Barnstorming* waren längst vorüber. Wer will schon einen Doppeldecker sehen, wenn Linienmaschinen am

Himmel fliegen? Im hohen Norden, in Alaska und am Yukon, kann man noch richtig fliegen. Das sagte Jack immer, wenn er gefragt wurde, was ihn in diese Gegend verschlagen habe. Hier wirst du als Flieger gefordert, sagte er, hier ist noch Platz am Himmel. Du schwingst dich in den Himmel, und unter dir zieht die grenzenlose Wildnis vorbei.« Sie seufzte leise. »Wir waren sehr glücklich in Fairbanks und am Lake Laberge. Wir wussten, wie gefährlich das Leben im Norden ist, aber die Schönheit des Landes wiegt vieles auf. Die Freiheit hat ihren Preis. Mein Mann hat dafür bezahlt, und ich werde weiterleben und den Kampf gegen die Wildnis erneut aufnehmen.«

»Bis jetzt waren Sie sehr erfolgreich«, sagte der Mountie, »ich habe selten eine Frau gesehen, die so gut in der Wildnis zurechtkommt. Wenn es Frauen bei der RCMP gäbe, würde ich Sie sofort empfehlen.« Er leckte den Honig von seinem letzten Biskuit. »Sie brauchen keine Angst vor der Zukunft zu haben, Clarissa. Sie schaffen es auch allein. Bleiben Sie in Dawson City!«

Sie fühlte sich geschmeichelt und stand auf, um seinen bewundernden Blick nicht erwidern zu müssen. Vor dem Fenster blieb sie stehen. Sie rieb etwas Eis von den Scheiben und spähte in den Sturm hinaus, der immer stärker wurde und den Schnee in dichten Schleiern über die Hügel trieb. Der Wind heulte und tobte und peitschte die Fichten am Waldrand. Der Himmel war dunkel, fast schwarz, und ihre Blockhütte versank in einem tosenden Meer, das mit schäumenden Wellen über dem Dach zusammenschlug. Wie der Ozean, der Kapitän Ahab überraschte, als er dem weißen Wal zu nahe kam. Immer wenn man glaubte, die Natur beherrschen zu können, schlug sie wütend zurück und zeigte dem Menschen, dass er sich nicht zum Herrn über diese Urgewalten aufschwingen könnte. Die Geister, vor denen auch die missionierten Indianer große Angst hatten, waren mächtig, besonders im Norden, wo die Natur abweisend und voller Gefahren war.

Die Hunde hatten sich in den Schnee gerollt und ließen den Sturm beinahe gleichgültig über sich ergehen. Sie waren den eisigen Wind gewohnt. Er gehörte zu ihrem Leben, und die Natur hatte sie mit einer unbändigen Kraft und zähen Ausdauer ausgestattet, die selbst den Wintergeist verzweifeln ließ. Ihr dichtes Fell schützte sie gegen die arktische Kälte und hielt die scharfen Eiskristalle ab, die vom Sturm über den Schnee getrieben wurden. Sie ertrugen den Ausbruch des zornigen Winterriesen wie einen lästigen Platzregen und verhöhnten seine Schläge mit einem trotzigen Schweigen, das selbst den lebhaften Blondie ergriffen hatte. Wie zähe Wölfe, die in den Bergen von einem tobenden Sturm überrascht wurden, warteten sie das Unwetter ab.

»Ein zäher Bursche, dieser Blondie«, sagte sie.

»Der beste Leithund, den ich kenne«, erwiderte der Mountie, »unser Sergeant Major hat ihn aus Alaska mitgebracht. Ein sibirischer Husky. Kennen Sie sich mit Hunden aus? Sibirische Huskys sind die besten Schlittenhunde, die man sich vorstellen kann. Ihre Vorfahren wurden von den Jägern in Sibirien dazu benutzt, die Rentierherden zu bewachen. Deshalb sind sie besonders stark und ausdauernd. Erinnern Sie sich an die All Alaska Sweepstakes im letzten Winter? Der Schlitten des Siegers wurde von sibirischen Huskys gezogen! Und bei den anderen Rennen waren auch sibirische Hunde dabei. Ich gehe jede Wette ein, dass wir mit unserem Gespann auch eine gute Figur abgegeben hätten.«

Sie musste lachen, als Blondie neugierig den Kopf hob und einen Schwall nassen Schnee ins Gesicht bekam.

»Diese Hundeschlittenrennen werden immer populärer, nicht wahr? In der letzten Zeitung, die wir bekamen, war die Rede von einem neuen Rennen, das von Whitehorse nach Dawson führen soll.«

»Die Yukon Trophy«, bestätigte Frank, »das härteste Rennen der Welt. So steht es jedenfalls in den Zeitungen. Im nächsten Winter soll es losgehen. Im Februar, glaube ich. Von Whitehorse nach Dawson City, siebenhundert Kilometer über den zugefrorenen Fluss und die Trails der Schlittenpost. Eine teuflische Strecke! Ich bin sie im letzten Winter ein paarmal gefahren und war jedes Mal froh, wenn ich sie hinter mir hatte. Blondie kennt jeden Meter. Schade, dass er bei dem Rennen nicht dabei sein kann.«

»Dürfen die Mounties nicht mitmachen?«, fragte Clarissa.

Frank lehnte sich auf seinem Stuhl zurück. »Der Sergeant Major hätte sicher was dagegen, wenn wir unsere Posten verließen! ›Wir vertreten den König‹, sagt er manchmal, ›was sollen die verdammten Indianer denken, wenn wir kommen und gehen, wann wir wollen? Ein Mountie ist ein Vorbild, verstanden? Und wenn ich einen von euch dabei erwische, wie er einen Befehl missachtet, wird er eigenhändig von mir aufgeknüpft.‹ Sagt er.«

»Raue Sitten«, bemerkte sie trocken.

»Sie hätten sehen sollen, was er mit Constable Drury

anstellte, als der arme Kerl nach dem Neujahrsball in die Garnison zurückkehrte. Sein Urlaubsschein war in Ordnung, und er kam fünf Minuten zu früh, aber als bekannt wurde, dass er die Tochter des Hufschmieds wüst beschimpft hatte, musste er barfuß über die Front Street laufen! Rauf und runter, und das bei zwanzig Grad unter null! Ein Wunder, dass er danach nicht zum Arzt musste. Ich glaube, seine Füße sind heute noch rot. Und das alles nur, weil das Mädchen mit einem anderen Constable getanzt hatte.«

»Sind die Mounties alle so eifersüchtig?« Clarissa fand Gefallen an den Geschichten des Mounties und an seiner ruhigen und humorvollen Art, sie zu erzählen. »Sind Sie eifersüchtig?«

»Keine Ahnung«, räumte Frank ein, »das letzte Mädchen, das mit mir getanzt hat, war über drei Ecken mit unserem Superintendent verwandt, und ich hab gar nicht erst gefragt, ob sie mit mir ausgehen will. Zu gefährlich! Sie ist nach Ottawa zurückgegangen.« Er blickte sie an. »Warum fragen Sie mich solche Sachen?«

»Ich hatte nie einen Grund, eifersüchtig zu sein«, erwiderte sie ruhig. »Komisch, nicht wahr? Die meisten Leute behaupten, dass Buschpiloten besonders tollkühne Draufgänger sind, die jedem Mädchen hinterherlaufen, aber mein Jack war das genaue Gegenteil. Wenn er zu Hause war, saßen wir meistens vor dem Ofen und erzählten Geschichten, oder er las mir aus einer neuen Zeitung vor. Wie ein altes Ehepaar, nur dass wir uns mehr zu sagen hatten. Mag sein, dass uns manche Leute für langweilig hielten, aber wir waren glücklich. Langweilig waren wir bestimmt nicht! Jack riskierte alle paar Tage sein Leben, und ich ging nervös im Zimmer auf und ab, wenn er wieder mal nicht pünktlich zurückkam. Ein Buschflieger lebt gefährlich, hat mal jemand gesagt, und die Frau eines Buschfliegers verbringt die meiste Zeit damit, auf ihren Mann zu warten.« Sie legte die flachen Hände auf das kalte Fenster und blickte in den Sturm hinaus. »Ich hoffe, Ihre Geschichte stimmt. Es wäre schön, wenn es wirklich einen besonderen Himmel für Buschflieger gäbe.«

»Und für Mounties«, fügte er hinzu.

»Und für Mounties«, bestätigte sie lächelnd.

Clarissa nahm die Hände vom Fenster und ließ sich vom Anblick der wirbelnden Flocken verwirren. Der stürmische Wind fegte den Schnee gegen das Fenster, heulte und klagte über dem wilden Land und drückte gegen die festen Wände des Blockhauses. Wenn er Atem holte, sah sie die Huskys auf dem Boden liegen, die Körper eingerollt, die Schnauzen unter dem Fell. Um besser gegen den Sturm geschützt zu sein. Diese Hunde waren für das Leben in dieser arktischen Kälte geboren. Sie brauchten keinen künstlichen Schutz wie die Menschen, keine warme Hütte, keine dicke Kleidung, nicht mal ein Feuer. Die Natur hatte sie mit allem ausgestattet, was notwendig war, um in dieser unwirtlichen Umgebung bestehen zu können. Sie waren noch stärker und ausdauernder als Wölfe, freuten sich darauf, einen Schlitten durch die abgelegene Wildnis zu ziehen.

Sie wandte sich vom Fenster ab und füllte Franks Becher mit heißem Tee. Er war ein sympathischer Mann, auch wenn er nicht gerade dem Idealbild eines unerschrockenen Polizisten entsprach. Seine rotblonden Haare und die Sommersprossen über der Nase ließen ihn wie einen Jungen erscheinen. Nur in seinen grünen Augen war jene Entschlossenheit zu sehen, die man brauchte, um als Mountie der G-Division bestehen zu können. Die G-Division war für die Sicherheit in den entlegensten Gebieten des nördlichen Kanada zuständig, den Yukon und die Northwest Territories. Man musste besonders hart und widerstandsfähig sein, um Mitglied dieser Abteilung zu werden. Und über einen besonderen Humor verfügen, eine Art Galgenhumor, wie ihn auch die Buschflieger hatten. Die rauen Scherze vertrieben die Angst, die auch ein erfahrener Mann spürte, wenn er allein in die Wildnis aufbrach. »Mal sehen, welchem Grizzly ich heute begegne«, hatte ihr Mann manchmal gesagt, wenn er in seine *Bellanca* gestiegen und nach Norden geflogen war. Oder: »Warte nicht auf mich, mein Schatz. Es kann Jahre dauern, bis ich ein verdammtes Loch im Nebel finde.«

Sie hatten ein Loch im Nebel gefunden, und dennoch war ihr Mann tot. Das Schicksal im hohen Norden nahm keine Rücksicht auf die Liebe zweier Menschen. Heute traf es einen Buschpiloten, der seine Frau über alles geliebt hatte, und morgen einen Mountie, der außer dem Sergeant Major und einigen seiner Kameraden keinen einzigen Menschen kannte, der um ihn trauerte. Wenn es Geister gab, wie die Indianer behaupteten, spielten sie ein tödliches Spiel, das seine Opfer zufällig traf. Wenn es einen Gott gab, ging er nach einem Plan vor, den kein Sterblicher verstand. Gab es tatsächlich ein Leben nach dem Tod? War das Paradies so schön,

dass der Tod eine Erlösung war? Hatte ihr Mann den letzten Horizont erreicht?
Clarissa betete jeden Abend, seit ihr Mann gestorben war, und manchmal auch morgens, wenn sie erwachte und sich ihrer Einsamkeit bewusst wurde. Sie hoffte, dass ihre Gebete etwas bewirkten. Frank versuchte sie aufzuheitern und ihr den Schmerz zu nehmen, und manchmal hatte er auch Erfolg damit, aber in einem Augenblick wie jetzt war er machtlos, und sie blieb mit der Trauer um den Verlust ihres Mannes allein. Jack war ein guter Mann gewesen, und sie hatte glückliche Jahre mit ihm verbracht. Dafür war sie dankbar. Wenn der Schmerz sich gelegt hatte, würde sie Blumen an sein Grab bringen und an die schönen Augenblicke ihres Lebens denken, das sie mit ihm erlebt hatte. Ein Mensch war so lange nicht tot, wie er in der Erinnerung eines anderen Menschen weiterlebte. So etwas Ähnliches hatte der Pfarrer bei der Beerdigung ihres Vaters gesagt. Jack würde ewig weiterleben.
Sie stellte ihren Becher auf den Tisch und vermied es, dem Mountie in die Augen zu blicken. Er sah ihren Schmerz und vertiefte sich in ein Kapitel von »Moby Dick«. Seltsam, dachte sie, wie vertraut sie mit dem Polizisten geworden war. Sie hatten private Geheimnisse und Gefühle ausgetauscht, die unter normalen Bedingungen niemals zur Sprache gekommen wären. Die erzwungene Enge in der Blockhütte hatte eine Nähe geschaffen, wie sie sonst nur unter Eheleuten oder guten Freunden bestand. Sie waren zu einer Schicksalsgemeinschaft geworden, lebten auf einer Insel abseits der Zivilisation, und erst die Rückkehr ins wirkliche Leben würde zeigen, wie sie wirklich zuei-

nander standen. Hier herrschte ein Ausnahmezustand, der sie gegen die möglichen Gefahren auf dem Heimweg zusammenschweißte.

Draußen wurde es heller, und das Heulen des Windes verkam zu einem weinerlichen Klagen. Nur noch vereinzelte Flocken wirbelten vom Himmel herab. Sie legte ihre Stirn gegen das Fenster und blickte nach draußen. Auf dem Hügel, der durch die Schneeverwehungen ein neues Gesicht bekommen hatte, war eine dunkle Gestalt zu erkennen.

»Nanuk ist zurück«, sagte sie.

11

Am frühen Morgen brachen sie auf. Clarissa hatte Franks Wunde noch einmal mit Salbe eingerieben und fest verbunden, und er hatte versichert, wieder im Vollbesitz seiner Kräfte zu sein.

»Wenn Sie unbedingt wollen, können wir uns beim Fahren abwechseln«, räumte er ein, »aber die letzte Etappe übernehme ich. Meine Kameraden zerreißen mich, wenn ich mich von einer Frau nach Dawson fahren lasse.« Sie verschnürte die Vorräte auf dem Schlitten und lachte spöttisch. »Die Ehre der RCMP? Harte Männer in einem wilden Land, das die Hölle für Frauen und Kinder ist?« So stand es in den Berichten über die Goldsucher am Klondike, obwohl auch damals schon viele Frauen den Weg nach Norden gewagt hatten. »Manchmal benehmen sich Männer reichlich albern, meinen Sie nicht auch?«

»Schon möglich«, erwiderte Frank, »aber ich kenne einige Frauen in Dawson, die sich ohne einen Mann nicht mal auf die Straße wagen. Schon mal von Kitty Larson gehört, der Tochter des Eisenwarenhändlers? Sie ist über zwanzig, aber wenn sie die Front Street überquert, muss ein Mountie den Verkehr anhalten. Als ob es in Dawson so viele Autos wie in Vancouver oder New York gäbe. Und wenn sie einen Hund heulen hört, verkriecht sie sich ängstlich in ihrem Bett. Das posaunt ihre Schwester Betty in der ganzen Stadt herum. Sie ist in Dawson aufgewachsen. Kitty hingegen war auf einem vornehmen College in Vancouver und ist der festen Meinung, Dawson City sei nur für Männer gemacht. Sie glaubt, dass nur Mounties und Goldsucher in der Wildnis bestehen können. Ich denke, sie kehrt nach Vancouver zurück.«

»Und wahrscheinlich hat sie sogar Recht«, meinte Clarissa, während sie ihr Gewehr holte. »Nur Wölfe sind stark genug, um dem Winter in dieser Einsamkeit trotzen zu können. Wir kämen ohne die Hunde keine Meile weit, und ohne Feuer würden wir jämmerlich erfrieren. Sogar die Bären flüchten sich in ihren Winterschlaf. Wir sind nicht für diese Temperaturen geboren.«

»Und was ist mit den Indianern und den Inuit?« Frank hängte sich seinen 30-30er-Karabiner über den Rücken und überprüfte den 45er-Colt, zwei Waffen, die jeder Mountie auf einer Patrouille durch die Wildnis bei sich trug. »Die leben seit Ewigkeiten hier.«

»Selbst Inuit erfrieren, wenn sie sich an der Küste verirren«, gab sie zu bedenken, »die haben sich mit der Wildnis arrangiert, weil ihnen nichts anderes übrig blieb. Und die Indianer glauben an Geister und zittern bei der ersten Schneeflocke.« Sie blieb in der Hüttentür stehen. »Warum ziehen wir nicht alle in die Sonne?«

»Weil wir nur hier im Norden wirklich glücklich sind«, antwortete er nachdenklich. »Ist es nicht so? Wir sind zum Yukon gekommen, weil uns die Wildnis auf magische Weise angezogen hat. Sie und mich und viele andere Menschen. Die einsamen Berge, die verschneiten Trails, das Heulen der Wölfe, das Flackern des Nordlichts. Soll ich Ihnen was verraten? In Kalifornien würde ich eingehen. Meinetwegen können sie die Sonne behalten. Und ihre Strände brauche ich auch nicht. Ich

stehe lieber auf einem einsamen Trail in dieser Wildnis und schaue dem Nordlicht zu.«
Clarissa war derselben Meinung. »Aber etwas wärmer könnte es schon sein, oder?« Sie verschwand im Haus und blickte sich noch einmal gründlich um. Der Trapper hatte so viele Vorräte gehortet und so viel Holz geschlagen, dass es auch für den nächsten Besucher reichen würde. Die Wolldecken hatte sie sorgfältig gefaltet und auf das Bett gelegt. Die Axt lag neben dem Ofen auf dem Tisch. Sie nahm das Buch aus der Schublade und verstaute es in ihrer Anoraktasche. »Moby Dick« sollte sie immer an den Aufenthalt in der Hütte erinnern. »Alles in Ordnung«, sagte sie zu Frank, als sie nach draußen kam, »wir können fahren!«
Der Mountie war bereits dabei, die Hunde vor den Schlitten zu spannen. »Ho, keine Bange, gleich geht's los!« Frank versuchte die aufgeregten Hunde zu beruhigen. Die Huskys zerrten mit nervösem Gebell an den Leinen und scharrten im Schnee, spürten instinktiv, dass es endlich wieder auf eine lange Reise ging. Der Hund, der direkt vor den Schlitten gespannt war, schnappte nach seinem Vordermann. Der Lärm war unbeschreiblich und ließ alle anderen Geräusche verstummen. Huskys waren zum Laufen geboren. Die Hetzjagd über den gefrorenen Schnee machte ihr Leben aus, und jede Pause war eine lästige Unterbrechung. Zu lange schon hatten die Hunde gerastet, gierig reckten sie ihre Schnauzen in den kalten Wind. Die täglichen Runden mit Clarissa waren zu wenig gewesen.
»Na, freust du dich, Blondie?«, rief Frank dem Leithund zu. »Es geht los, hörst du? Wir fahren nach Hau-

se!« Er spannte ihn vor die anderen Hunde, überprüfte noch einmal die Geschirre und stellte sich auf die Bremse. »Setzen Sie sich auf den Schlitten, Clarissa«, sagte er. »Und halten Sie sich gut fest. Ich weiß nicht, ob ich die Hunde bändigen kann.«

Clarissa setzte sich vor das Gepäck und klammerte sich mit beiden Händen an den Schlitten. Sie zog die Wollmaske vor ihr Gesicht. »Fertig!«, rief sie. Frank zog den Anker aus dem Schnee und ließ einen gellenden Pfiff ertönen, sein Zeichen für den Start. Die Hunde legten sich bellend in die Geschirre. Mit schleifenden Bremsen setzte sich der Schlitten in Bewegung. Die Tiere ließen ihre Muskeln spielen und kämpften sich durch die Schneeverwehung, die der stürmische Wind vor die Hütte getrieben hatte. Der Schnee spritzte nach allen Seiten. Der Schlitten schleuderte ein paar Meter, fand seine Bahn und glitt über den Trail, der in dem Neuschnee kaum noch zu sehen war. Die Hunde waren für Clarissa nur als dunkle Schatten im Schnee sichtbar.

Als sie an dem Hügel vorbeifuhren, auf dem Nanuk auch am vergangenen Nachmittag gestanden hatte, drehte sie sich suchend um. Der Wolfshund war nicht zu sehen. Ob er aus einem sicheren Versteck beobachtete, wie sie davonfuhren? War er eifersüchtig, weil sie sich mit den anderen Hunden angefreundet hatte? Hatte er Angst vor Frank?

Clarissa hätte den geheimnisvollen Wolfshund gern an ihrer Seite gehabt, erkannte aber auch, dass ein wildes Geschöpf wie er besser in der Wildnis aufgehoben war. Das Wölfische in ihm schien stärker zu sein als alle anderen Gefühle und ließ ihn vor dem Mountie scheuen.

Zu ihr war er nur gekommen, weil sie allein und hilflos gewesen war. Wenn er wirklich mit den Geistern verwandt war und hilflosen Menschen in der Wildnis half, war seine Aufgabe erfüllt. Sie war in Sicherheit. Frank war ein erfahrener Mountie und würde sie sicher nach Dawson City bringen. Er war mit einem Karabiner und einem schweren Colt bewaffnet und würde nicht einmal vor einem Grizzly in die Knie gehen.
»Nanuk«, sagte sie leise.
Sie vermisste den Wolfshund mehr, als sie gedacht hatte. Das scheue Wesen war zu einem Freund geworden. Die grenzenlose Einsamkeit hatte sie zu Seelenverwandten gemacht, und wenn er wirklich von dem legendären Indianer abstammte, der in den Bergen nach seiner toten Frau gesucht hatte, teilten sie auch die Trauer um einen geliebten Menschen. Vielleicht hatte sie in den langen, einsamen Wochen in der Hütte selbst die Züge eines Wolfshundes angenommen, eines Wesens, das sich in der Einsamkeit wohl fühlte und Angst davor hatte, in die Zivilisation zurückzukehren. Ein seltsamer Gedanke, der sie während der nächsten Wochen noch öfter beschäftigen sollte. Hatte nur der freundliche Mountie verhindert, dass sie sich in einen Wolfshund verwandelte? War er dabei, ihre Seele vor den bösen Geistern der Wildnis zu retten?
»Auf Wiedersehen, Nanuk!«, rief sie in den frostigen Morgenwind. »Vielleicht sehen wir uns mal wieder!«
Sie klammerte sich an den Schlitten, als er über eine Bodenwelle fuhr und in eine scharfe Linkskurve ging, und bewunderte Frank, der sein Gespann voll im Griff hatte und auch im tiefen Schnee zu lenken wusste. Sie hatte ihn gebeten, noch einmal am Grab ihres Mannes

zu halten. Mit einem lang gezogenen »Whoaaa!« zog er die Bremse, ließ den Schlitten wenige Meter vor dem Wrack in eine Schneewehe gleiten und rammte den Anker in den Boden. »Easy, Blondie!«, rief der Mountie. »Es geht gleich weiter!«
Selbst die Hunde schienen zu ahnen, aus welchem Grund sie noch einmal hielten. Sie protestierten kaum, als Clarissa vom Schlitten stieg und den Schnee von ihrer Kleidung klopfte. Sie ging zu dem Flugzeugwrack, das wie das Skelett eines vorzeitlichen Mammuts aus dem Schnee ragte, und fand die Kufe, die wie ein mahnender Finger an das Unglück erinnerte. Die Bäume hatten den Sturm abgehalten und verhindert, dass er das Grab des toten Piloten schändete. Clarissa kniete nieder und sprach das Vaterunser. »Sei mir nicht böse, Jack«, sagte sie dann, »aber ich muss jetzt gehen. Der Mountie bringt mich nach Dawson City. Ich komme im Frühjahr wieder, wenn die Wildblumen blühen. Du bist mir doch nicht böse, oder? Du hast immer gesagt, dass ich stark genug bin, um auch allein im hohen Norden leben zu können. Ich will es versuchen, Jack. Aber du sollst wissen, dass ich dich niemals vergessen werde. Das habe ich schon einmal gesagt, nicht wahr? Ich werde es immer wieder sagen. Ich werde in einem anderen Haus wohnen und ein neues Leben beginnen, weil die Vergangenheit am Lake Laberge nur uns beiden gehören soll, aber ich werde dich niemals aus meinem Herzen verdrängen. Du wirst bei mir sein, wenn ich ein neues Leben beginne, und ich freue mich auf den Tag, an dem wir für immer vereint sein werden. Leb wohl, Jack. Die Hunde warten. Ich sehe dich im Frühjahr, einverstanden?«

Sie blieb noch eine Weile still sitzen und kehrte nachdenklich zum Schlitten zurück. »Danke, Frank«, sagte sie. Der Mountie nickte nur und wartete geduldig, bis sie den Schlitten bestiegen hatte. Dann zog er den Anker aus dem Schnee und trieb die Huskys an. Die Hunde merkten, dass es jetzt endlich auf den Trail ging, und legten sich begeistert in die Geschirre. In einer weiten Linkskurve ging es an dem Wald vorbei und auf den zugefrorenen Fluss, der sich zwischen den Schneeverwehungen durch das Tal wand. Das Eis auf dem schmalen Gewässer war fest. Der leichte Neuschnee bot beste Bedingungen für die Hunde, die sich im harschen Schnee oder auf blankem Eis die Pfoten verletzten und oft tagelang ausfielen. Der Schnee spritzte unter den Kufen des Schlittens hervor und wehte in sanften Schleiern zu den Ufern. Das Scharren der Kufen durchbrach die andächtige Stille, die sonst das Tal ausfüllte, und übertönte den heftigen Atem der Hunde. Der Himmel hing schmutzig und verwaschen über dem wilden Land und verbreitete ein gespenstisches Zwielicht.
Clarissa blickte noch einmal zurück, bevor sie das Tal verließen und eine schmale, tiefe Schlucht erreichten. Auch Frank drehte sich um. Die Hütte blieb im nebligen Dunst zurück, und die Sicherheit einer warmen Behausung entschwand ihren Blicken. Sie waren nun mit der Wildnis allein. Ein seltsames Gefühl, selbst für den Mountie, der viele Wochen des Jahres in der Abgeschiedenheit verbrachte und die Einsamkeit gewohnt war. In den Ogilvie Mountains war das Land noch wild und ursprünglich, man war einige Tagesreisen von der nächsten Siedlung entfernt und den unbekannten

Mächten der Natur schutzlos ausgeliefert. Dem Wintergeist, wie die Indianer sagen würden. Es gab vereinzelte Indianerdörfer und Trapperhütten, und selbst die karge Blockhütte eines Außenpostens wurde in den nächtlichen Träumen zu einer luxuriösen Behausung fernab der Zivilisation. Und es gab nur wenige Trails, und man war auf die zugefrorenen Flüsse angewiesen, die eine gewisse Sicherheit boten. Wenn sie dem Porcupine River nach Süden folgten, war es nicht mehr weit zum Peel River, und von dort gab es einen befestigten Trail, der zum Yukon führte. Aber was nutzten alle Flüsse und Trails, wenn das Wetter umschlug und ein winterlicher Sturm das Land bedrohte? Wenn die unerbittliche Natur ihre Muskeln spielen ließ?
In der tiefen Felsenschlucht klang das Scharren der Kufen noch lauter und unheimlicher. Die Hunde bellten nicht, wenn sie liefen, sie brauchten ihre ganze Kraft zum Ziehen des Schlittens und ließen lediglich ein leises Hecheln hören. Ihr Atem gefror über ihren schattenhaften Körpern. Es gab weniger Schnee zwischen den hohen Felsen, und der Schlitten schlingerte über das blanke Eis. Die Kufen holperten über einige Steine, die aus dem Eis ragten, und schrammten an einem Felsbrocken entlang, als Frank die Kontrolle über das Gefährt verlor und gerade noch rechtzeitig von den Kufen sprang und den Schlitten auf Kurs brachte. »Easy! Easy!«, rief er dem Leithund zu. »Nicht so schnell!«
Nach vier Stunden legten sie eine kurze Rast ein. Sie fütterten die Hunde mit getrocknetem Fisch, den Frank in seinem Gepäck verstaut hatte, und tranken von dem heißen Tee, den Clarissa noch in der Hütte zubereitet

hatte. Zwischen einigen Decken hatte er seine Temperatur einigermaßen halten können. »In vier Tagen könnten wir es schaffen«, sagte Frank. »Wenn das Wetter hält. Am Peel River kenne ich mich einigermaßen aus, dort haben wir mal nach einem verschollenen Trapper gesucht. Der Dummkopf hatte sich mit einem verwundeten Elch angelegt und konnte von Glück sagen, dass wir ihn rechtzeitig fanden. Seine Hütte steht immer noch, obwohl er ein paar Monate nach seiner Rettung einen Dampfer nach Seattle bestieg. Er war Amerikaner. Morgen Abend können wir in der Hütte übernachten. Heute Abend müssen wir uns wohl mit einem Wicki begnügen.« *Wicki* oder *Wickiup* nannten die Indianer einen behelfsmäßigen Unterschlupf aus Fichtenzweigen. Clarissa hatte noch nie in einer solchen Hütte geschlafen und war neugierig, wie die Nacht wohl sein würde.

Nach ihrer kurzen Pause stieg Clarissa auf die Kufen. Sie wartete, bis Frank sich auf die Decken gesetzt hatte, und zog den Anker aus dem Schnee. Mit einem heiseren Pfiff feuerte sie die Hunde an. »Lauf, Blondie, lauf! Wir haben es eilig!« Der Leithund schien sie zu verstehen und ermunterte die anderen Huskys mit seinem ungeduldigen Bellen. Er war ein guter Leithund, das erkannte auch Clarissa, die sich inzwischen bestens mit ihm verstand und ebenso freundlich wie Frank begrüßt wurde, wenn sie eine Rast einlegten. Nach dem eher übermütigen Start am frühen Morgen hatten sich die Hunde etwas beruhigt. Sie waren ruhiger und gehorchten den Befehlen williger. Clarissa genoss die Fahrt, ließ ein freudiges »Vorwärts! Lauft!« hören und steuerte den Schlitten sicher über den zugefrorenen Fluss. Einmal erblickten sie einen Elch am Ufer, und Frank nahm bereits seinen Karabiner von den Schultern, aber das mächtige Tier griff nicht an und zog sich bei ihrem Anblick in den dichten Wald zurück.

Sobald die ersten Schatten der Dunkelheit über die Flussufer krochen, suchten sie nach einem geeigneten Platz für das Nachtlager. »Da drüben, zwischen den Bäumen!«, rief Frank. Er bedeutete Clarissa, den Schlitten anzuhalten, schlüpfte in die Schneeschuhe und bahnte einen Weg für die Hunde. Es waren ungefähr zweihundert Meter vom Fluss durch den tiefen Schnee, und die Tiere hätten es allein nie geschafft. Er stapfte in gebückter Haltung durch den tiefen Pulverschnee, eifrig bemüht, den Lagerplatz so schnell wie möglich zu erreichen. Erschöpft gelangten sie auf die Lichtung. Sie lösten die Hunde vom Schlitten und banden sie an Bäume, die weit genug voneinander entfernt standen. Den Schlitten zogen sie ins Unterholz. Frank ebnete die kleine Lichtung mit seinen Schneeschuhen und sammelte abgebrochene Äste und möglichst große Fichtenzweige für ihren Unterschlupf. Clarissa fütterte die Huskys, die sich gleich darauf in den Schnee rollten und die kalten Schnauzen unter ihre buschigen und warmen Schweife steckten. Sie schliefen ungefähr fünfzig Meter vom Wicki entfernt, so mochten sie es am liebsten.

Noch bevor Frank fertig war, hatte Clarissa ein Feuer gemacht. Sie schob einige Äste, die beim Bau ihres Unterschlupfs übrig blieben, in die Flammen, zog die Handschuhe aus und wärmte ihre Hände. Mit der Dunkelheit kam die Kälte, breitete sich wie Nebel zwischen

ihnen aus. Ihr Lagerplatz war eine winzige Insel in einem eisigen Meer, das bis zum fernen Horizont reichte und über ihnen zusammenschlug.
Clarissa lief am Waldrand entlang, um ihren Kreislauf in Gang zu bringen, sie hatte nicht einmal Augen für das Nordlicht, das sich am Himmel zeigte. Dann kochte sie heißen Tee in der alten Blechkanne, die Frank mitführte, und erhitzte einige Bohnen mit Speck. Der Mountie polsterte den Boden des Wickis mit Fichtenzweigen, legte Karibufelle darüber und breitete seine beiden Schlafsäcke aus. Wie die meisten Polizisten der RCMP hatte er zwei Schlafsäcke dabei, falls sie einen gestrandeten Trapper oder einen verirrten Goldsucher fanden. Ohne Schlafsack war man in der eisigen Kälte verloren.
Sie aßen schweigend, waren viel zu müde, um sich zu unterhalten. Hinter ihnen lag ein langer Tag, und sie verstanden sich inzwischen auch ohne Worte. Die Bohnen schmeckten köstlich, und der heiße Tee vertrieb die klamme Kälte aus ihren Körpern. Nachdem sie das Geschirr in einer Gepäcktasche verstaut hatten, hängten sie Stiefel, Anoraks und Winterhosen über ein Gestell, das sie in der Nähe des Feuers aufgebaut hatten, und krochen in ihre Schlafsäcke. Der leichte Abendwind trieb die Wärme des Feuers in ihre Richtung und schützte sie vor der Kälte.
»Gute Nacht, Clarissa«, sagte er.
»Gute Nacht, Frank«, sagte sie.
Schon nach wenigen Minuten war sie eingeschlafen. Sie merkte nicht, wie Frank aufstand und neues Holz in die Flammen warf, und sie hörte nicht das Geheul eines Wolfsrudels, das sich den Hunden bedrohlich

näherte und auf geheimnisvolle Weise wieder verschwand. Nicht einmal Frank, der seinen Karabiner entsichert hatte und aus dem Wicki spähte, bemerkte den dunklen Schatten des Wolfshundes, der wie ein Geist durch den tiefen Schnee sprang und die Wölfe über die Hügel zurücktrieb.

12

Der Wintergeist zeigte sich von seiner gnädigen Seite, und sie kamen schnell voran. Einmal ließ sich sogar die Sonne blicken, und der eisbedeckte Fluss funkelte, als hätte ein unsichtbarer Riese winzige Edelsteine im Schnee verstreut. Die Schatten der Hunde tanzten über den leichten Neuschnee und die verschneiten Steilufer. Es gab kein besseres Wetter für die Hunde. Sie zogen den Schlitten mit einer Leichtigkeit, die sogar den Mountie erstaunte, und ihre leuchtenden Augen verrieten, welche Genugtuung ihnen die Fahrt durch die Wildnis bereitete. Während der Mittagspausen zogen sie ungeduldig an den Leinen und bellten erfreut, wenn es endlich weiterging. Sie waren in ihrem Element und genossen die winterliche Pracht in vollen Zügen.

Clarissa wurde immer vertrauter mit dem Gespann. Sie kannte die Eigenarten der Hunde, wusste genau, wie sie jedes Tier zu nehmen hatte und ob ihre Gefährten eine Aufmunterung oder den mahnenden Zeigefinger brauchten. Sie stand genauso lange auf den Kufen wie Frank, der nicht müde wurde, ihre Geschicklichkeit und ihr Einfühlungsvermögen zu loben. »Sie haben Talent«, sagte er, als sie das Gespann um eine Biegung des Flusses lenkte, »und Sie können mit Hunden umgehen. Sie sollten bei unserer nächsten Patrouille dabei sein.«

Sie lachte. »Ich glaube nicht, dass der Superintendent damit einverstanden wäre. Oder stellt die RCMP neuerdings Frauen ein? Nein, ich glaube, ich suche mir lieber eine andere Arbeit.«

Sie verbrachten die Nacht in der verlassenen Trapperhütte, von der Frank gesprochen hatte, eine eher karge Behausung, in der es nicht mal einen Tisch gab. Aber die festen Wände schützten sie gegen den kalten Nachtwind, und es war wesentlich wärmer als in dem Wicki. Sie rollten ihre Schlafsäcke aus und aßen den Rest der Bohnen, bevor sie sich schlafen legten. Es gab keine Trennwand zwischen ihnen, und die körperliche Nähe verstörte Clarissa. Sie hatte nur Jack gekannt und niemals mit einem anderen Mann eine Nacht im selben Zimmer verbracht. Frank spürte ihre Verwirrung und schloss rasch die Augen. Er hatte seit einem Jahr mit keiner Frau mehr geschlafen, von dem zweifelhaften Mädchen in Whitehorse einmal abgesehen, und die Begegnung mit Clarissa hatte seine Gefühle geweckt.
Sie wachten erst auf, als die Hunde nach ihrem Futter bellten. Clarissa wusch sich das Gesicht mit sauberem Schnee, zog ihre Winterkleidung an, und fütterte die Huskys mit getrocknetem Lachs. Frank schlug etwas Holz und stapelte es neben dem Ofen. Sie begnügten sich mit einigen Biskuits und heißem Tee und waren guter Dinge, als sie die Hunde anspannten und weiterfuhren. Der Himmel war bedeckt, aber es sah nicht nach Schneefall aus, und der zugefrorene Fluss lag einladend vor ihnen. Die schneebedeckten Fichten warfen kaum sichtbare Schatten. »Heya, heya!«, feuerte Clarissa das Gespann an. Sie hatte die erste Etappe übernommen und stand breitbeinig auf den Kufen, den Kopf gegen den Fahrtwind gesenkt. Das Knirschen des Schnees klang wie Musik in ihren Ohren, gab ihr das Gefühl, über den Boden zu schweben. »Lauf, Blon-

die!«, ließ sie ihre Stimme ertönen. »Heute Mittag wollen wir am Peel River sein!«
Sie rasteten im Schutz einiger Fichten, die sich am Ufer des breiten Flusses erhoben. Die Hunde bekamen ihre Kraftnahrung, und Clarissa und der Mountie begnügten sich mit einigen Rosinen, die Frank aus seiner Anoraktasche zauberte. Dazu gab es gezuckerten Tee, den sie in der Hütte aufgewärmt hatten. Sie saßen auf dem Schlitten, die Gesichter von der Kälte gerötet, und genossen die andächtige Stille, die beinahe körperlich zu spüren war und sie mit tiefer Zufriedenheit erfüllte. In einem solchen Augenblick, fernab von der nächsten Siedlung, verstand sogar der eher nüchterne Frank, warum die Indianer an Geister glaubten. In der abgelegenen Wildnis sprachen sogar die Bäume, wenn der Wind in ihren Zweigen rauschte, und wenn man die Ohren öffnete, hörte man das geheimnisvolle Lied des hohen Nordens, das hinter dem weißen Horizont erklang. Von der winterlichen Natur ging ein eigenartiger Zauber aus, der selbst die Hunde zu ergreifen schien und ihnen die Kraft gab, den Schlitten über die eisigen Trails zu ziehen. »Die Einsamkeit kann sehr beruhigend sein«, sagte sie leise, aus Angst, die Stille mit ihren Worten zu stören. »Ich habe dieses Land immer geliebt.«
»Mir geht es genauso«, erwiderte er ernst. »Erinnern Sie sich an Wally, den Freund in Regina, von dem ich Ihnen erzählt habe? Der Mountie, der so gut Fußball spielen konnte? Er hätte es am Yukon keine zehn Minuten ausgehalten. Viel zu kalt und viel zu unwirtlich. Er wollte nach Vancouver oder Victoria oder meinetwegen auch ins Okanagan Valley. ›Wenigstens einen

Monat muss die Sonne scheinen‹, sagte er, ›sonst gehe ich ein.‹ Soweit ich weiß, haben sie ihn nach Vancouver Island versetzt. Ich weiß nicht, ob sie dort Fußball oder Rugby spielen, aber Wally fühlt sich bestimmt wohler als hier oben. Er hasste den Schnee.«

»Bis vierzig Grad unter null mache ich den Winter mit«, meinte sie lächelnd, »nur wenn es kälter wird, bleibe ich lieber hinter meinem Ofen.« Clarissa glaubte, dass ihre Faszination für den hohen Norden in South Dakota begonnen hatte. Schon dort war sie von der Weite des Landes beeindruckt, und wenn andere Mädchen die Einsamkeit verfluchten und vor der endlosen Weite in die überschaubare Welt des kleinen Ortes flohen, blieb sie oft auf den Feldern und blickte sehnsuchtsvoll zum Horizont. Nicht nur ihr Vater hatte sie von der heimatlichen Farm vertrieben, und auch Jack war nicht der einzige Auslöser für ihre Flucht gewesen. Sie hatte schon als kleines Mädchen eine seltsame Rastlosgkeit in sich gespürt, den unbändigen Wunsch, hinter die fernen Berge zu blicken und die Natur in ihrer wilden Ursprünglichkeit zu erleben.

Am späten Nachmittag des dritten Tages erreichten sie den Yukon River. Sie verharrten am östlichen Ufer, blickten dankbar über die Wasserfläche, die sich wie ein breites Band durch das Yukon-Territorium zog und geheimnisvoll im Licht des späten Tages glänzte. Wie eine arktische Wüste breitete sie sich vor ihren Augen aus. Schroffe Eisbrocken erhoben sich aus dem gefrorenen Fluss, als hätte eine unbändige Kraft die Eisdecke angehoben und mit ungestümer Gewalt zerstört. An manchen Stellen glitzerte Wasser, tückischer *Overflow*, der durch den Überdruck an die Oberfläche geraten und besonders gefährlich für die Hunde war. In dem eisigen Wasser konnten sich ihre Pfoten entzünden oder erfrieren. Jenseits des Flusses bildeten die Fichten eine dunkle und scheinbar undurchdringliche Wand.

Frank hatte die Führung übernommen und trieb das Hundegespann nach Süden. Er parkte den Schlitten neben dem Roadhouse, einem geräumigen Blockhaus, ungefähr zehn Meter lang und fünf Meter breit, das hinter der nächsten Biegung auftauchte und noch ungefähr dreißig Meilen von Dawson City entfernt war. Hier wollten sie die Nacht verbringen. Er band die Hunde an einige Holzpfähle, die der Besitzer des Roadhouse zu diesem Zweck in den Boden geschlagen hatte, sprach einige Augenblicke mit ihnen und fütterte sie mit getrocknetem Fisch. »Kommen Sie«, sagte er zu Clarissa, »Hattie Campbell hat das beste Essen nördlich von Dawson. Es gibt keinen besseren Elchbraten!«

Sie betraten das Blockhaus und wurden überschwänglich von Albert und Hattie Campbell begrüßt. »Ich will doch gleich einen rohen Timberwolf verspeisen, wenn das nicht Frank ist!«, rief die Frau und legte ihre dicken Arme um ihn. Ein Gerücht wollte wissen, dass sie während des Goldrausches als Tanzhallenmädchen in einem der Saloons gearbeitet hatte, und sie tat nichts, um diese Legende zu zerstören. Frank wusste lediglich, dass sie eine hervorragende Köchin war und in den letzten vier Jahren mindestens dreißig Kilo zugenommen hatte. Nur ihre leuchtend blauen Augen und der sinnliche Mund erinnerten noch an ihre einstige Schönheit. »Constable Frank J. Watson! Ich dachte, dich hätte ein Grizzly gefressen!«

»So leicht lasse ich mich nicht unterkriegen, Hattie.« Frank zog seine Winterkleidung aus und hängte sie an die freien Nägel in der Nähe des Ofens, eine großen Öltonne, die Albert auf flache Steine gestellt hatte. Außer der Öltonne gab es einen gusseisernen Herd, einige Regale mit Konserven und Gewürzen, einen Küchentisch und einen langen Holztisch mit bequemen Stühlen für die Gäste. »Obwohl dieser Bill Anayak nahe dran war. Wenn die Lady nicht gewesen wäre, hätte es mich erwischt.« Er stellte Clarissa vor und erzählte in ein paar Sätzen, was geschehen war. »Ihr Mann ist in den Bergen abgestürzt«, fügte er nach einem schnellen Blickwechsel mit Clarissa hinzu. »Er war Buschpilot.«

»Das tut mir Leid«, reagierte Hattie wie alle Menschen, die ihre Geschichte während der folgenden Jahre hörten. »Und Sie haben allein in der Wildnis gelebt? Wie haben Sie das geschafft?«

»Ich hatte Glück«, erklärte sie lächelnd, »ich bin auf eine Hütte gestoßen.« Sie berichtete von dem toten Trapper, dessen Gewehr sie trug, und den vielen Vorräten, die sie in dem Blockhaus gefunden hatte. Sie verschwieg ihre Begegnung mit den Indianern und den hungrigen Wölfen, die sie eingekreist hatten, und erwähnte auch ihre Begegung mit dem geheimnisvollen Nanuk mit keinem Wort.

Hattie spürte, dass die junge Frau mehr durchgemacht hatte, als sie zugab. »Alle Achtung, Ma'am! Das war bestimmt nicht einfach. Ich kenne Männer, die dabei zerbrochen wären.«

»Ich war nie eine Ma'am«, verbesserte Clarissa lächelnd.

Die Wirtin stellte zwei Becher mit dampfendem Kaffee

auf den langen Holztisch und sagte: »Setzt euch, Leute. Das Abendessen ist gleich fertig. Ich hab frischen Elchbraten und Kartoffeln auf dem Herd stehen. Oder habt ihr keinen Hunger? Ihr seid die einzigen Gäste bis jetzt, und der ganze Topf gehört euch.« Sie ging an den Schrank und nahm zwei Teller und Besteck heraus. »Habt ihr schon von Alaska-Jim gehört?«, fragte sie. »Nein, das könnt ihr unmöglich wissen, wenn ihr wochenlang in den Bergen wart. Ihr kennt doch Alaska-Jim, diesen Halbindianer aus Eagle, der jedes Frühjahr mit seinen Fellen nach Dawson kommt. Ein seltsamer Bursche. Hat keine Manieren und tut immer so, als ginge ihn die restliche Welt nichts an, aber vor ein paar Wochen soll er mit seinem Hundeschlitten quer durch Alaska gefahren sein, um sich von seiner Mutter zu verabschieden. Er hätte einen Buschflieger anheuern können, aber er behauptet, dass die Geister dagegen waren. Also schwang er sich auf den Schlitten. Er soll die Strecke in absoluter Rekordzeit geschafft haben.« Sie häufte Elchbraten und Kartoffeln auf die Teller und stellte sie vor ihre Gäste. »Wenn ihr mich fragt, gewinnt er die nächsten Sweepstakes, und nächstes Jahr, bei der Yukon Trophy, schlägt er sogar die Profis vom Festland. Alaska-Jim ist ein Phänomen. Ich habe noch nie einen Mann gesehen, der so schnell mit einem Hundeschlitten ist. Der Kerl ist mir unheimlich!« Sie wischte die Hände an ihrer Schürze ab. »Aber was rede ich. Wen interessiert schon, was Alaska-Jim macht. Lasst es euch schmecken!«
»Der Braten schmeckt köstlich«, sagte Frank, nachdem er das Fleisch gekostet hatte. Clarissa nickte anerkennend. Der Mountie wischte sich den Mund ab und

trank von dem Kaffee. »Blondie würde es schaffen«, behauptete er. »Er ist der einzige Leithund, der es mit den Huskys des Halbindianers aufnehmen könnte.«

»Blondie gehört der RCMP«, widersprach Hattie. Sie hatte sich ebenfalls einen Kaffee geholt und zu ihren Gästen an den Tisch gesetzt. »Mounties dürfen an Rennen nicht teilnehmen.«

»Das weiß ich doch«, räumte Frank ein, »aber man wird ja noch mal träumen dürfen.« Er schluckte genussvoll einen Bissen herunter. »Vielleicht kann ich den Superintendent überreden, Clarissa den Schlitten zu leihen. Sie wäre die ideale Musherin. Du hättest sehen sollen, wie sie mit den Hunden umgeht. Besser als ein Inuit. Ich hab noch keine Frau gesehen, die so gut mit einem Schlitten zurechtkommt.« Er bemerkte gar nicht, dass Clarissa rot angelaufen war. »Aber wie ich den Superintendent kenne, schickt er uns auf Patrouille, wenn das Rennen stattfindet.«

»Sind Sie wirklich so gut?«, fragte die Wirtin neugierig.

»Frank übertreibt«, antwortete sie.

Nach dem Essen saßen Clarissa und Frank bis in die späte Nacht mit der Wirtin zusammen. Ihr Mann war längst in der Küche verschwunden. Es gab viel zu erzählen, und auch Hattie Campbell war froh, endlich mal wieder interessante Gäste zu haben. Alle paar Minuten gab das Funkgerät an der Wand einen heiseren Laut von sich. Es funktionierte schon seit zwei Monaten nicht, und niemand machte sich die Mühe, es zu reparieren. Frank hatte gar nicht erst gefragt, ob er eine Meldung an die Garnison in Dawson City abgeben konnte. »Haben die Leute nach mir gefragt?«, wollte er wissen. »Oder nach Clarissa? Es muss doch irgendwas in der Zeitung gestanden haben.«

»Keine Ahnung«, erwiderte Hattie, »ich habe die *News* noch nicht gelesen.« Sie ging zum Wandschrank und zog eine gefaltete Zeitung aus einer Schublade. »Die kam vor zwei Tagen.« Sie faltete das Blatt auseinander und hielt einen Artikel dicht vor ihre Augen. »Hier«, sagte sie, »da steht was über Clarissa.« Sie zog eine Brille aus ihrer Schürzentasche und setzte sie auf. »Von dem Buschflugzeug, das vor drei Monaten spurlos verschwand, gibt es noch immer keine Spur«, las sie vor. »Es wird angenommen, dass Jack Swenson und seine Frau Clarissa bei einem Absturz in den Bergen ums Leben kamen. Da niemand weiß, in welche Richtung die beiden flogen, wurde von offizieller Seite keine Suche veranlasst.«

»Wir waren in den Ogilvie Mountains«, erklärte Clarissa, »wenn ich Frank nicht getroffen hätte, wäre ich wohl erst im Frühjahr aus den Bergen zurückgekommen. Wenn ich es überhaupt jemals geschafft hätte.«

»Sie hätten es geschafft, da bin ich ganz sicher«, meinte die Wirtin bewundernd, »wer einen so großen Teller mit Elchfleisch und Kartoffeln schafft, ist stark genug, allein durch die Berge zu kommen. Woher nehmen Sie die Kraft? Als ich in Ihrem Alter war, hab ich mich nicht mal getraut, allein aus dem Haus zu gehen.«

»Das glaube ich nicht«, erwiderte Clarissa verschmitzt.

Kurz vor Mitternacht gingen sie in den ersten Stock, wo die Nachtlager für die Gäste bereitet waren. Es gab keine Trennwände, nur einige Decken, die über einer Wäscheleine hingen und den Raum in zwei Quartiere teilten. Neben einem der Fenster stand eine Wasch-

schüssel mit lauwarmem Wasser. Clarissa wusch sich zuerst, zog das Nachthemd an, das Hattie ihr geliehen hatte, und genoss die sauberen Laken, die ihren Körper wohlig einhüllten. Auf der anderen Seite des Vorhangs wusch sich Frank. Sie grübelte darüber, wie wohl sein Körper aussah, und verwarf den Gedanken gleich wieder. Es gehörte sich nicht für eine Witwe, an einen anderen Mann zu denken, obwohl Jack herzlich darüber gelacht hätte. »Was willst du denn?«, hätte er gesagt. »Der Kerl ist viel hagerer als ich. Mit dem kannst du keinen Staat machen.«
Clarissa schlief ein und träumte davon, wie sie bei einem Hundeschlittenrennen gegen Alaska-Jim antrat und mit einem hauchdünnen Vorsprung über die Ziellinie fuhr. Sie riss jubelnd die Arme hoch und liebkoste ihre Huskys. Ihr Leithund sah wie Nanuk aus, dieselben spitzen Ohren, dieselben dunklen Flecke über der Schnauze, obwohl der Wolfshund sich bestimmt nicht vor einen Schlitten spannen lassen würde. Es gab einige Wolfshunde, die sich für eine solche Arbeit eigneten, aber Nanuk lebte schon viel zu lange in der Wildnis und würde seine Freiheit bestimmt nicht aufgeben. So was Dummes, schüttelte sie den Kopf, als sie mitten in der Nacht durch flackerndes Licht geweckt wurde. Das Nordlicht stand direkt vor ihrem Fenster und zauberte hellgrüne Lichtpunkte auf die anderen Pritschen und den nackten Holzboden. Wie eine geheimnisvolle Botschaft der indianischen Geister huschten sie zum Fenster herein.
Clarissa stand auf und ging barfuß zum Fenster. Auch in diesem Raum brannte ein Ofen, und es lag noch genug Holz in den Flammen. Frank schnarchte leise. Sie

hauchte die Scheibe an, wischte darüber und blickte in die Nacht hinaus. Von hier oben konnte sie bis zum anderen Ufer des Yukon River sehen. Das Nordlicht hing in zarten Schleiern über dem Eis und zeichnete fantasievolle Muster auf den gefrorenen Fluss. Sie hatte dieses Naturschauspiel schon oft beobachtet, und doch war sie auch diesmal überrascht, wie zärtlich die Natur im hohen Norden sein konnte und mit welcher Ausdruckskraft sie ihre Farben einsetzte.

Dann entdeckte sie den dunklen Schatten auf dem Fluss, und ihr wurde plötzlich klar, welche Botschaft die Geister im Himmel ihr vermittelt hatten. »Nanuk«, flüsterte sie beeindruckt. Der Wolfshund war ihr gefolgt und hatte die Anstrengung des langen Marsches nicht gescheut, um in ihrer Nähe zu sein. Es gab keinen Zweifel. Das war der Wolfshund, der ihr das Leben gerettet hatte. Das geheimnisvolle Tier, das durch ihre Träume geisterte. »Nanuk«, flüsterte sie wieder. Sie presste ihre Stirn gegen das kalte Fenster und beobachtete aufgeregt, wie er den Fluss überquerte und mühelos die Uferböschung erklomm. Im flackernden Nordlicht waren die dunklen Flecke über seiner Schnauze zu erkennen. Er bewegte sich geschmeidig wie ein Wolf und näherte sich gegen den Wind, um die Hunde nicht nervös zu machen. Er besaß eine ungewöhnliche Intelligenz oder einen beneidenswerten Instinkt, oder er war tatsächlich mit den Geistern verwandt.

Nanuk blickte zu ihr empor, als wüsste er, dass sie ihn beobachtete, und blieb keine zwanzig Meter von der Blockhütte entfernt stehen. Die Nähe der Menschen schien ihn nicht zu stören. Seine hellblauen Augen leuchteten auf magische Weise, und sie glaubte ihn sagen zu hören: »Ich bin in deiner Nähe, Clarissa.« Dann kehrte er um und rannte davon. Sie kniff die Augen zusammen und öffnete sie wieder, und als sein Schatten immer noch auf dem Fluss zu sehen war, erkannte sie, dass sie nicht geträumt hatte. Nanuk war ihr tatsächlich gefolgt! Verstört kehrte sie auf ihre Pritsche zurück. Sie konnte nicht mehr einschlafen.

13

Das letzte Teilstück ihrer Fahrt nach Dawson City bereitete ihnen keine Schwierigkeiten. Sie brauchten nur den Spuren der anderen Schlitten zu folgen, die während der letzten Monate einen Trail in das meterdicke Eis gegraben hatten. Obwohl sie während der ersten zehn Meilen keinem Menschen begegneten, spürten sie die Nähe der Zivilisation. Der Yukon River war die Lebensader, die alle größeren Siedlungen im Territorium miteinander verband, ein breiter Highway, der im Sommer von Schaufelraddampfern und im Winter von Schlitten befahren wurde. Die breiten Spuren außerhalb der Kufenabdrücke stammten von Traktoren, die vielerorts die Hunde abgelöst hatten und auch von der Schlittenpost benutzt wurden. Selbst die Royal Canadian Mounted Police, eine eher konservative Organisation, war dazu übergegangen, motorbetriebene Schlitten einzusetzen. Im Hauptquartier in Dawson City gab es nur drei Hundegespanne.

Je näher die Stadt kam, umso nervöser wurde Clarissa. Während ihres langen Aufenthalts in der Wildnis hatte sie sich an die Einsamkeit und die Stille gewöhnt, und allein der Gedanke an die vielen Häuser und die belebten Straßen trieb ihr einen Schauder über den Rücken. Selbst am Lake Laberge war es ihr so ergangen. Außer dem Fallensteller, der drei Meilen von ihnen entfernt gewohnt hatte, war kaum ein Mensch an diesem See gewesen, und die meisten Passagiere hatte Jack in Whitehorse oder Skagway abgeholt. Wenn sie mit ihrem Mann nach einem langen Winter zum ersten Mal in die Stadt geflogen war, hatte sie sich überwinden müssen und eine ganze Weile gebraucht, um sich an den Trubel zu gewöhnen. Trubel, dachte sie amüsiert. Die Leute, die aus Vancouver zum Yukon gekommen waren, hatten sich bereits in Whitehorse einsam gefühlt.

Sie spähte in den Nebel, der sich über dem zugefrorenen Fluss ausgebreitet hatte und in feinen Schleiern über dem Eis lag. Nanuk war in ihrer Nähe, das spürte sie. Einmal sah sie seinen Schatten auf dem Fluss auftauchen, und als sie eine Rast einlegten, um von dem heißen Kaffee zu trinken, den Hattie ihnen mitgegeben hatte, erschien er zwischen den Fichten am Ufer. Aber auch wenn der Wolfshund sich nicht blicken ließ, fühlte sie, dass er beschlossen hatte, ihr bis nach Dawson City zu folgen, sonst wäre er den weiten Weg aus den Ogilvie Mountains niemals gegangen. Sie bildete sich nichts ein. Auch Frank hatte den Wolfshund gesehen und gesagt: »Ich glaube, Sie haben einen neuen Freund gefunden. Das ist Nanuk, nicht wahr?«

»Ja«, erwiderte sie knapp, »er will nicht mehr allein sein. Ich weiß nicht, ob Wolfshunde denken, aber in seinen Augen steht, dass er genug von der Einsamkeit hat. Er vertraut mir.« Sie drehte sich zu dem Mountie um. »Meinen Sie, er kann bei mir wohnen?«

»In Dawson City?« Er verzog abwägend das Gesicht. »Es gibt einige Wolfshunde in der Stadt, aber die wurden gezüchtet und haben nie etwas anderes gesehen. Sie sind an den Lärm gewöhnt. Nanuk kommt aus der Wildnis. Er würde sich niemals in der Stadt einleben. Er reagiert wie ein Wolf. Haben Sie schon mal einen Wolf gesehen, der es bei den Menschen aushält?«

»War nur so ein Gedanke«, meinte sie lächelnd.
Er wischte einige Schneeflocken von seinen Lippen. »Ich kenne einen Hundezüchter, der seine beste Hündin mit einem Wolfshund kreuzen wollte. Der Wolfshund hatte zwei Jahre bei einem Trapper gelebt und sich niemals etwas zuschulden kommen lassen, aber als der Züchter ihn abholte, drehte er durch und biss dem Mann die Hand ab. Diese Tiere sind unberechenbar.«
»Nanuk ist ein besonderer Hund. Ein Geist-Hund!«
»Seien Sie vorsichtig, Clarissa!«
Wenige Meilen vor Dawson City hielt Frank noch einmal, um die Ladung des Schlittens und seine Kleidung zu überprüfen. Der Sergeant Major war sehr genau, wenn es um Ordnung ging, selbst wenn man in der Wildnis beinahe erfroren und vier Tage unterwegs gewesen war. Er winkte einigen Indianern zu, die auf Schneeschuhen durch den Schnee am östlichen Ufer stapften und schwere Rucksäcke auf den Schultern trugen. Dann blickte er Clarissa an. »Sie kennen unseren Sergeant Major nicht«, beantwortete er ihre unausgesprochene Frage. »Caulkin versteht keinen Spaß.« Sein Mund verzog sich zu einem breiten Lächeln. »Manchmal frage ich mich, warum ich mich freiwillig gemeldet habe.«
»Sie werden es überleben, Frank.«
Clarissa freute sich über jede Verzögerung, die ihre Rückkehr in die Zivilisation hinausschob, und hätte gern noch länger mit Frank gescherzt, aber der Mountie hatte es jetzt eilig und duldete keinen Aufschub. Erst als ein lautes Brummen die Stille störte und ein leuchtendes Gefährt hinter einer Biegung des Yukon

River auftauchte, trat er auf die Bremse. »Whooaaa!«, rief er den scheuenden Hunden zu. »Easy, Blondie! Ho, bleibt stehen!«
»Was ist das?«, erschrak Clarissa.
»Ein Automobil«, klärte Frank seine ängstliche Begleiterin auf, »ein ganz besonderes Automobil. Aber das erzählt Ihnen Archie Ferguson sicher selbst. Machen Sie sich auf einiges gefasst.«
»Archie Ferguson?«
»Warten Sie's ab«, spannte Frank sie auf die Folter. Das fröhliche Blitzen in seinen Augen verriet, dass ihr eine besondere Begegnung bevorstand. »Und passen Sie auf die Hunde auf. Wenn Archie den falschen Gang erwischt oder zu spät bremst, werden sie böse. Die Narbe an seiner Hand, die stammt von Blondie.«
Archie Ferguson kündigte sich mit einem mehrstimmigen Hupen an. Das Signal klang ungewohnt in dieser Umgebung und hallte wie ein Echo über das Eis. Ein kastenförmiges Automobil mit leuchtenden Scheinwerfern schälte sich aus dem Nebel, fuhr durch den eiskalten Overflow und ließ das Wasser nach allen Seiten spritzen. Mit quietschenden Bremsen kam es vor den Hunden zum Stehen. Die Huskys bellten das Gefährt wütend an, mussten von Clarissa und Frank mit vereinten Kräften zurückgehalten werden. »Du lernst es nie, Archie!«, versuchte Frank die kläffenden Hunde und den knatternden Motor zu übertönen.
»Du stehst der Zukunft gegenüber«, ließ Archie sich nicht aus der Ruhe bringen. Er lehnte sich aus dem offenen Fenster und starrte den Mountie entgeistert an. »Bist du das, Frank?« Er sah genauer hin. »Constable Frank J. Watson! Ich glaub, ich träume! Weißt du,

dass man überall nach dir sucht? Die Mounties glauben, dass der Bandit dich erwischt hat. Dieser Bill Anayak.«

»Wäre ihm beinahe gelungen«, gab Frank zu, »aber ich bin dem Teufel von der Schippe gesprungen. Die Lady hat mich gerettet.«

Archie nickte Clarissa zu. »Freut mich, Ma'am.«

Sie erwiderte den Gruß und wusste nicht, was sie von dem seltsamen Mann und seinem Gefährt halten sollte. Er trug eine lederne Fliegermütze und eine karierte Wolljacke, und über seiner Stirn hing eine große Schutzbrille. Um seinen Hals hatte er einen langen Schal geschwungen, als wollte er wie ein Kunstflieger auf einem Jahrmarkt auftreten. Sein Automobil schien teurer als eine *Bellanca* zu sein. Das hintere Verdeck der cremefarbenen Limousine war heruntergeklappt und lag über dem festgeschraubten Reserverad. »Warum ... Warum fahren Sie mit offenem Verdeck?«, fragte Clarissa verwundert.

Archie streckte seine rote Nase aus dem Fenster. »Wissen Sie, was das für ein Wagen ist, Ma'am? Das ist ein 29er Chevrolet Landau Convertible! Ein Kabriolett! Hätte ich mir ein Kabriolett zugelegt, wenn ich mit verschlossenem Verdeck fahren wollte?« Sie blickte ihn verständnislos an. »Sehen Sie? Das würde doch keinen Sinn machen, oder? Ich wundere mich nur, dass heute keiner mit mir fahren will. Sind drei Dollar zu viel, Constable?«

Der Mountie zwinkerte Clarissa zu. »Archie fährt die Leute auf dem Yukon spazieren. Eine Attraktion ersten Ranges, stimmt's, Archie? So was gibt es nicht mal in Whitehorse oder Vancouver.«

»Genau! Und diese Stadt braucht Attraktionen. Seit dem großen Goldrausch ist doch hier nichts mehr passiert. Wenn ich damals nicht meine Goldmine eröffnet hätte, wäre Dawson längst eine Geisterstadt. Was haben wir denn schon groß? Zwei oder drei Hotels, langweilige Restaurants und die Hütte, in der Jack London seine Romane geschrieben hat. Reicht das vielleicht, um Besucher hierher zu locken?« Er klopfte auf das lederbezogene Steuerrad seines Automobils. »Aber die neueste Luxuslimousine aus Detroit, die sieht man auch in New York oder San Francisco nur, wenn man Glück hat. Ganze 296 Wagen haben sie gebaut.«
»Und wieso haben ausgerechnet Sie einen davon?«, fragte Clarissa. »Der ist doch sicher furchtbar teuer. Und was wollen Sie mit einem Kabriolett in dieser Kälte? Wir haben zwanzig Grad unter null. Da frieren selbst die Schlittenhunde. Gibt es denn Leute, die bei einem solchen Wetter bei Ihnen einsteigen?«
Archie Ferguson war etwas eingeschnappt und machte kein Hehl daraus. »Der Wagen kostet 724 amerikanische Dollar, und ich habe bar bezahlt«, erwiderte er schnippisch. »Und auf das Wetter kann ich keine Rücksicht nehmen. Der Motor muss laufen, wenn ich nicht auf dem Eis festfrieren will, und es werden sich schon Leute finden, die meine Limousine zu schätzen wissen. Mit den Lastwagen und Traktoren, die in Dawson rumfahren, lässt sich doch kein Staat machen. Die sehen doch wie Urzeitviecher aus. Dann schon lieber mit dem Hundeschlitten.«
»Wollen Sie mitfahren?«, ermunterte Clarissa den Chauffeur.
»Nein, danke«, wehrte Archie Ferguson ab, »ich bleibe

bei meinem Chevy. Er war teuer genug! Aber wenn Sie wollen, Ma'am, nehme ich Sie irgendwann auf eine kleine Tour mit. Kostenlos!«

»Das wäre sehr schön, Mister Ferguson.«

»Ich heiße Archie«, erwiderte er mürrisch. Ohne ein weiteres Wort legte er den ersten Gang ein und fuhr mit knatterndem Motor davon. Die Hunde schnappten bellend nach dem Schlitten. Clarissa packte den Leithund am Geschirr und wartete, bis Archie Ferguson mit seinem noblen Automobil verschwunden war.

»Easy, Blondie!«, beruhigte sie den Husky. »Wir würden euch niemals gegen ein solches Gefährt eintauschen. Nicht wahr?«

»Niemals, Blondie«, sagte der Mountie lächelnd.

Sie fuhren weiter und waren erleichtert, als Archie Ferguson nicht umkehrte und nach Norden weiterfuhr. »Ein verrückter Bursche«, meinte Clarissa. »Was macht er, wenn sein Automobil bei der Kälte streikt und liegen bleibt? Wartet er, bis ein Mountie mit dem Schlitten vorbeikommt und ihn nach Dawson abschleppt?«

Frank lachte. »Bevor er sich das Kabriolett kaufte, hatte er eine Limousine. Der Postmann hat sie zweimal mit seinem Traktor aus dem Eis gezogen. Archie ist der größte Autonarr, den ich kenne. Er meint, dass alle Leute beim Anblick einer solchen Karosse in Ohnmacht fallen und alles dafür hergeben müssten, um einmal im Auto über den Yukon zu fahren. Dabei sind die meisten Leute froh, wenn sie zu Hause bleiben können.« Er feuerte die Hunde mit einem lang gezogenen Pfiff an. »Also, ich hab noch nie was für diese Automobile übrig gehabt. Ich mag Hunde lieber.«

»Ich auch«, rief sie in den Fahrtwind. Sie saß auf dem Schlitten, in warme Decken gehüllt, und hielt sich am Gepäck fest. »Aber die Zukunft gehört den Flugzeugen! Wie will man die großen Entfernungen im hohen Norden sonst überbrücken?« Sie grinste. »Außerdem sind Flugzeuge schöner. Gegen eine *Bellanca* sieht ein solcher Chevrolet doch wie eine Konservendose aus.«

Dawson City lag an der Mündung des Klondike River und breitete sich oberhalb der steilen Ufer aus. Eine mittelgroße Stadt, die seit dem großen Goldrausch viel von ihrem Glanz verloren hatte, obwohl sie immer noch die Hauptstadt des Yukon-Territoriums war. Aber es wurde bereits darüber diskutiert, den Regierungssitz nach Whitehorse zu verlegen. Clarissa hatte Whitehorse nie gemocht. Die Stadt war eine schmucklose Ansammlung von Häusern, ein Versorgungszentrum, das sie alle paar Wochen besucht hatte, um Vorräte zu kaufen. Dawson City hatte mehr Charme, lebte von seiner abenteuerlichen Vergangenheit. Um die Jahrhundertwende hatte die Stadt mehr als dreißigtausend Einwohner, und in den Zeitungen wurde sie als »Paris des Nordens« gepriesen. Im Theater traten damals berühmte Schauspieler aus England und den Vereinigten Staaten auf, in den Saloons verspielten die Goldgräber ein Vermögen, während die Can-Can-Girls ihre langen Beine schwangen, und in den Restaurants wurden Champagner, Kaviar und andere Köstlichkeiten serviert. Einige Häuser aus dieser Zeit standen noch, bunte Holzhäuser mit leuchtenden Werbetafeln, und sogar einige »Sourdoughs«, wie man die Oldtimer aus dieser Zeit nannte, weil sie ständig einen Klumpen

Sauerteig in der Tasche mitführten, hatten der Stadt die Treue gehalten, aber auf der Front Street parkten Pickup-Trucks und andere Automobile, und ihr Hundeschlitten wirkte wie ein Relikt aus einer längst vergangenen Zeit, als sie an den Fords und Chevys vorbeifuhren. Dabei hatten die meisten Automobile vor der Kälte kapituliert und waren zu leblosen Statussymbolen ihrer Besitzer verkommen.

»Das Dawson Hotel«, sagte Frank, als sie vor einem zweistöckigen Holzhaus hielten. »Der Besitzer ist ein guter Freund von mir. Wie ich ihn kenne, gibt er Ihnen Rabatt.« Er half seiner Begleiterin vom Schlitten und führte sie auf den hölzernen Gehsteig. Sie blieb zögernd stehen, bevor sie das Haus betraten, und blickte einer jungen Frau nach, die mit einem langen Mantel und einer modischen Pelzmütze bekleidet war. »Mein Gott! Ich sehe wie ein Trapper aus, der den ganzen Winter in den Bergen verbracht hat.« Sie legte die Hände mit den dicken Handschuhen auf ihren Anorak. »Sehen Sie nur. Das Hotel wird mich gar nicht aufnehmen.«

»Sie sind die schönste Frau, der ich seit vielen Jahren begegnet bin«, rutschte es dem Mountie heraus, und er erschrak selbst über sein Kompliment. Rasch öffnete er die Tür und ließ ihr den Vortritt. »Keine Bange. Sie bekommen das schönste Zimmer.«

Sie betrat die Hotelhalle und blickte sich staunend um. Das Dawson Hotel stammte aus der Zeit des Goldrausches, einige Jahre später war es abgebrannt und in den Zwanzigerjahren in alter Pracht wieder aufgebaut worden. Die Architekten hatten sich an die alten Pläne gehalten und lediglich die Zimmer und die Eingangshalle etwas großzügiger gestaltet. Die englischen Möbel und die gepolsterten Ohrensessel neben dem Kamin waren vor dem Feuer gerettet worden. Auf dem Boden lag ein dicker Orientteppich. Die elektrischen Kerzen des reich verzierten Kronleuchters verbreiteten grelles Licht und warfen klare Schatten. »Frank!«, rief der Mann hinter der Rezeption erstaunt. Er war untersetzt und trug einen dunklen Anzug. Sein schlohweißes Haar ging nahtlos in einen dichten Vollbart über. Seine listigen Äuglein glitzerten erfreut. »Die RCMP hat sich schon Sorgen um dich gemacht. Am besten rufst du gleich in der Garnison an.« Er schien Clarissa erst jetzt zu bemerken. »Und Sie müssen Clarissa Swenson sein. Ich habe Ihr Bild in der Zeitung gesehen.«

»In der Zeitung?«, wunderte sie sich.

»In den *Dawson City News* stand ein langer Artikel über Sie und Ihren Mann. Wir dachten, Sie seien in den Bergen abgestürzt ...«

»Das stimmt«, erwiderte sie, »wir hatten eine Bruchlandung. Mein Mann ist tot.« Sie erzählte in wenigen Sätzen, was geschehen war, und legte ihren rechten Arm auf den Tresen. »Wenn Frank nicht gekommen wäre, hätte ich wohl den Rest meines Lebens dort oben verbracht.«

»Und sie hat mir das Leben gerettet«, betonte er. »Bill Anayak, dieser Mistkerl, hat mir eine Kugel verpasst, und ich kann von Glück sagen, dass sie mich aus dem Schnee gezogen hat.«

»Dann seid ihr ja quitt«, meinte der Hotelbesitzer fröhlich. Er wandte sich an Clarissa. »Möchten Sie bei uns wohnen, Mrs. Swenson? Ich lasse die schönste Suite für Sie herrichten! Kostet Sie keinen Pfennig! Wenn ich erzähle, dass die tapferste Frau des Yukon bei mir wohnt, hab ich die beste Werbung der Welt.«

»Solange Sie kein Spruchband über die Veranda hängen«, erwiderte Clarissa schnippisch. Sie konnte mit ihrem Ruhm wenig anfangen, hatte nicht angenommen, dass ihr Verschwinden den Zeitungen mehr als eine kurze Meldung wert gewesen wäre. Sie stand ungern im Mittelpunkt. »Aber ich bin Ihnen natürlich sehr dankbar. Ich habe einiges an Schlaf nachzuholen.« Sie kehrte ihre Hände nach oben. »Gepäck habe ich leider nicht. Ist alles verbrannt. Sobald ich ein heißes Bad genommen habe, schicke ich ein Telegramm nach Whitehorse und lasse die wichtigsten Sachen kommen. Ein Konto möchte ich auch eröffnen. Ich möchte in Dawson City bleiben und ein kleines Haus anzahlen. Würden Sie mir bitte Bescheid sagen, wenn Sie irgendetwas hören?«

»Natürlich, Mrs. Swenson«, antwortete der Hotelbesitzer eifrig. »Tragen Sie sich bitte in unser Gästebuch ein. Ich sorge inzwischen dafür, dass ein heißes Bad für Sie vorbereitet wird. Lassen Sie mich wissen, wenn Sie sonst einen Wunsch haben.«

»Vielen Dank, Mister...«

»Jim Dawson«, stellte er sich vor.

Clarissa schrieb ihren Namen in das Gästebuch und bemerkte, dass Frank zum Wandtelefon gegangen war. »Ich hatte Glück, Sir«, sagte er gerade. »Eine Dame hat mich gefunden! Wie? Ja, eine Dame, ganz richtig! Clarissa Swenson. Die Frau eines Buschpiloten, der in den Bergen umgekommen ist. Genau. Ohne sie wäre ich jetzt nicht hier.« Er hörte eine Weile zu.

»Natürlich, Sir. Das werde ich ihr ausrichten. Ich bin gleich bei Ihnen, Sir.«

Der Mountie hängte lächelnd ein und wandte sich an Clarissa. »Der Superintendent lädt Sie zum Essen ein. In der Garnison. Er ruft Sie morgen an, um einen Termin mit Ihnen auszumachen.«

»Das ist sehr freundlich von ihm.«

»Ja, dann …«, meinte Frank unbeholfen. »Ich muss gleich ins Hauptquartier zurück.« Er reichte ihr die Hand und drückte sie viel zu fest. »Vielen Dank für alles. Darf ich Sie auch mal anrufen?«

»Natürlich, Frank. Ich würde mich sehr freuen.«

Er verließ das Hotel und schloss leise die Tür. Sie blickte ihm nach und beobachtete wehmütig, wie er auf den Schlitten stieg und die Hunde anfeuerte. »Vielen Dank, Frank«, flüsterte sie.

14

Die ersten Tage in der Zivilisation verliefen sehr unruhig. Es begann damit, dass sie am ersten Morgen unsanft aus ihrem tiefen und traumlosen Schlaf gerissen wurde. Sie hörte Lärm durch das geschlossene Fenster. Einige Männer standen vor dem Hoteleingang und unterhielten sich lautstark über die steigenden Benzinpreise. Mehrere Hunde bellten unaufhörlich. Irgendjemand versuchte vergeblich, den Motor seines Automobils anzuwerfen. Ein Händler beschimpfte die Zugtiere seines Frachtwagens und ließ lautstark die Peitsche knallen. Im Nachbarzimmer schrie ein Kind. Schwere Stiefel polterten über die Hoteltreppe.

Clarissa zog sich das Kissen über den Kopf, aber auch das nützte nichts. Sie hatte zu lange in der Einsamkeit gelebt und war den Lärm nicht gewohnt. Jedes noch so kleine Geräusch drang in ihr Zimmer und hallte lautstark in ihren Ohren nach. Nach der andächtigen Stille in den abgelegenen Bergen kam ihr Dawson City wie eine Großstadt vor. Sie fühlte sich wie eine Frau, die aus einer ruhigen Kirche in einen belebten Saloon trat und das Stimmengewirr und das Klirren der Gläser als aufdringliche Prasserei empfand. Wütend warf sie ihr Kissen gegen die Wand. Sie sprang aus dem Bett und trat ans Fenster, hätte es am liebsten nach oben geschoben und die Menschen auf der Straße beschimpft.

Mit beiden Händen hielt sie sich am Fensterbrett fest und blinzelte in die Helligkeit, die über dem Yukon River lag und die Häuser der Stadt in einem einzigartigen

Glanz erstrahlen ließ. Sie musste Geduld haben. Es würde einige Zeit dauern, bis sie sich an die Zivilisation gewöhnt hatte. In wenigen Tagen, so hoffte sie, würde ihr der Lärm nichts mehr ausmachen. Wenn sie nach einem langen Winter mit Jack nach Whitehorse geflogen oder mit dem Hundeschlitten ihres Nachbarn gefahren war, hatte sie den Lärm auch als Störung empfunden. Dann war ihr die Stadt wie die Metropole in einer anderen Welt erschienen. Hier würde es ähnlich sein. Sie würde die Einsamkeit vergessen und sich an Dawson gewöhnen. Als Frau hatte sie in der Wildnis nichts zu suchen. Es gab sogar Trapper, die in der Abgeschiedenheit der Berge verzweifelten und verrückt wurden. Ihr würde nichts anderes übrig bleiben, als in die Stadt zu ziehen. Dawson City lag mitten in der Wildnis, und sie brauchte nur einen Hundeschlitten zu nehmen und auf den Yukon zu fahren, wenn sie die Einsamkeit suchte und dem Stadtlärm entkommen wollte.

Ihr Blick wanderte über die belebte Front Street. Die eisige Kälte, die auch an diesem Morgen über der Stadt lag, tat dem regen Treiben keinen Abbruch. In den Läden brannten Lichter, auf der Straße stauten sich die Fuhrwerke, und auf den hölzernen Gehsteigen drängten sich die Menschen. Aus dem Büro der *Dawson City News*, das schräg gegenüber lag, stürmte ein älterer Mann im schwarzen Mantel, die lockigen Haare fast vollständig unter einer dicken Mütze aus Waschbärenfell verborgen. Er überquerte die Straße, und sie beobachtete, wie er die Hoteltür öffnete und in die Eingangshalle trat. Wahrscheinlich wollte er ein Exklusiv-Interview mit der mutigen Frau führen, die ihren Mann verloren, in der Wildnis überlebt und einen Polizisten der RCMP vor dem sicheren Tod gerettet hatte. Solche Geschichten mochten die Leser. Sie ging zur Waschschüssel und zog ihr Nachthemd aus. Der Ofen brannte, und es war angenehm warm in ihrer geräumigen Suite. Am liebsten wäre sie im Bett geblieben und hätte überhaupt nicht mit dem Reporter gesprochen, aber sie wusste, dass die Leute auf ihre Antworten warteten.

»Aber nur, wenn Sie mich nicht zur Heldin machen«, meinte sie, als sie sich angezogen hatte und den Zeitungsmann in der Eingangshalle traf. Er stellte sich als Bill Lavery vor und bat um ein Interview. »Ich habe keinen Heiligenschein verdient. Ich habe nur getan, was jeder andere auch getan hätte. Ich bin keine Heldin. Wenn Sie sich mit der nüchternen Wahrheit zufrieden geben, will ich Ihre Fragen gerne beantworten, Mr. Lavery.«

Bill Lavery war Chefredakteur des Blattes. Er lud sie zum Frühstück ein und bestellte einen Kaffee für sich, mit viel Milch, wie er zweimal betonte. »Ein neuer Kellner«, entschuldigte er sich. Clarissa bemerkte die neugierigen Blicke der anderen Gäste und wurde sich erst jetzt bewusst, dass sie wie ein Trapper gekleidet war. »Entschuldigen Sie meinen Aufzug«, sagte sie zu Lavery, »aber meine Kleider kommen erst mit der nächsten Post aus Whitehorse. Ich habe leider nur diesen Pullover.« Sie merkte, dass sie nach der Blockhütte des toten Trappers und den Hunden roch, und verzog das Gesicht. »Ich muss wie ein Rudel ausgehungerter Wölfe stinken …«

Bill Lavery war solche Worte aus dem Mund einer

Dame nicht gewohnt, verkniff sich aber ein Lachen. Er war ein gebildeter Mann, der einige Jahre für eine Tageszeitung in Ottawa gearbeitet hatte, bevor er an den Yukon gekommen war. In vielen Artikeln bedauerte er, nicht zur Zeit des großen Goldrausches in Dawson gewesen zu sein. Er zog einen Block aus einer Seitentasche und klappte ihn auf. »Ich habe großen Respekt vor Ihrer Trauer«, begann er so einfühlsam, wie es einem Reporter möglich war, »aber wäre es Ihnen vielleicht möglich, mir zu erzählen, wie es zu der Bruchlandung in der Wildnis kam? Warum flogen Sie über die Berge?«

Clarissa beantwortete alle Fragen des Zeitungsmannes bereitwillig, verschwieg nur ihre Begegnung mit Nanuk und dem angriffslustigen Wolfsrudel. Er schrieb ungläubig mit, war beeindruckt, als sie von ihrer nächtlichen Schlittenfahrt erzählte. »Das war nichts Besonderes«, antwortete sie, als er neugierig nachhakte, »ich hab ihn auf den Schlitten geladen und zur Hütte gefahren. Dort hab ich die Kugel aus der Schulter geholt. Das hätte jede andere Frau am Yukon auch gekonnt. Sie sollten lieber über die Hunde schreiben. Die Huskys hatten die meiste Arbeit.«

»Und Sie wollen wirklich in Dawson City bleiben?«, wollte Bill Lavery wissen. »Warum gehen Sie nicht nach Hause zurück?«

Sie überlegte eine Weile, suchte nach den passenden Worten. »Ich möchte die Zeit mit meinem Mann so bewahren, wie ich sie in Erinnerung habe. Wenn ich in die Hütte zurückginge, würde ich alles zerstören. Ich will ein neues Leben beginnen. Ich habe mit Jack oft über dieses Problem gesprochen. Als Buschpilot lebt man gefährlich und muss jeden Tag damit rechnen, in der Wildnis abzustürzen. ›Fang ein neues Leben an, Clarissa, falls ich mal nicht zurückkomme‹, sagte mein Mann immer. Ich lasse meine Sachen kommen und fange von vorn an. Wir haben etwas Geld gespart. Nicht viel, aber genug, um ein kleines Haus anzuzahlen und einige Monate durchzuhalten, bis ich Arbeit gefunden habe.«

»Haben Sie schon eine Ahnung, was Sie tun wollen?«, fragte der Chefredakteur. »Vielleicht kann die Zeitung Ihnen helfen …«

Sie nippte an ihrem Kaffee und blickte ihn ratlos an. Darüber hatte sie noch nicht nachgedacht. »Zur Haushälterin tauge ich nicht«, sagte sie. »Aber ich kann einen Schlitten steuern.« Sie lächelte. »Vielleicht stellt mich die Royal Mail als Postbotin ein.«

Nach dem Frühstück ging Clarissa zum Telegrafenbüro und schickte einige Telegramme nach Whitehorse. Sie bat einen guten Freund ihres Mannes, zu ihrer Hütte zu fahren und ihre persönliche Habe zu schicken, und trug einem Makler auf, die Hütte zu verkaufen. Anschließend ging sie zur Bank of Commerce in der Queen Street. Obwohl die Zeitung mit dem Interview noch gar nicht erschienen war, hatte sie das Gefühl, in der ganzen Stadt bekannt zu sein. Überall drehten sich die Leute nach ihr um, schon wegen ihrer Männerkleidung, und in der Bank rief man gleich nach dem Direktor, als sie ein Konto eröffnen und ihre Ersparnisse von Whitehorse nach Dawson überweisen wollte. George Applegate sah genauso aus, wie sie sich einen Bankdirektor vorstellte, dreiteiliger Anzug, teure Taschenuhr, breites Gesicht, schmale Lippen und ein weißer Ba-

ckenbart – seine Höflichkeit war einstudiert. Wenn der Geruch ihrer Kleidung ihn störte, ließ er sich das nicht anmerken. Er sagte nur: »Wenn Sie einen Vorschuss haben möchten, Ma'am, sind wir gern dazu bereit. Ich berechne Ihnen keine Zinsen. Wir fühlen uns sehr geehrt, eine so berühmte Lady als Kundin zu haben.«
Clarissa wollte sich nicht daran gewöhnen, eine bekannte Frau zu sein, und schüttelte den Kopf. »Ich bin nicht berühmt, Mr. Applegate. Ich habe einen Polizisten gesund gepflegt, weiter nichts. Aber auf Ihr Angebot mit dem Vorschuss gehe ich mit Vergnügen ein. Ich würde mir gern anständige Kleidung kaufen. Ich denke, das ist im Sinne aller Leute, die mit mir verkehren.« Sie merkte, wie Applegate verlegen zur Seite blickte, und amüsierte sich darüber.
»Also, schön«, besiegelte der Bankdirektor ihr Abkommen und schüttelte ihr die schwammige Hand. »Und falls Sie ein Problem haben… Wir sind immer für Sie da, Ma'am. Auf Wiedersehen!«
Clarissa ging nach draußen und stieß mit einem Goldgräber zusammen. Der Mann entschuldigte sich überschwänglich. Sie schenkte ihm ein Lächeln und ging zum Fluss hinunter. Der Trubel der Stadt war zu viel für sie geworden, und sie brauchte etwas Ruhe, um ihre Gedanken in Ordnung zu bringen. Es war angenehm, den Lärm von Dawson City hinter sich zu lassen. Ein Städter aus Vancouver hätte sich wahrscheinlich über sie amüsiert. Auch sie fragte sich, wie sie wohl reagieren würde, wenn sie den Yukon verließ und in einer wirklichen Großstadt auftauchte. Aber das hatte sie nicht vor. Ihre Zukunft lag im hohen Norden, auch ohne den geliebten Mann. Sie zog die Oh-

renschützer ihrer Fellmütze herunter und setzte sich auf einen alten Schlitten, der oberhalb des Flusses im Schnee lag. Die Sonne schimmerte hinter dem nebligen Dunst, der über dem Fluss lag, und es war nicht so kalt wie sonst, aber der Wind hatte aufgefrischt und trieb feine Eiskristalle über den Boden. Sie stützte den Kopf in beide Hände und seufzte. Das Interview mit dem Zeitungsmann, das Gespräch mit dem Bankdirektor und das Aufsehen, das sie überall in der Stadt erregte, hatten mehr Kraft gekostet als eine stundenlange Schlittenfahrt über den Yukon. Was hatte sie getan, dass so viele Menschen sie als Heldin verehrten? Hatte Frank überall erzählt, dass sie ihn gerettet hatte? Sie kokettierte nicht, wenn sie ihre Anstrengung überall herunterspielte. Sie war wirklich der Meinung, dass jede andere Frau genauso gehandelt hätte. Was konnte sie dafür, dass Nanuk sie zu einer Blockhütte mit Vorräten und Brennholz geführt hatte?

Sie entdeckte einen dunklen Schatten auf dem Eis und erhob sich langsam. »Nanuk«, sagte sie. Der Wolfshund schien ihre Gedanken erraten zu haben und kam langsam über den zugefrorenen Fluss. Oder bildete sie sich das nur ein? In diesem Augenblick stand sie wieder vor der Blockhütte in den Bergen und sah den Wolfshund auf dem verschneiten Hügel stehen. Seine Augen leuchteten im weißen Dunst und schienen ihr zu sagen, dass er sie nicht vergessen hatte. »Nanuk«, wiederholte sie leise. Sie trat an den Rand der Böschung und blickte zu dem Wolfshund hinunter, der stehen geblieben war und den Kopf gehoben hatte. »Komm zu mir, Nanuk. Nimm den schmalen Pfad.«

Der Trail führte in zahlreichen Windungen vom Fluss

empor, war aber in dem Schnee nur schemenhaft zu erkennen. Nanuk witterte ihn mit sicherem Instinkt. Er stapfte mutig durch den tiefen Schnee und schien es gar nicht abwarten zu können, von seiner zweibeinigen Freundin liebkost zu werden. Erst auf halber Höhe wurde ihm bewusst, welcher Trubel ihn am Rande der Stadt erwartete. Er blieb stehen und blickte zögernd den Pfad hinauf.

»Hab keine Angst, Nanuk.« Sie ging ihm ein paar Schritte entgegen, bis sie im tiefen Schnee stecken blieb. »Komm, Nanuk.«

Aber der Wolfshund hatte den Mut verloren und kehrte um. In weiten Sätzen hastete er auf den Fluss zurück und verschwand im Nebel. Sehnsuchtsvoll blickte sie seinem Schatten nach. Wenn sie einen Schlitten gehabt hätte, wäre sie ihm gefolgt, selbst ohne ein Gefährt dachte sie für einen Augenblick daran, die Stadt zu verlassen und in die Wildnis zurückzugehen. In der Abgeschiedenheit der Berge war vieles schwerer, aber auch manches einfacher. Die Einsamkeit hatte ihr ein perfektes Zuhause geboten, ihr Leben auf die wirklich wichtigen Dinge beschränkt. Eine warme Hütte, etwas zu essen und zu trinken, ein gutes Buch und die Freundschaft eines treuen Hundes, mehr brauchte man nicht zum Leben. Sie dachte an Frank und wurde unsicher. Der Mountie war zu einem guten Freund geworden, einem Vertrauten, der dieselbe Sprache wie sie benutzte und ihre Gedanken zu lesen verstand. Wie Jack, ihr verstorbener Mann. War ihre Beziehung zu Frank etwa tiefer, als sie angenommen hatte? War sie wenige Monate nach dem Tod ihres Mannes schon imstande, Gefühle für einen anderen Mann zu entwickeln? Sie schalt sich eine Närrin und schüttelte unwillig den Kopf. Allein der Gedanke war in ihren Augen Verrat. Sie hatte Jack geliebt und würde niemals für einen anderen Mann so empfinden können. Es war die ständige Nähe gewesen, die eine solche Vertrautheit zwischen dem Mountie und ihr geschaffen hatte. In ein paar Tagen würde sie ihn vergessen haben, und er würde mit seinen Kameraden auf Patrouille gehen und keinen Gedanken an sie verschwenden.

Sie kehrte in die Stadt zurück und verbrauchte einen Teil des Vorschusses, den sie von der Bank bekommen hatte, um sich neue Kleidung und Unterwäsche zu kaufen. Der Besitzer des Kaufhauses, das in einer Parallelstraße der Front Street lag, gewährte ihr einen großzügigen Rabatt, und sie wehrte sich nicht dagegen. Auch er wusste bereits, dass sie einem Mountie das Leben gerettet hatte. Die Polizisten der RCMP genossen einen legendären Ruf im kanadischen Norden, und wer einem solchen Mann half, wurde als Held gefeiert. Mit dem Paket ging Clarissa zum Hotel. Sie verspürte plötzlich Hunger, betrat ein Café, ließ sich ein Sandwich zubereiten und heißen Tee abfüllen und ging damit auf ihr Zimmer. Der Hoteldiener hatte ihren Ofen mit Holz gefüttert, und es war angenehm warm. Sie machte sich heißhungrig über das Sandwich her und spülte die Bissen mit dem heißen Tee hinunter. Nach dem Essen trat sie ans Fenster. Sie ertappte sich dabei, wie sie den Fluss nach Nanuk absuchte, und ärgerte sich darüber. Er war in der Wildnis viel besser aufgehoben. Er hatte nichts in einer Stadt verloren.

Sie trat vor den Spiegel und wechselte die Kleidung. Nach so vielen Monaten in Hosen und Anorak kam sie sich in dem dunkelbraunen Kleid eher albern vor. Die Schuhe mit den hohen Absätzen drückten. Sie schnitt eine Grimasse und griff sich an die Haare, die sie gewaschen und zu einem Knoten gebunden hatte. Sie waren viel zu lang. Sie beschloss, morgen Nachmittag zu einem Friseur zu gehen und ihre Haare schneiden und mit der Brennschere legen zu lassen. Sie ließ sich in einen Sessel fallen. Es fiel ihr schwerer, sich an die Zivilisation zu gewöhnen, als sie gedacht hatte. In einer Stadt wie Dawson City war man auch darauf angewiesen, was die anderen Leute von einem dachten. Besonders wenn man als Heldin verehrt wurde und in der angesehenen *Dawson City News* eine Seite gewidmet bekam, war es wichtig, auf sein Äußeres zu achten. Sie war nie eitel gewesen, hatte sich selten geschminkt und auch am Lake Laberge meist Hosen getragen. Nur wenn sie gefeiert hatten oder nach Whitehorse gefahren waren, hatte sie ein Kleid angezogen. Sie war auch deshalb in den hohen Norden gegangen, um nicht dem Schönheitsideal entsprechen zu müssen, das in Versandhauskatalogen wie Sears & Roebuck gefeiert wurde.

Jack hatte sie so geliebt, wie sie war. »Wenn ich dich nicht mag, wie dich der liebe Gott erschaffen hat, kann ich gleich verschwinden«, hatte er gesagt. Und wenn sie morgens in seinen Armen aufgewacht war, hatte er sie zärtlich auf die Stirn geküsst und behauptet, dass sie die schönste Frau der Welt sei. »Du bist tausendmal schöner als diese Janet Gaynor!« Das Bild der Schauspielerin war sogar in Whitehorse auf der ersten Seite der *News* gewesen, als sie den ersten Academy Award bekommen hatte. Sie lächelte bei dem Gedan-

ken, denn Janet Gaynor hatte wie eine Prinzessin ausgesehen, und es gab keine einzige Frau in Whitehorse oder Dawson, die so schön wie sie war.
Es klopfte an der Tür. »Mrs. Swenson? Ein Anruf für Sie!«
Clarissa öffnete und folgte dem Hoteldiener in die Eingangshalle. Sie griff nach dem Hörer und nannte ihren Namen. »Ja?«
»Constable Watson«, kam die Antwort. »Frank«, fügte er beinahe schüchtern hinzu. »Von der RCMP. Wegen der Einladung von Superintendent Webster. Ich habe Ihnen doch erzählt, dass er sie gerne zum Essen einladen möchte. Ein Empfang im Hauptquartier. Ich soll Ihnen die besten Grüße des Kommandanten bestellen und Ihnen sagen, dass die RCMP es sehr zu schätzen weiß, dass Sie mir das Leben gerettet haben.« Er hustete verlegen. »Wäre Ihnen morgen Abend um achtzehn Uhr genehm?«
»Natürlich«, antwortete sie überrascht, obwohl sie mit dem Anruf gerechnet hatte. »Aber ich möchte kein großes Aufheben von meinen Aktivitäten machen. Es reicht schon, wenn die ganze Stadt mich als Heldin verehrt. Die Sache ist mir sehr peinlich …«
»Unsinn!«, widersprach er. »Sie haben mir das Leben gerettet. Wenn Sie nicht gewesen wären, hätten mich die Wölfe gefressen. Ich hätte keine Stunde länger in dem Schnee ausgehalten.«
»Es war nichts Besonderes«, wiederholte sie.
»Der Superintendent wäre ziemlich beleidigt, wenn Sie absagen würden«, betonte der Mountie scherzhaft. »Und ich wäre sehr traurig! Darf ich Sie morgen Abend um kurz vor sechs abholen?«

Sie lachte. »Natürlich, Frank.«
Er behielt den Hörer in der Hand. »Haben Sie sich gut eingelebt, Clarissa? Ich meine, haben Sie sich an Dawson gewöhnt?«
»Es fällt mir schwer«, gab sie zu.
»So geht es mir auch immer, wenn ich von einer Patrouille zurückkehre. Die Einsamkeit hat auch ihren Reiz, nicht wahr?«
»Irgendwie schon«, meinte sie.
»Clarissa?«
»Ja?«
»Bis morgen Abend.«
»Bis morgen Abend«, erwiderte sie. »Leben Sie wohl.«
Sie hängte den Hörer ein und kehrte nachdenklich in ihre Suite zurück.

15

Clarissa stand in der Eingangshalle und wechselte belanglose Worte mit dem Hotelbesitzer, als Frank mit einem Kleinlaster vor dem Hotel parkte. Er ließ den Motor laufen, weil das Automobil bei diesen Temperaturen nicht mehr angesprungen wäre, und öffnete die Tür. »Guten Abend, Clarissa«, grüßte er herzlich. Er griff vertraulich nach ihren Händen und musterte sie mit strahlenden Augen. »Sie sehen wunderbar aus mit der neuen Frisur!« Sie hatte den halben Nachmittag beim Friseur verbracht, einem jungen Mann, der aus Vancouver gekommen war und behauptet hatte, die reichsten Damen der Stadt frisiert zu haben. Jetzt war ihr Haar nach oben gesteckt und fiel in verspielten Locken über die Ohren. »Und der Mantel und die Schuhe stehen Ihnen wunderbar! Viel zu vornehm für Dawson City!«

Sie fühlte sich geschmeichelt und bedankte sich mit einem freundlichen Lächeln. »Sie sehen sehr stattlich aus«, revanchierte sie sich. »Die Uniform steht Ihnen großartig!«

Frank blickte an seiner roten Ausgehuniform mit den funkelnden Messingknöpfen hinunter und zuckte mit den Schultern. »Die dürfen wir nur zu besonderen Gelegenheiten anziehen.« Er ließ ihre Hände los, verwirrt darüber, dass er sie so lange gehalten hatte, und führte Clarissa zur Tür. Das Schmunzeln des Hotelbesitzers sahen beide nicht. »Ich habe unseren besten Wagen mitgebracht«, sagte er, als er ihr in den Kleinlaster half. Auf beide Türen war das Wappen der Royal Canadian

Mounted Police gemalt. »Archie Ferguson wollte mir seine Luxuskarosse nicht borgen, und was anderes haben wir leider nicht.« Er achtete darauf, dass sie bequem saß, hob einen Zipfel ihres Mantels in den Wagen und schloss die Tür. Er ging um den Wagen herum, setzte sich hinter das Lenkrad und legte den ersten Gang ein. »Ich bin kein besonders guter Fahrer«, meinte er lachend, als der Kleinlaster bockend anfuhr.

Das Hauptquartier der RCMP lag außerhalb der Stadt auf dem Hochufer, eine Reihe von langen Holzbauten, die zweistöckige Kommandantur und die Ställe und Vorratsschuppen. Auf dem Paradeplatz ragte ein weißer Fahnenmast empor. »Sie werden staunen«, bemerkte Frank fröhlich, »die Eltern unseres Kochs hatten ein Feinschmeckerlokal in Ottawa. Ich habe nirgendwo besser gegessen als hier!«

Die Wache salutierte, als Frank durch das Tor fuhr und den Wagen vor der Kommandantur parkte. Auch diesmal ließ er den Motor laufen. Er half ihr aus dem Wagen und führte sie unter der Veranda hindurch. Vom Geländer hing eine kanadische Flagge. Sie merkte, wie sehr er sich darüber freute, ihr zu Diensten sein zu können, und ertappte sich dabei, seine Hand zu drücken, als sie zur Tür gingen. Auch ihre Augen strahlten. Nach den Strapazen, die sie in der Wildnis durchlebt hatte, tat es gut, so zuvorkommend behandelt zu werden. Mit einem Kopfnicken erwiderte sie den militärischen Gruß, mit dem Superintendent Webster und Sergeant Major Caulkin sie in der Halle empfingen.

»Willkommen bei der RCMP, Mrs. Swenson!«, sagte der Sergeant Major, ein hünenhafter Mann mit blitzenden Augen und einem angegrauten Schnurrbart. »Es ist uns eine außerordentliche Ehre, eine so tapfere Frau im Hauptquartier begrüßen zu dürfen!«

»Herzlich willkommen, Mrs. Swenson!«, sagte Webster.

»Superintendent! Sergeant Major!«, erwiderte Clarissa förmlich. »Ich freue mich, bei unserer Polizeitruppe zu Gast sein zu dürfen. Ich habe die Männer in den roten Uniformen immer bewundert.«

»Wir haben vom Tod Ihres Mannes gehört«, betonte der Superintendent, als sie den Speisesaal betraten, »unser aufrichtiges Beileid im Namen der ganzen Truppe. Eine furchtbare Sache.«

Der Kommandant der Polizeitruppe war ein kräftiger Mann in den Fünfzigern, ein englischer Offizier vom Scheitel bis zur Sohle, der im Ersten Weltkrieg gedient hatte. Eine lange Narbe am Hals erinnerte an den Streifschuss eines deutschen Heckenschützen. Sein Blick strahlte Entschlossenheit aus, seine dunkle Stimme klang befehlsgewohnt. »Unsere besten Leute, Mrs. Swenson!«, stellte er die rot berockten Polizisten vor, die im Speisesaal auf sie warteten und stramm salutierten, als ihre Vorgesetzten das Zimmer betraten. »Ihr Platz«, sagte er und deutete auf das Kopfende des langen Tisches.

Frank half ihr auf den gepolsterten Stuhl und setzte sich neben sie, als der Superintendent zu seinem Platz am anderen Kopfende gegangen war. Er wechselte einen raschen Blick mit Clarissa und schien sich für die übertriebene Förmlichkeit entschuldigen zu wollen.

»Sehr freundlich von Ihnen, Frank«, bedankte sie sich. »Ich hatte vollkommen vergessen, wie freundlich und

zuvorkommend die Menschen in einer Stadt sein können.«
Der Abend wurde zu einem interessanten Erlebnis, an das sie sich noch lange erinnern sollte. Das Essen schmeckte köstlich: Nudelsuppe mit Markklößchen, geräucherte Forelle mit Zitronensaft, Elchbraten mit Preiselbeergelee und englischer Pudding. Sie wurde nicht müde, den Koch in den höchsten Tönen zu loben. Sie stießen mit kalifornischem Wein an, und sie musste immer wieder erzählen, wie sie den verletzten Constable Frank J. Watson aus den eisigen Klauen des Winters befreit hatte. So stand es am nächsten Tag in den *Dawson City News*. Vergeblich wies sie darauf hin, dass vor allem die Hunde den Mann gerettet hatten. »Blondie ist ein hervorragender Leithund«, sagte sie, »eigentlich hätten sie ihn und die anderen Hunde des Gespanns zum Essen einladen müssen.«
Die Männer lachten höflich. »Sie haben ihr Festmahl bekommen«, versicherte der Sergeant Major, »und wie ich unseren Koch kenne, bekommen sie auch die Reste unseres heutigen Mahls.«
»Werden Sie den Verbrecher jagen, der Frank … ich meine, der Constable Watson angeschossen hat?«, fragte sie, auch um das Thema zu wechseln. Sie hatten schon zu viel über sie gesprochen, und sie war es leid, als Heldin gefeiert zu werden. Sie verstand gar nicht, dass so viel Aufhebens um diese Sache gemacht wurde. Die Mounties mussten doch solche Rettungstaten gewohnt sein. Oder war es so außergewöhnlich, dass eine Frau sich in der Wildnis zurechtfand? Natürlich gab es in Dawson City einige Frauen, die niemals einen Fuß über die Stadtgrenze gesetzt hätten, aber es waren

auch Frauen mit Goldgräbern und Abenteurern in die Wildnis gezogen. Sie lebten abseits der Zivilisation und wurden jeden Tag und jede Nacht mit dem Abenteuer konfrontiert. Jede Ehefrau eines Buschfliegers war eine Abenteurerin, lebte oft tagelang allein in der Wildnis, bis ihr Mann von einem Flug zurückkehrte.

»Dieser Bill Anayak ist ein gefährlicher Bursche, nicht wahr? Ich habe sogar in Whitehorse über ihn gelesen. Er soll viel Gold gestohlen haben.«

»Gold, Pferde, Werkzeuge, Vorräte ...«, bestätigte der Sergeant Major grimmig, »der nimmt alles, was ihm in die Finger kommt! Wir vermuten, dass er sich mit seiner Beute in einem Dorf der Indianer oder sogar bei den Inuit versteckt. Das würde auch erklären, warum er in den Ogilvie Mountains aufgetaucht ist. Wahrscheinlich ist er in die Northwest Territories geflohen. Wir wollen nächste Woche eine neue Patrouille in den Norden schicken ...«

»Wird Constable Watson dabei sein?«, fragte sie. Es klang beinahe ängstlich. »Er war schwer verletzt. Er hätte nicht mal den Schlitten steuern dürfen. Sie werden ihn doch etwas schonen?«

Der Sergeant Major belächelte ihre übertriebene Fürsorge. »Sie sollten als Krankenschwester bei uns anfangen, Madam. Ich glaube, das würde den Männern gefallen.« Er warf Frank, der verlegen errötet war, einen neugierigen Seitenblick zu. »Aber ich kann Sie beruhigen. Constable Watson fährt morgen nach Sixtymile zurück. Auf dem Außenposten gibt es genügend Arbeit.«

»Morgen?«, meinte sie erstaunt. Einige Polizisten blickten sie erstaunt an, und sie merkte, was ihre Reaktion bei ihnen bewirkt hatte. Sie glaubten, dass sie sich in den Mountie verliebt hatte. »Sie gönnen sich keine Ruhe, nicht wahr?« Sie lächelte jetzt, vermied es aber, den Männern direkt in die Augen zu sehen. »Es ist sicher kein Vergnügen, bei dieser Kälte seine Pflicht zu tun.«

»Wir sind Mounties«, reagierte der Sergeant Major so, wie man es von ihm erwartete, »wir sind in den hohen Norden gegangen, um der Öffentlichkeit zu dienen. Die Kälte darf uns nicht schrecken. Dafür trainieren wir das ganze Jahr. Nur die besten Männer werden nach Dawson versetzt.« Er hob sein Weinglas und prostete den anderen zu. »Auf die Royal Canadian Mounted Police!«

»Auf die RCMP!«, echoten die Polizisten.

»Auf die tapferen Männer der RCMP, die ihr Leben einsetzen, um unbescholtene Bürger zu beschützen!«, sagte Clarissa stolz.

Sie tranken den Wein, und Clarissa spürte, wie einige Männer, allen voran der Sergeant Major, sich nach einer Zigarre sehnten. »Ich glaube, es wird Zeit für mich«, sagte sie mit einem Blick auf die große Standuhr. »Es war ein wundervoller Abend, meine Herren, und ich möchte mich herzlich für die Einladung bedanken.«

»Die Freude ist ganz auf unserer Seite«, erwiderte der Superintendent. »Sie haben der RCMP einen unschätzbaren Dienst erwiesen!« Er erhob sich feierlich und suchte nach den passenden Worten. »Sie sind eine starke Frau, Mrs. Swenson, und wir haben uns lange überlegt, wie wir uns bei Ihnen bedanken sollen. Dieser Empfang war nur eine kleine Geste. Wir sind der

Meinung, und ich glaube, ich spreche im Namen aller Anwesenden, dass nur ein außergewöhnliches Geschenk unsere Dankbarkeit ausdrücken kann. Wir haben lange überlegt, wie dieses Geschenk aussehen könnte, und ich darf sagen, dass Constable Watson eine wirklich einmalige Idee hatte. Wenn Sie erlauben, möchten wir Ihnen dieses Geschenk jetzt überreichen. Sergeant Major!«

Der Sergeant Major ging zur Tür, öffnete sie und rief einen Namen. Wenig später war Hundegebell zu hören. »Ihr Geschenk!«, sagte er stolz. »Leider können wir es nicht ins Zimmer holen.«

Sie erhob sich ungläubig und ging zur Tür. Vor der Veranda stand ein Mountie und hielt den bellenden Leithund am Geschirr fest. »Blondie!«, rief sie erstaunt. »Blondie ist mein Geschenk?«

»Sie dürfen den Hund behalten«, sagte der Superintendent. »Wir haben vor, ein neues Gespann für den nächsten Winter zusammenzustellen, und Constable Watson war der Meinung, Sie würden sich über den Hund freuen. Sie freuen sich doch, oder?«

»Und wie ich mich freue!«, rief Clarissa überschwänglich. Sie rannte nach draußen, ungeachtet der eisigen Kälte, und schloss den Leithund in die Arme. »Blondie! Blondie! Hast du das gehört? Die Männer wollen, dass ich dich behalte! Ist das nicht wunderbar?« Sie kraulte das weiche Fell des Hundes und rieb ihm über den Kopf. »Wir werden viel Spaß miteinander haben!«

Sie schlüpfte in ihren warmen Mantel, den Frank ihr nach draußen brachte, stülpte die Fellmütze über ihre Locken und zog die Handschuhe an. »Vielen Dank, meine Herren!«, sagte sie zu den Polizisten. »Das ist eines der schönsten Geschenke, das ich jemals bekommen habe!« Sie schüttelte jedem der Männer die Hand und wandte sich an den Superintendent. »Darf ich Blondie bei Ihnen lassen, bis ich eine neue Unterkunft gefunden habe?«

»Natürlich«, antwortete er, »meine Männer kümmern sich solange um ihn. Rufen Sie uns einfach an, wenn Sie eine neue Bleibe gefunden haben, dann bringt einer meiner Männer den Hund zu Ihnen. Einverstanden?« Er wandte sich an Frank. »Constable! Bringen Sie die junge Dame bitte ins Hotel zurück!«

Auf der Rückfahrt sprachen Clarissa und Frank nur wenig. Ihr war längst bewusst geworden, dass die Vertrautheit zwischen ihnen auch in der Zivilisation geblieben war, und er dachte darüber nach, was wohl seine Kameraden sagen würden, wenn er in die Garnison zurückkehrte. Sie glaubten bestimmt, dass er sich in seine junge Retterin verliebt hatte. Er redete sich noch immer ein, lediglich freundschaftliche Gefühle für sie zu empfinden. Immerhin hatte sie vor wenigen Monaten ihren Mann verloren. Aber er wurde immer verlegener, und auch sie wurde unsicher, weil sie spürte, wie Frank sie verwirrte.

Sie genoss die Gesellschaft des jungen Mannes und fürchtete sich gleichzeitig davor, mit ihm allein zu sein. Die Bande zu ihrem toten Mann waren zu stark, um Platz für ein neues Gefühl oder eine neue Liebe zu machen. Sie führte ihre Unsicherheit auf den Umstand zurück, zu lange in der Einsamkeit und mit dem jungen Mountie allein gewesen zu sein. Es war leicht, eine solche Beziehung mit anderen Gefühlen zu verwechseln. Darüber dachte auch Frank nach.

Der Kleinlaster kämpfte sich mit leuchtenden Scheinwerfern über den festen Schnee. Clarissa hielt sich am Seitenfenster fest, freute sich darauf, in ihrem warmen Hotelbett zu liegen und mit ihren Gedanken allein zu sein. Frank dachte daran, dass er in wenigen Stunden wieder auf den Kufen eines Hundeschlittens stehen und zum Außencamp am Sixtymile fahren würde. Er würde das Gespann des Corporals nehmen und die nächsten Wochen damit verbringen, die Fallensteller und Goldsucher in ihren einsamen Hütten zu besuchen. »Kann sein, dass ich erst im Frühjahr wieder nach Dawson zurückkomme«, sagte er.

»Eine lange Zeit«, erwiderte sie, ohne ihn anzublicken. Sie ließ einige Zeit verstreichen, fuhr mit einem Finger über die beschlagene Scheibe. »Ist die Arbeit in einem Außencamp interessant?«

»Kommt darauf an«, meinte er. Auch sein Blick war nach draußen gerichtet. »Manchmal treiben sich Schmuggler am Sixtymile herum. Aber meist verbringe ich den Tag damit, von einer Blockhütte zur anderen zu ziehen, um festzustellen, ob die Bewohner noch am Leben sind.« Er schob seine Fellmütze in den Nacken. »Oder ich repariere meine Hütte. Das Dach ist undicht, und wenn zu viel Schnee fällt, regnet es in mein Essen.« Sie lachten beide, eine willkommene Gelegenheit, die Stimmung zu wechseln.

Frank wich einem Schneehasen aus, der in wilden Zickzacksprüngen zum Fluss hetzte, und geriet in eine Schneewehe, die vom Wind gegen einen Hügel getrieben worden war. Das linke Vorderrad blieb stecken, und der Motor verstummte. »Das hat uns gerade noch gefehlt!«, schimpfte er. Er schlug mit den flachen Hän-

den auf das Lenkrad und unterdrückte mühsam einen Fluch. »Bei der Kälte springt der Motor bestimmt nicht mehr an!« Er verzog das Gesicht. »Jetzt muss ich Sie zum Hotel tragen.«
»Unsinn«, wehrte sie ab. »Zusammen kriegen wir den Wagen wieder flott. Wer mit sechs halbwilden Hunden fertig wird, schafft eine solche Kiste allemal!« Bevor er etwas dagegen einwenden konnte, öffnete sie die Tür und stieg aus. Zwischen der Garnison und der Stadt war offenes Land, und der kühle Nachtwind wehte ihr entgegen. »Kommen Sie! Wir schieben ihn auf die Straße!«
»Kommt gar nicht in Frage«, winkte er ab. »Sie bleiben im Wagen. Das schaffe ich schon allein.« Er deutete auf ihre hochhackigen Schuhe. »Oder wollen Sie Ihre Schuhe kaputtmachen?«
Sie ließ sich nicht beirren und stapfte um das Automobil herum. Ihr langer Mantel schleifte über den knöcheltiefen Schnee. »Das haben wir gleich, Frank!« Sie stellte sich vor den Kleinlaster und stemmte sich gegen einen Kotflügel. »Worauf warten Sie?«
Frank schüttelte lachend den Kopf. »Wenn Sie sich etwas in den Kopf gesetzt haben, lassen Sie nicht mehr davon ab, was?« Er sprang in den Schnee und lehnte sich gegen die andere Seite des Wagens. Seine Augen leuchteten, als er das Kommando gab: »Eins, zwei, drei!« Sie stemmten ihre Füße fest in den Schnee und lehnten sich mit aller Kraft gegen das Automobil. Sie stöhnten und ächzten, aber der Kleinlaster stand so fest, als hätte man ihn in Zement gegossen. Das linke Vorderrad hatte sich tief in die Schneewehe gegraben und war kaum zu sehen.

Clarissa sank schnaufend in die Knie. »So geht es nicht, Frank. Haben Sie einen Spaten dabei? Wir müssen ihn freischaufeln.«
»Sie haben Recht«, meinte Frank. Er holte einen Spaten von der Ladefläche und begann, die vordere Partie des Automobils vom Schnee zu befreien. Die Arbeit war anstrengend, und er kam schon nach wenigen Minuten ins Schwitzen. Sie griff nach dem Spaten und wollte ihn ablösen, aber diesmal blieb er Sieger. »Kommt gar nicht in Frage, Clarissa! Das ist keine Arbeit für eine Frau. Setzen Sie sich in den Wagen und wärmen Sie sich auf.«
Sie rührte sich nicht vom Fleck, machte aber auch keine Anstalten mehr, ihm den Spaten abzunehmen. Stattdessen räumte sie den Schnee mit beiden Händen unter dem Wagen weg. Nach einer Weile gab sie auf und lehnte sich mit dem Rücken gegen den Wagen. Ihr Atem kam stoßweise. Frank schaufelte noch einige Minuten, dann legte er den Spaten auf die Ladefläche zurück. »Sie sind unverbesserlich!«, sagte er zu Clarissa.
Sie antwortete mit einem Lächeln und stemmte sich gegen einen Kotflügel. »Jetzt müsste es klappen, Frank! Noch einmal!«
Er machte gar nicht den Versuch, sie zurückzuhalten. »Noch einmal!«, betonte er streng. »Aber wenn wir es dann nicht geschafft haben, bringe ich Sie ins Hotel und hole einen Traktor.«
Er gab das Kommando, und sie stemmten sich erneut gegen den Wagen. Diesmal bewegte der Kleinlaster sich zögernd. »Fester!«, rief Frank. Sie mobilisierten noch einmal alle Kräfte, ächzend und stöhnend, bis das Automobil freikam und auf die Straße rollte. Sie

rutschten mit den Füßen weg und fielen der Länge nach in den Schnee. »Ich muss verrückt sein!«, stieß Frank lachend hervor. »Wenn der Sergeant Major wüsste, was ich Ihnen zumute, würde er mich einsperren! Alles in Ordnung, Clarissa?«

»Ich glaube schon«, erwiderte sie kichernd. Sie erhob sich und wischte sich den Schnee vom Gesicht. Ihre Fellkappe war verrutscht, und ihr Mantel war weiß vom festen Schnee. Ihre Schuhe waren in dem Schnee kaum zu sehen. Sie verzog das Gesicht. »Mein Gott, ich sehe wie eine Vogelscheuche aus! Was werden die Leute von mir denken, wenn ich so ins Hotel zurückkehre?«

»Sagen Sie ihnen einfach, Sie hätten eine Schneeballschlacht mit den Mounties veranstaltet«, meinte er lachend. Er half ihr in den Wagen und schaffte es tatsächlich, den Motor wieder zu starten. Wie kichernde Teenager fuhren sie zum Hotel.

16

Clarissa saß beim Frühstück und blickte nachdenklich in den morgendlichen Dunst hinaus. Es war an der Zeit, über ihre Zukunft nachzudenken, und sie hatte noch immer keine Ahnung, was sie machen sollte. Sie wollte nichts überstürzen. Ihre Ersparnisse würden einige Monate reichen, und Arbeit gab es in Dawson City genug. Im Krankenhaus wurden Pflegerinnen gesucht, und in der Bank hing eine Liste mit offenen Bürostellen. Aber sie wollte mehr, als nur ihren Lebensunterhalt zu verdienen. Sie sehnte sich nach einer Aufgabe, die ihr Spaß machte und ihrem Leben einen neuen Sinn gab. Ihr toter Mann sollte stolz auf sie sein. Sie war fest davon überzeugt, dass er sie sehen konnte und ermutigte, ein neues Leben zu beginnen. Er würde sich darüber freuen, wenn sie den Schmerz vergaß und wieder lachen konnte. Das Leben war eine Vorbereitung auf den Tod, behaupteten manche Indianer, auf ein neues Leben jenseits des Großen Flusses, und der Weg dorthin führte über schroffe Felsenberge. Nur wer die Prüfungen des Großen Geistes bestand, durfte damit rechnen, nach dem Tod ein glückliches und sorgenfreies Leben zu führen. Seitdem sie im hohen Norden lebte, fühlte sie sich den Indianern und Inuit seltsam nahe. Ihr Glaube schien besser zu der geheimnisvollen Landschaft zu passen als das strenge und doktrinäre Christentum.

Vor dem Hotel parkte ein Hundeschlitten. Frank J. Watson sprang von den Kufen, rammte den Anker in den Schnee und betrat die Eingangshalle. Sie war erstaunt, ihn noch einmal zu sehen, und erhob sich viel zu hastig, als er den Speisesaal betrat. »Frank!«, begrüßte sie ihn aufgeregt. »Ich dachte, Sie sind längst unterwegs?« Das Ehepaar, das zwei Tische weiter saß, beobachtete sie neugierig. Sonst waren keine Gäste im Lokal.

Er nahm die Fellmütze vom Kopf und zog die Handschuhe aus. Seine Haut war gerötet. »Ich wollte nicht fahren, ohne mich von Ihnen zu verabschieden«, meinte er schüchtern. Er blickte ihr in die Augen. »Werden Sie noch hier sein, wenn ich zurückkehre?«

»Ganz bestimmt«, antwortete sie, »ich wüsste nicht, wo ich sonst hingehen sollte. Nach den Staaten habe ich keine Sehnsucht. Ich glaube, ich lebe schon zu lange im Norden, um nach South Dakota zurückzugehen oder in einer Stadt wie Seattle oder San Francisco heimisch zu werden.« Sie deutete auf den freien Stuhl. »Wollen Sie sich nicht setzen? Der Sergeant Major ist Ihnen bestimmt nicht böse, wenn Sie noch einen Kaffee trinken.«

»Da kennen Sie den Mann aber schlecht«, erwiderte der Mountie lächelnd. »Er würde schon toben, wenn er sehen würde, wie ich mich von Ihnen verabschiede! Die RCMP mag es nicht, wenn wir den Damen … ich meine, wenn wir Ihnen den Hof machen …«

»Machen Sie mir den Hof, Frank?« Es war keine Koketterie in ihren Worten, eher Angst, etwas von ihren Gefühlen preiszugeben.

»Ich weiß es nicht, Clarissa«, antwortete er ernst.

»Bis zum Frühjahr ist eine lange Zeit«, wechselte sie rasch das Thema. »Wussten sie, dass die Leute darauf wetten, wann das Eis aufbricht? Es steht sogar in der

Zeitung! Wer am genauesten vorhersagt, wann der Yukon aufbricht, gewinnt eine Menge Geld!«

»Ich weiß. Letztes Jahr habe ich fünf Dollar verloren«, erwiderte er lächelnd. Er war dankbar, nicht über seine Gefühle sprechen zu müssen, obwohl er gerade deshalb gekommen war. Er hatte die halbe Nacht wach gelegen und über sie nachgedacht, war verstört aus einem Traum geschreckt, der sie beide in die Wildnis zurückgeführt hatte. Doch diesmal waren sie mit dem Automobil unterwegs, auf einem schmalen Pfad, der eigentlich nur für Hundeschlitten geeignet war. Sie schoben den Wagen durch den Schnee, auf der Flucht vor Bill Anayak, der blutgierige Wölfe auf sie hetzte und sein Gewehr abfeuerte. Ein Albtraum, der ihm klar gemacht hatte, wie sehr er Clarissa verehrte. Er wusste noch immer nicht, ob es Liebe war, aber er war fest entschlossen, in ihrer Nähe zu bleiben. Seine Gefühle waren stärker als Freundschaft, und sie sollte wissen, was er für sie empfand. Doch er wusste nicht, wie er es sagen sollte, und ob es der Etikette entsprach, einer jungen Witwe seine Sympathie auszudrücken. »Nun«, meinte er stattdessen, »ich steige wohl besser auf meinen Schlitten, sonst bricht das Eis auf dem Yukon, bevor ich den Sixtymile erreiche.«

»Viel Glück!«, wünschte sie ihm. Sie deutete aus dem Fenster. »Ich hoffe, Sie kommen auch ohne Blondie zurecht.« Sie griff nach seiner Hand und hielt sie einen Augenblick zu lange. »Ich habe mich sehr über das Geschenk gefreut. Blondie ist ein treuer Bursche, und wenn ich mir wirklich mal einen eigenen Schlitten zulege, wird er mein Leithund. Leben Sie wohl, Constable!«

»Ma'am!«
Sie lachten beide, als sie die förmlichen Anreden benutzten, und Frank fügte sanft hinzu: »Bis zum nächsten Frühjahr, Clarissa! Ich bin immer für Sie da, wenn Sie Hilfe brauchen, vergessen Sie das nicht!« Er drehte sich abrupt um und ging zur Tür, bevor jemand seine feuchten Augen sah. Clarissa beobachtete, wie er auf den Schlitten stieg und die Hunde mit einem Pfiff anfeuerte.
Sie setzte sich und beendete ihr Frühstück. Der Kaffee war längst nicht mehr heiß, aber das machte ihr nichts aus. Ihre Gedanken blieben bei dem Mountie, der ihr auch ohne viel Worte mitgeteilt hatte, dass er etwas für sie empfand, und ihr war klar geworden, dass ihre Gefühlswelt ebenfalls in Unordnung geraten war. Wo vor wenigen Tagen nur Trauer gewesen war, keimte die Hoffnung auf eine Zukunft, die nicht nur von Arbeit erfüllt war. Sie war noch jung, und auch in ihrem neuen Leben würde es Gefühle geben. Liebe sogar? Sie wusste es nicht.
Einige Tage später ging sie zur Bank und erfuhr, dass ihre Ersparnisse eingetroffen waren. Die *Dawson City News* mit dem Artikel lag auf dem Tresen, und die Angestellten musterten sie bewundernd. Sie hatte den Bericht noch nicht gelesen, konnte sich aber vorstellen, dass Bill Lavery maßlos übertrieben und sie trotz aller Bitten als furchtlose Bezwingerin der Wildnis hingestellt hatte. Auf dem Rückweg würde sie ein Exemplar der Zeitung kaufen. Sie wechselte ein paar Worte mit dem Bankdirektor, hob einen kleinen Betrag ab und musterte die Stellenangebote am Schwarzen Brett. Irgendetwas musste sie tun. Sie konnte nicht tatenlos

herumsitzen, während die Menschen um sie herum arbeiteten, und auch die Frauen ständig unterwegs waren, um einzukaufen oder über neue Aktivitäten der zahlreichen Organisationen zu beraten, die sich in Dawson City um die Armen und Schwachen kümmerten.

Vor dem Redaktionsbüro der *Dawson City News* begegnete sie Bill Lavery, der sie aufgeregt begrüßte und ihr zwei Exemplare der neuen Zeitung in die Hand drückte. »Jack Swenson tödlich verunglückt! Tapfere Witwe rettet einen verletzten Mountie und kämpft sich durch die winterlichen Ogilvie Mountains!«, stand in großen Lettern über dem Artikel. »Ich weiß, ich weiß«, wiegelte der Chefredakteur ab, »ich sollte Sie nicht über den grünen Klee loben. Aber Sie haben es verdient, Ma'am! Sie sind eine außergewöhnliche Frau, und es ist meine journalistische Pflicht, meinen Lesern die Wahrheit und nichts als die Wahrheit zu berichten!« Er wartete vergeblich darauf, dass Clarissa Einspruch erhob, und fragte vorsichtig: »Sie waren bei der RCMP eingeladen, nicht wahr? Entschuldigen Sie meine Neugier, aber ist es wirklich wahr, dass die Mounties Ihnen einen Hund geschenkt haben?«

Sie lächelte. »Ich glaube nicht, dass es einen Leser interessiert, was für ein Geschenk ich von der RCMP bekommen habe, aber es stimmt. Sie haben mir einen Schlittenhund gegeben.«

»Und Constable Watson hat Sie nach Hause gebracht?«

»Auf Befehl des Sergeant Major«, lockte sie den Zeitungsmann auf eine falsche Fährte. Ihre Miene zeigte deutlich, dass sie nicht bereit war, auf weitere Fragen

zu antworten. »Wenn Sie mich jetzt bitte entschuldigen wollen, Mister Lavery? Ich habe wenig Zeit.«
»Ich wollte Ihnen nicht auf die Nerven gehen, Ma'am«, entschuldigte sich der Chefredakteur. »Aber Sie sind eine bekannte Frau. Sie haben Ihren Mann verloren und sich allein durch die Wildnis gekämpft. Sie haben einem Mountie das Leben gerettet. Meine Leser wollen wissen, wie Ihre Zukunft aussieht.«
»Das wüsste ich selber gern«, erwiderte Clarissa. Sie verabschiedete sich noch einmal und überquerte die Straße zum Hotel. Sie war so verwirrt, dass sie beinahe von einem Fuhrwerk überfahren wurde und gerade noch rechtzeitig auf den Gehsteig sprang. Sie hielt sich an einem Vorbaubalken fest, schloss die Augen und atmete mehrmals durch, bevor sie die Augen wieder öffnete und die Eingangshalle betrat. »Ah, Mrs. Swenson«, wurde sie vom Hotelbesitzer begrüßt. »Ihre Sachen sind gekommen! Ich habe sie auf Ihr Zimmer bringen lassen. Ich hoffe, das war richtig so. Sagen Sie mir Bescheid, wenn Sie einen Wunsch haben, ja? Für eine so tapfere Frau tun wir alles!« Sie sah die Zeitung auf dem Tresen liegen und stieg rasch die Treppe hinauf.
In ihrem Zimmer standen mehrere Schachteln mit ihrem Hab und Gut. Das bequeme Kleid, das sie auf ihren Ausflügen nach Whitehorse getragen hatte, die Sonntagskleidung für besondere Anlässe, der Pullover, den sie selbst gestrickt hatte, Unterwäsche, Strümpfe, Ersatzstiefel, Küchengeräte, einige Gläser mit Gewürzen, die selbst gemachte Marmelade, Werkzeuge und etliche andere Dinge, die man tagtäglich braucht. Auf den Kleidern lag ein Zettel mit den Worten: »Liebe Cla-

rissa, wir haben von Deinem furchtbaren Schicksal gehört. Melde Dich bitte!« Es folgte die Unterschrift eines befreundeten Buschfliegers, der für eine Fabrik in Whitehorse geflogen und manchmal auf dem Lake Laberge gelandet war. Sie legte den Zettel auf ihren Nachttisch.
Ihre Bekannten hatten ihre Anweisungen genau befolgt und nur die wichtigsten Dinge eingepackt. Keine Fotos oder irgendetwas anderes, das sie an Jack erinnern würde. In einem Umschlag steckten ihre Geburtsurkunde und andere Unterlagen. Persönliche Erinnerungen an ihren Mann hätten sie nur geschmerzt. Sie fand einige Bücher und blätterte sie durch. Ein Roman von Joseph Conrad, viel zu düster für die langen Winterstunden, ein Roman von Ernest Hemingway über seine Kriegserlebnisse und eine Zeitschrift, die über den tollkühnen Flug eines gewissen Charles A. Lindbergh berichtete, der mit seiner »Spirit of St. Louis« von Amerika nach Europa geflogen war. Sie entdeckte einige handschriftliche Notizen am Rand des Artikels und erkannte die Schrift ihres verstorbenen Mannes. »So ein Flug fehlt mir noch in meiner Sammlung!«, hatte er geschrieben. Sie betrachtete das Foto des jungen Helden und fand, dass Jack wesentlich besser ausgesehen hatte. Unter der Zeitschrift lag der Roman einer österreichischen Autorin, die ihr Buchhändler in Whitehorse empfohlen hatte. »Vicki Baum«, hatte er gesagt, »genau das Richtige für die langen Winterabende!« *Menschen im Hotel* handelte von den Schicksalen einiger Leute, die in einem vornehmen Hotel abgestiegen waren. Eine Welt, die Clarissa nie kennen gelernt hatte. Sie war niemals in einer Stadt wie New York oder

San Francisco gewesen und konnte sich kaum vorstellen, wie solch ein Hotel aussah. Für sie war schon das »Dawson« eine Luxusherberge.

Sie schlug das Buch auf, begann zu lesen und versank in der spannenden Handlung, bis sie durch ein Klopfen aufgeschreckt wurde. Sie legte das Buch auf den Nachttisch und öffnete die Tür. »Mrs. Swenson?«, fragte ein etwa fünfzigjähriger Mann mit grauem Haar. Und als sie verwundert nickte: »Mein Name ist Percy DeWolfe. Ich bin der katholische Pfarrer von Dawson City. Ich wohne neben der Kirche, zwei Straßen weiter. Dürfte ich Sie vielleicht einen Augenblick stören?« Er trug eine schwarze Soutane, die bis auf den Boden reichte, und hielt eine Fellmütze und gefütterte Fäustlinge in den Händen. Sein Gesicht war breit, und die dunklen Augen wurden von dichten Brauen beschattet. Er wirkte sehr energisch. Er blickte auf die offenen Schachteln und sagte: »Wir könnten ins Lokal gehen und einen Kaffee trinken …«

Clarissa war einverstanden und folgte dem Mann nach unten. Der Hotelbesitzer blickte ihnen neugierig nach, als sie durch die Eingangshalle gingen. Ob wohl nächste Woche in der Zeitung steht, dass ich mit dem katholischen Pfarrer einen Kaffee getrunken habe, überlegte sie bissig. Sie setzten sich an den Fenstertisch, an dem sie das Frühstück eingenommen hatte, und bestellten bei der freundlichen Bedienung. »Ich bin nicht katholisch«, sagte Clarissa, »falls Sie wissen wollen, warum ich nicht in Ihre Kirche komme. Ehrlich gesagt, ich gehe selten in die Kirche. Ich habe jahrelang am Lake Laberge gelebt, wissen Sie?«

»Sie brauchen sich nicht zu rechtfertigen, Mrs. Swen-

son«, erwiderte der Pfarrer. Er sprach nicht so salbungsvoll wie der Reverend in Mobridge, South Dakota, oder der Pater in Whitehorse, klang eher wie ein Mann, der genau wusste, was er tat. Ohne die Soutane hätte sie ihn für einen Fabrikbesitzer oder den Leiter eines Holzfällercamps gehalten. Dafür sprachen auch seine ungewöhnlich großen Hände, die mit zahlreichen Schwielen bedeckt waren. »Ich weiß, dass hier draußen vieles anders ist. Im Norden gibt es einige Leute, die auf ihre Weise mit Gott sprechen. Auf einer langen Schlittenfahrt oder allein in ihrer Blockhütte. Manchmal gehe ich selbst nach draußen und spreche irgendwo in den Wäldern mit unserem Herrn. Das Nordlicht wirkt feierlicher als die schönsten Kerzen, nicht wahr?« Er nickte dankbar, als die Bedienung den Kaffee brachte, nahm einen tiefen Schluck und fuhr fort: »Aber ich bin nicht gekommen, um mit Ihnen über die Kirche zu diskutieren. Zuerst einmal möchte ich Ihnen mein herzliches Beileid aussprechen. Ich habe natürlich erfahren, was mit Ihrem Mann passiert ist, und möchte Ihnen versichern, dass Sie sich immer an mich wenden können, falls Sie Probleme haben.« Er lächelte breit. »Obwohl Sie zu den seltenen Frauen zu gehören scheinen, die mit beiden Beinen im Leben stehen!« Seine Zähne waren strahlend weiß. »Ich möchte Ihnen ein Angebot machen, Mrs. Swenson. Ich habe vor einigen Tagen mit einem Constable der RCMP gesprochen, einem Frank Watson. Der Mountie, dem Sie das Leben gerettet haben. Er hat mir erzählt, dass Sie mit einem Hundegespann umgehen können und vielleicht bei der Yukon Trophy mitmachen wollen.«
»Das hat er gesagt?«, fragte Clarissa verwundert.

»Er hat mir auch erzählt, dass Sie nach einem Platz für einen Schlittenhund suchen. Die RCMP hat Ihnen einen Hund geschenkt, nicht wahr? Ich züchte sibirische Huskys. Wenn Sie länger in der Stadt bleiben, hätten Sie bestimmt von mir gehört. Ich mag diese wilden Hunde und hab sogar mit dem Gedanken gespielt, selbst an dem Rennen teilzunehmen. Aber ich bin zu alt. Ich würde nach zehn Meilen vom Schlitten fallen.« Er lachte wieder und verschüttete beinahe seinen Kaffee. »Wenn dieser Watson kein Lügner ist, und wer belügt schon einen Pfarrer, dann sollen Sie beinahe so gut wie Alaska-Jim sein. Und wenn ich höre, dass Sie allein in der Wildnis überlebt haben, nach allem, was Sie durchmachen mussten, dann muss es wohl so sein. Ich bin Pfarrer, Ma'am, auch wenn es Leute geben soll, die mich für ein ungehobeltes Raubein halten. Ich habe wenig Zeit für meine Hunde, muss mich viel zu früh von ihnen trennen, und meine Haushälterin hat Angst vor den Tieren. Ich brauche dringend jemanden, der mir bei den Hunden hilft, sonst muss ich die Zucht aufgeben. Meine Gemeinde würde es bestimmt nicht gerne sehen, wenn ich meine christlichen Pflichten zugunsten der Hundezucht vernachlässige, und der Bischof noch viel weniger! Ich dachte, Sie könnten mir vielleicht helfen. Ich kann Ihnen keinen Lohn zahlen, aber Sie könnten kostenlos in dem Blockhaus hinter der Kirche wohnen. Und zu essen gibt es für Sie bei uns auch genug. Natürlich komme ich für das Hundefutter auf. Sie dürften sich fünf Hunde aussuchen und an dem Rennen teilnehmen, wenn Sie wollen.«
Clarissa war auf ein solches Angebot nicht gefasst und brauchte einige Zeit, um darüber nachzudenken. Die

Worte des Pfarrers klangen verlockend. Sie konnte mit Hunden umgehen und hätte sich kein besseres Angebot vorstellen können. Sogar Blondie würde bei ihr sein. Sie würde die meiste Zeit im Freien verbringen und jeden Tag auf eine Schlittenfahrt gehen, wenn sie tatsächlich vorhatte, an der Yukon Trophy teilzunehmen. »Das klingt zu schön, um wahr zu sein, Pater DeWolfe«, sagte sie ehrlich. »Ich hatte zwar niemals ernsthaft daran gedacht, dieses Rennen mitzumachen, und ich bezweifle, dass ich diesem Alaska-Jim das Wasser reichen kann, aber ich denke, dass ich mich nicht blamieren werde. Und falls ich wirklich gewinnen sollte, könnten wir uns das Preisgeld teilen. Einverstanden, Pater?«

»Einverstanden, Mrs. Swenson! Ich bin sicher, meine Hunde werden Ihnen gefallen! Wenn Sie wollen, können Sie noch heute Abend in Ihr neues Haus einziehen. Die Blockhütte ist nicht besonders groß, aber sehr gemütlich, und Sie fühlen sich bestimmt wohl darin. Lucy, so heißt meine Haushälterin, hat bereits sauber gemacht. Ich würde mich freuen, wenn Sie uns zum Abendessen bereits Gesellschaft leisten könnten. Ich schicke zwei oder drei Männer, die Ihnen beim Umzug helfen können.«

»Das wäre sehr nett, Pater. Ich rufe inzwischen beim Sergeant Major an und lasse Blondie bringen.« Sie standen auf und besiegelten ihre Abmachung mit einem festen Händedruck. »Haben Sie vielen Dank, Pater. Sie haben mir das Leben gerettet!«

Erst als der Pfarrer gegangen war, wurde ihr klar, dass eigentlich Frank ihr die Stellung besorgt hatte. Hatte er aus reinem Eigennutz gehandelt, weil er sie in ihrer

Nähe haben wollte, oder war er zufällig mit dem Pater ins Gespräch gekommen? Wurde er von einem Gefühl geleitet, das tiefer war, als sie beide annahmen? Sie war genauso daran interessiert, in seiner Nähe zu bleiben, auch wenn sie sich das nicht eingestand. Noch nicht. Sie kehrte in ihr Zimmer zurück und setzte sich zufrieden auf ihr Bett. Sie würde ein neues Zuhause haben, und es würde eine Zukunft für sie geben. »Hast du gehört, Jack?«, sagte sie. »Ich lasse mich nicht unterkriegen! Das hast du doch gewollt, oder? Ich fange ein neues Leben an, und wenn ich Glück habe, gewinne ich im nächsten Winter das große Schlittenhundrennen!«

17

Das Blockhaus lag hinter der katholischen Kirche und war wesentlich komfortabler eingerichtet als ihre Trapperhütte in den Bergen. Es gab ein großes Messingbett mit gefütterten Decken, einen Tisch mit zwei Stühlen, einen Schrank und eine Kommode, auf der eine lateinische Ausgabe und eine englische Übersetzung der Bibel lagen, und an der Wand hing ein kleines Kruzifix. Neben dem Fenster mit den karierten Vorhängen stand eine Nähmaschine. Auf einer weiteren Kommode entdeckte sie einen Krug und eine Waschschüssel. »Aber Sie können auch das Badezimmer im Haupthaus benutzen«, bot Lucy an. Die Haushälterin war eine gemütliche Frau in den Fünfzigern, die ihre Leibesfülle mit Würde trug und auch in ihrem Alter noch eine Schönheit gewesen wäre, wenn sie zwanzig Kilo abgenommen hätte. Ihre blauen Augen strahlten in einem lieblichen Gesicht, das von lockigblondem Haar eingerahmt wurde.

Während zwei junge Burschen, Mitglieder der Kirchengemeinde, ihre Habe brachten und im Blockhaus abstellten, aß Clarissa mit dem Pfarrer und seiner Haushälterin zu Abend. Aus der Küche drang der Duft von frischem Lachs. Sie saßen im spärlich eingerichteten Wohnzimmer, und sie faltete die Hände, als Pater DeWolfe sich bekreuzigte und ein Gebet sprach. »Herr! Wir danken dir für diesen Tag und die Gnade, ihn erleben zu dürfen. Wir freuen uns, dass du Clarissa Swenson zu uns geschickt und ihr ein neues Zuhause gegeben hast. Wir trauern um ihren Mann, der in den Bergen ums Leben gekommen ist, und bitten dich, ihn in dein Reich aufzunehmen. Hilf seiner Frau, über diesen Verlust hinwegzukommen und gib ihr die Kraft, ein neues Leben in neuer Umgebung anzufangen. Wir wollen ihr tatkräftig dabei helfen. Segne diese Speisen und sei uns gnädig. Im Namen des Vaters, des Sohnes und des Heiligen Geistes!«

»Gelobt sei Jesus Christus! Amen!«, schallte es aus einem Käfig an der Wand. Clarissa fuhr erschrocken herum und entdeckte einen bunten Papagei. Er saß mit blitzenden Augen auf einer Holzschaukel und schlug mit den Flügeln. »Mach bloß keinen Scheiß, Captain!«, fügte er seinem christlichen Bekenntnis hinzu. »Lass endlich die Segel setzen, oder ich werf dich über Bord!«

»Robinson!«, wies DeWolfe den Vogel zurecht. »Lass den Unsinn, oder ich werfe dich der Katze zum Fraß vor!« Er griff lachend nach seiner Gabel und wandte sich an die erstaunte Clarissa. »Ich habe Robinson von meinem Vorgänger geerbt, und der hat ihn von einem Goldsucher, der auf einem Windjammer zur See fuhr. Angeblich Piraten, die im Chinesischen Meer auf Beutezug gingen. Die christlichen Worte hat er von mir gelernt. Ich hab ihm tausendmal gesagt, er soll die Klappe halten, wenn wir beten, aber er kann es nicht lassen.« Er spießte lachend eine Kartoffel auf. »Er weiß wahrscheinlich, dass ich gar keine Katze habe!«

»Er meint es nicht so«, sagte Lucy augenzwinkernd. »Selbst wenn wir eine Katze hätten, würde er Robinson wie seinen besten Freund beschützen. Ohne ihn würde ihm doch was fehlen!«

»Und warum benimmt er sich dann wie Captain Kidd

höchstpersönlich?«, fragte der Pater zwischen zwei Bissen. »Er wohnt neben einem Gotteshaus! Stell dir vor, der Bischof kommt, und er lässt solche Sprüche los. Ich werde sofort aus der Kirche ausgeschlossen! Immerhin hab ich mich seiner angenommen, als ihn niemand haben wollte.« Er blickte Clarissa an. »Mein Vorgänger kam bei einem Unfall ums Leben! Gott sei seiner lieben Seele gnädig. Robinson war fast verhungert, als ich hier eintraf, weil sich niemand um ihn gekümmert hatte, und wäre Lucy nicht gewesen, hätten wir den armen Vogel wohl begraben müssen.«
»Ich war Krankenschwester im Dawson Hospital«, erklärte Lucy lächelnd. »Ich erinnere mich noch genau. Pater DeWolfe kam mitten in der Nacht zu uns und hielt mir den armen Vogel unter die Nase. ›Retten Sie ihn‹, sagte er. Was blieb mir anderes übrig, als Robinson zu einem Doktor zu bringen. Der hat ihn aufgepäppelt, und zwei Tage später war er wieder gesund.« Sie nahm einen Schluck von ihrem Kaffee. »Ich brachte ihn zum Pater zurück, und er überredete mich, als Haushälterin zu bleiben.«
»Obwohl ich kein einfacher Mensch bin und sie bei mir kaum etwas verdient«, meinte DeWolfe fröhlich. »Sie ist herzensgut! Der liebe Gott wird es ihr vergelten, wenn sie in den Himmel kommt!«
Lucy stellte lächelnd den Kaffeebecher auf den Tisch. »Alle paar Tage schmiert er mir Honig um den Mund, damit ich nicht auf die Idee komme, ins Krankenhaus zurückzugehen. In ganz Dawson gibt es keine Frau, die diesen Job übernehmen würde.«
»Halleluja!«, jubelte Robinson in seinem Käfig.
Das Essen schmeckte köstlich. Nicht so gut wie beim

Empfang der Mounties, aber besser als zu Hause in South Dakota und auf den Jahrmärkten, die Jack mit seiner Maschine angesteuert hatte. Obwohl der Lachs aus dem Gefrierfach in der Erde kam, war er locker und zart. Das Dosengemüse hatte Lucy mit raffinierten Gewürzen verfeinert. Der Kaffee war schwarz und stark. »Was hat Sie nach Norden verschlagen, Pater?«, fragte sie.

DeWolfe spülte einen Bissen mit Kaffee hinunter und wischte sich mit der Serviette den Mund ab. »Das ist eine seltsame Geschichte«, antwortete er. »Eigentlich hatte ich nie etwas mit dem hohen Norden im Sinn. Ich komme aus Florida, wissen Sie?« Er amüsierte sich über Clarissas erstauntes Gesicht und fuhr fort: »Meine Eltern sind Kanadier, aber einer meiner Onkel lebte in Dade City, das liegt in der Nähe von Tampa an der Golfküste. Als mein Vater krank wurde, zogen meine Eltern zu ihm und halfen ihm auf seiner Farm. Wussten Sie, dass es Farmen in Florida gibt? Ich wuchs dort auf und sah meinen ersten Schnee, als ich nach Ottawa ging, um dort mein Studium zu beginnen. Ich hatte eigentlich vor, als Missionar nach Afrika zu gehen, irgendwie hat mich die Sonne immer angezogen, aber als ich hörte, dass man hier dringend einen Pfarrer brauchte, habe ich mich gemeldet.«

»Und Sie haben kein Heimweh nach der Sonne mehr?«

»Manchmal schon«, gab DeWolfe zu, »wenn ich ehrlich bin, träume ich manchmal von den sonnigen Stränden in Florida. Aber ich habe mich auch in den Norden verliebt. Die Menschen sind sehr freundlich hier, und die Stille in den Wäldern kann beinahe andächtig sein. Man ist der Natur hier sehr nahe. Der Natur und dem lieben Gott. Einige der religiösesten Menschen, die ich jemals getroffen habe, waren einsame Trapper. Können Sie sich das vorstellen? Dabei wirft man diesen Männern doch immer gottloses Verhalten vor. Aber in den meisten dieser rauen Burschen steckt ein guter Kern. Wenn man monatelang allein in der eisigen Wildnis lebt, findet man wieder zu sich selbst. Man entdeckt seine Seele und lernt, im Einklang mit der Natur zu leben.«

»Das ist wahr«, sagte Clarissa ernst, »mir ging es genauso. In der Einsamkeit fiel es mir leichter, den Tod meines Mannes zu verarbeiten.« Sie blickte nachdenklich auf das Kruzifix an der Wand und hielt ihre Tränen zurück. »Und wie kommen Sie zu der Hundezucht? In Florida gibt es bestimmt keinen einzigen Husky.«

Der Pater lachte. »Das ist wahr, aber ein Nachbar meines Onkels züchtete deutsche Schäferhunde, und ich war fast jeden Tag bei ihm. Die Tiere faszinierten mich. Sie waren sehr intelligent und verstanden es, sich mit den Menschen zu arrangieren.« Er schob den letzten Bissen in den Mund und kaute genüsslich. Nachdem er sich Kaffee nachgeschenkt hatte, fuhr er fort: »Zu den sibirischen Huskys kam ich durch Zufall. Das war ähnlich wie bei Robinson. Ich war bei einem sterbenden Trapper, der sich mit letzter Kraft nach Dawson City geschleppt hatte. Er war von einem Bären angefallen worden. Ich sprach mit ihm über Gott und das Leben nach dem Tode, und er vermachte mir aus Dankbarkeit seine Hundezucht. Das Geld, das ich damit verdiene, stecke ich in die Kirche oder stifte es zu wohltätigen Zwecken. Ich habe viel vom Nachbarn

meines Onkels gelernt und komme gut mit den Hunden zurecht. Huskys sind ganz anders als Schäferhunde, viel wilder und eigenwilliger, aber irgendwie ist es mir gelungen, eine Beziehung zu ihnen aufzubauen.«
Er trank seinen Kaffee aus und zwinkerte Clarissa zu. »Und ich bin fest davon überzeugt, dass Ihnen das auch gelingen wird. Wenn dieser Mountie nicht übertrieben hat, werden Sie ein großartiges Team zusammenstellen und die erste Yukon Trophy gewinnen.«
»Hoch die Tassen!«, krähte Robinson. »Dass mir nichts von dem Gebräu übrig bleibt, habt ihr verstanden, ihr Landratten?«
Nach dem Abendessen half Clarissa ihrem neuen Arbeitgeber, die Hunde zu füttern. Die Huskys veranstalteten einen Höllenlärm, als sie das Futter rochen, und zerrten bellend an ihren Ketten. Heißhungrig machten sie sich über den getrockneten Lachs her, den DeWolfe ihnen vorwarf. Die neun sibirischen Huskys lebten in dem großen Hof, der die Kirche und den Anbau, in dem der Pater und die Haushälterin wohnten, mit dem Blockhaus verband. Sie genossen die Kälte, die während des Winters zwischen die Häuser kroch, schliefen im Schnee und verzogen sich nur selten in die Holzhütten, die der Pfarrer gezimmert hatte. Er warf ihnen jeden Abend neues Stroh hin, aber einige Hunde lehnten auch das ab und schliefen lieber auf dem kalten Boden.
Clarissa blieb in respektvoller Entfernung und sprach mit den Hunden, damit sie sich an ihre Stimme gewöhnten. Solange sie fraßen, schienen sie nicht das geringste Interesse an ihr zu haben. Die Tiere machten einen gesunden Eindruck, wirkten stark genug, um an

einem Rennen teilzunehmen, und wichen respektvoll zurück, wenn der Pater sich ihnen näherte. »Das ist Duffy«, sagte er und deutete auf einen schneeweißen Husky, der auf jeder Tiershow den ersten Preis gewonnen hätte. »Mein Leithund, wenn ich das Wort des Herrn in die Wildnis trage.« Der Husky schien ihn zu verstehen und wedelte mit dem Schwanz. »Er tut sich ein bisschen schwer mit den Kommandos, aber für meine bescheidenen Ansprüche ist er gut genug. Wenn Sie wirklich an dem Rennen teilnehmen wollen, würde ich mit Blondie trainieren. Einen besseren Leithund gibt es am ganzen Yukon nicht, ausgenommen von Miller natürlich. So heißt der Leithund dieses Alaska-Jim. Er hat seine Hunde nach Flüssen benannt. Verrückte Idee!« Der Pater fuhr einen jungen Hund an, der vergeblich nach einem anderen schnappte. »Easy, Snowball! Du hattest genug zu fressen!« Er drehte sich zu Clarissa um. »Snowball ist gerade zwei geworden. Ich hab ihn von einem Indianer. Nächstes Jahr läuft er allen anderen Hunden davon, wenn er sein Temperament beherrschen lernt. Ein guter Hund!«
Auch mit den anderen Hunden machte Clarissa sich bekannt. Während der nächsten Wochen und Monate würde sie die Eigenarten der Hunde genau studieren und den Charakter jedes einzelnen Tieres kennen lernen. Nur wenn sie ihr Team genau kannte, hatte sie eine Chance, erfolgreich an einem Rennen teilzunehmen. Nugget würde dazugehören, ein vierjähriger Rüde mit schwarzen Fesseln, der verlässliche Pete und der stämmige Scotty, ein besonders starker Hund, der direkt vor dem Schlitten lief. Blue war das Nesthäkchen, keine zwei Jahre jung, und stand als Ersatz be-

reit, genauso wie Rocky und Lester, die DeWolfe erst im vergangenen Winter von einem Trapper gekauft hatte. Sie waren nicht besonders ausdauernd und würden viel Training brauchen, bis sie Clarissa von Nutzen sein konnten.

»Das sind wunderschöne Hunde«, lobte sie, als das Gebell verstummt war und sich die Tiere in den Schnee zurückzogen. Nur Snowball knurrte noch unwillig. »In ein paar Tagen werde ich mich an sie gewöhnt haben. Sind Sie sicher, dass ich mit den Tieren an dem Rennen teilnehmen soll?« Sie blickte schmunzelnd auf die kräftigen Hunde. »Ich weiß nicht, wie gut die Hunde von Alaska-Jim und den anderen Teilnehmern sind, aber ich denke, wir hätten eine gute Chance, durchs Ziel zu gehen. Wenn Sie das Risiko mit einer unerfahrenen Musherin eingehen wollen?«

»Sie sind nicht unerfahren«, widersprach der Pfarrer. »Der Constable hat mir erzählt, dass er niemals eine bessere Musherin gesehen hat. Selbst der Sergeant Major würde gegen sie verblassen!« Sein Mund verzog sich zu einem Grinsen. »Selbst wenn er ein bisschen übertrieben hat – ich könnte mir keine bessere Hundepflegerin vorstellen! Und was das Rennen angeht, rechne ich fest mit Ihnen. Es gibt etliche hilfsbedürftige Menschen, die meinen Teil des Preisgeldes brauchen könnten.«

»Meinen auch«, erwiderte Clarissa übermütig. »Oder meinen Sie, ich laufe mit der anderen Hälfte davon? Ich wüsste gar nicht, was ich mir davon kaufen sollte.« Sie schüttelte die große Hand des Pfarrers und sagte: »Vielen Dank, Pater! Sie haben mir wirklich sehr geholfen! Ich hoffe, ich kann mich bald revanchieren.«

»Gute Nacht, Clarissa! Sagen Sie mir, wenn Sie irgendwas brauchen.« Er ging zur Tür des Anbaus und drehte sich noch einmal um. »Wir freuen uns, dass Sie zu uns gekommen sind.«

Noch am selben Abend richtete Clarissa sich in ihrem neuen Blockhaus ein. Die jungen Männer, die mit ihrer Habe gekommen waren, hatten bereits eingeheizt, und vor der Hütte lag genug Holz, um sie durch den Winter zu bringen. Sie räumte ihre Kleider in den Schrank, verstaute die Küchengeräte und Werkzeuge und hängte das Gewehr, das sie von dem toten Trapper übernommen hatte, über die Tür.

Unter den Sachen, die ihre Bekannten aus Whitehorse geschickt hatten, war auch ein schmuckloser Wecker, den sie beinahe liebevoll in der Hand hielt und länger betrachtete. Immer wenn sie auf ihren Mann gewartet hatte, war diese Uhr ihr bester Freund und ihr ärgster Feind gewesen. Wie hypnotisiert hatte sie dann auf das Zifferblatt gestarrt, sich damit getröstet, dass er trotz des Schneefalls oder des Nebels zur nächsten vollen Stunde heimkehren würde, und von neuem gehofft, wenn das vertraute Motorengeräusch der *Bellanca* ausgeblieben war. Sie stellte den Wecker auf den Nachttisch.

Erst nach Mitternacht ging sie schlafen. Sie legte sich in das weiche Bett, zog die Decken bis zum Hals und freute sich, wieder ein Zuhause zu haben. Pater DeWolfe und Lucy waren freundliche Menschen, die sich alle Mühe gaben, ihr eine neue Zukunft zu bieten. Sie las in dem Buch von Vicki Baum, bis ihr die Augen zufielen, und löschte das Licht. Das gelegentliche Bellen der Hunde war ihr vertraut und weckte sie nicht. Erst

als sich die erste Helligkeit vor den Fenstern zeigte, wachte sie auf. Sie blickte auf den Wecker und erschrak, als sie erkannte, dass es schon halb acht war. In Windeseile wusch und zog sie sich an. Sie vertauschte ihr Kleid mit den gefütterten Hosen und ihrem Pullover, schlüpfte in die festen Stiefel und hüllte sich in ihren Anorak, bevor sie nach draußen ging. Die Fellmütze und die Handschuhe hatte sie in den Gürtel gesteckt. Vielstimmiges Hundegebell schallte ihr entgegen, als sie den Hof betrat.
Pater DeWolf war gerade dabei, Blondie an einen Holzpflock zu binden. Er drehte sich lächelnd zu ihr um. »Sehen Sie mal, wen ich hier habe«, begrüßte er sie, »ein Constable hat ihn gebracht!«
»Blondie!«, rief sie begeistert. Sie rannte auf den Hund zu und schloss ihn liebevoll in die Arme. »Blondie! Na, freust du dich, dass wir wieder zusammen sind?« Sie küsste ihn auf die Stirn und deutete auf die anderen Hunde, die eifersüchtig bellten. »Das sind deine neuen Freunde! Der Weiße, das ist Duffy, und der kleine Hitzkopf, der ständig um sich beißt, das ist Snowball! Nugget! Pete! Scotty! Blue! Na, wollt ihr euren neuen Freund nicht begrüßen?« Sie ließ lachend von Blondie ab und trat einen Schritt auf Duffy zu, kam ihm aber nicht zu nahe. »Ich weiß, ich weiß, ihr habt es nicht gern, wenn ich einen von euch bevorzuge, aber Blondie hat bei der RCMP gedient. Er war Leithund bei der Royal Canadian Mounted Police. Na, ist das was? Er hat eine Menge Erfahrung und wird euch anführen, wenn wir gegen Alaska-Jim antreten. Aber bis dahin haben wir noch sehr viel Arbeit.«
Clarissa ließ sich Zeit mit den Hunden. Ihre Aufmerk-

samkeit galt vor allem dem Wohlergehen der Huskys und nicht ihrer Bereitschaft, an einem Rennen teilzunehmen. Zuerst musste die Gesundheit der Tiere gewährleistet sein, erst dann konnte man daran denken, sie für ein Rennen auszubilden. Sibirische Huskys waren wertvolle Tiere, besonders wenn sie reinrassig waren, und es gab Männer, die viel Geld dafür bezahlten. Der Pater wollte sie nicht verkaufen. Er wollte, dass Clarissa an der Yukon Trophy teilnahm und seine Zucht im ganzen Land bekannt machte, aber sie hatten nur eine Chance, wenn die Gesundheit der Tiere vor dem unbedingten Willen rangierte, als Erste über die Zielgerade zu gehen.

Zwei Wochen brachte Clarissa allein damit zu, sich mit den Hunden anzufreunden, und zwei weitere Wochen vergingen, bis Blondie sich mit den anderen Hunden vertrug. Besonders Snowball ließ keine Gelegenheit vergehen, um wütend nach dem neuen Leithund zu schnappen.

Im April war die erste Etappe geschafft. Clarissa war in das Rudel aufgenommen worden, und solange sie den Hunden deutlich machte, dass sie ihnen überlegen war, würden sie ihre zweibeinige Freundin als Anführerin respektieren. Anders wurde man mit einem Hundeteam nicht fertig. Duffy wirkte etwas niedergeschlagen, schien zu spüren, dass er seinen Platz an Blondie verloren hatte, und auch Scotty wurde manchmal wütend, wenn sie dem Leithund zu viel Aufmerksamkeit schenkte, aber das würde sich mit der Zeit geben. Snowball schnappte nach allem, was ihm zu nahe kam, und würde sich niemals ändern. Er war ein übermütiger Beißer und würde zwischen dem ruhigen

Nugget und dem stämmigen Scotty laufen, sobald es auf Tour ging.
»Wisst ihr was?«, begrüßte Clarissa die Hunde eines Abends. »Morgen früh fangen wir mit dem Training an. Na, was sagt ihr?«
Vielstimmiges Gebell antwortete ihr.
»Das habe ich mir gedacht«, sagte sie lachend und ging in den Anbau, um getrockneten Lachs zu holen.

18

Wenige Tage nach Ostern ging Clarissa mit ihrem neuen Team auf Tour. Sie hatte etliche Tage damit verbracht, die Ausdauer der Hunde und ihre Kondition mit einem gezielten Einzeltraining zu verstärken, hatte jeden einzelnen Husky an die Leine genommen und war mit ihm durch die Wälder gelaufen. Erst dann spannte sie die Hunde vor den Schlitten. Um dem sensiblen Duffy Gelegenheit zu geben, seine Versetzung ins zweite Glied zu verdauen, stellte sie ihn neben Blondie an die Spitze. Sie folgte einem schmalen Trail, den der Pater ihr gezeigt hatte, und wiederholte die Tour alle zwei Tage, damit die Hunde sich an Blondie gewöhnten, und sie selbst ein Gespür für ihre Fähigkeiten bekam. Einmal versuchte sie es mit Rocky und Lester, aber die beiden waren lustlos und viel zu langsam. Sie würden niemals mit Blondie mithalten können. Nach zwei Wochen waren Clarissa und das Team eine Einheit, und sie stieß beim Abendessen mit Pater DeWolfe und Lucy an. »Ich glaube, jetzt habe ich sie so weit«, berichtete sie stolz, »sie haben sich an Blondie und mich gewöhnt. Morgen früh gehen wir auf große Tour. Wir fahren zum Roadhouse von Hattie Campbell und essen dort. Ihr habt doch nichts dagegen, oder?« Auch mit dem Pfarrer und seiner Haushälterin war sie vertrauter geworden, und sie sprachen sich inzwischen mit dem Vornamen an. »Mal sehen, was sie können.«

»Ich bin froh, wenn ich die Hunde mal los bin«, meinte Lucy erleichtert. »Snowball erwischt mich noch früh

genug! Habt ihr gesehen, wie er heute Morgen nach mir geschnappt hat? Der kleine Rüpel hat es auf mich abgesehen! Was ist bloß mit ihm los?«
»Er will spielen«, antwortete Clarissa lächelnd. »Lass dich von dem Kerl nicht ins Bockshorn jagen. Der wedelt mit dem Schwanz und beißt dir gleichzeitig ins Bein. Er hat Spaß daran!«
»Und so was spannst du vor deinen Schlitten?«, reagierte sie scheinbar entsetzt. »Warum lässt du Snowball nicht zu Hause?«
»Weil er ein schlaues Kerlchen ist. Ich habe selten einen Hund gesehen, der so schnell laufen kann und die anderen Huskys durch seine Begeisterung mitzieht. Er ist ein Naturtalent, auch wenn er sich wenig um meine Befehle kümmert. Gestern rannte er nach rechts, obwohl ich ›Haw!‹ gerufen hatte, und ich wäre beinahe in den teuren Wagen von Archie Ferguson gefahren.«
»Archie Ferguson? Der mit dem offenen Chevy?« Lucy schüttelte den Kopf. »Und ich dachte, der übernachtet auf dem Fluss!«
»Halleluja! Werft den Kerl über Bord!«, schimpfte Robinson.
Lucy bepackte den Schlitten mit Vorräten und Decken, damit die Hunde eine schwere Last zu ziehen hatten und Muskeln ansetzten, und bedankte sich bei Lucy, die mit einer Thermoskanne aus der Küche kam. Sie blieb in der offenen Tür stehen, um den Hunden nicht zu nahe zu kommen, und Clarissa ging ihr entgegen und griff nach der Kanne. Sie verstaute den Tee unter den Decken, wo er warm blieb, und winkte Lucy und dem Pfarrer zu. »Bis heute Abend! Drückt mir den Daumen, dass alles glatt geht!«

Sie stieß einen gellenden Pfiff aus, das Signal, das sie mit Blondie für den Start ausgemacht hatte, und lenkte den Schlitten aus dem Hof hinaus. An der Kirche mit dem hölzernen Turm vorbei ging es auf die Hauptstraße und zum Fluss hinab. Sie stand auf beiden Kufen, einen Fuß fest auf der Bremse, und verließ die Stadt in einer weißen Schneewolke. Einige Oldtimer blickten ihr schmunzelnd nach. Erst vor wenigen Tagen war ein junger Mountie mit seinem Schlitten über die Front Street gefahren, stolz wie ein junger Offizier, der zum ersten Mal ins Manöver reitet, und war im hohen Bogen von den Kufen gefallen, als seine Hunde unvermittelt nach rechts abgebogen waren. Bei der Schnelligkeit, die Clarissa vorlegte, rechneten sie wohl mit einem ähnlichen Malheur, aber die junge Frau war wesentlich erfahrener und ließ sich nicht aus dem Gleichgewicht bringen. Sie hatte sich längst daran gewöhnt, dass ihre Hunde auf den ersten Metern immer besonders schnell liefen. Mit einem lang gezogenen »Gee!« trieb sie das Gespann zum Yukon hinab.
Erst auf dem breiten Trail, den andere Schlitten in das feste Eis gegraben hatten, merkte sie, wie gut ihre Hunde aufeinander eingespielt waren. Jetzt zahlten sich die mühevolle Kleinarbeit und die Geduld aus, die sie gegenüber den sensiblen Huskys gezeigt hatte. Blondie war ein souveräner Anführer, ein geborener Leithund, der keinen Zweifel daran ließ, wie überlegen er den anderen Hunden war. Duffy hatte seinen zweiten Platz akzeptiert und ließ nicht erkennen, dass ihm die Degradierung etwas ausmachte. Auf den Trips, die er an der Seite des neuen Leithundes unternommen hatte, war ihm klar geworden, dass Blondie der bessere An-

führer war. Der junge Blue hatte den Vorzug vor Pete bekommen, der die nächste Tour mitmachen würde, und im hinteren Teil des Teams lief der übermütige Snowball zwischen Nugget und Scotty. »Heya! Heya! Lauft!«, rief Clarissa. Sie hatte gelernt, dass Huskys beim Laufen nicht gestört werden wollten, und beließ es bei den wenigen Anfeuerungen.

Sie war froh, wieder allein zu sein. Die Wildnis begrüßte sie mit einem verwaschenen Himmel und nebligem Dunst, nicht gerade ideales Wetter für eine Schlittenfahrt, aber beim Rennen würde auch niemand fragen, ob es schneite oder die Sonne schien. Gefahren wurde bei jedem Wetter, so hatte es in den letzten *Dawson City News* gestanden, und nur ein wilder Blizzard konnte eine Unterbrechung des Rennens herbeiführen. Die Regeln waren vor einigen Wochen festgelegt worden, damit sich alle Teilnehmer darauf einstellen konnten. Die Kunde von der neuen Yukon Trophy war bereits ins restliche Kanada und nach Alaska getragen worden, und neben Alaska-Jim hatten etliche Abenteurer und Trapper ihr Interesse an dem Rennen bekundet. Sogar zwei Teilnehmer der Alaska Sweepstakes wollten mitmachen. Clarissa ließ sich nicht beeindrucken. Die Yukon Trophy war ein Langstreckenrennen, und es kam vor allem auf die Ausdauer der Teams an. Bei einem Sprintrennen hätte sie sicher den Kürzeren gezogen. Sie war lange und schwierige Strecken gewohnt und wollte sich tagelang in der wilden Natur behaupten.

Clarissa verlagerte das Gewicht auf den Kufen und umkurvte einen mächtigen Baumstamm, der ins Eis gefallen und festgefroren war. Sie hatte flache Gummistü-

cke von einem Fahrradreifen oben auf die Kufen montiert, um einen besseren Halt zu haben, wenn sie auf dem Schlitten stand. Kalter Wind rauschte ihr entgegen und brach sich an der weißen Schneebrille, die sie vor die Augen gezogen hatte. Der gefrorene Schnee knirschte unter den Kufen des Schlittens. Die Hunde hechelten und hetzten, genossen die lange Fahrt durch den Winter. Auf den Fichten, die wie dunkle Riesen am Ufer emporragten, lastete der Schnee. Clarissa hätte am liebsten laut gejubelt, so froh war sie, endlich wieder in der Wildnis zu sein und den Wind in ihrem Gesicht zu spüren. Hier draußen fühlte sie die Freiheit und die Ungebundenheit, von der manche Fallensteller redeten, wenn sie in die Stadt zum Einkaufen kamen und es gar nicht erwarten konnten, wieder in ihre abgelegene Blockhütte zurückzukehren. Sie verstand diese Männer, sie war nicht wie die anderen Frauen, die den Trubel einer Stadt brauchten, um sich wohl zu fühlen. Sie verstand die Sprache der Wildnis und hörte andächtig zu, wenn die Bäume und die Felsen zu ihr sprachen. Pater DeWolfe behauptete, dass Gott in den Wäldern deutlicher zu hören war, und die Indianer glaubten, dass die Geister zu ihnen sprachen, wenn sie allein in der Wildnis waren. Clarissa war überzeugt, dass beides stimmte.
Ungefähr drei Meilen von der Stadt entfernt wurden die leisen Stimmen der Wildnis vom Krachen eines Schusses übertönt. Sie bremste den Schlitten mit einem lauten »Whoaa!« und nahm ihr Gewehr von den Schultern. Ihre Augen blitzten nervös. Sie lauschte angestrengt in die plötzliche Stille hinein und wurde durch einen erneuten Schuss erschreckt. Ein Revolver,

das glaubte sie deutlich zu erkennen. Also niemand, der auf der Jagd war. Die meisten Trapper, die mit einem Hundeschlitten unterwegs waren, führten eine Handfeuerwaffe mit sich, um beim Angriff eines Elches schnell reagieren zu können. Auch sie hatte den 45er-Colt des Pfarrers griffbereit zwischen den Decken verstaut. Elche konnten sehr gefährlich werden, wenn sie einem Schlitten in die Quere kamen, nicht nur den Hunden. Sie erinnerte sich an einen Vorfall am Lake Laberge, als ein Indianer von den Hufen eines mächtigen Bullen erschlagen wurde. Das Tier hatte den schmalen Trail vor den Hunden überquert und war in Panik geraten, und der Indianer hatte nicht schnell genug reagiert. Seine Frau war bei ihm gewesen und hatte davon erzählt.

Sie schob das Gewehr zwischen die Decken und trieb die Hunde an. »Easy! Easy!«, mahnte sie die Huskys zur Vorsicht. Im gemächlichen Tempo überquerten sie den Fluss und fuhren in den dichten Nebel hinein, der über der Mündung eines kleinen Flusses lag. Sie kreuzte die breiten Spuren eines Automobils, die sich deutlich in den frischen Schnee gegraben hatten, der während der Nacht gefallen war, und runzelte misstrauisch die Stirn. »Archie Ferguson«, murmelte sie. »Was will der denn hier?«

Sie fuhr in die Flussmündung hinein und erkannte den dunklen Schatten eines Wolfes. Erschrocken brachte sie die Hunde zum Stehen. »Nanuk?«, flüsterte sie ungläubig. Sie hatte während der letzten Wochen kaum an den Wolfshund gedacht und ihn beinahe vergessen. »Nanuk? Bist du das?« Sie schob die Schneebrille nach unten und blickte angestrengt in den Nebel. Das geheimnisvolle Tier – wenn es eines war – blieb stehen und drehte den Kopf in ihre Richtung. »Nanuk! Ich hab dich nicht vergessen! Ich hatte doch keine Ahnung, dass du immer noch in der Nähe bist!« Sie rieb die Kälte von ihrem Gesicht. Sie konnte nicht glauben, dass der Wolfshund aus der Wildnis zurückgekehrt war. Oder trieb sich ein Wolf in der unmittelbaren Nähe der Stadt herum?

Ein weiterer Schuss krachte, und der Schatten verzog sich in panischer Angst zum Ufer. Wie ein Geist verschwand er zwischen den Bäumen. »Verdammt! Jetzt hat er sich verzogen!«, hörte sie die dröhnende Stimme von Archie Ferguson, und als sie die Hunde antrieb und weiter den schmalen Fluss hinauffuhr, drang auch das knatternde Motorengeräusch des Automobils an ihre Ohren. »Archie Ferguson!«, explodierte sie. »Was fällt Ihnen ein, auf diese harmlose Kreatur zu schießen?« Sie trieb ihr Gespann bis dicht vor das Automobil und band die Leine um einen Scheinwerfer, bevor sie von den Kufen sprang. Ihre Augen sprühten Blitze. »Was soll der Unsinn? Warum fahren Sie nicht die Front Street rauf und runter und winken den Leuten zu, die dumm genug sind, sich nach einem Automobil umzudrehen?«

Archie Ferguson saß hinter seinem Lenkrad, den Revolver in beiden Händen, und spähte aus dem offenen Fenster. Er hatte anscheinend nicht damit gerechnet, auf diesem Fluss einen Menschen zu treffen. Er warf einen misstrauischen Blick auf die Hunde, besonders auf Blondie, der die anderen Hunde von dem knatternden Automobil wegzog, sich aber ständig umdrehte und böse die Zähne fletschte. »Halten Sie Ihre Hunde

zurück, Clarissa«, bat er ängstlich. »Der Große hat mich schon mal gebissen!«
»Und ich hätte große Lust, ihn loszubinden und noch einmal auf Sie zu hetzen, Mister Ferguson! Warum tun Sie so etwas?«
»Archie«, verbesserte er, »ich heiße Archie.«
»Warum schießen Sie auf harmlose Wolfshunde, Archie?«, ließ sie sich nicht beeindrucken. »Warum verpesten Sie die Natur mit diesem blöden Automobil? Haben Sie nichts Besseres zu tun?«
»Ich habe in meinem Leben genug gearbeitet«, wehrte sich der Chauffeur. »Schauen Sie meine Hände an. Meinen Sie, diese Schwielen kommen vom Nichtstun? Ich war immer in vorderster Front, auch damals beim großen Goldrausch. Was kann ich dafür, dass ich so viel Gold gefunden habe? Außerdem ist dieses Automobil eine Investition. Ich wollte eine Attraktion nach Dawson City holen, und im Sommer werden die Leute mir die Bude einrennen, um einmal mit einem 29er Landau Convertible zu fahren. Dieser Wagen ist ein Erlebnis, Lady! Hab ich Ihnen schon erzählt, dass sie ganze 296 Exemplare gebaut haben?«
»Das haben Sie, Archie, aber ich wüsste nicht, was das mit Ihrer sinnlosen Schießerei zu tun haben könnte. Warum zielen Sie nicht auf Eisbrocken oder Bäume, wenn Sie unbedingt in der Gegend herumballern wollen? Warum schießen Sie auf Wolfshunde?« Sie deutete auf den Revolver. »Das ist nicht fair, Archie.«
Archie Ferguson wusste nicht, was er von dem Einwand der jungen Frau halten sollte. »Aber ich hab auf Wölfe geschossen, Clarissa. Wölfe sind gefährlich! In Eagle zahlen sie für jedes Wolfsfell zehn Dollar. Was

haben Sie dagegen, wenn ich auf diese Raubtiere schieße? Die meisten Leute sind mir dankbar.«
»Das war kein Wolf!«, widersprach Clarissa, die inzwischen sicher glaubte, Nanuk gesehen zu haben. »Das war ein Wolfshund! Er gehört zu mir! Er fürchtet sich davor, mir nach Dawson City zu folgen, und inzwischen verstehe ich auch, warum. Fahren Sie nach Hause, Archie. Dieses Automobil gehört nach Dawson City und nicht in die Wildnis. Hier draußen will ich allein sein!«
Der Chauffeur trat den Rückzug an. »Schon gut, schon gut«, winkte er ab, »ich geh ja schon.« Er legte den Revolver auf den Beifahrersitz. »Woher sollte ich denn wissen, dass Sie sich mit einem Wolf angefreundet haben? Wenn Sie meinen, dass ich hier draußen nichts zu suchen habe, kehre ich eben um.« Er gewann seine gute Laune wieder. »Wer könnte einer schönen Frau wie Ihnen etwas abschlagen? Nichts für ungut, Clarissa.« Er lehnte sich aus dem Fenster und reichte ihr die Hand. »Tut mir Leid, Lady! Wegen der Wölfe, meine ich. Bleiben wir Freunde?«
Sie wollte keinen Krach mit dem Chauffeur und schlug ein. »Meinetwegen! Mag sein, dass ich etwas überzogen reagiert habe, aber ich mag diesen Wolfshund. Und ich mag sogar Wölfe!«
»Leben Sie wohl, Clarissa!«
»Auf Wiedersehen, Archie!« Sie band den Schlitten los und stieg auf die Kufen. Mit einem Pfiff und einem lauten »Gee!«, das sie mehrmals wiederholte, lenkte sie die Hunde auf den gefrorenen Yukon River zurück. Die Hunde waren froh, auf den gewohnten Trail zurückzukehren, und rannten mit hechelnden Zungen über das

feste Eis. Unter den Schlittenkufen wirbelte der Neuschnee auf und blieb als feuchter Schleier über dem Pfad hängen. Clarissa ließ die Hunde laufen, war viel zu sehr in Gedanken versunken, um ein neues Kommando zu geben. Der Trail lag wie die Rollbahn außerhalb der Stadt vor ihnen, eben und ohne Hindernisse, und sie brauchte nichts anderes zu tun, als auf den Kufen zu stehen und die Huskys laufen zu lassen.
Ihr Blick streifte über das felsige Ufer. In Gedanken folgte sie dem verängstigten Wolfshund, der vor dem Revolver des Chauffeurs davongerannt war und sich irgendwo zwischen den Bäumen versteckt haben musste. War er der tödlichen Kugel nur entronnen, weil er mit den Geistern im Bunde war? War das Blei wirkungslos an ihm abgeprallt? Oder war er ein gewöhnliches Wesen aus Fleisch und Blut, das lediglich Glück gehabt hatte?
Sie spürte ihr schlechtes Gewissen und bremste den Schlitten ab. Mit einem kräftigen »Whoaa!« brachte sie die Hunde zum Stehen. Die Huskys reagierten widerwillig, waren gerade richtig in Schwung und wollten weiter laufen, aber sie kümmerte sich nicht darum. »Ich bin gleich wieder zurück«, sagte sie, während sie den Anker zwischen zwei Eisblöcke am Wegesrand rammte.
Mit klopfendem Herzen ging sie auf den Waldrand zu. Unter ihren Stiefeln knirschte das Eis, als sie den Fluss überquerte. Der Nebel legte sich bedrohlich um ihren Körper. Vor dem Ufer blieb sie stehen. Wie eine undurchdringliche Wand ragten die Fichten zwischen den Felsen empor. Sie legte beide Hände wie einen Trichter vor den Mund und rief: »Naaanuuuk! Naaa-

nuuuk! Du brauchst keine Angst mehr zu haben! Der Mann hat versprochen, nicht mehr auf dich zu schießen! Hast du gehört? Archie tut dir nichts!« Sie trat näher an das Ufer heran und rief noch einmal: »Nanuk! Es ist vorbei! Ich hab den Mann nach Hause geschickt!«

Aus dem Wald kam keine Antwort. Lediglich das Rauschen des Windes, der mit unheimlicher Stimme in den Bäumen sang, war zu hören. Der Nebel hing wie ein schützender Schleier über dem dunklen Wald und bewahrte seine Geheimnisse. Hinter ihr begannen Blondie und die anderen Hunde ihres Teams ungeduldig zu bellen. Vielleicht spürten sie auch, dass sie ihre Aufmerksamkeit einem wilden Wolfshund zugewandt hatte, und waren eifersüchtig. Ein lang gezogenes Jaulen drang über das Eis.

Clarissa blickte sorgenvoll zum Schlitten zurück. Wenn die Hunde den Anker aus dem Eis rissen und davonrannten, konnte es viele Stunden oder sogar Tage dauern, bis sie die Tiere wieder gefunden hatte. In Dawson City wurde von einem unerfahrenen Mountie berichtet, der auf einer ersten längeren Tour vom Schlitten gefallen und zwei Tage durch die einsamen Wälder geirrt war, bis er das Gefährt wieder gefunden hatte. Nur ein Greenhorn ließ einen Hundeschlitten unbeaufsichtigt im Schnee oder auf dem Eis zurück. »Nanuk!«, rief sie in den Nebel. »Ich habe dich nicht vergessen, hörst du? Komm zurück! Ich habe ein neues Zuhause für dich! Du darfst sogar in meiner Hütte wohnen! Hörst du mich, Nanuk? Du hast mir das Leben gerettet!«

Der Wald blieb stumm, und sie kehrte nachdenklich

zu ihrem Schlitten zurück. Vielleicht war es auch ein Wolf, redete sie sich ein, ich habe doch nur einen Schatten gesehen. Sie löste den Anker und sprang gerade noch rechtzeitig auf den Schlitten, bevor die Hunde anzogen und weiter nach Nordwesten rannten.

19

»He, wen haben wir denn da?«, rief Hattie Campbell erfreut, als Clarissa das Roadhouse betrat. »Sind Sie auf 'ner Übungsfahrt? Ich hab schon gehört, dass Sie für die Trophy trainieren! Machen Sie sich's bequem, Clarissa. Ich hab heißes Elchgulasch, wenn Sie mögen, und zum Nachtisch gibt's frischen Beerenpudding.«

»Hallo, Hattie! Elchgulasch wäre toll! Ich hab einen Riesenhunger. Die Fahrerei strengt ganz schön an.« Sie setzte sich an einen der langen Holztische und nickte dankbar, als Hattie ihr heißen Tee vorsetzte. »Hab ich gerade aufgebrüht«, meinte die Wirtin. Sie drehte sich zur Küchentür um. »Albert! Hast du gehört? Clarissa Swenson ist hier! Die junge Frau, die an der Yukon Trophy teilnehmen will! Bring doch eben eine ordentliche Portion Elchgulasch für die Lady!«

Albert Campbell, ein zurückhaltender Mann, der nichts dagegen hatte, im Schatten seiner Frau zu stehen, servierte dampfendes Elchgulasch mit Kartoffeln und nickte Clarissa freundlich zu. »Ma'am«, meinte er höflich. »Ist es wirklich wahr, dass Sie bei der Trophy mitfahren wollen? Sind Frauen überhaupt zugelassen?«

»Natürlich sind Frauen zugelassen«, antwortete Hattie für Clarissa, »und wenn sie's nicht wären, würden wir das verdammte Komitee dazu zwingen! Oder sind wir etwa weniger wert? Niemand behauptet, dass eine alte Frau wie ich einen Schlitten steuern kann, aber diese Lady hier ist beinahe so gut wie Alaska-Jim.

Wenn Frank keinen Unsinn erzählt, sogar noch besser.«

»Ich dachte nur …«, erwiderte ihr Mann. Er rieb seine Hände an der Schürze ab und lächelte Clarissa unbeholfen zu. »Lassen Sie sich's schmecken, Ma'am! Meine Frau kocht das beste Elchgulasch der Welt.« Er kehrte schlurfend in die Küche zurück.

»Hauen Sie rein!«, meinte Hattie aufmunternd. »Wenn es nicht reicht, gibt's einen Nachschlag. Aber lassen Sie Platz für den Beerenpudding. Ich bin beleidigt, wenn Sie den nicht probieren.«

Clarissa machte sich über das Essen her und musste zugeben, dass sie nie besseres Elchgulasch gegessen hatte. Hattie Campbell verstand es, eine Mahlzeit gut zu würzen. »Schade, dass ich nicht auf Vorrat essen kann«, sagte Clarissa zwischen zwei Bissen. Sie trank von dem heißen Tee. »War Frank mal hier?«, fragte sie scheinbar beiläufig. »Ich meine, der Mountie, der mich nach Dawson City gebracht hat. Constable Frank J. Watson…«

»Ich weiß, wen Sie meinen«, erwiderte Hattie lachend. »Hier gibt es nur einen Frank! Sie haben was für den Mountie übrig, na?«

Sie wurde rot. »Ich? Nein … ich meine …«

»Natürlich haben Sie was für den Kerl übrig!«, ließ Hattie sich nicht beirren. »Würde mich auch wundern, wenn es nicht so wäre! Wenn ich so jung und hübsch wäre wie Sie, hätte ich mich auch in den Kerl verliebt. Nicht, dass ich jemals was ausgelassen hätte, aber dieser Frank J. Watson wäre eine Sünde wert.«

»Ich habe meinen Mann verloren, Hattie«, reagierte Clarissa unsicher. Sie hielt ihre Gabel fester als nötig.

»Haben Sie das vergessen? Ich bin Witwe! Jack ist in den Bergen verbrannt!«
»Aber das ist über ein halbes Jahr her! Sie sind jung, Clarissa! Und schön! Meinen Sie, Ihr Mann hätte etwas dagegen, dass Sie sich in einen anderen Mann verlieben? Jack ist tot, damit müssen Sie sich abfinden. Soll ich Ihnen mal was erzählen? Während des Goldrausches war ich mit einem verrückten Iren verheiratet. Horatio O'Keefe. Der Kerl hatte ein Vermögen aus der Erde gebuddelt, und es ging uns prächtig, aber er war ein Hitzkopf, und irgendwann geriet er an den Falschen. Sie haben ihn mit den Füßen voraus aus dem Saloon getragen. Ich hatte den Kerl geliebt, wirklich geliebt, aber sechs Wochen später brannte ich mit einem knauserigen Schotten durch, und ich halte jede Wette, dass Horatio nichts dagegen gehabt hätte. ›Der Junge ist nicht übel‹, hätte er gesagt, ›aber muss es unbedingt ein Schotte sein?‹« Sie lachte schallend. »Das Leben geht weiter, Clarissa!«
»Ich kann nicht«, sagte sie. Hatties direkte Art verwirrte sie. »Ich komme mir wie eine Verräterin vor, wenn ich an Frank denke.«
»Aber er geht Ihnen nicht aus dem Kopf, hab ich Recht?« Hattie legte eine Hand auf Clarissas linken Arm. »Wehren Sie sich nicht dagegen, Schätzchen. Lassen Sie der Natur ihren Lauf! Wenn der liebe Gott will, dass Sie sich wieder verlieben, dann soll es so sein.«
Clarissa blickte nachdenklich auf ihren Teller und hatte auf einmal keinen Hunger mehr. »Was ist aus dem Schotten geworden?«
»MacPherson?« Hattie nahm die Hand von ihrem Arm

und fuhr sich durch das gelockte Haar. »Den hat der Teufel geholt! Im Ernst! Und wenn der Teufel nicht gekommen wäre, hätte ich ihn selber davongejagt! Er war ein verdammter Betrüger! Hatte das Konto voller Geld und wollte mir weismachen, dass er keinen Penny besaß! Er wurde von einem dieser Automobile überfahren, als er von der Bank kam und einen Teil des Geldes mit einer Schlampe aus dem Saloon durchbringen wollte. Nach seinem Tod stellte sich heraus, dass er mit drei Frauen gleichzeitig verheiratet war. Mit einer Indianerin, einer Chinesin in Vancouver und mit mir. Wir mussten uns das Erbe teilen!« Sie lachte wieder. »Na, jetzt hab ich einen Mann, mit dem ich alt werden kann.«
»Sie sind eine bemerkenswerte Frau, Hattie!«
»Weil ich so viele Männer verschlissen habe? Nicht der Rede wert, Schätzchen. Ich glaube, Sie sind wesentlich besser dran. Sie hatten einen anständigen Mann, der immer für Sie gesorgt hat, und jetzt haben Sie sich in einen Mann verliebt, der sich vor Angeboten nicht retten könnte, wenn wir in Vancouver wären.«
Sie wurde verlegen. »War Frank hier?«
»Und ob er hier war«, antwortete die Wirtin. »Und er hat jedes Mal nach Ihnen gefragt. Er will zur Eisschmelze nach Dawson kommen und Sie zum Sommerball einladen. Sie veranstalten ein großes Fest, wenn das Eis aufbricht. Eines der wenigen Feste, an denen die Mounties teilnehmen dürfen. Sehen sehr schmuck aus, die Burschen, in ihren roten Paradeuniformen!«
»Hat er das wirklich gesagt?«, fragte sie. Es gelang ihr nur mühsam, die plötzliche Aufregung zu verbergen.

Sie griff nervös nach ihrem Teebecher. »Ich meine, ich kann doch nicht …«

»Und wie Sie können!«, fiel Hattie ihr ins Wort. »Es wäre doch ein Jammer, wenn Sie eine solche Gelegenheit verpassen würden! Oder wollen Sie den Rest Ihres Lebens allein bleiben?«

»Ehrlich gesagt, ich hatte mal daran gedacht.« Sie nippte an ihrem Tee und wanderte in Gedanken zu der einsamen Trapperhütte in den Bergen. »Ich wollte in die Berge zurückgehen, in die Blockhütte in den Ogilvie Mountains. Die Einsamkeit gefiel mir.«

»Unsinn!«, wischte Hattie ihren Einwand weg. »Keinem Menschen gefällt die Einsamkeit! Nicht mal den Trappern, die den ganzen Winter da draußen verbringen! Ich will nicht sagen, dass ich was für Städte übrig habe. In Whitehorse könnte ich niemals leben, geschweige denn, in Vancouver oder San Francisco. Selbst Dawson City ist mir ein Gräuel. Ich brauche die Wälder und den Schnee und die Kälte, und wenn ich das Nordlicht sehe, könnte ich noch heute zu heulen anfangen. Aber ich hab meinen Albert, auch wenn er nicht besonders redselig ist. Und ich hab Menschen, die mich besuchen kommen und mir was erzählen.«

Vor dem Roadhouse schlugen die Hunde an. Clarissa rannte nach draußen und entdeckte einen Trapper, der mit seinem Hundeschlitten über den Yukon gefahren kam. »Nein, Blondie!«, hielt sie ihren Leithund davon ab, mit dem anderen Gespann zu streiten. Auch der Trapper beruhigte seine Hunde. Er parkte seinen Schlitten ungefähr hundert Meter vom Roadhouse entfernt und band seine Hunde an weit auseinander stehende Bäume.

Clarissa kehrte ins Haus zurück und hielt ihre kalten Hände über den Ofen. Wenig später kam der Trapper herein. Er murmelte einen Gruß und warf wütend seine Handschuhe auf einen Stuhl. »Ich hätte den Dreckskerl beinahe erwischt!«, schimpfte er. »Eine Minute früher, und ich hätte seinen Wanst durchlöchert!«
»Trink erst mal einen Brandy«, beruhigte Hattie Campbell den aufgebrachten Trapper. »Und dann erzähl uns, was passiert ist.«
Der Fallensteller griff nach der Flasche und nahm einen großen Schluck. Er war von kräftiger Statur, mit einem mächtigen Brustkorb und breiten Schultern, und sein Gesicht war von zahlreichen Falten durchzogen, obwohl er noch keine vierzig war, wie Clarissa später erfuhr. Er trug einen löchrigen Büffelfellmantel, der von einem ledernen Gürtel zusammengehalten wurde, und feste Stiefel, die bis unter die Knie reichten. Über seinem Rücken hing ein Karabiner, wie ihn die Mounties trugen. Unter seiner Wollmütze lugte dunkles Haar hervor. »Bill Anayak! Der Dreckskerl hat mir einen Besuch abgestattet und meine ganzen Felle geklaut!«
»Bill Anayak? Der Dieb, hinter dem die Mounties her sind?«
Der Trapper nahm einen weiteren Schluck aus der Brandyflasche und setzte sie wütend ab. »Ich hab noch gesehen, wie er die Felle auf seinem Schlitten festzurrte, aber er hat nur gelacht, und als ich zur Hütte kam, war er längst über alle Berge. Ich hab den Dreckskerl genau erkannt! Halb Inuit, halb Indianer! So was gibt's nur einmal in dieser Gegend! Ich hab ihn zwei Tage lang verfolgt, bis meine Hunde am Ende waren, dann

schlug das Wetter um, und ich musste umkehren. Eine Woche ist das her.«
»Wo ist er hin? Nach Norden?«, fragte Hattie Campbell.
»In die Ogilvies«, antwortete der Trapper mürrisch. »Der kriecht bei den Indianern oder den Inuit unter, da bin ich ganz sicher! Die Burschen halten zusammen! Wird höchste Zeit, dass die Mounties eine Patrouille nach ihm ausschicken. Der Dreckskerl macht schon viel zu lange die Gegend unsicher.« Der Neuankömmling war ein ungehobelter Bursche, der in der Gegenwart von Frauen fluchte und ungeniert rülpste. Er ließ sich auf einen Stuhl fallen. »Habt ihr was zu essen für einen hungrigen Mann? Ich hab kaum was gegessen unterwegs! Wollte so schnell wie möglich nach Miller Creek und den Mounties Bescheid sagen. Ist der Constable zu Hause?« Miller Creek lag einige Meilen flussaufwärts und war das nächstgelegene Außencamp der RCMP. Sixtymile, die Station von Constable Frank J. Watson, lag beinahe doppelt so weit entfernt an der Grenze nach Alaska.
»Bestimmt«, antwortete die Wirtin, »wenn nicht, findest du ihn bei dem alten Goldsucher am Swede Creek.« Sie schenkte dem Trapper heißen Tee ein. »Ich hab Elchgulasch mit Kartoffeln …«
»Hauptsache, es macht satt«, sagte der Mann.
Clarissa fand wenig Gefallen an dem Fallensteller und blieb nicht mehr lange. Sie war den Umgang mit Männern gewohnt und wusste, dass sie sich gehen ließen, wenn sie weit genug von einer Stadt entfernt lebten, das war bei einigen Buschpiloten, die in der Wildnis hausten, nicht anders, aber der Trapper beachtete sie kaum und war so wütend auf Bill Anayak, dass er so-

gar während des Essens ständig fluchte und mit der Faust auf den Tisch schlug, als ihm das ganze Ausmaß seines Verlustes bewusst wurde. »Er ist nicht immer so«, entschuldigte Hattie Campbell sein Verhalten, als Clarissa sich von ihr verabschiedete. »Wenn man ihm nicht auf die Füße tritt, ist er ein ganz patenter Junge.«
Clarissa war dennoch froh, als sie das Roadhouse hinter sich gelassen hatte und auf dem Rückweg nach Dawson City war. Das Gespräch mit der Wirtin hatte sie verwirrt. Frank hatte nach ihr gefragt, und auch sie musste sich eingestehen, Interesse für den Mountie gezeigt zu haben. Wenn sie ehrlich war, hatte sie sogar Angst um ihn. Wenn die RCMP eine neue Patrouille zusammenstellte, um nach Bill Anayak zu suchen, war er vielleicht dabei und begab sich in Lebensgefahr. Der Dieb war ein dreister Bursche, das hatte auch die Begegnung mit dem Trapper wieder gezeigt, und konnte selbst einen größeren Trupp der RCMP in einen Hinterhalt locken. Aus einer sicheren Deckung heraus konnte man auch mit drei oder vier Männern fertig werden. Der Verbrecher trieb schon seit einiger Zeit sein Unwesen, und selbst hartgesottene Fallensteller und Goldsucher waren nicht mit ihm fertig geworden. Und Frank wäre beinahe an seiner Kugel gestorben.
Sie verdrängte die quälenden Gedanken, indem sie die Hunde anfeuerte und zur Höchstleistung antrieb. Wenn sie einigermaßen bei der Yukon Trophy abschneiden wollte, musste sie schon jetzt damit beginnen, die Schnelligkeit und die Ausdauer der Huskys zu trainieren. Zu Beginn des nächsten Winters würde es zu spät sein. Das Rennen sollte in der ersten Februarwoche stattfinden, und die Hunde brauchten mindes-

tens ein Jahr, um ihre volle Leistungsfähigkeit zu erreichen. Das wusste sie aus eigener Erfahrung, denn auch das Gespann des befreundeten Trappers am Lake Laberge war jeden Winter besser geworden, und Pater DeWolfe, der sich bestens mit den Tieren auskannte, hatte es bestätigt. »Wenn du wirklich vorne mitfahren willst«, hatte er gesagt, »musst du alle paar Tage mit den Hunden rausfahren, mindestens dreimal die Woche.«
Ihr Gespann war gut aufeinander eingespielt. Sie hatte sich mit den Charakteren der Tiere vertraut gemacht und sie in der richtigen Reihenfolge vor den Schlitten gespannt. Alle Hunde, sogar Duffy, akzeptierten Blondie als ihren Anführer. Er war der schnellste und ausdauerndste Schlittenhund, den sie jemals gesehen hatte, und erfüllte alle Voraussetzungen, die man von einem guten Leithund erwartete. Auch Duffy war ein guter Hund. Blue und Snowball waren sehr schnell, aber etwas launisch und noch nicht ausdauernd genug, Nugget wirkte etwas zu ruhig, und der stämmige Scotty verließ sich allein auf seine Kraft. Es bedurfte noch vieler Trainingstage, um beim Start der Yukon Trophy ein konkurrenzfähiges Team präsentieren zu können. »Heya! Lauft!«, feuerte sie die Hunde an. »Zu Hause gibt es was zu fressen!«
Sie kehrte am späten Abend nach Dawson City zurück. Vor dem Redaktionsbüro der *Dawson City News* wurde sie von Bill Lavery aufgehalten, der einen Artikel über die Vorbereitungen zur Yukon Trophy bringen und unbedingt ein Bild von ihr auf dem Schlitten haben wollte. Er hatte einen Fotografen mitgebracht, der eine halbe Stunde brauchte, um das gewünschte Bild in seinen

Kasten zu bekommen, auch weil er große Angst vor den nervösen Hunden hatte und ständig versuchte, ihnen aus dem Weg zu gehen. »Meine Hunde haben Hunger«, konnte Clarissa sich einen leichten Seitenhieb nicht verkneifen, »wenn Sie sich nicht beeilen, kann ich für nichts garantieren.« Aber sie lachte dabei und spielte sogar mit, als Bill Lavery sie bat, die Peitsche aus der Halterung zu nehmen und über dem Kopf zu schwingen. »Ich benutze die Peitsche ganz selten«, erklärte sie.

Clarissa fuhr den Schlitten hinter die Kirche und versorgte die Hunde, bevor sie zu Lavery zurückging und seine Fragen beantwortete. Sie würde sowieso nichts daran ändern können, dass man sie zur Lokalmatadorin machte. Die anderen Teilnehmer, die sich bisher für das Rennen interessierten, kamen alle aus Whitehorse und Alaska. »Ich dachte, das Rennen beginnt erst im Februar«, meinte sie lächelnd, »wir haben noch zehn Monate Zeit. Oder muss ich die Saure-Gurken-Zeit füllen?«

»Nicht im Geringsten«, versicherte der Chefredakteur, der seine Biberfellmütze mit einer verblichenen Baseballkappe vertauscht hatte und mit dieser Kopfbedeckung etliche Jahre jünger wirkte. »Ich denke, die Bürger von Dawson City sind brennend daran interessiert, zu erfahren, wie sich ihre berühmteste Bürgerin – und Lokalmatadorin! – auf das Rennen vorbereitet. Wie wir alle gesehen haben, trainieren Sie mit den Hunden.«

»Das ist auch notwendig«, erwiderte Clarissa. Sie erklärte dem Zeitungsmann geduldig, wie sie ihr Hundegespann auf das große Rennen vorbereitete, drängte aber auch darauf, ihre Chancen nicht zu hoch zu bewerten. »Mag sein, dass ich die Lokalmatadorin bin, und ich freue mich auch, wenn ganz Dawson hinter mir steht, aber ich kann keine Wunder bewirken. Ich habe noch nie an einem Schlittenhundrennen teilgenommen und kann Alaska-Jim und den Männern aus Whitehorse wahrscheinlich nicht das Wasser reichen. Ich werde natürlich alles tun, um so gut wie möglich abzuschneiden. Ich empfinde es schon als Ehre, dass mich das Komitee an der Trophy teilnehmen lässt.«

Diesmal blieb Bill Lavery bei der nüchternen Wahrheit, und lediglich die Schlagzeile fiel etwas aus dem Rahmen: »Besser als Alaska-Jim und die Männer aus Whitehorse?« stand in großen Lettern über dem Foto, das sie auf dem Schlitten zeigte. Dann folgte das Interview, das allerdings erst auf der zweiten Seite erschien. Die Titelseite gehörte Bill Anayak und seinem neuen Überfall. »Bill Anayak schlägt erneut zu! Trapper erwischt ihn auf frischer Tat!«, stand über einem längeren Artikel, der die Missetaten des Serientäters verurteilte und der RCMP unangenehme Fragen stellte: »Warum sind die erfahrenen Polizisten der RCMP nicht in der Lage, einen einzelnen Mann in der Wildnis zu stellen? Wie lange müssen die einsam lebenden Trapper und Goldsucher noch vor diesem Verbrecher zittern? Es wird höchste Zeit, ein deutliches Signal im Kampf gegen Bill Anayak zu setzen!« Der Gerechtigkeit halber wurde auch der Superintendent zitiert: »Wir alle wissen, wie schwer es ist, einen einzelnen Mann in dieser Wildnis zu finden, besonders dann, wenn er Freunde bei den Indianern und Inuit hat. Aber ich gebe der Bevölkerung mein Wort, dass die RCMP alles unternehmen wird, um diesen Verbrecher dingfest zu machen! Seit gestern ist der größte Teil unserer Polizisten in der Wildnis unterwegs, um diese Verbrecherjagd zu einem würdigen Abschluss zu bringen.«

Clarissa legte die Zeitung nachdenklich beiseite. Wenn fast alle Polizisten auf Patrouille waren, erschien es ziemlich wahrscheinlich, dass auch Frank dabei war. Sie dachte an das, was Hattie Campbell gesagt hatte, und trat ans Fenster. »Pass auf dich auf, Frank«, sagte sie.

20

Während der letzten Wochen vor der Eisschmelze unternahm Clarissa mehrere Touren, die alle nach Süden führten. Es war an der Zeit, die Hunde an die Rennstrecke der Yukon Trophy zu gewöhnen. Das redete sie sich zumindest ein. In Wirklichkeit rannte sie vor ihren Gefühlen davon. Die Patrouillen der RCMP waren wieder einmal unverrichteter Dinge von der Jagd auf Bill Anayak zurückgekehrt, und sie hatte Angst, Frank in einem Roadhouse oder in der Wildnis zu begegnen. In einem Traum hatte sie mit ihm zu den Klängen eines langsamen Walzers getanzt und seine Lippen auf ihrer Wange gespürt. Sie war noch vor dem Frühstück in die Kirche gelaufen, obwohl sie nicht wusste, ob Gott einer Andersgläubigen verzeihen konnte. Kniend hatte sie das Ave Maria gebetet, das sie von Pater DeWolfe gelernt hatte, und sich sogar bekreuzigt. Später am selben Morgen, als sie das Hundegespann den King Solomon's Dome hinaufgejagt hatte, war ihr der Gedanke gekommen, dass Hattie Campbell vielleicht Recht hatte, und dem lieben Gott sogar daran gelegen war, sie mit einem anderen Mann zu vereinen. Sie litt unter diesem Konflikt und ging ihm aus dem Weg, indem sie nach Süden fuhr.

Das Komitee hatte den Trail nach Whitehorse bereits festgelegt, und sie wusste, dass er über den steilen King Solomon's Dome und Eureka Dome zum Yukon führen würde. Er folgte in weiten Teilen der Postroute, die von den Männern auf ihren Traktoren genommen wurde. Bis nach Carmacks, einem winzigen Ort an einer Biegung des Flusses, waren es über dreihundert Meilen, und die Hunde bekamen einen ungefähren Eindruck davon, was sie im nächsten Winter erwartete. Es gab nur wenige Roadhouses an der Strecke, und sie errichtete nach dem ersten Teilstück ein Wickiup, wie sie es von Frank gelernt hatte. Die Tage wurden immer länger, und es war nicht mehr so kalt wie in den Ogilvie Mountains. Sie genoss die einsamen Nächte in der Wildnis, saß oft stundenlang am Feuer und starrte gedankenverloren in die Flammen, oder sie lag in ihrem Schlafsack und blickte durch eine Öffnung in ihrer Strauchhütte zu den Sternen empor. Irgendwo dort oben war Jack und sah auf sie herab.

»Ich liebe dich, Jack«, flüsterte sie. »Ich werde dich immer lieben und schäme mich für den Traum, den ich gehabt habe. Sei mir bitte nicht böse. Ich möchte dich nicht verletzen.« Sie weinte leise, und ihre Tränen vereinten die Sterne zu einem hellen Licht, das bis in ihre Seele drang und sie mit großer Dankbarkeit erfüllte.

»Ich liebe dich auch«, glaubte sie eine Stimme zu hören, »aber mein Leben ist vorbei, und deines liegt noch vor dir. Folge deinen Gefühlen, Clarissa! Mach dich nicht verrückt! Nimm das Leben auf die Hörner!« Sie glaubte, das Lächeln ihres Mannes in dem Licht zu sehen, und wollte nach ihm greifen, aber dann versiegten ihre Tränen, und am Himmel waren wieder der Mond und die Sterne zu sehen. Am nächsten Morgen glaubte sie, alles nur geträumt zu haben. Sie hatte auch gar keine Zeit, darüber nachzudenken, denn als sie ihren Schlafsack auf den Schlitten packte, wurden die Hunde unruhig, und sie bemerkte, wie sich der Schatten eines anderen Gespanns aus dem Nebel löste.

Sie dachte an Bill Anayak und griff nach ihrem Gewehr, aber da war der Fremde schon heran und nahm seine Schneebrille vom Gesicht. Alaska-Jim! Obwohl Clarissa den Mann noch nie aus der Nähe gesehen hatte, wusste sie sofort, wen sie vor sich hatte. »Alaska-Jim«, sagte sie. Der Indianer zeigte ein gleichgültiges, beinahe abweisendes Gesicht, und nur das Glitzern in seinen schwarzen Augen verriet, dass er auch sie erkannt hatte. »Clarissa Swenson«, kam es über seine spröden Lippen. Er wirkte untersetzt, aber kräftig, und seine Bewegungen waren fließend und voller Energie wie bei einer Raubkatze. Er war wie ein Inuit gekleidet, trug wasserdichte Hosen und einen Anorak aus Robbenfell. »Ich habe viel von Ihnen gehört, Madam«, sagte der Indianer.

Clarissa beruhigte ihre knurrenden Hunde, die vor dem Gespann des Mannes zurückgewichen waren, und blickte Alaska-Jim nervös an. Er machte einen geheimnisvollen und unnahbaren Eindruck und jagte ihr Angst ein, obwohl er höflicher als die meisten Trapper war. »Und ich von Ihnen«, gab sie das Kompliment zurück. »Alle sagen, dass Sie das Rennen gewinnen werden.« Sie zog die Riemen über dem Schlafsack und den Decken fest und brachte ein Lächeln hervor. »Sind Sie wirklich so gut?«

Der Indianer stand auf den Kufen seines Schlittens und strahlte eine Gelassenheit aus, die sie noch bei keinem anderen Mann in der Wildnis gesehen hatte. Seine Hunde hatte er mit einer einzigen Handbewegung beruhigt. »Ich habe die besten Huskys«, antwortete er mit selbstsicherer Gelassenheit. Auch über sein Gesicht zog der Anflug eines Lächelns. »Bessere Hunde gibt es

nicht!« Er sagte nicht mehr als nötig, wirkte so wortkarg, wie man ihn beschrieben hatte. Sein Gesicht glich einer Maske. In seiner Stimme schwang kein Stolz mit, als er über seine Hunde sprach. Er verkündete eine Tatsache, weiter nichts. Seine Hunde waren schneller als alle Konkurrenten. Das würde jeder im Norden bestätigen.
»Wir werden sehen«, forderte Clarissa den Indianer heraus.
Alaska-Jim versteckte sein spöttisches Lächeln hinter der Schneebrille und hob die rechte Hand, bevor er sein Gespann mit einem leisen Pfiff antrieb. Er fuhr in einer eleganten Kurve an ihrem Wicki vorbei und zum Fluss hinunter. Mit großer Bewunderung beobachtete sie, wie er einem umgestürzten Baumstamm auswich und die Hunde mit leisen Kommandos antrieb. Es war ein gutes Gespann, das beste, das sie jemals gesehen hatte, und sie hatte nicht die geringste Chance gegen ihn. Er schien mit dem Schlitten verwachsen zu sein, federte jede Unruhe des Gespanns mit dem Körper ab, und seine Hunde flogen lautlos über den Trail, die Schnauzen auf den Boden gerichtet.
Clarissa brauchte einige Tage, um sich von der Begegnung mit Alaska-Jim zu erholen. Erst nachdem sie einige erfolgreiche Trainingsläufe mit ihrem Gespann hinter sich gebracht hatte und feststellte, dass Blondie und die anderen Hunde immer schneller und ausdauernder wurden, gewann sie neuen Mut. Sie vertraute ihren Tieren und würde sich erst geschlagen geben, wenn es keine Chance mehr gab, das Rennen zu gewinnen. »Du wirst es schaffen«, sagte Pater DeWolfe. »Während eines solchen Rennens kann viel passieren. Wenn du

deine Kräfte richtig einteilst, kannst du gewinnen. Ich kenne Alaska-Jim, und ich habe dich beobachtet. Der Constable hat Recht. Du bist die beste Musherin, die es jemals in Dawson gegeben hat. Besser als alle Männer, die in dieser Gegend auf einem Schlitten stehen!«

Das war natürlich geschmeichelt, aber Clarissa nahm das Lob gerne an und freute sich, dass die Bürger von Dawson City voll hinter ihr standen. Auch ein Verdienst von Bill Lavery und seiner *Dawson City News*, die schon jetzt wöchentlich über die Yukon Trophy berichtete und sich auf die Seite der Lokalmatadorin geschlagen hatte. Alle Berichte, selbst die über die anderen Musher, bezogen sich auf sie. »Verweist Clarissa Swenson die Männer in ihre Schranken?« oder »Ist Clarissa Swenson stark genug, um Alaska-Jim zu besiegen?« lauteten die Schlagzeilen. Und in zahlreichen Interviews sprachen die Honoratioren von Dawson ihrer Lokalmatadorin das Vertrauen aus. George Applegate, der Bankdirektor, erklärte: »Dieser Frau räumen wir jeden Kredit ein!« Sergeant Major Caulkin von der RCMP lobte: »Die Lady ist stark genug, um alle Männer zu besiegen!« Sogar Archie Ferguson meldete sich zu Wort: »Clarissa ist schneller als mein Landau Convertible!«

Ohne es zu wollen, war Clarissa zur prominentesten Bürgerin von Dawson City geworden. Obwohl noch acht Monate bis zur ersten Yukon Trophy vergehen würden, war das Rennen bereits in aller Munde. Erst im Mai, als der Sommer näher rückte, ließ das Interesse nach. Die bevorstehende Eisschmelze stand nun im Mittelpunkt, und die *Dawson City News* fragte: »Wann bricht das Eis auf dem Yukon?« Für die richtige Antwort lobte sie sogar ein Preisgeld aus: »Auch dieses

Jahr sind wieder alle Bürger aufgerufen, sich an unserem traditionellen Ratespiel zu beteiligen. In zahlreichen öffentlichen Gebäuden und Läden werden die Wetten entgegengenommen. Akzeptiert werden Beiträge zwischen fünfzig Cent und fünf Dollar. Derjenige Teilnehmer, der dem tatsächlichen Datum und der Uhrzeit am nächsten kommt, gewinnt den gesamten Einsatz.« Gemessen wurde der »Spring Breakup« mit einem komplizierten System. Ein dreibeiniges Stativ wurde mitten auf den zugefrorenen Yukon River gestellt und durch ein Kabel mit einer großen Uhr in »Jeanerette's Jewellery« in der Queen Street verbunden. Sobald das aufbrechende Eis das Stativ bewegte und das Kabel die Uhr anhielt, wurde die offizielle Zeit notiert und von der Zeitung bekannt gegeben.
Das Warten auf die Eisschmelze hielt die ganze Stadt in Atem. Selbst Pater DeWolfe konnte sich der allgemeinen Aufregung nicht entziehen. Er gab keine Wette ab, diskutierte aber in aller Öffentlichkeit über den möglichen Termin, der in der letzten Mai- oder ersten Juni-Woche liegen sollte. »Volle Kraft voraus!«, gab Robinson seinen Kommentar dazu. »Steht nicht an der Reling rum! Tut endlich was!« Lucy hatte fünfzig Cent riskiert, und auch Clarissa hatte einen kleinen Betrag auf den 2. Juni um 12 Uhr mittags gewettet. Die Spannung stieg mit jedem Tag und war, als die letzte Mai-Woche begann, kaum noch auszuhalten. Jeder in Dawson City fieberte dem magischen Augenblick entgegen. Mit dem Aufbruch schob der Yukon das Eis flussabwärts ab und wurde wieder für Schiffe befahrbar. Ein Festtag für die Stadt. Mit dem ersten Schaufelraddampfer, der noch im Juni erwartet wurde, kamen

neue Menschen mit interessanten Neuigkeiten, und von den Frachtdecks wurden frisches Gemüse und Obst entladen. Der kurze Sommer war eine hektische Zeit in Dawson City, er verbreitete Optimismus und gab den Menschen die Kraft, den nächsten langen Winter zu ertragen.

Der 27. Mai war ein sehr warmer Tag, man brauchte nicht mal einen Mantel oder Anorak, und am Flussufer standen zahlreiche Neugierige, die gespannt darauf warteten, dass das Dreibein umfiel und die Uhr anhielt. Am jenseitigen Ufer sprang das Eis auf, und eine Wasserfontäne schoss in den sonnigen Himmel. Aber das Stativ blieb stehen, auch am nächsten Tag, der genauso warm war und wieder die halbe Stadt zum Yukon lockte. Auch diesmal hielt das Eis dem ungeheuren Druck stand. Ein junger Mann glaubte gesehen zu haben, wie das Eis sich bewegt und das hölzerne Dreibein geschwankt hatte, doch er hatte sich geirrt. Die Uhr in Jeanerette's Jewellery lief immer noch, und es dauerte bis zum Abend des 1. Juni, dass endlich etwas geschah.

Clarissa war mit dem Pater und Lucy zum Flussufer gerannt, als das Eis explodierte. Der Lärm war in der ganzen Stadt zu hören. Die feste Eisdecke zerplatzte wie nach einem Kanoneneinschlag, und zentnerschwere Eisbrocken spritzten nach allen Seiten. Der Fluss meldete sich mit einem unheimlichen Dröhnen und schickte eine schäumende Wasserfontäne in den Abendhimmel. Die Furcht erregenden Geräusche des brechenden Eises waren tagelang zu hören, wie der Donner eines schweren Gewitters, das sich nicht verziehen wollte, und Clarissa musste sich Watte in die

Ohren stopfen, um wenigstens ein paar Stunden schlafen zu können. »Halleluja!«, kommentierte Robinson das Verhalten des Paters, der sich in einem langen Gebet vor dem allmächtigen Gott und seiner unermesslichen Kraft verneigt hatte.
Die Wette gewann Kitty Larson, die Tochter des Eisenwarenhändlers, eine unscheinbare junge Dame, die ihren Gewinn während des großen Sommerballs erhalten würde. Der »Breakup Ball« sollte am Samstag nach der Ankunft des ersten Schaufelraddampfers stattfinden und die halbe Stadt im großen Ballsaal des Hotels versammeln, der jedes Jahr für diesen traditionellen Anlass feierlich geschmückt wurde. Besonders die jungen Männer fieberten diesem Ereignis entgegen, bot es doch eine willkommene Gelegenheit, sich mit den jungen Damen der Stadt auf unkomplizierte Weise bekannt zu machen. Auch wenn die Eltern ein waches Auge auf ihre heiratsfähigen Töchter hatten, blieb während eines langsamen Walzers doch genug Gelegenheit, seine Zuneigung auszudrücken, und wer es schaffte, eine junge Dame an die frische Sommerluft zu entführen, hatte manchmal das große Los gezogen. Selbst die reiferen Jahrgänge erlagen dem verlockenden Duft des Sommers.
Clarissa erinnerte sich an die Worte von Hattie Campbell, die ihr versichert hatte, dass Frank zum Breakup Ball in die Stadt kommen und sie zum Tanz auffordern würde, aber der Mountie hatte sich nicht gemeldet, und sie nahm an, dass er auf seinem Außenposten in Sixtymile festgehalten wurde. Sie hütete sich davor, bei der RCMP anzurufen, konnte dem Ball aber auch nicht fern bleiben. Dafür sorgte Bill Lavery, der be-

schlossen hatte, sie während der Veranstaltung mit einem besonderen Geschenk zu ehren und seine Leser bat, der »Königin der Yukon Trophy« ihren Tribut zu zollen. Der Chefredakteur der *Dawson City News* war schlau genug, sie erst nach der Drucklegung über seine Pläne in Kenntnis zu setzen, sodass ihr gar nichts anderes übrig blieb, als zu dem Ball zu gehen. »Du hast hart trainiert, und es ist viel Zeit seit dem Tod deines Mannes vergangen«, sagte sogar Pater DeWolfe, »geh zum Ball und amüsier dich!«

Am Abend des Balls war es ungewöhnlich warm. Clarissa trug ihr weinrotes Festtagskleid und hatte lediglich eine schwarze Stola umgelegt. Ihr Haar hing in kunstvollen Locken über die Schultern, und zum ersten Mal seit vielen Monaten hatte sie sich geschminkt. Sie trug lange, schwarze Handschuhe, und der Fächer in ihrer rechten Hand war mit einem farbenprächtigen Sonnenuntergang bedruckt. »Sie sehen hinreißend aus!«, sagte Bill Lavery, als er seine »Königin der Yukon Trophy« abholte. Er führte sie zum Hotel und bat sie, am Ehrentisch neben dem Bürgermeister und bekannten Geschäftsleuten Platz zu nehmen.

Clarissa nippte an dem kalifornischen Wein, den das Dampfschiff aus Vancouver mitgebracht hatte, und blickte sich im Festsaal um. An den Wänden hingen rot-weiß-blaue Girlanden und bunte Fähnchen. Die Tische waren festlich geschmückt. Die Männer trugen ihre Sonntagsanzüge, und die Frauen und Mädchen hatten ihre schönsten Kleider angelegt und strahlten vor Aufregung. An zwei Tischen im Hintergrund des Raumes saßen einige Polizisten der Royal Canadian Mounted Police in ihren roten Paradeuniformen. Sie

erkannte den Sergeant Major und einen Corporal. Constable Frank J. Watson war nicht dabei. »…freuen wir uns auch dieses Jahr wieder, den Sommer mit einem festlichen Ball zu begrüßen!«, beendete der Bürgermeister seine Ansprache auf dem Podium. »Möge die Sonne die Wirtschaftskraft unserer Stadt stärken und Dawson City in die glorreiche Zeit des Goldrausches zurückführen!« Ein frommer Wunsch, der wohl kaum in Erfüllung gehen würde.
Nach einem Tusch der Kapelle trat Bill Lavery ans Podium. Seine *Dawson City News* hatte die Schirmherrschaft des Breakup Balls übernommen. Nach einer ausführlichen Anrede, die kaum einen Anzeigenkunden ausließ, fuhr er fort: »Ich möchte keine großen Worte machen, meine Damen und Herren, und gleich zu einem bedeutsamen Programmpunkt kommen. Wie Sie alle wissen, findet im nächsten Februar die erste Yukon Trophy statt, das härteste Schlittenhundrennen der Welt von Whitehorse nach Dawson City.« Der begeisterte und lautstarke Beifall zeigte ihm, wie sehr sich die Bürger auf das Rennen freuten. »Wir schätzen uns glücklich, heute Abend eine junge Dame unter uns zu haben, die im letzten Winter nach Dawson City kam und einige Schlagzeilen in unserer Zeitung machte. Die ›Heldin der Ogilvie Mountains‹ habe ich sie genannt, und ich weiß, dass die bescheidene Lady glaubt, diesen Namen nicht zu verdienen. Aber war es nicht heroisch, wie sie nach dem tragischen Tod ihres Mannes in den Bergen aushielt? War es nicht heroisch, wie sie das Leben eines tapferen Mounties rettete?« Der rauschende Beifall, der auch von den Polizisten der RCMP kam, trieb Clarissa die Röte ins

Gesicht. »Und ist es nicht heroisch, wie diese Frau trainiert, um mit ihrem Hundegespann als Erste über die Ziellinie zu gehen? Ganz Dawson City drückt ihr, der ›Königin der Yukon Trophy‹, die Daumen, und ich darf ihr als Zeichen unserer Wertschätzung dieses Geschenk überreichen. Clarissa Swenson, kommen Sie bitte nach oben!«

Tosender Beifall begleitete sie zum Podium. Sie war die hohen Schuhe nicht gewohnt und ging wie auf Eiern, blieb verlegen neben dem Chefredakteur stehen und verstand nicht, warum ihr die ganze Stadt zujubelte, obwohl sie noch keine einzige Etappe des Rennens gefahren war. Sie zauberte ein Lächeln auf ihr Gesicht und hoffte, der Augenblick würde schnell vorübergehen.

Bill Lavery überreichte ihr eine Urkunde. »Mit dieser Urkunde sprechen Ihnen die *Dawson City News* und ihre Anzeigenkunden ihre Unterstützung aus! Wir übernehmen alle Kosten, die von heute bis zum Ende des Rennens für Hundefutter anfallen! Herzlichen Glückwunsch, Clarissa Swenson! Ganz Dawson drückt Ihnen die Daumen! Mögen Sie die erste Yukon Trophy gewinnen!«

Wieder Beifall, und dann war es an ihr, einige Worte zu den Leuten zu sprechen. »Vielen, vielen Dank«, sagte sie schüchtern. »Ich werde mir alle Mühe geben, Dawson City gut zu vertreten.«

Sie verließ das Podium und wäre beinahe gestolpert, als die Tür aufging, und ein Mountie den Saal betrat. Es war Frank.

21

Die Kapelle stimmte einen Walzer an, als der Constable an ihren Tisch trat und sich höflich verneigte. Seine dunklen Augen brannten vor Freude. »Darf ich um diesen Tanz bitten, Clarissa?«
Sie sah ihn an und spürte, wie sein Blick tief in ihre Seele drang. »Gern«, meinte sie verlegen. Sie entschuldigte sich bei ihren Tischnachbarn, stand auf und folgte Frank mit gerafftem Kleid auf die Tanzfläche. Wortlos schmiegte sie sich in seine Arme. Sie folgte seinen Bewegungen und versuchte krampfhaft, das leichte Zittern zu verdrängen, das sie verspürte, seit Frank wieder in ihrer Nähe war. Seine Arme fühlten sich stark und fest an, und als sie es endlich wagte, seinen Blick zu erwidern, stellte sie fest, dass er genauso nervös war wie sie. »Frank«, sagte sie.
Er strahlte sie wie ein Junge an, dem man seinen größten Wunsch erfüllt hatte. »Sie sehen bezaubernd aus, Clarissa! Sie sind die schönste Frau, mit der ich jemals getanzt habe!« Er errötete und fügte schnell hinzu: »Ich wäre gern früher gekommen, aber die kleine Tochter eines Goldsuchers wurde verletzt, und ich konnte nicht eher weg. Ein Unfall. Sie wurde vom Huf eines Maultiers getroffen und war einige Zeit bewusstlos. Zum Glück nichts Ernstes! Sie hat einen harten Schädel. Es gibt keinen Arzt in dem Goldgräbercamp, wissen Sie, nur eine Krankenschwester, und ich muss mit zupacken, wenn sich jemand verletzt.«
Frank war kein besonders guter Tänzer und trat ihr einige Male auf die Füße, aber das war jetzt völlig unbe-

deutend. Sie genoss es, in seiner Nähe zu sein und den festen Druck seiner Arme zu spüren. Sein Atem strich über ihre Locken. Vergessen war die Besorgnis, die sie während ihrer Fahrten durch die Einsamkeit empfunden hatte, und wie weggewischt war die Angst, etwas Falsches oder Unrechtes zu tun. Während des Walzers gab es nur sie und ihn, und das Orchester schien nur für sie zu spielen. Alles, was sie sagten, sagten sie nur, um ihre Verlegenheit zu überspielen.

»Was macht Blondie?«, fragte er. »Ich habe gehört, dass Sie fleißig trainieren. Hattie Campbell sagt, dass Sie große Chancen haben, das Rennen zu gewinnen. Hab ich's nicht gesagt?«

»Die Leute übertreiben«, wehrte sie sich, »ich bin nicht mal halb so gut wie Alaska-Jim. Ich habe ihn neulich getroffen. Er tauchte wie ein Geist in meinem Camp auf. Er ist ein erstklassiger Musher. Und er hat die schnellsten Hunde, die ich je gesehen habe.«

»Blondie mag Sie«, erwiderte Frank, »er wird sich zerreißen, um vor Alaska-Jim und seinem Gespann anzukommen. Wenn Sie fleißig trainieren, können Sie es schaffen, Clarissa. Bei einem der letzten Alaska Sweepstakes hat auch eine Frau gewonnen.«

»Dritte war sie!«, widersprach Clarissa lächelnd. »Ich habe mich erkundigt. Ich wäre schon froh, wenn ich heil am Ziel ankomme.«

»Die ganze Stadt drückt Ihnen die Daumen, Clarissa.«

»Das ist es ja gerade«, seufzte sie. »Sie haben mich zur Königin der Yukon Trophy gemacht, obwohl ich es gar nicht wollte, und jetzt erwartet jeder, dass ich als Erste über die Ziellinie gehe. Ich bin noch nie ein Rennen gefahren, Frank! Ich kann einigermaßen mit Hunden umgehen und bin mit dem Schlitten unseres Nachbarn durch die Wildnis gefahren, aber ich bin keine Musherin.«

»Sie sind ein Naturtalent«, schwärmte der Mountie. »Das sagt jeder, der Sie auf dem Schlitten gesehen hat. Sie schaffen es!«

Der Walzer verklang, und Frank brachte seine Tanzpartnerin an ihren Platz zurück. »Darf ich nachher noch mal kommen?«

»Natürlich«, sagte sie freundlich.

Die Zeit bis zum nächsten gemeinsamen Tanz verlief quälend langsam. Sie unterhielt sich mit dem Bürgermeister und dem Chefredakteur der *Dawson City News* und musste sich zwingen, nicht alle paar Minuten zum Tisch der Mounties hinüberzuschielen. Frank hatte sich zu seinen Kameraden gesetzt und erzählte von seinen Erlebnissen in Sixtymile. Der Posten in dem grenznahen Außencamp war sehr begehrt, weil in der kleinen Goldgräbersiedlung niemals Langeweile aufkam, anders als am Miller Creek, wo die Zeit quälend langsam verging. Außerdem gehörte es zur Tradition, dass die Goldgräberfrauen jeden Sonntag für den Polizisten mitkochten. Wer nach Sixtymile versetzt wurde, nahm zwangsläufig zu, wenn er keinen Sport trieb.

Frank J. Watson hatte genug Sport betrieben. Wie Clarissa später erfuhr, war er beinahe jeden Tag unterwegs gewesen, um einsam lebende Trapper und Abenteurer zu besuchen, und natürlich hatte auch er sich an der Suche nach Bill Anayak beteiligt. Aber der Dieb war seinen Verfolgern wieder einmal entkommen und hielt sich jenseits der Ogilvie Mountains versteckt. Die

RCMP hatte alle Buschflieger angewiesen, ein waches Auge auf die Eingeborenen zu haben, wenn sie Arzneimittel und Post in die entlegenen Dörfer brachten, und sofort Meldung zu erstatten, falls sie etwas Verdächtiges bemerkten. Aber niemand hatte etwas gesehen. Bill Anayak war viel zu gerissen, um sich auf diese Weise erwischen zu lassen, und die Indianer und Inuit deckten ihn, weil sie von seinen Raubzügen profitierten. Der Schuft war schlau genug, einen Teil seiner Beute für sie zu opfern.

Clarissa kehrte gerade von der Toilette zurück, wo sie neue Schminke aufgetragen und ihre Haare gerichtet hatte, als die Kapelle einen langsamen Walzer anstimmte und Frank sie erneut zum Tanz aufforderte. »Der Superintendent sieht es nicht gern, wenn wir immer mit derselben Dame tanzen«, entschuldigte er sich. »Er hält es für unsere Pflicht, alle Damen auf die Tanzfläche zu führen.« Er legte den rechten Arm um ihre Hüften und lächelte sie an. »Am liebsten hätte ich nur mit Ihnen getanzt.«

Sie glitt lächelnd in seine Arme und schloss die Augen, errötete unter seinem Atem, der warm und verführerisch über ihre Wangen strich. Seine Berührung löste einen angenehmen Schauer aus. Sie bewegten sich zu der sanften Musik, die alle anderen Geräusche ausschloss, und schwebten in eine andere Welt, in der nur Platz für sie beide war. Ihre Wangen waren gerötet, ihre Lippen leicht geöffnet, und als sie die Augen schloss, behielt sie nur das Gleichgewicht, weil er sie fest in seinen Armen hielt. Sie schwiegen, verstanden einander auch ohne Worte und überließen es der Musik, sie über die Tanzfläche zu führen. Sie tanzten weiter, obwohl der Walzer längst vorüber war, und sie begleitete ihn vor das Hotel, ohne dass er sie aufgefordert hätte. Sie gingen ein paar Meter und blickten zu den Sternen empor. »Ein wunderschöner Abend, nicht wahr, Frank?«

Er legte einen Arm um ihre Hüften, und sie ließ es willenlos geschehen. »So klar waren die Sterne schon lange nicht mehr zu sehen.« Seine Worte klangen heiser und waren kaum zu verstehen, und sie hörte auch gar nicht hin, blickte verträumt in die Dunkelheit und dann in seine Augen, und bevor sie sich versah, lag sie in seinen Armen, und ihre Lippen fanden sich zu einem langen Kuss. Frank schmeckte nach Erdbeerbowle, und in seinem Atem brannte heiße Begierde. Sie sahen sich schweigend an und versanken im Blick des anderen.

Plötzlich wurde ihnen bewusst, dass sie sich in aller Öffentlichkeit küssten, und sie eilten beide zu ihr nach Hause, verschwanden wie zwei Verschwörer in der dunklen Hütte. Durch das Fenster fiel silbernes Sternenlicht ins Zimmer.

Sie sanken auf das große Bett und wurden von einer Leidenschaft übermannt, die sich lange aufgestaut hatte und wie ein Vulkan ausbrach. Er zerrte an ihrem Kleid, und sie öffnete seine Uniformjacke und seufzte erwartungsvoll, als sie seine fordernde Hand an ihrem Oberschenkel spürte. Ihre Küsse waren gierig und verlangend. Doch als sich das helle Licht der Sterne wie Flammen in ihren Augen brach und sie die Nähe ihres Mannes spürte, fiel alle Leidenschaft von ihr ab.

Sie drängte den Mountie beinahe unsanft von sich und

begann zu weinen. »Ich kann nicht, Frank«, stieß sie hervor. »Es geht nicht. Sei mir nicht böse, Frank. Bitte sei mir nicht böse. Es ist ... nur ...«
Er hielt mitten in der Bewegung inne und blickte sie voller Erregung an. In seinem Blick lagen Enttäuschung und Ernüchterung. Dann kehrte sanfter Glanz in seine Augen zurück. »Es ist gut, Clarissa. Es ist alles gut«, flüsterte er mitfühlend und streichelte ihre Locken. »Ich wollte dir nicht wehtun, hörst du? Ich liebe dich, Clarissa!«
Sie weinte noch heftiger und schob ihr Kleid nach unten. »Geh jetzt, Frank. Bitte geh. Es tut mir Leid, Frank.« Sie vergrub ihr Gesicht ins Kissen und merkte nicht, wie er sich anzog und leise das Blockhaus verließ. »Ich liebe dich«, flüsterte er noch einmal.
Clarissa weinte, bis sie von Erschöpfung übermannt wurde und in einen tiefen Schlaf sank. Sie erwachte bereits einige Stunden später, als die erste Helligkeit zum Fenster hereinfiel. Sie setzte sich auf und blieb benommen sitzen, starrte ins Leere, bis ihr bewusst wurde, was in der kurzen Nacht geschehen war. Ihre Augen wurden feucht. Sie hatte Frank vor den Kopf gestoßen, ihn bitter enttäuscht, auch wenn er Verständnis für ihren plötzlichen Sinneswandel gezeigt hatte. »Ich liebe dich«, hatte er gesagt. Auch sie liebte ihn, das glaubte sie jedenfalls, aber sie hatte Angst, diese Liebe zu zeigen und ihren toten Mann zu verletzen.
Sie stand auf, zog sich aus und trat vor die Waschschüssel. Das Wasser weckte ihre Lebensgeister. Sie rieb sich trocken, stand gedankenverloren mit dem Handtuch in der Hand mitten im Raum, bis sie die Kälte im Blockhaus spürte. Hastig warf sie einige Holz-

scheite in den Ofen. Die Flammen brannten noch und fraßen sich gierig in das neue Holz. Während sie ihre Hände über dem Ofen wärmte, hatte sie das Bild des enttäuschten Frank vor Augen. Ob er ihr noch böse war? Oder liebte er sie so sehr, dass er ihr die Zeit gab, den Tod ihres Mannes zu verarbeiten? Wartete er, bis sie so weit war, ihn zu lieben? In Gedanken versunken schlüpfte sie in ihre Sommerhosen und einen leichten Anorak. Das Haar steckte sie zu einem Knoten hoch. Sie betrachtete sich im Spiegel. Ein leichtes Lächeln huschte über ihr Gesicht, als sie feststellte, dass sie wie eine Farmerin aussah.

Sie verließ ihr Blockhaus und überquerte den Hof. Die Huskys schliefen noch. Ohne darüber nachzudenken, was sie in einem katholischem Gotteshaus zu suchen hatte, betrat sie die Kirche und bekreuzigte sich, bevor sie zum Altar ging. Sie kniete nieder und betrachtete die farbigen Ornamente des Kichenfensters, die das einfallende Licht auf den Altar zeichnete. Das Kruzifix mit dem elfenbeinernen Christus warf einen langen Schatten. »Lieber Gott«, betete sie leise. »Hilf mir! Ich weiß nicht, was ich tun soll. Wie du weißt, trauere ich um meinen Mann, der in den Bergen umgekommen ist. Ich habe Jack geliebt. Ich liebe ihn immer noch. Er war ein guter Mann, und ich werde ihn niemals vergessen. Aber du hast mir einen anderen Mann geschickt. Auch ihn liebe ich. Ich begehre ihn so sehr, wie ich Jack begehrt habe.«

Sie schwieg eine Weile und dachte an jenen Augenblick in ihrem Blockhaus, der ihr Leben grundlegend verändert hatte. »Ich habe gesündigt, Herr! Ich habe einen Mann berührt, obwohl ich in Trauer lebe und noch immer mit meinem Ehemann verheiratet bin. Du weißt, dass ich mich nicht hingegeben habe, aber ich habe all diese anderen Dinge getan, und dann habe ich Frank vor den Kopf gestoßen. Ich möchte seine Liebe nicht verlieren. Ich möchte die Erinnerung an meinen Mann nicht verlieren. Was soll ich tun, Herr? Hilf mir! Ich weiß, dies ist nicht meine Kirche, und ich habe lange nicht mit dir gesprochen, aber ich weiß nicht, an wen ich mich sonst wenden soll. Sag mir, was ich tun soll!«

Clarissa senkte den Kopf und versank in einem stummen Gebet, bis sie leise Schritte auf dem rohen Holzboden hörte. Sie öffnete die Augen und drehte sich um. Pater DeWolfe hatte die Kirche betreten und kam langsam näher. Er trug seine schwarze Soutane und hielt einen Rosenkranz in der rechten Hand. »Clarissa«, sagte er leise. »Ich habe gehört, was du gesagt hast.« Er legte eine Hand auf ihre Schultern und blickte sie verständnisvoll an. »Du brauchst dir keine Vorwürfe zu machen. Jack wäre dir nicht böse, wenn er wüsste, dass du dich in einen anderen Mann verliebt hast. Der Herr will es so! Er will, dass du ein neues Leben an der Seite eines anderen Mannes beginnst. Deshalb hat er den Mountie in die Wildnis geschickt. Du hast deine Liebe zu ihm entdeckt und warst im Begriff, den Verlockungen der Sünde zu erliegen. Doch bevor es dazu kam, hast du dich deines Glaubens besonnen und dich anders entschieden. Wenn Frank dich wirklich liebt, wird er dir niemals böse sein. Im Gegenteil. Er wird dich umso mehr lieben und so lange warten, bis du bereit bist, erneut vor den Traualtar zu treten. So sehe ich es, Clarissa, und ich bin sicher, dass auch Gott so

denkt.« Er lächelte. »Mag sein, dass der Papst anderer Meinung ist, aber er war noch niemals am Yukon und weiß nicht, was wir für ein Leben führen.«
Sie stand langsam auf und ergriff die Hand des Pfarrers. Zusammen kehrten sie in den Anbau zurück. Lucy hatte bereits das Frühstück aufgetragen, überbratene Eier mit Toast und viel Speck, und aus der Küche kam der Duft von frischem Kaffee. »Endlich kommt ihr an Deck, ihr Landratten!«, krähte Robinson. »Gelobt sei Jesus Christus! Halleluja!«
Frank war einen Tag nach dem Breakup Ball in sein Außencamp zurückgekehrt. Er hatte keinen Brief für sie zurückgelassen, aber einige Tage später kam ein Zeitungsjunge und brachte einen Strauß mit beinahe verwelkten Wildblumen vorbei. Mit schuldbewusster Miene sagte er: »Ich hätte fast vergessen, Ihnen die Blumen zu bringen. Constable Frank J. Watson hat sie mir gegeben und gesagt, dass ich sie Ihnen bringen soll, aber Sie waren nicht da, und da hab ich sie ins Wasser gestellt und vergessen … Tut mir Leid, Ma'am! Sagen Sie dem Constable bitte nicht, dass ich es verschwitzt habe. Ich hab einen Dollar von ihm dafür bekommen, wissen Sie, und den hab ich längst ausgegeben …«
»Schon gut«, winkte Clarissa amüsiert ab, »ich sag's nicht weiter.« Sie stellte die Blumen in eine Vase und freute sich, als sie wieder aufblühten und ihren betörenden Duft im Blockhaus verbreiteten. Frank hatte sich nicht von ihr abgewandt! Er verstand ihre Gefühle und ging so behutsam vor, wie man es sich von einem Mann in dieser Situation nur wünschen konnte. »Wie ein Offizier und ein Gentleman«, hatten sie in South

Dakota gesagt, wenn ein Mann nach festen Moralbegriffen und Regeln lebte. Sie war stolz auf ihn, und ihre Bindung wurde enger, obwohl er in diesem Sommer nicht mehr nach Dawson City zurückkehrte und sie nur einmal von ihm hörte, als ein Trapper in der Stadt erschien und sagte: »Ich soll Sie von Constable Watson grüßen, Ma'am. Hab ihn am California Creek getroffen. Scheint mächtig in Sie verschossen zu sein, der arme Kerl, so nervös, wie der war, wenn ich mir die Bemerkung erlauben darf.« Er war von seinem Pferd gestiegen und lachend in einer Bar verschwunden.

Auch während des Sommers trainierte Clarissa mit den Hunden. Der Schmied hatte kleine Räder an einen Schlitten geschraubt, und sie trieb die Huskys über die ebene Schotterstraße außerhalb der Stadt. Dort fuhr auch Archie Ferguson mit seinem Automobil spazieren. Er hatte den Preis für seine Mitfahrer auf einen Dollar gesenkt, und immer wenn ein Schaufelraddampfer anlegte, bot er seine Dienste an und kutschierte vergnügungssüchtige Passagiere durch Dawson City und ein paar hundert Meter in die Wildnis hinaus. Zu Hause in Vancouver oder Seattle würden die Städter stolz berichten, dass sie im kanadischen Busch gewesen waren und vielleicht sogar einen Bären gesehen hatten, obwohl jeder Bär schleunigst Reißaus nahm, wenn er den knatternden Motor des Landau Convertible hörte. Die Hunde hatten sich längst an das seltsame Geräusch gewöhnt und scheuten kaum noch, wenn sie dem Mann begegneten. Der Vorfall mit den Wölfen war längst vergessen, und sie winkte Archie Ferguson freundlich zu, wenn er lächelnd an ihr vorbeifuhr.

Im Sommer dachte kaum jemand an die Yukon Trophy, und immer, wenn sie ihren rollenden Schlitten über die Front Street steuerte, folgten ihr neugierige Blicke. Sie kniete sich in ihre Arbeit, trainierte täglich mit den Hunden und half dem Pfarrer, neue Hundehütten zu bauen, obwohl die Huskys am liebsten im Freien schliefen. »Halleluja!«, krächzte Robinson aus dem offenen Fenster, als sie mit der letzten Hütte fertig waren. »Ist der Kahn endlich fertig, oder zimmert ihr einen Galgen für mich?«
Ihr Leben verlief in geregelten Bahnen, und sie erzählte dem Pfarrer während eines Abendessens im August zum wiederholten Male, wie dankbar sie ihm für ihr neues Zuhause war. Pater DeWolfe und Lucy waren zu echten Freunden geworden, die alle Geheimnisse mit ihr teilten und sie in ihrer Absicht bestärkten, das Tor zu einer neuen Zukunft aufzustoßen. Sie liebte Blondie, Duffy, Blue, Nugget, Snowball, Scotty und die anderen Hunde, und das anstrengende Training vertrieb die Gedanken an Frank und ihren toten Mann. Manchmal dachte sie an Nanuk, der wie ein Geist-Wolf aus den Bergen gekommen war und nach ihr gesucht hatte, und sie fragte sich, wo er wohl den Sommer verbrachte. Streunte er rastlos durch die Ogilvie Mountains? War er irgendwo in der Nähe und beobachtete eifersüchtig, wie sie mit dem Hundegespann arbeitete? Wollte er, dass sie in die Wildnis zurückkehrte, oder war er zufrieden, dass sie eine neue Heimat gefunden hatte? Oder hatte Nanuk sie längst vergessen, und sie bildete sich alles nur ein?
Sie blickte über den Yukon River, der träge dahinfloss und gegen das felsige Ufer schwappte. Entwurzeltes

Gestrüpp drehte sich langsam in der Strömung. »Pass auf Frank auf, Nanuk«, sagte sie leise. »Ich möchte ihn nicht verlieren, hörst du?«

22

Im Spätsommer beschloss sie, endgültig Abschied von ihrem Mann zu nehmen. Sie hatte ihr Versprechen nicht vergessen, war immer noch entschlossen, zur Unglücksstelle zu fliegen und frische Wildblumen an seinem Grab niederzulegen. Bisher war sie zu schwach dafür gewesen. Sie würde ihrem toten Mann gegenübertreten und mit einem der Gebete ehren, die sie von Pater DeWolfe gelernt hatte. Die Gebete der Katholiken waren länger und feierlicher als alles, was sie in der Sonntagsschule der Methodistenkirche gelernt hatte, und sie wollte sich auf diese Weise auch bei dem Pfarrer in Dawson City bedanken, der ihr während der schwierigsten Zeit ihres Lebens geholfen und sie auf den Weg in ein neues Leben geführt hatte.

»Mein Mann hatte die gleiche Maschine«, sagte sie, als sie mit ihrem Schlitten an der Staubpiste vorbeikam und den einzigen Piloten von Dawson City neben seiner silbernen *Bellanca* entdeckte. Billy Dutton war vor zwei Jahren aus Fairbanks gekommen. Sie stieg von den Kufen und reichte dem Mann die Hand. Er war kräftig und etwas untersetzt, um die vierzig, und auf seinem kantigen Schädel saß eine ölverschmierte Baseballkappe. Er hatte grüne Augen.

»Nehmen Sie mich in die Berge mit? Ich hab meinem Mann frische Blumen versprochen. Er liegt in den Ogilvies begraben. Ganz in der Nähe einer Trapperhütte.«

»Lässt sich machen, Ma'am«, stimmte er zu. »Ihr Mann ist in den Ogilvie Mountains gestorben, sagen Sie? Dann sind Sie …«

»Clarissa Swenson«, ergänzte sie. Sie deutete auf die Maschine, die mit Drahtseilen gegen den böigen Wind gesichert war. »Sind Sie zufrieden mit der *Bellanca*, Mister Dutton?«

»Nennen Sie mich Billy«, erwiderte der Buschpilot. Er füllte frisches Öl in den Motor und wischte sich die Hände an seinem Overall ab. »Ich hab nie ein besseres Flugzeug besessen. Es hat mich noch nie im Stich gelassen.« Er tätschelte die Maschine wie ein Pferd und wurde ernst. »Tut mir Leid, was mit Ihrem Mann passiert ist, Ma'am. Ich wollte, er wäre davongekommen.«

»Wir hatten Pech«, sagte sie, ohne ihn anzublicken. »Wäre der Nebel nicht gewesen, hätte Jack die Maschine irgendwo gelandet. Er schaffte es gerade noch, auf einem Schneefeld aufzusetzen. Die Maschine ging zu Bruch und fing Feuer. Ich wurde während der Landung durch die Tür geschleudert.« Sie kämpfte gegen die Tränen. »Sonst wäre ich wohl auch umgekommen.«

»Ich weiß«, sagte er, »ich hab die Geschichte in den *News* gelesen. Sie sind eine mutige Frau, Ma'am.« Er deutete zu den schroffen Gipfeln der Ogilvie Mountains und blickte sie fragend an. »Sind Sie sicher, dass Sie noch mal in die Berge wollen?«

»Ich hab es meinem Mann versprochen.« Sie zerrte am Geschirr von Snowball, der sich mit Nugget angelegt hatte und nach ihm schnappte. Ihm bekam die Hitze nicht. »Wann können wir los? Sie können mich bei der Hütte absetzen und später wieder abholen, wenn es Ihnen nichts ausmacht. Morgen früh?«

»In Ordnung«, schlug der Pilot ein, »ich muss sowieso

noch die Medikamente nach Inuvik bringen. Wir starten um halb sieben.«
Clarissa hatte ihr Gewehr dabei, als sie am nächsten Morgen vor der *Bellanca* wartete. Sie war viel zu früh gekommen, obwohl sie noch die Hunde gefüttert und ausgiebig gefrühstückt hatte. Lucy hatte ihr ein Sandwich und eine Kanne mit heißem Tee in den Rucksack gepackt. »Pass gut auf dich auf, hörst du?«, hatte die Haushälterin sich von ihr verabschiedet. Billy Dutton war erstaunt, sie so zeitig zu sehen, und beeilte sich, die Maschine startklar zu machen. Wenig später waren sie in der Luft. Der Pilot steuerte die *Bellanca* der Sonne entgegen und bemerkte beiläufig, schon lange nicht mehr bei so schönem Wetter gestartet zu sein. Der Himmel war blau, und der Horizont lag weit hinter den Bergen.
Es war ein seltsames Gefühl, wieder mit einer *Bellanca* unterwegs zu sein. Sie war oft genug mit ihrem Mann geflogen und kannte den besonderen Charakter der Maschine, war mit jedem Knarren und Ächzen vertraut, das sie von sich gab. Billy Dutton flog nicht so konzentriert wie ihr Mann. Er orientierte sich nach einer Landkarte, die er auf seinem Schoß ausgebreitet hatte, und brummte alle paar Minuten einen Fluch. Jack war schweigsamer gewesen und hatte seinen Kurs fast ausschließlich nach auffälligen Landmarken bestimmt. Billy steuerte mit einer Hand, während Jack immer beide Hände am Steuerknüppel gehabt hatte. Aber sie hütete sich, etwas zu sagen. Jeder Pilot flog anders, und es stand ihr nicht zu, einen erfahrenen Buschflieger wie Billy Dutton zu kritisieren. Er war schon seit einigen Jahren im hohen Norden, und man

erzählte über ihn, dass er vor Barrow auf einer treibenden Eisscholle gelandet war und drei Tage in der Dunkelheit durchgehalten hatte, bis es ihm gelungen war, die Maschine wieder flottzumachen. »Hab ich ihnen von den Walrossen erzählt, die ich nach Anchorage geflogen habe?«, fragte er.

Sie bemerkte seinen listigen Blick und erkannte, dass er sie mit einer humorvollen Geschichte aufmuntern wollte. Jeder Pilot hatte solche Storys auf Lager. »Das war ungefähr vor drei Jahren. Ich war damals in Fairbanks zu Hause und wurde nach Nome gerufen, um vier Walrosse nach Anchorage zu bringen. Für den Zoo in Seattle, wissen Sie? Die Viecher waren noch jung, aber so schwer, dass meine *Stinson* beinahe in die Knie ging. Ich hatte damals eine *Stinson*. Wir legten nasse Tücher und Netze über die Viecher, und es ging alles ziemlich glatt, bis sie fürchterlich unruhig wurden, und ich merkte, dass sie Durst hatten. Was sollte ich machen? Ich landete irgendwo in der Wildnis und gab ihnen von der Milch zu trinken, die ich im Gepäck hatte. Ich schnitt ein Loch in den Gummihandschuh meiner Erste-Hilfe-Ausrüstung und gab ihnen den als Schnuller. Dann flog ich weiter. Als ich den Leuten des Zoos davon erzählte, wären sie beinahe in Ohnmacht gefallen. Sie hätten die Burschen sehen sollen! Die haben sich beinahe in die Hose gemacht!«

Clarissa amüsierte sich köstlich über die Geschichte und überraschte den Buschpiloten mit einer eigenen Story, die ihr Mann von einem Flug in die Berge mitgebracht hatte. Sie handelte von einem Piloten, der ein junges Rentier aus der Brooks Range nach Fairbanks bringen sollte. Das Tier wurde in seine Maschine verfrachtet und gefesselt, und alles war gut, aber in der Luft konnte es sich befreien und sprang aufgeregt im Flugzeug herum. Dem Piloten gelang es, das nervöse Tier von den Instrumenten fern zu halten und auf einem See notzulanden. »Wenn ich Jack richtig verstanden habe, hat der Pilot das Rentier auch vor dem Ertrinken gerettet, als es sich in den Seilen verfing und in den See stürzte. Er hat es eigenhändig zum Ufer gebracht«, sagte sie.

Wenig später erreichten sie das Tal in den Ogilvie Mountains, und Billy Dutton kreiste einmal über der verlassenen Trapperhütte, bevor er tiefer ging und die *Bellanca* am sandigen Flussufer landete. Er ließ sie ausrollen und verabschiedete sich von ihr. »Ich bin in ungefähr drei Stunden zurück«, sagte er. »Passen Sie auf Bären auf. Es soll einige Grizzlys in der Gegend geben.«

»Ich passe schon auf«, versicherte sie dem Buschflieger und klopfte auf ihr Gewehr. Sie kletterte aus dem Flugzeug und blieb stehen, bis der Pilot gestartet und die *Bellanca* hinter der nächsten Felswand verschwunden war. Das Motorengeräusch verklang in der warmen Luft, und sie atmete tief durch, bevor sie den Blick vom Himmel wandte und über die Umgebung schweifen ließ. Im sommerlichen Grün wirkte das Tal seltsam fremd, und lediglich die Trapperhütte und die hohen Felswände erinnerten sie daran, dass sie viele Wochen in dieser Wildnis durchgehalten hatte. Sie vertrieb einige Moskitos mit einer Handbewegung und genoss die würzige Luft. Das bunte Blumenmeer, in dem sie stand, betäubte ihre Sinne und erinnerte sie daran, weshalb sie gekommen war.

Sie verließ das Flussufer und pflückte einen Strauß bunter Wildblumen, ließ sich auch nicht durch die vielen Bienen stören, die über den geöffneten Blüten summten. Dann folgte sie dem Weg, den sie im tiefen Schnee mit ihrem gebrochenen Bein entlanggehumpelt war. Von dem verunglückten Flugzeug war kaum etwas zu sehen. Ein paar verkohlte Holzstreben im kniehohen Gras und der abgebrochene Ski, den sie zu Ehren ihres Mannes in den Boden gerammt hatte. Dahinter war Erde aufgeworfen. Irgendjemand hatte die Überreste ihres Mannes begraben und seinen Namen in den Ski geritzt. »Frank. Das warst du, Frank«, flüsterte sie ergriffen. Anscheinend war er mit einer Patrouille durch das Tal gekommen und hatte sich die Zeit genommen, ihrem verstorbenen Mann die Ehre zu erweisen. Sie hatte sich immer davor gefürchtet, der verbrannten Leiche ihres Mannes gegenüberzutreten. »Ich danke dir, Frank«, sagte sie. »Das war lieb von dir.«

Sie legte die Blumen neben den Grabhügel und verharrte im stillen Gebet. Während sie die Worte wiederholte, die Pater DeWolfe jeden Sonntag in der Kirche sprach, hatte sie das Bild ihres Mannes wieder deutlich vor Augen, spürte sie seinen sanften Blick und sah das schelmische Lächeln um seine Mundwinkel, als wollte er ihr sagen: »Mach dir keine Sorgen um mich, Schatz! Mir geht es gut! Jetzt wird es höchste Zeit, dass du an dich denkst!« Sie bekreuzigte sich, senkte den Kopf und ließ die andächtige Stille auf sich wirken, die sich im Tal ausgebreitet hatte. Selbst der Wind hielt in diesem Augenblick den Atem an, und das Rauschen der Bäume war verstummt. Die Geister ehrten den Mann, der hier den Tod gefunden hatte, und fühlten mit der jungen Frau, die gekommen war, um ein Versprechen einzulösen. So würden es die Indianer ihr erklären. »In diesem Augenblick war dir Gott ganz nahe«, würde Pater DeWolfe sagen.

»Leb wohl, Jack«, verabschiedete sie sich von ihrem Mann. »Ich hoffe, es geht dir gut. Du weißt, dass du immer in meinem Herzen weiterleben wirst, auch dann noch, wenn ich mich einem anderen Mann zuwende. Ich liebe dich sehr, Jack!«

Sie schlug noch ein Kreuz und drehte sich um. Auf dem Hügel, der sich zwischen dem Waldrand und der Trapperhütte erhob, stand ein Wolfshund, die Schnauze stolz erhoben, das Fell im aufkommenden Wind. Er blickte zu ihr herab. »Nanuk«, flüsterte sie. »Du bist hier.« Sie ging ein paar Schritte auf ihn zu und zögerte, als er sich bewegte, wollte ihn nicht wieder vertreiben. »Hab keine Angst, Nanuk!« Sie bewegte sich langsam auf ihn zu, blieb kurz stehen und sprach mit sanfter Stimme auf ihn ein, bevor sie noch einen Schritt machte und die Hand nach ihm ausstreckte. »Siehst du, ich habe dich nicht vergessen«, sagte sie, als sie sein buschiges Fell am Hals berührte.

Sie beugte sich zu ihm hinab und schloss ihn in die Arme, spürte sein Fell an ihrer Wange. Nanuk zog seine Zunge über ihre Nase. »Hör auf, du Ferkel!«, wehrte sie sich spaßeshalber, und dann wälzten sie sich wie zwei Kinder über den Boden, scherzten und spielten miteinander, als wäre Nanuk ein zahmer Haushund und auf einer Farm zu Hause. Sie rannten über die blühende Blumenwiese, und der Wolfshund bellte übermütig, und sie lachte, bis sie erschöpft im Gras liegen blieb und zum Himmel emporblickte. Die Bienen waren nicht mehr lästig, und die Moskitos waren auf wundersame Weise verschwunden. Niemand hätte vermutet, dass sie vor wenigen Augenblicken noch am Grab ihres Mannes gestanden und lange gebetet hatte. Aber vielleicht wollte Gott ihr auf diese Weise zeigen, wie sehr Leben und Tod miteinander verwoben waren. Beides lag dicht beieinander. Das Leben war der Beginn des Todes, und der Tod markierte den Anfang eines neuen Lebens. Die Trauer um einen Menschen, der gegangen war, versöhnte sich mit der Freude über die Zukunft. Es gab keinen festen Anfang und kein festes Ende, weder bei den Weißen noch bei den Indianern und den Inuit, und es spielte keine Rolle, ob man an Gott oder an Geister glaubte. Das Universum wurde von einer unerklärlichen Macht regiert, die unzählige Namen haben konnte. Sicher war nur, dass es keinen Stillstand gab und am Ende jedes Tunnels neues Licht wartete, so wie auf jeden Winter ein neuer Sommer folgte.

Sie erhob sich und folgte dem Wolfshund zur Hütte hinauf. Er glaubte wohl, dass sie in ihre eigentliche Heimat zurückgekehrt war, und beinahe war sie versucht, ihm zu glauben. Sie fühlte sich wohl in diesem Tal, spürte eine Vertrautheit mit der Natur, die sie nirgendwo anders so stark empfunden hatte, nicht einmal am Lake Laberge, und Nanuk schien ihr sagen zu wollen, dass ihr neues Leben in der Hütte des toten Trappers begann. »Ich kann nur ein paar Stunden bleiben«, entschuldigte sie sich bei ihm, »dann muss ich nach Dawson City zurück. Ich wohne jetzt in Dawson, hörst du? Ich weiß, du bist eifersüchtig auf Blondie und die anderen Hunde, aber da brauchst du dir keine Sorgen zu machen. Du bist mein bester Freund, und wenn du einen Schlitten ziehen könntest, wärst du mein Leithund. Aber du willst in den Bergen bleiben, nicht wahr? Du willst in der Wildnis leben. Manchmal glaube ich tatsächlich, was die Indianer erzählen. Dass du ein Geist-Hund bist und dein Leben in diesen Bergen verbringen musst. Bist du ein Geist-Hund, hm? Du hast mich zu dieser Hütte geführt. Du hast mir gezeigt, wie ich in dieser Wildnis überleben kann. Sag mir, ob du über einen geheimnisvollen Zauber verfügst, Nanuk!«

Der Wolfshund knurrte nur und sprang davon, blieb neben der Hütte stehen und wartete darauf, dass sie die Tür öffnete. Sie ging hinein und blieb vor dem kalten Yukon-Ofen stehen. Seitdem sie gegangen war, hatte niemand etwas in dem Blockhaus verändert. Alles war noch so, wie sie es verlassen hatte. Das Nachtlager mit den Decken, der Holztisch, an dem sie viele Stunden gesessen und in »Moby Dick« gelesen hatte, das Regal mit den Vorräten. Sie setzte sich auf den Stuhl und blickte durch die offene Tür nach draußen. Am Himmel waren dunkle Wolken aufgezogen, und die Sonne hatte sich verkrochen. Am Yukon schlug das Wetter rasch um, und es sah danach aus, als würde es während der nächsten Stunden ein heftiges Gewitter geben.

Clarissa legte ihre Hände auf die Tischplatte und fühlte das warme Holz. Sie spürte die magische Kraft des Baumes, aus dem die Bretter für den Tisch geschnitten waren. Auch sie verfügte über Zauberkräfte, wenn sie in diesem Tal war. Sie stand auf, ging zur Tür und stellte fest, dass Nanuk verschwunden war. Er kam und ging, wie es ihm passte, auch in der Wildnis. Der Teil seiner Seele, der von einem Wolf abstammte, war mächtiger als alles andere. Sie blickte der Spur nach, die Nanuk im tiefen Gras hinterlassen hatte, und schüttelte den Kopf. »Ich will dich nicht in die Stadt mitnehmen, Nanuk. Keine Angst.«

Ein kühler Windstoß fegte über das Gras und die Blumen. Sie blickte zum Himmel und erkannte zu ihrem Schrecken, dass die dunklen Wolken schneller kamen, als sie gedacht hatte. Jenseits des Flusses zuckte ein Blitz vom Himmel, und wenig später erschütterte heftiger Donner das Land. Sie musste an den Schneesturm denken, der ihnen während des Winters zu schaffen gemacht hatte, und wie hilflos und allein sie in der Blockhütte gewesen waren. Die Natur im hohen Norden konnte unbarmherzig sein und selbst einen starken Menschen in die Knie zwingen. Ein erneuter Blitz flackerte über den Himmel, und ein Donnerschlag schien das Land wie ein Erdbeben aufreißen zu wollen. In der Blockhütte war sie einigermaßen sicher, aber wo war Billy Dutton? Hatte der Buschpilot das Gewitter rechtzeitig erkannt und umflogen? Bei diesem Unwetter konnte er nicht landen, er würde ein ähnliches Schicksal wie ihr Mann erleiden!

Sie zog sich in die Blockhütte zurück und schloss die Tür. Noch bevor sie ans Fenster getreten war, hatte der Himmel seine Schleusen geöffnet, und prasselnder Regen fiel auf das Land herab. Er trommelte auf das Dach der Hütte, schien sie durchlöchern zu wollen und peitschte gegen das Fenster. Sie trat unwillkürlich einen Schritt zurück und kniff die Augen zusammen. Der Regen war stark genug, um das Fenster zu zertrümmern. Doch die Scheiben hielten stand, und sie konnte aus sicherer Entfernung beobachten, wie das Wasser in Sturzbächen vom Dach floss und der böige Wind das Gras niederdrückte. Der Himmel war rabenschwarz, und es war so dunkel wie im tiefsten Winter. Erst nach einer Stunde ließ das Unwetter nach, aber es war immer noch zu stürmisch, um mit einer *Bellanca* am Flussufer zu landen.

Clarissa legte Holz in den Ofen und zündete ein Feuer an. Das Gewitter hatte die Wärme des Tages vertrieben, und es war kühl geworden. Sie hatte längst erkannt, dass es noch Stunden dauern konnte, bis das Unwetter aus dem Tal gezogen war, und sie sich darauf einrichten musste, die Nacht in der Hütte zu verbringen. Sie legte sich auf das Bett und starrte in das Halbdunkel. Es war ein seltsames Gefühl, wieder auf der Pritsche zu liegen, und sie glaubte einen Augenblick, der Wolfshund habe sie in die Vergangenheit zurückgeführt. War ihr Mann erst vor einigen Tagen gestorben? Lag draußen Schnee? Sie schreckte aus einem tiefen Traum auf und badete ihr Gesicht in der wärmenden Helligkeit, die zum Fenster hereinfiel. Sie hatte keine Ahnung, wie lange sie geschlafen hatte und wie spät es war. Sie trat ans Fenster und sah, dass das Gewitter weitergezogen war und milchfarbenes Licht zwischen den Wolken hervorbrach. Die Tage des Yukon-Sommers waren lang, und es konnte acht Uhr abends oder drei Uhr morgens sein. Sie griff nach ihrem Gewehr, das sie in alter Gewohnheit an die Nägel über der Tür gehängt hatte, öffnete die Tür und trat in den frischen Wind hinaus.

Im selben Augenblick hörte sie das vertraute Motorengeräusch der *Bellanca*. Sie dachte einen Augenblick daran, wie oft sie sich nach diesem Geräusch gesehnt hatte, und lief zum Flussufer hinunter, wo Bill Dutton mit seiner Maschine gerade den Boden berührte. »Morgen, Ma'am«, begrüßte er Clarissa grinsend. »In dieser Gegend kann man nie wissen, was? Nur gut, dass Sie mit einem Buschpiloten verheiratet waren, sonst hätten Sie es wohl mit der Angst zu tun bekommen. Steigen Sie ein, Ma'am!«

23

Der Winter kündigte sich mit einem Unwetter an, das jede Erinnerung an den kurzen Sommer mit eiskalten Sturmböen hinwegfegte. Der Himmel verdunkelte sich, und aus den schwarzen Wolken, die sich über dem Land ballten, fiel schwerer Schnee auf das Land am Yukon. Über Nacht sank das Thermometer um zwanzig Grad. Der Wind heulte über die weißen Berghänge und Felsen und jagte die Front Street von Dawson City hinunter. Das letzte Grün des Sommers verschwand unter einer dichten Schneedecke, und die Nacht siegte über den Tag und vertrieb die Sonne vom Himmel. Der Wintergeist der Inuit und Indianer kehrte aus seinem Versteck im Norden zurück und übernahm die Herrschaft. Der Yukon River beugte sich unter seinen frostigen Hieben und erstarrte zu Eis.

Am meisten freuten sich die Huskys über den plötzlichen Wintereinbruch. Sie bellten und heulten, als gelte es, einen alten Freund zu begrüßen. Die eisigen Temperaturen gefielen ihnen, und als Clarissa sie am frühen Morgen fütterte, führten sie einen regelrechten Freudentanz auf. Duffy schüttelte sein weißes Fell und wälzte sich im kalten Neuschnee, bevor er sich über den getrockneten Lachs hermachte, und Snowball verzichtete sogar darauf, nach den anderen Hunden zu schnappen. Der stämmige Scotty wedelte mit dem Schweif und bellte so aufgeregt, dass Lucy ihren Kopf aus der Küche streckte und erstaunt rief: »Guten Morgen, Clarissa! Was ist denn in die Hunde gefahren?

Man könnte meinen, die Yukon Trophy beginnt schon heute! Warum sind sie so nervös?«
»Sie freuen sich, Lucy«, erwiderte Clarissa fröhlich. »Sie freuen sich über den Winter! Und wenn ich ehrlich bin: Ich auch! Ich glaube, ich habe mich so an die Kälte gewöhnt, dass ich nicht mehr ohne sie leben kann.« Sie beugte sich zu dem lebhaften Blue hinunter und kraulte ihm den Nacken. »Siehst du, wie stark unser Kleiner geworden ist? Ich glaube, er will unbedingt an dem Rennen teilnehmen. Na, was ist, Blue? Bist du erwachsen geworden? Du meinst wohl, du würdest mal zum Leithund taugen, hm?« Sie füllte seinen Napf und verfolgte zufrieden, wie er gierig fraß. Blue hatte große Fortschritte gemacht, und sie hatte längst beschlossen, ihn hinter Duffy vor den Schlitten zu spannen. Er war sehr schnell und würde den behäbigen Nugget mitreißen.
Blondie zeigte seine Eifersucht mit einem lauten Bellen, und Clarissa erwies ihrem Leithund die Ehre, indem sie lange mit ihm sprach und seine Vorzüge lobte. »Du bist der Beste, das weiß ich doch. Du wirst ganz vorne laufen, wenn wir in Whitehorse an den Start gehen. Alle Augen werden auf dich gerichtet sein, weißt du das? Die Yukon Trophy ist ein berühmtes Rennen. Sogar aus San Francisco haben sich Reporter angemeldet. Sie werden mit scharfen Augen beobachten, wie wir uns auf dem Trail schlagen. Du darfst mich auf keinen Fall blamieren!« Ihr Lächeln wurde sanft, als sie in die hellblauen Augen ihres Leithundes blickte. »Ich weiß, dass du dich wacker halten wirst. Wir können gewinnen, Blondie, hast du gehört? Wenn wir einen guten Tag erwischen, können wir an Alaska-Jim vor-

beiziehen. Aber wir müssen noch viel trainieren! Wie wär's mit einem kleinen Ausflug, na? Wollen wir heute nach Carmacks fahren?«

Das aufgeregte Gebell zeigte Clarissa, dass die Hunde nur darauf warteten, vor den Schlitten gespannt zu werden. Das kalte Wetter war ideal für einen längeren Trip, und der Neuschnee, der sich über das Eis auf dem Yukon gelegt hatte, konnte nicht weicher sein. Bei diesem Wetter brauchten sie nicht einmal ihre kleinen Schuhe aus Karibufell anzuziehen. »Ich gehe auf Tour«, sagte Clarissa, als sie mit dem Pater und seiner Haushälterin beim Frühstück saß. Es gab Pfannkuchen mit eingemachtem Obst und englischen Tee. »Jetzt sind es nur noch drei Monate bis zum Rennen. Ich muss die Huskys an die eisigen Temperaturen und die langen Entfernungen gewöhnen. Ich fahre nach Carmacks, vielleicht auch weiter. In ein paar Tagen bin ich zurück.«

»Das hab ich mir schon gedacht«, meinte Lucy in ihrer mütterlichen Art. »Ich hab dir heißen Tee und ein paar Sandwiches für unterwegs eingepackt. Willst du wieder Bohnen mitnehmen?«

»Was anderes krieg ich in einem Winterlager nicht hin«, antwortete sie heiter. »Pack mir ein paar Dosen ein. Ich kümmere mich inzwischen um das Hundefutter. Gott sei's gedankt, dass ich beim Breakup Ball diese Urkunde bekommen habe. Die Kosten für das Futter wären viel zu hoch gewesen.« Sie griff nach Lucys Hand und sagte: »Vielen Dank für eure Hilfe. Ich weiß nicht, wer auf die Idee gekommen ist, an diesem Rennen teilzunehmen, aber ohne euch hätte ich niemals mitmachen können.«

»Hauptsache, du gehst nicht über Bord!«, meldete Robinson sich zu Wort. »Halleluja! Gelobt sei Jesus Christus!«

Es tat gut, wieder über einen winterlichen Trail zu fahren, und sie genoss die Fahrt über den Yukon ebenso wie die Huskys. Der Winter war etwas Besonderes im hohen Norden. Der Schnee verzauberte das Land, verbarg den Schmutz und die Narben des kurzen Sommers unter einer eisigen Decke, die selbst den Konturen der schroffen Felsen die Schärfe nahm. Die ehemaligen Jagdgründe der Indianer und das aufgewühlte Goldland verwandelten sich in eine magische Landschaft, die dem Leben einen anderen Rhythmus gab. Die Hektik der warmen Jahreszeit war vorüber, und der ruhige Atem des Wintergeistes gab den Takt an. Die Schritte wurden langsamer, die Post brauchte länger, und die Buschflieger mussten die Motoren wärmen und das Öl erhitzen, bevor sie mit ihren Maschinen in den Himmel stiegen. Nur die Hälfte aller Telefonanrufe und Telegramme erreichten ihre Empfänger. Das Land kapitulierte unter den eisigen Hieben des Wintergeistes, und das legendäre Wesen aus dem hohen Norden revanchierte sich, indem es die Berge und Täler mit einem festlichen Schleier überzog und aus Dawson City ein verträumtes Dorf inmitten einer märchenhaften Landschaft machte. Die Menschen hielten still und waren auf die Wutausbrüche des eisigen Herrschers gefasst, die heftige Blizzards und eisigen Schneeregen brachten. Wenn der Wintergeist über dem Land tobte, zeigte der Winter am Yukon sein unbarmherziges und hässliches Gesicht.

Clarissa erfreute sich an den schönen Seiten der kalten

Jahreszeit und fühlte mit ihren Huskys, die neue Kraft getankt hatten und voller Übermut über den zugefrorenen Yukon rannten. Ihre Pfoten wirbelten den leichten Neuschnee auf und hüllten den Schlitten in einen feinen Schleier, der im Zwielicht des trüben Tages glänzte. Der Atem der Hunde gefror in der kalten Luft. Das Hecheln der Huskys und das scharrende Geräusch der Kufen klangen wie Musik in Clarissas Ohren und machte ihr klar, wie sehr sie die winterlichen Fahrten über den Fluss vermisst hatte. Über den Yukon River fuhr sie am liebsten. Der Trail, den die Postfahrer markiert hatten, war glatt und eben, und sie brauchte kaum einzugreifen. Sie stand auf den Kufen, verlagerte ihr Gewicht, wenn sie einem unerwarteten Hindernis auswichen oder in eine Kurve gingen, und registrierte zufrieden, dass ihre Hunde noch schneller geworden waren. Sie waren zu einem echten Team zusammengewachsen und schienen fest entschlossen, bei der Yukon Trophy im Februar als Erste durchs Ziel zu gehen. Lediglich die Ausdauer musste noch verbessert werden. Nicht umsonst warben die Veranstalter mit dem Slogan »Das härteste Rennen der Welt«. Über siebenhundert Kilometer war der Trail von Whitehorse nach Dawson City lang, er führte nicht nur den Yukon entlang. Meist ging es durch unwegsames Land abseits des Flusses und ein wildes Gebiet, das selbst die Postfahrer selten durchstreiften. Es galt, die Hunde auf diese Strapazen vorzubereiten, und Clarissa tat alles, um ihnen die Angst vor den abgelegenen Pfaden in der Wildnis zu nehmen. Jede Woche legte sie mehrere hundert Kilometer zurück. Sie verließ den Fluss und streifte durch das Hinterland, kämpfte sich auf Schneeschuhen durch den Neuschnee und ebnete den Weg für die Hunde. Sie trieb ihr Gespann über holprige Pfade und kämpfte sich über steile Hänge und durch tiefe Täler. Manchmal verzichtete sie sogar auf ein Nachtlager. Bereits Anfang Dezember, zwei Monate vor dem Start des Rennens, fühlte sie sich stark genug, um es mit Alaska-Jim aufzunehmen.

In den *Dawson City News* war die Rivalität zwischen ihr und dem Halbindianer längst zum Dauerthema geworden. In jeder Ausgabe heizte ein Bericht oder ein Kommentar die Spannung an. Die anderen Teilnehmer der Yukon Trophy wurden kaum beachtet, als hätten sie bei der Ermittlung des Gewinners nicht mitzureden. Die junge Musherin, die ihren Mann in den Bergen verloren hatte, und der schweigsame Halbindianer, der mit dem Land verwachsen war – so stellte Bill Lavery den Konflikt zwischen Clarissa Swenson und Alaska-Jim dar, und seine Leser folgten ihm begierig. Clarissa nahm die sensationslüsterne und manchmal auch unredliche Berichterstattung klaglos hin. Sie wurde von den *Dawson City News* bezahlt und musste dem Chefredakteur dankbar sein. Das Futter für die Hunde verschlang viel Geld. Aber ihr spöttisches Grinsen machte deutlich, was sie von der Berichterstattung des Blattes hielt.

Clarissa hätte gern gewusst, wie Alaska-Jim über die Artikel dachte, aber sie begegnete ihrem Rivalen nicht mehr. Er trainierte weiter nördlich, und man hörte nur von ihm, wenn ein Trapper aus Alaska herüberkam oder ein Mountie dem seltsamen Mann in den Wäldern begegnete und dem Hauptquartier meldete, dass er ihn gesehen hatte. Außer einem mürrischen »Hallo« oder einer knappen Bemerkung über das Wetter hatte er nichts zu sagen. Alaska-Jim schien ein Phantom zu sein, das ziellos durch die Wälder streifte und kein Interesse an seiner Umwelt zu haben schien. Niemand wusste, ob er eine Familie hatte und wie er seinen Lebensunterhalt bestritt. Einige sagten, dass er Fallen auslegte, aber wer kaufte seine Felle? Er war ein Geist aus einer anderen Zeit, und wenn er sich wirklich einmal in Dawson City sehen ließ, dann trank er ein Bier im Saloon und fuhr wieder davon. Niemand hatte ihn jemals lachen sehen.

Auf einer Fahrt begegnete Clarissa einem Postfahrer. Er hatte seinen Traktor gegen ein Hundegespann eingetauscht, um beweglicher zu sein, und hielt sein Team mit einem lauten »Whoaa!« an, als er die Musherin erkannte. »Wenn das nicht Clarissa Swenson ist!«, rief er. »Ich habe viel über Sie gelesen, Ma'am!«

»Glauben Sie nicht alles, was in der Zeitung steht«, erwiderte sie. »Der Redakteur der *News* besitzt eine blühende Fantasie.«

»In Whitehorse wird viel Geld auf Sie gesetzt, Ma'am«, berichtete der Postfahrer, ein bärtiger Mann mit wettergegerbtem Gesicht und listigen Äuglein, der sein ganzes Leben im hohen Norden verbracht hatte. »Sie können sich nicht vorstellen, was in der Stadt los ist! Manche Leute tun gerade so, als fänden hier die Olympischen Spiele statt.« Er beruhigte seine Hunde und verzog seine spröden Lippen. »Werden Sie gewinnen, Ma'am?«

»Ich weiß es nicht, Mister«, antwortete Clarissa ehrlich. »Meine Hunde sind prächtig in Form, und ich fühle mich großartig, aber Alaska-Jim ist ein hervorragender Musher. Er kommt aus diesem Land und kennt jeden Baum und jeden Stein. Ich glaube, er würde mit verbundenen Augen nach Dawson City finden. Und sein Gespann gehört zum Besten, was ich je gesehen habe. Die Indianer sagen, dass seine Huskys übernatürliche Kräfte besitzen. Also, ich weiß nicht, auf wen ich mein Geld setzen würde …«

»Ich setze auf Sie, Ma'am«, versprach der Postfahrer, »und wenn ich verliere, bin ich auch nicht böse!« Er löste die Bremse seines Schlittens und fragte: »Soll ich den Leuten ausrichten, dass Sie in Hochform sind, Ma'am? Ich fahre bis nach Sixtymile hoch …«

»Sixtymile?«, wiederholte Clarissa und hoffte, dass der Postfahrer nicht sah, wie ihr das Blut ins Gesicht schoss. »Sagen Sie Constable Watson, dass es mir gut geht! Und sagen Sie ihm …«

»Ja, Ma'am?«

»Ach, nichts. Gute Fahrt!«

»Auf Wiedersehen, Ma'am! Wir drücken Ihnen die Daumen!« Er trieb seine Hunde an und verschwand in einer Schneewolke. Seine Anfeuerungsrufe hingen wie ein Echo in der Luft und verstummten erst, als er hinter einem Hügel verschwunden war.

Clarissa fuhr langsam weiter. Ihre Gedanken waren bei Frank, der in diesem Augenblick vielleicht selbst auf einem Schlitten stand und an sie dachte. Er war ein guter Mann. Aufrichtig und geradlinig, wie man es von einem Mountie erwartete, und so zärtlich und gefühlvoll, wie Jack es gewesen war. Er vereinte die Tugenden eines tapferen und gesetzestreuen Beamten, der allein durch die Wildnis zog und gegen das Unrecht kämpfte, mit der liebevollen Zuneigung eines Mannes, der die Frau seines Lebens gefunden hatte und jeden ihrer Gedanken zu lesen schien. Er war rücksichtsvoll und einfühlsam, und sein ansteckender Humor hatte ihr mehr als einmal über den schmerzvollen Verlust ihres Mannes hinweggeholfen. Vom Aussehen her war er nicht gerade ihr Traummann. Seine rotblonden Locken passten nicht zu dem Idealbild, das sich die meisten Frauen von einem unerschrockenen Mountie machten. Es waren wohl seine Augen, die sie zuerst gefesselt hatten, diese unsagbar sanften Augen, die bis in ihre Seele vorzudringen schienen und ihr von seiner großen Liebe kündeten.

Auch sie liebte ihn, das hatte sie längst erkannt, und wenn sie nachts allein in einem Wicki oder auf einer Pritsche in einem Roadhouse lag, sehnte sie sich nach seiner Nähe. Sie wollte, dass er ihr zärtliche Worte ins Ohr flüsterte und sie so berührte, wie es nach dem Breakup Ball in ihrer Blockhütte geschehen war. Wenn sie ihn das nächste Mal traf, würde sie ihm ihre Liebe gestehen, das hatte sie sich fest vorgenommen, und wenn der liebe Gott damit einverstanden war, würde sie ihn heiraten. Sie verzehrte sich nach seiner Berührung und erzitterte bei dem Gedanken, in seinen Armen zu liegen und sich mit ihm zu vereinen.

Später würde sie sich dafür schelten, während der langen Fahrt über den einsamen Trail an den Mountie gedacht zu haben, denn vielleicht war es diese Unachtsamkeit, die einen ihrer Hunde das Leben kostete. Zwischen den Fichten, die am Ufer des Yukon River aus dem Schnee ragten, sprang ein Elch hervor, so plötzlich und unvermittelt, dass sie viel zu spät auf die Bremse trat und den Anker noch während der Fahrt in den festen Schnee rammte. Sie fiel von den Kufen und musste hilflos mit ansehen, wie der mächtige Elch mit den Vorderhufen ausholte und ihre Hunde in Panik gerieten. »Zurück!«, schrie sie. »Blondie! Duffy! Blue! Passt auf!« Aber die Hunde verkeilten sich in den Leinen, und einer der Hufe traf Duffy am Kopf und schleuderte ihn in den Schnee. »Oh, nein!«, rief sie, der Verzweiflung nahe. Viel zu spät riss sie ihr Gewehr von den Schultern und schoss auf den tobenden Elch. Er ließ von den Hunden ab und floh in den Wald. Die Blutspur im aufgewühlten Schnee zeigte ihr, dass sie getroffen hatte.

Sie ließ das Gewehr fallen und rannte zu Duffy. Er lebte noch, als sie ihn vorsichtig in die Arme nahm und ihren Kopf in sein blutiges Fell vergrub. »Duffy! Duffy! Was hat der Elch mit dir gemacht?«, flüsterte sie, während ihre Augen sich mit Tränen füllten und der Schmerz ihre Kehle zuschnürte. Sie spürte die letzten Atemzüge des tapferen Hundes, dann erschlaffte sein sehniger Körper, und er starb. Sie drückte ihn weiter, bis das aufgeregte Bellen der anderen Hunde in ihre Ohren drang und sie daran erinnerte, dass das Leben auch ohne Duffy weitergehen musste. »Es tut mir Leid«, flüsterte sie bedrückt. Sie löste die Lederriemen und nahm den toten Hund aus dem Gespann, trug ihn zum Waldrand und begrub ihn unter einigen Steinen. »Ich werde dich vermissen«, sagte sie, während dicke Tränen über ihr Gesicht rannen und in der eisigen Winterluft erstarrten.

Sie rieb ihr Gesicht mit den Handschuhen trocken und kehrte zum Schlitten zurück. »Seid ihr in Ordnung?«, rief sie den bellenden Hunden zu. Sie untersuchte jeden einzelnen Husky und nickte erleichtert, als sie keine Verletzungen fand. »Wir werden auch ohne Duffy gewinnen!«, verkündete sie entschlossen. »Habt ihr verstanden? Pete wird an seiner Stelle laufen, und wir werden als Erste durchs Ziel gehen! Wir werden diesem Alaska-Jim zeigen, wozu wir fähig sein können! Aber ihr dürft euch nicht hängen lassen! Das mit Duffy war ein Unfall! Wenn sein Tod einen Sinn gehabt haben soll, müssen wir die anderen schlagen!«

Die Hunde schienen sie zu verstehen und rannten so schnell wie noch nie zuvor, als sie auf den Yukon zurückfuhr. Fast schien es, als hätte Duffys Tod ihnen Flügel verliehen. Sie rannten um ihr Leben und zeigten ihrer Herrin, dass sie sich vor Alaska-Jim nicht mehr zu verstecken brauchte. Auf dem letzten Teilstück nach Carmacks stellten sie einen neuen Rekord auf, und als Clarissa in das Roadhouse ging, um etwas zu essen und einen heißen Tee zu trinken, bellten sie die ganze Zeit, als könnten sie nicht abwarten, wieder über den Fluss zu laufen. Sie verkürzte ihre Pause und stieg auf den Schlitten, brauchte nicht mal einen Pfiff auszustoßen, so begierig waren die Huskys darauf, durch den Neuschnee zu rennen. Erst als dichtes Schneetreiben aufkam, wurden sie langsamer. »Wir werden gewinnen!«, rief Clarissa. »Habt ihr gehört? Wir werden dieses verdammte Rennen gewinnen!«

24

Zwei Tage vor dem Weihnachtsfest erfuhr Clarissa, dass Bill Anayak in den Ogilvie Mountains gesehen worden war. Ein Trapper kam mit seinem Hundeschlitten aus den Bergen und erzählte Hattie Campbell, dass er dem Schurken begegnet war, und die verriet es einem alten Goldgräber, der die Mounties in Dawson City alarmierte. Bill Anayak hatte mehrere Male auf den Trapper geschossen, weil er ihn für einen Polizisten gehalten hatte, und der Fallensteller war sicher, den gesuchten Mörder und Dieb erkannt zu haben, bevor er in den Wald entkommen war. Ein Buschflieger, der Vorräte in eine Inuit-Siedlung gebracht hatte, sah Anayak einen Tag später. Dichter Eisnebel zwang ihn zu einer unplanmäßigen Landung neben einem Indianerdorf, und als er die Maschine mit Seilen festzurrte, bildete er sich ein, das Gesicht des Gesuchten im nebligen Dunst zu sehen. Er ließ sich nichts anmerken und flog am nächsten Tag weiter, ohne die Indianer nach Bill Anayak gefragt zu haben. »Der Mistkerl hätte mich bestimmt erschossen!«, sagte er, als er die Mounties in Whitehorse anrief. »Aber er war es, ganz bestimmt!«

Als der Superintendent in Dawson City von den Vorkommnissen erfuhr, schickte er zwei Patrouillen mit seinen erfahrensten Männern in die Ogilvie Mountains. Constable Frank J. Watson gehörte dazu. Clarissa erfuhr es vom Chefredakteur der *Dawson City News*, der den Superintendent interviewt hatte und eine Liste mit den Namen aller Polizisten besaß, die an der Jagd teilnahmen. »Constable Watson ist ein erfahrener Mann«, sagte Bill Lavery, der wusste, welche Gefühle die junge Frau mit dem Polizisten verbanden, »außerdem hat er noch eine Rechnung mit Bill Anayak offen. Der Superintendent hat sich anders ausgedrückt, aber ich habe erfahren, dass Watson sich freiwillig gemeldet und geschworen hat, Anayak diesmal zu fangen. Er kommt wieder«, versprach der Chefredakteur, »er lässt sich bestimmt nicht mehr ins Bockshorn jagen. Diesmal sind die Mounties fest entschlossen, ihre Fehler auszubügeln und endlich entschlossen gegen diesen Kerl vorzugehen. Auch ein Ergebnis unserer kritischen Berichterstattung«, lobte er sich selbst.

Clarissa hatte gehofft, das Weihnachtsfest mit Frank verbringen zu können, zumindest den Heiligabend, und sie musste sich damit trösten, dass es den Ehefrauen und Familien der anderen Mounties wohl ähnlich erging. Einige von ihnen wohnten in Whitehorse oder noch weiter im Süden und hatten sich wochenlang darauf gefreut, am Weihnachtsfest mit ihrem Ehemann oder ihrem Jungen vereint zu sein. In seinem Weihnachtsbrief hatte Superintendent Webster versprochen, alle Teilnehmer der Suchaktion mit einem Sonderurlaub zu belohnen, falls sie erfolgreich seien. Ein schwacher Trost, wenn man nicht wusste, ob der geliebte Ehemann, Verlobte oder Sohn überhaupt zurückkam, während überall in den Nachbarhäusern die Kerzen entzündet wurden. Wenn man einsam war, wurden Feste wie Weihnachten zu einer Qual.

Der 24. Dezember war ein kalter Tag. Eisiger Wind blies durch die Straßen von Dawson City, und von den nahen Bergen kroch feuchter Nebel herab. Es schneite

den ganzen Tag und ließ erst nach, als es Abend wurde und die Glocken der Kirchen zum Gottesdienst läuteten. Im bunten Schein der kleinen Lampen, die an den meisten Häusern und an den festlichen Girlanden über der Straße leuchteten, eilten die vermummten Menschen zur Christmette. Clarissa hatte zwar nicht die Konfession gewechselt, hielt es aber für ihre Pflicht, die Messe zu besuchen, solange sie bei Pater DeWolfe und Lucy wohnte, und unterstützte sie sogar bei den Vorbereitungen. Nach der heiligen Kommunion hatte der Pfarrer versprochen, das Krankenhaus und das Altersheim der Stadt zu besuchen, und sie half Lucy, die Geschenktüten mit selbst gebackenen Plätzchen zu füllen und mit goldenen Bändern und winzigen Fichtenzweigen zu verzieren. Die Messdiener halfen ihnen, die Kisten durch die Kälte zu tragen.
Während der Christmette, die ihr feierlicher als alle anderen Gottesdienste vorkam, die sie jemals erlebt hatte, musste sie ständig an ihren toten Mann denken. Der Pater sagte: »... wollen wir in dieser heiligen Nacht auch der Menschen gedenken, die in den letzten Jahren zu dir gegangen sind, oh Herr. Mögen sie in deinem Reich den Frieden finden, nach dem sie sich auf Erden immer gesehnt haben! Er las die Namen der Verstorbenen vor, und Clarissa weinte bitterlich, als »Jack Swenson« genannt wurde und er ein lateinisches Gebet sprach, das sie nicht verstand. »Aber du bist es auch, der uns neue Hoffnung gibt«, fuhr Pater DeWolfe fort, und sie hatte plötzlich das Gefühl, dass er nur zu ihr sprach. »Für jeden Stern, der verlischt, geht ein neuer auf, und jeder Enttäuschung folgt neue Hoffnung. Schenke den Menschen, die einsam sind, eine

neue Liebe und begleite sie auf dem Weg in eine neue Zukunft, denn nur du kannst ihnen den Schmerz und die Angst nehmen und ihnen neues Licht geben!«

»Amen«, flüsterte Clarissa mit den anderen Menschen, die sich in der kleinen Kirche drängten, und als sie niederknieten und das Vaterunser beteten, tat sie es ihnen nach und schlug mit geschlossenen Augen ein Kreuz. Sie dankte ihrem verstorbenen Mann für die schönen Jahre, die er ihr geschenkt hatte, und sie betete für Frank, der irgendwo in den Bergen nach einem Verbrecher suchte und sich vielleicht in höchster Gefahr befand. Ihr Blick wanderte zu einigen Mounties, die in ihren prächtigen Ausgehuniformen zur Christmette gekommen waren. Pater DeWolfe schien Clarissas Gedanken zu erraten. »Lasst uns für die tapferen Polizisten der Royal Canadian Mounted Police beten, die an diesem Festtag nicht bei uns sein können und in der Wildnis ihrer Pflicht nachgehen. Beschütze diese Männer, oh Herr, und führe sie gesund zu ihren Ehefrauen und Verwandten zurück!« Es folgte ein langes Gebet, das alle Menschen in der Kirche bewegte und zu Tränen rührte. Erst die fröhlichen Orgelklänge, die das abschließende Weihnachtslied einleiteten, lösten ihre Angst.

Clarissa blieb in der Kirche, bis alle anderen Menschen das Gotteshaus verlassen hatten, und führte ein stummes Zwiegespräch mit Gott, bevor sie nach draußen ging. Sie war bis spät in die Nacht mit dem Pater und Lucy unterwegs und freute sich über die leuchtenden Augen der Kinder, die sie im Krankenhaus beschenkten, und das dankbare Lächeln der alten Menschen, die keine Verwandten und Freunde mehr hatten. Bevor sie sich in ihr Blockhaus zurückzog, setzte sie sich mit Pater DeWolfe und Lucy zu einem späten Umtrunk zusammen und dankte dem Pfarrer für seine aufmunternden Worte in der Kirche. »Ich habe zu danken«, sagte er, »im Namen der kranken und alten Menschen.«

»Gelobt sei Jesus Christus!«, frohlockte Robinson in seinem Käfig. »Und fröhliche Weihnachten, ihr verdammten Landratten!«

Die letzten Wochen bis zum Beginn der Yukon Trophy vergingen wie im Fluge. Clarissa nutzte die Zeit, um den verlässlichen Pete an das Gespann zu gewöhnen, und unternahm mehrere Fahrten in die Wildnis, bis sie sicher war, dass der dreijährige Husky auch unter extremen Bedingungen seine Pflicht erfüllen würde. Es dauerte einige Zeit, bis Snowball den neuen Partner akzeptiert hatte, und auch der sonst eher ruhige Nugget biss einige Male wütend um sich, aber dann hatten sie sich an den Wechsel gewöhnt, und Pete wurde zu einem vollwertigen Mitglied des Gespanns. Er lief hinter Blue an und fühlte sich durch den jungen und pfeilschnellen Husky angespornt, ebenfalls Höchstleistung zu bringen. »Clarissa Swenson ist für das große Rennen gerüstet«, lautete die Schlagzeile der *Dawson City News* eine Woche vor Beginn der Yukon Trophy, und die Zeitung in Whitehorse titelte: »Yukon Trophy: Eine Frau gegen zwölf Männer«.

Tatsächlich hatten sich zwölf Männer in die Rennliste eintragen lassen. Goldgräber, Trapper, sogar der Besitzer eines Drugstores war darunter. Nur wenige Teilnehmer hatten die Zeit gefunden, ausgiebig für die Yukon Trophy zu trainieren, das war nur Alaska-Jim,

Clarissa Swenson und einem Trapper aus Edmonton gelungen, der sich als Bob Haskell vorstellte und den langen Weg aus Alberta mit einem umgebauten Lastwagen gekommen war. Archie Ferguson hatte angeboten, Clarissa und ihr Gespann mit seinem Landau Convertible nach Whitehorse zu bringen, aber diese Reise wäre wohl zu abenteuerlich gewesen und hätte mit Sicherheit zwischen den aufgeworfenen Eisschollen auf dem Yukon River geendet. Sie hatte freundlich abgewinkt und das Angebot von Bill Lavery angenommen, der einen Traktor mit Anhänger gemietet und dem Fahrer aufgetragen hatte, die »Königin der Yukon Trophy« sicher zum Startpunkt des großen Rennens zu bringen. Die Hunde durften sich im Heu ausruhen, und Clarissa bekam die bequemste Unterkunft in den Roadhouses am Wegesrand. Ausgeruht traf sie in Whitehorse ein, eine Woche vor dem Rennen.

Es war seltsam, nach so vielen Monaten wieder nach Whitehorse zurückzukehren. Sie hatte die Stadt nie gemocht, war nur zum Einkaufen und zu Behördengängen hingefahren und immer erleichtert gewesen, wenn sie in ihre Blockhütte am Lake Laberge zurückgekehrt war. Whitehorse war keine Großstadt, aber es war laut und hässlich, und sie konnte sich nicht vorstellen, dass ein Mensch freiwillig in eine solche Siedlung zog. Auch die letzten Tage vor dem Rennen verbrachte sie meist in der Wildnis, auf kurzen Ausflügen über den vereisten Yukon River und durch die nahen Wälder. Die Hunde schienen zu spüren, dass ein entscheidendes Ereignis bevorstand und der Erfolg allein von ihrer Schnelligkeit und Ausdauer abhing. »Wir sind bereit«, schienen sie ihr sagen zu wollen, wenn sie auf den

kurzen Trips über die Hügelkämme stoben und zu rasanten Spurts ansetzten.
Aber ganz konnte Clarissa dem Rummel, der um die Yukon Trophy gemacht wurde, nicht entgehen. Sie war überrascht, mit welcher Anteilnahme selbst die Vorbereitungen auf das Rennen von den Leuten verfolgt wurden. Selbst bei ihren Trainingsläufen standen neugierige Menschen am Straßenrand, wenn sie über die Hauptstraße zum Stadtrand fuhr. In dem großen Hotel, in dem alle Teilnehmer der Yukon Trophy wohnten, warteten zahlreiche Reporter auf die Musher, und Clarissa war besonders begehrt bei ihnen. Immerhin war sie die einzige weibliche Teilnehmerin.
»… freuen wir uns, Ihnen die einzige Frau präsentieren zu dürfen, die an diesem härtesten Schlittenhundrennen der Welt teilnimmt!«, fing ein Radioreporter sie in der Hotelhalle ab. Er hielt ihr sein großes Mikrofon unter die Nase und fragte: »Miss Swenson! Glauben Sie, gegen diese Übermacht von Männern bestehen zu können?« Und sie antwortete: »Ich werde es versuchen, Mister. Aber ich denke nicht, dass der Erfolg davon abhängt, ob man männlich oder weiblich ist. Bei diesem Rennen entscheidet die Qualität der Hunde darüber, wer gewinnt. Ich habe sehr gute Hunde.«
Alle Fragen nach ihren Erlebnissen in den Ogilvie Mountains blockte Clarissa ab. Sie kannte die bunten Illustrierten, die vor allem in den USA erschienen, und wollte nicht, dass persönliche Dinge in einem solchen Magazin breitgetreten wurden. Wen interessierte schon, was eine Musherin aus dem hohen Norden in der Wildnis erlebt hatte und ob sie nach dem tragischen Tod ihres Mannes wieder verliebt war? Sie ant-

wortete nur auf Fragen, die das Rennen betrafen, sprach über ihr monatelanges Training und ihr Hundegespann, lobte ihren Leithund und ließ sich entlocken, dass einer ihrer Hunde von einem Elch getötet worden war. Zu ihrer Rivalität mit Alaska-Jim, die einige Journalisten aus den USA den *Dawson City News* entnommen hatten, sagte sie ebenso wenig wie Alaska-Jim, der auf die meisten Fragen nur mit einem mürrischen Brummen antwortete. Als sie dem Halbindianer in der Hotelhalle begegnete, blieb er stehen und sagte: »Sie sind eine gute Musherin, Ma'am, und Sie haben gute Hunde.« Sie war sprachlos, denn ein solches Lob hatte sie nicht erwartet.

Whitehorse war bestens für den großen Tag gerüstet. Alle Hotels waren belegt, und selbst aus Seattle waren Besucher angereist, die den Start des Rennens mit einem abenteuerlichen Winterurlaub im hohen Norden verbinden wollten. Einige Trapper waren aus den Bergen gekommen und boten kostspielige Hundeschlittentouren in das »Land der Bären« an, die bestenfalls ein paar Kilometer über den Yukon River führten und wenig mit einem Abenteuerurlaub zu tun hatten. Clarissa beobachtete einige dieser Feriengäste aus dem Fenster. Sie saßen zu dritt auf dem gepolsterten Schlitten, die Körper in winterfeste Kleidung und Decken gehüllt, gefüllte Thermoskannen und die unvermeidlichen Ferngläser griffbereit in den gefütterten Taschen. In den Läden wurden kitschige Souvenirs angeboten, geschnitzte Bären und Elche und kolorierte Postkarten, die flackerndes Nordlicht über verschneiten Bergen zeigten, und überall an den Häusern hingen bunte Girlanden. Im Schein der Fackeln, die bis in die späte

Nacht brannten, traten Jongleure, Gaukler und Clowns auf, und direkt vor dem Hotel stand ein Schauspieler auf einem Podest und rezitierte Gedichte von Robert W. Service.

Einen Tag vor dem Rennen gab der Bürgermeister von Whitehorse einen großen Empfang für alle Teilnehmer und wichtigen Persönlichkeiten der Stadt, und Clarissa war gezwungen, sich langweilige Reden und die Darbietungen eines Streichquartetts anzuhören. Beim festlichen Dinner durfte sie neben dem Bürgermeister sitzen. Sie beantwortete geduldig seine Fragen und bemühte sich, während des anschließenden Pflichttanzes seinen ungelenken Füßen zu entgehen. Vergnügt beobachtete sie, wie der grimmige Alaska-Jim versuchte, einen Walzer mit der Frau des Bürgermeisters zu tanzen. Er stellte sich erstaunlich geschickt an, aber seine Partnerin war dennoch froh, als sie endlich in die Arme ihres Mannes zurückkehren durfte. »Ein halber Wilder! Ist er nicht schrecklich?«, hörte sie die Frau flüstern.

Pünktlich um zwanzig Uhr, wie es auf der gedruckten Einladung stand, wurden die Startnummern für das Rennen ausgelost. Ein Sprecher des Veranstalters, ein gedrungener Mann mit hängenden Schultern, der seinen schwarzen Smoking wohl lange nicht mehr getragen hatte, trat an das Rednerpult und begrüßte die Gäste feierlich. »Unser besonderer Gruß gilt der tapferen Dame und den Herren, die sich zu unserem Rennen angemeldet haben! Willkommen zur ersten Yukon Trophy! Möge das Rennen spannend, aber fair verlaufen!« Er erklärte noch einmal die Regeln und zeigte auf einer großen Wandkarte, wo die einzelnen Checkpoints lagen. Hier mussten sich alle Teilnehmer melden. Jeder Musher war verpflichtet, den Hunden eine mindestens vierstündige Pause zu gönnen. Die Männer an den Kontrollpunkten würden darauf achten, dass keiner der Teilnehmer mogelte und zu früh weiterfuhr. Drei Checkpoints lagen zwischen Whitehorse und Dawson City, in Carmacks und neben den beiden Roadhouses am Pelly und am Stewart River. In Carmacks wurde der Startausgleich vorgenommen, da alle Teilnehmer in Whitehorse im Abstand von zwei Minuten starteten.

»Und nun kommen wir zur feierlichen Auslosung der Startnummern«, verkündete der Mann im schwarzen Smoking. Er fühlte sich sichtlich wohl in seiner Rolle und zog die Prozedur genussvoll in die Länge, um der anwesenden Presse die Möglichkeit zu geben, aufregende Fotos zu schießen und interessante Interviews zu führen. »Und dazu darf ich unsere Miss Whitehorse herzlich auf die Bühne bitten!«, spielte er seinen größten Trumpf aus. Ein Mädchen, das wie eine Can-Can-Tänzerin gekleidet war und besser zu einem Boxkampf gepasst hätte, kletterte auf das Podium und war von einem Pulk nervöser Fotografen umgeben, die »Miss Whitehorse« auf die Titelseiten ihrer Zeitungen und Magazine bringen wollten. Unter den Fanfarenklängen eines Trompeters zog sie die Startnummern aus einer gläsernen Schüssel. Danach las der Sprecher die Startaufstellung vor: »Die Nummer eins für Alaska-Jim, die Nummer zwei für Clarissa Swenson, die Nummer drei …«

Clarissa hörte nicht länger hin, sie fand die Show, die um diese Auslosung veranstaltet wurde, ziemlich albern, machte aber gute Miene zum traurigen Spiel und nahm ihre Nummer lächelnd entgegen. Eigentlich waren es zwei Nummern. Die »2« prangte auf zwei Stoffquadraten, die mit Schnüren über den Anorak gebunden wurden und während des Rennens kaum störten. »Möge der Beste gewinnen!«, tönte der Mann im Smoking feierlich. »Oder die Beste«, sagte Clarissa so leise, dass es niemand hörte.

Sie war froh, als die Veranstaltung offiziell beendet wurde, und ging noch einmal zu ihren Hunden, bevor sie sich in ihr Hotelzimmer zurückzog. »Hallo, Blondie!«, begrüßte sie ihren Leithund besonders herzlich. Besonders von ihm hing es ab, wie sich das Team auf dem langen und beschwerlichen Trail schlagen würde. »Hast du gehört? Morgen früh geht es endlich los! Wir starten an zweiter Stelle, gleich hinter Alaska-Jim! Weißt du, was das bedeutet? Wir müssen uns mächtig ins Zeug legen, um an ihm dranzubleiben! Schlaf dich gut aus, damit du morgen in Bestform bist!« Sie tätschelte seinen Hals und wandte sich an die anderen Hunde. »Hallo, Blue! Reg dich nicht auf, das schaffen wir schon! He, Nugget! Du lässt dich nicht aus der Ruhe bringen, was? Snowball! Reiß dich zusammen! Scotty, mein Fels in der Brandung! Hallo, Pete! Du hast dich tapfer geschlagen!« Sie überprüfte den Schlitten, fand alles in bester Ordnung vor und wandte sich zum Abschied noch einmal ihren Huskys zu. »Schlaft schön, meine Lieben. Morgen früh hole ich euch ab.«

Sie nickte einem der Offiziellen zu, die zur Bewachung der Hundegespanne und Schlitten auf der gesperrten Straße vor dem Hotel standen, und machte sich auf den Weg in ihre Unterkunft. In der Hotelhalle begegnete sie Alaska-Jim.

Der Halbindianer blieb stehen und blickte sie mit scheinbar unbewegter Miene an. »Morgen«, brummte er.

Sie glaubte ihren Augen nicht zu trauen, als ein leises Lächeln um seine Mundwinkel spielte. »Morgen«, antwortete sie. »Auf ein gutes Rennen.«

25

Unter den Anfeuerungsrufen der Zuschauer lenkte Clarissa ihren Schlitten über die Main Street. Das Echo des Startschusses klang in ihren Ohren. Bevor Alaska-Jim losgefahren war, hatte der Bürgermeister eine kurze Ansprache gehalten, und Miss Whitehorse hatte sich sekundenlang in ihrem knappen Kostüm gezeigt, um sich gleich darauf in ihren dicken Büffelfellmantel zu hüllen. Die Whitehorse Brass Band hatte die offizielle Hymne des Rennens gespielt, und ein kleines Mädchen hatte den Teilnehmern viel Glück gewünscht. Ein Reporter der Zeitung kommentierte den Start, und selbst jetzt, als Clarissa die letzten Meter auf der Main Street zurücklegte, war seine aufgeregte Stimme noch zu hören: »... ist Clarissa Swenson aus Dawson City gestartet, neben Alaska-Jim die große Favoritin des Rennens. Die hübsche Witwe hat sich zehn Monate auf diesen Augenblick vorbereitet, und die Fachleute sagen, dass sie sich mit Alaska-Jim einen heißen Kampf liefern wird! Vor einigen Wochen hatte sie den Tod eines Hundes zu beklagen, aber sie konnte ihn gleichwertig ersetzen, und jetzt fliegt sie über den Trail, den Kopf stolz erhoben und in den Wind gerichtet! Ich nehme an, ganz Dawson City drückt ihr die Daumen!«

Clarissa war froh, als sie über die Uferböschung auf den zugefrorenen Yukon River fuhr und den Trubel der Stadt hinter sich ließ. Die Stimme des Redakteurs wurde immer leiser, und der Jubel der vielen Menschen verklang in der Ferne. Schon nach der ersten

Biegung des Flusses war sie allein mit der Wildnis und dem nebligen Dunst, der über dem Eis lag. Nur an den hellen Streifen über dem Waldrand war zu erkennen, dass die Sonne aufgegangen war. Der Wind war schwach, aber eiskalt, und sie hatte ihre wollene Maske über das Gesicht gezogen. Die Fichten ragten wie eine dunkle Wand am Ufer empor und gaben ihr das Gefühl, der einzige Mensch auf der Welt zu sein, obwohl hinter diesen Bäumen kleine Dörfer lagen und sogar einige Indianer auf einem Hügel standen und ihr schüchtern zuwinkten.

Die Kufen ihres Schlittens kratzten über das Eis. Es hatte während der Nacht kaum geschneit, und sie hatte ihren Hunden die kleinen Schuhe aus Karibufell angezogen, um sie vor dem harten und rauen Boden zu schützen. Ohne die weichen Überzieher wären sie Gefahr gelaufen, sich blutige Wunden in die Pfoten zu reißen, und dann hätte Clarissa ihre Hoffnungen schon nach der ersten Etappe begraben können. An jedem Checkpoint wartete ein Tierarzt, der jeden Hund gründlich untersuchte und aus dem Rennen nahm, wenn er krank war oder sich verletzt hatte. Ihre Hunde liefen äußerst ungern über blankes Eis und zeigten ihren Unwillen, indem sie ihren Kommandos nur zögernd gehorchten. Snowball verfiel in seine alte Unsitte und schnappte nach vorn, aber Nugget war diese Drohgebärden gewohnt und ließ sich nicht aus der Ruhe bringen.

»Snowball!«, warnte sie den Hund. »Benimm dich! Oder willst du, dass wir uns schon auf der ersten Etappe blamieren? Lass die Beißerei, oder du schläfst heute Abend im dunklen Wald!«

Eine lächerliche Drohung, aber sie verfehlte ihre Wirkung nicht. Clarissa hatte sie in einem scharfen und sehr strengen Tonfall ausgestoßen, und Snowball wusste sogleich, was die Stunde geschlagen hatte, als er die verärgerte Stimme seiner Herrin vernahm. Er beruhigte sich, und auch Blondie besann sich plötzlich seiner Qualitäten und wurde schneller. Doch sie hatten einige Zeit verloren, und sie hörte bereits die Anfeuerungsrufe des dritten Starters in ihrem Rücken. »Wollt ihr euch das gefallen lassen, Blondie?«, rief sie ihrem Leithund zu. »Lauf schneller! Weißt du noch, wie wir zu Hattie Campbell gefahren sind? Das Automobil, das uns in die Quere gekommen ist? Damals warst du wirklich schnell! Du und die anderen! Blue, Pete, Nugget, Snowball, Scotty! Ihr wollt euch doch nicht blamieren! Zeigt endlich, was ihr könnt!« Sie ließ zweimal die Peitsche knallen, verstaute sie aber gleich wieder in der Halterung, um die Hunde nicht unnötig unter Druck zu setzen. Ein guter Musher kam ganz ohne Peitsche aus, feuerte seine Hunde allein mit Worten an.

Über hundert Meilen lagen vor ihr und den anderen Mushern. Erst in Carmacks durften sie ausruhen. Die einfachste Etappe des Rennens, wie viele Einheimische behaupteten. Der Trail war noch breit und bequem und führte größtenteils über den Yukon River und den riesigen Lake Laberge. Doch Clarissa wusste um die Gefahren, die auf diesem Teilstück warteten. Sie hatte jahrelang am Lake Laberge gewohnt und kannte das Land, auch wenn sie die meiste Zeit mit ihrem Mann geflogen war und den Schlitten des Nachbarn nur selten ausgeliehen hatte. Die Oberfläche des

Eises auf dem Yukon River war voller Unebenheiten, war durch Wind und Wetter und den Druck, der sich unter der Oberfläche gesammelt hatte, zu einer unwirtlichen Eiswüste erstarrt, und auf dem Lake Laberge blies der Wind meist mit solcher Wucht, dass ihr Mann sogar mit der *Bellanca* in Schwierigkeiten geraten war. Sie musste aufpassen und durfte ihre Augen niemals vom Trail nehmen, wenn ihre Hunde nicht über das aufgeworfene Eis stolpern sollten.

Auf dem Lake Laberge hatte ihr Gespann den Rhythmus gefunden. Die Hunde liefen jetzt weicher und lockerer, und Blondie gab ein strammes Tempo vor. In den hellblauen Augen der Huskys war endlich jenes helle Leuchten, das zeigte, mit welcher Begeisterung sie über den Trail rannten. Ihr Verfolger war nicht mehr zu hören, dafür glaubte sie, die dunklen Umrisse von Alaska-Jim in der Ferne zu erkennen. Das verlieh ihr zusätzliche Kraft und schien auch die Hunde anzuspornen. Sie hetzten mit kurzen, aber rhythmischen Schritten über den vereisten See und schienen fest entschlossen zu sein, Alaska-Jim noch vor Carmacks zu überholen. Clarissa blieb auf den Kufen, beschränkte sich darauf, ihre Kommandos zu geben und ihr Gewicht zu verlagern, wenn es in eine Kurve ging oder ein Hindernis auftauchte. Mit einem kräftigen »Heya! Heya!« hielt sie ihre Huskys auf Trab.

Der Wind blies auf dem See besonders frisch und kalt. Er wehte von den verschneiten Bergen herab, die sich am östlichen Ufer in den Himmel erhoben, und bedrängte sie von der Seite, aber sie hatte sich längst darauf eingestellt und ließ sich nicht beirren. »Weiter so, Blondie! Weiter so!« Der Leithund war in seinem Element, schien sich darüber zu freuen, dass die Yukon Trophy endlich begonnen hatte und es nun auf jede Sekunde ankam. Der ungewohnte Trubel in der Stadt hatte ihn verwirrt und war erst nach einigen Meilen vergessen. Auch in Dawson City war er immer froh gewesen, wenn er die belebte Front Street hinter sich lassen konnte. Bei der RCMP war er meistens auf Patrouille in den Bergen gewesen, und auch bei seiner neuen Herrin fühlte er sich in der Wildnis am wohlsten.

Der Trail führte mitten über den See, und Clarissa erkannte ihr ehemaliges Blockhaus nur als dunklen Punkt. Ihr Mann und sie hatten am Westufer gewohnt, und wenn er mit der *Bellanca* unterwegs gewesen war, hatte man sie oft auf dem See gesehen. Sie war mit dem Kanu in den sommerlichen Dunst gepaddelt und hatte während des langen Winters durch ein Loch im Eis nach Fischen geangelt. Während sie an diese glücklichen Jahre dachte, befiel sie eine tiefe Traurigkeit, und sie glaubte beinahe, das Motorengeräusch der *Bellanca* zu hören, wenn Jack von einer Tour zurückkam und auf dem See landete. Sie stand dann immer vor dem Blockhaus und winkte ihm, half ihm, die Maschine an den Bootssteg zu ziehen und an den Holzpflöcken festzubinden. Sie spürte seine kühlen Lippen auf ihrer Wange, und wenn es kalt war, wartete sie geduldig, bis er das Öl abgelassen hatte, und trug einen Teil seines Gepäcks ins Haus. Sie hatte einen starken Tee aufgebrüht und einen herzhaften Eintopf auf dem Herd stehen, und sie verbrachten einen gemütlichen Abend neben dem Ofen, blickten durch das Fenster und bestaunten das Nordlicht.

Sie verdrängte die Gedanken an das vergangene Glück und blickte nicht mehr zum Ufer. Beinahe trotzig hielt sie ihr Gesicht in den Wind. Sie feuerte wütend die Hunde an und half mit den Füßen nach, um möglichst schnell über den See zu kommen. Als der Trail den Lake Laberge verließ und zwischen den verschneiten Fichten verschwand, atmete sie unter ihrer Wollmaske erleichtert aus. Der Wind wurde schwächer, und sie zog ihre Maske vom Gesicht. Der Weg war so breit, dass es ihr keine Schwierigkeiten bereitete, den Schlitten zu steuern. Von Alaska-Jim und ihrem Verfolger war nichts zu sehen. Sie war allein mit der Wildnis und dem leisen Rauschen des Windes. Hier ging die einzige Gefahr von Elchen aus, die unvermittelt aus dem Busch brechen und ihre Hunde in Gefahr bringen konnten. In den Gepäckballen auf dem Schlitten, schnell und mit einem Griff erreichbar, lagen ihr Gewehr und ein Revolver, beide für den Ernstfall geladen. Während des Rennens würde sie sich nicht von einem Elch überraschen lassen. Duffy war der einzige Hund, der auf dem Trail sterben musste, das hatte sie sich mehrfach geschworen, obwohl sie wusste, wie unberechenbar die Tiere sein konnten.
Clarissa legte alle sechs Stunden eine Pause ein, war oft genug mit den Hunden unterwegs gewesen, um zu wissen, dass sie noch Reserven besaßen. Auf der ersten Etappe herrschten gute Bedingungen, und sie wollte den Abstand zu Alaska-Jim nicht zu groß werden lassen. Außer dem Tee, den sie brauchte, um in der Kälte nicht auszutrocknen, und etwas Schokolade, die sie während der Fahrt aß, nahm sie nichts zu sich. Sie kam rasch voran, veränderte ihr Tempo kaum noch

und setzte nicht mal zu einem Spurt an, als sie Alaska-Jim auf einem geraden Abschnitt des Yukon Rivers entdeckte. In der einsetzenden Dunkelheit war er nur schemenhaft zu erkennen. Der Mond stand als blasse Scheibe am Himmel und spiegelte sich auf dem Eis.

Der Halbindianer war nur ein paar hundert Meter vor ihr, und sie hatte kaum Zeit verloren. Damit war sie zufrieden, auch wenn die Zeitungen schreiben würden, dass sie die erste Etappe gegen Alaska-Jim verloren hatte. Aber es war wichtiger, die Hunde an ein stetiges Tempo zu gewöhnen und Kraft für den Rest des langen Trails aufzusparen. Ihre Spurtkraft war erst auf der letzten Etappe gefragt. Sie war froh, dass sich die Hunde nicht verausgabt hatten und ihr schärfster Rivale dennoch in Reichweite war. »Willkommen in Carmacks«, begrüßte einer der beiden Offiziellen sie am Checkpoint. Er hielt eine Laterne und blickte auf seine Taschenuhr. »Drei Minuten, zwanzig Sekunden!« Abzüglich der Startzeit bedeutete das, dass sie nur eine Minute und zwanzig Sekunden hinter Alaska-Jim lag. »Gar nicht übel«, antwortete sie. »Hast du das gehört, Blondie? Wir sind Alaska-Jim dicht auf den Fersen. Ihr habt ganze Arbeit geleistet!«

An jedem Checkpoint lagen Futter und Stroh für die Hunde bereit. Clarissa band die Huskys an Holzpflöcke und sprach beruhigend auf sie ein, während sie das Futter in den Trögen mit Wasser anreicherte, damit die Hunde genug Feuchtigkeit bekamen. In der klirrenden Kälte des Nordens bestand für jedes Lebewesen die Gefahr, dass es austrocknete, gerade für die Huskys, die während eines anstrengenden Rennens besonders

beanspruchten wurden. Nach dem Essen untersuchte der Tierarzt, ein älterer Mann im altmodischen Büffelfellmantel, die Hunde. »Sie sorgen für Ihre Hunde, Ma'am«, meinte er zufrieden. Clarissa überprüfte den Schlitten, ersetzte einen brüchigen Riemen und fand gerade mal drei Stunden Schlaf, bevor es weiterging.
Wie sich im Laufe der Nacht herausstellte, hatten Alaska-Jim und Clarissa schon während der ersten Etappe einen deutlichen Vorsprung herausgefahren. Der Drittplatzierte lag eine halbe Stunde, die anderen Musher noch weiter zurück. »Nicht übel«, meinte Alaska-Jim, als Clarissa um zwei Uhr morgens den Vorraum der geräumigen Blockhütte betrat und sich einen starken Kaffee einschenkte. Seine grimmige Miene ließ nicht erkennen, ob seine Bemerkung als Kompliment oder bloße Feststellung aufzufassen war. »Aber die schwierigen Etappen kommen noch.«
»Ich bin bereit«, erwiderte Clarissa mutig. Sie konnte sich ein spöttisches Lächeln nicht verkneifen, glaubte zu wissen, dass Alaska-Jim mit einem größeren Vorsprung gerechnet hatte. »In den Bergen fühle ich mich besonders wohl.« Sie trank den heißen Kaffee aus und ging mit dem Halbindianer nach draußen. Ihre Hunde waren bereits wach und bellten laut, als sie nach den Geschirren griff. »Guten Morgen, Blondie!«, begrüßte sie ihren Leithund. »Hallo, Blue! Snowball! Nugget! Pete! Scotty!« Die Wolken hatten sich verzogen, und der Mond stand voll am Himmel und schüttete flüssiges Silber auf den festgestampften Schnee. »Na, habt ihr euch gut erholt? Ich bin noch ein bisschen müde, aber es wird schon gehen.« Sie spannte die Hunde an

und fuhr mit dem Schlitten zur Startlinie. Ein Offizieller stand mit einer Stoppuhr bereit und sprach mit Alaska-Jim, der ruhig und gelassen auf den Kufen seines Schlittens stand. Er drehte sich um, als Clarissa neben ihm hielt. »Viel Glück, Jim«, sagte sie.

Er wirkte erstaunt und nickte nur. »Fünf, vier, drei, zwei, eins«, zählte der Offizielle, dann kam sein lautes »Go!«, und Alaska-Jim feuerte seine Hunde an. Ohne großes Gebell zog das Gespann den Schlitten davon. Clarissa blickte ihm bewundernd nach, bis er im dunklen Schatten der Bäume verschwunden war. »... zwei, eins, go!«, kam ihr Kommando eine Minute und zwanzig Sekunden später, und sie bemühte sich, ebenso elegant und lautlos wie Alaska-Jim zu starten. Es gelang ihr, bis auf den unfreiwilligen Schlenker, den ihr Schlitten in der ersten Kurve machte. Sie verlagerte rasch das Gewicht und atmete erleichtert auf, als die Lederriemen sich streckten und das Gefährt auf beiden Kufen blieb. Die Hunde folgten dem Trail auf den breiten Yukon River, der im Mondlicht noch gespenstischer wirkte. Aber der Trail war deutlich zu erkennen, vor allem für die Hunde, die nachts besser sahen und instinktiv auf den festgestampften Schnee des Trails drängten. Selbst im dichten Nebel durfte Clarissa sich auf die außerordentlichen Fähigkeiten des Hundegespanns verlassen.

Es war noch kälter geworden, und der böige Nachtwind hatte auch den letzten Neuschnee vom Trail geweht. Die Hunde liefen über festen Schnee oder blankes Eis, und sie war froh, ihnen neue Booties angezogen zu haben. Der Wind wehte ihr ins Gesicht. Selbst ihre Wollmaske hielt die schneidende Kälte nicht ab.

Erst als sich die ersten hellen Streifen am Himmel zeigten, ließ der Wind nach, und die Fahrt wurde etwas angenehmer. Sie verschärfte das Tempo. Sie hatte Alaska-Jim während der Nacht nicht gesehen und wollte ihn nicht entkommen lassen. Die Hunde gingen begeistert darauf ein. Sie freuten sich, als der Trail den zugefrorenen Fluss verließ und durch den Wald und über zahlreiche Hügel zum Pelly River führte. Die zweite Etappe war kürzer, und sie erreichte den Checkpoint noch bei Tageslicht.

»Zwei Minuten, zehn Sekunden«, sagte der Mann mit der Stoppuhr, ein junger Indianer, der ohne Akzent sprach. »Sehr gut, Ma'am!« Er zeigte ihr, wo das Stroh und das Futter für die Hunde lagen und begleitete sie nach draußen. »Die Wettervorhersage sieht ziemlich übel aus, Ma'am«, warnte er sie, »morgen soll es noch kälter und windiger werden. Ziehen Sie sich warm an! Mein Vater fährt morgen bestimmt nicht raus, und der gehört zu den besten Jägern des ganzen Stammes.« Er beobachtete, wie Clarissa mit ihren Hunden sprach und sie diesmal aus der Hand fütterte, und grüßte den Tierarzt, der gelangweilt aus einem Blockhaus im Dorf herüberkam. Er untersuchte die Hunde nur oberflächlich, brummte etwas Unverständliches und kehrte in sein warmes Wohnzimmer zurück. »Ihre Hunde sind gut in Schuss«, lobte der junge Indianer, »sie haben gute Chancen.«

Es tat gut, ein solches Lob von einem Indianer zu hören, der doch eigentlich zu Alaska-Jim halten müsste. Aber vielleicht hatte er ihm dasselbe gesagt. Sie ging lächelnd an ihm vorbei und betrat das Blockhaus. Alaska-Jim stand am Ofen und hielt seine Hände über die heiße Platte. »Ma'am«, mehr sagte er nicht. Um seine Mundwinkel schien ein schadenfrohes Grinsen zu spielen. »Jim«, reagierte sie gefasst und mit einem ebenso spöttischen Lächeln, das sie viel Anstrengung kostete. Sie schenkte heißen Tee in einen Becher und nahm einen großen Schluck. »Es soll schlechtes Wetter geben«, sagte sie nach einer Weile. »Morgen haben wir nichts zu lachen.« Der Halbindianer zuckte scheinbar gleichgültig mit den Schultern. »Hab ich auch gehört«, sagte er.

Sie trank ihren Kaffee aus, sah die neue *Dawson City News* auf einem Klapptisch liegen und zog sich damit auf eine der Matratzen zurück, die man wahllos in dem großen Raum verteilt hatte. »Yukon Trophy gestartet«, stand in großen Lettern auf der Titelseite der Zeitung. Darunter war ein Foto ihres Starts zu sehen. Aber ihre Aufmerksamkeit wurde von einem anderen Artikel angezogen. Auf derselben Seite wurde über die Patrouillen der Royal Canadian Mounted Police berichtet, die seit einigen Wochen nach Bill Anayak suchten. »RCMP erfolglos! Eine Patrouille zurückgekehrt!«, lautete die Schlagzeile. Sie überflog den Artikel nervös und erfuhr, dass eine der Patrouillen in einen Hinterhalt des Verbrechers geraten war und zwei Hunde verloren hatte. Ein Buschflieger hatte die verzweifelten Polizisten zufällig entdeckt und zum Stützpunkt nach Dawson City zurückgebracht. Die anderen Mounties, unter ihnen der Constable Frank J. Watson, waren immer noch in den Ogilvies unterwegs.

»Schlafen Sie lieber, Ma'am«, riet der junge Indianer.

Clarissa nickte und legte die Zeitung beiseite. Sie drehte sich auf die Seite und schloss die Augen, aber es dauerte noch über eine halbe Stunde, bevor sie endlich einschlief.

26

Der Sturm überfiel sie auf einem Berghang oberhalb des Stewart River. Heulend und tobend rauschte der Blizzard aus Norden heran. Der Wintergeist der Indianer wehrte sich gegen die weißen Eindringlinge und schlug mit eisigen Pranken auf das gepeinigte Land. Schneidender Wind fegte den Trail blank und wirbelte neuen Schnee über die Bergkuppe. Eine unsichtbare Macht stemmte sich den Hunden entgegen, schien sie mit allen Mitteln am Weiterlaufen hindern zu wollen. Der Sturm peitschte über den Schlitten, schlug Clarissa ins Gesicht, brachte sie ins Straucheln und hielt sie mit schmerzhaften Schlägen am Boden.

Mit beiden Händen umklammerte Clarissa die Haltegriffe des Schlittens. Auf keinen Fall den Schlitten loslassen, das war das Erste, was ihr durch den Kopf schoss. »Halt dich fest – sonst bist du verloren!« Sie klammerte sich mit aller Kraft an das knarrende Gefährt, kämpfte gegen den Sturm und kam schreiend vom Boden hoch. Ihre Stiefel gruben sich in den harten Schnee. Sie spürte die wirbelnden Flocken des Blizzards wie eisige Rasierklingen auf ihrer Haut, bekam kaum Luft in dem tosenden Inferno und glaubte einen Augenblick, sie habe den Kampf gegen die unbarmherzige Natur verloren. Doch sie gab nicht auf. Auch wenn ihre Befehle in dem heulenden Wind nicht zu verstehen waren, feuerte sie die Hunde an, und als sie bemerkte, dass sie vor dem Blizzard kapitulieren wollten, kämpfte sie sich nach vorn, eine Hand am Schlitten, die andere in der Luft, um das Gleichgewicht zu halten, und half ihnen, das schwankende Gefährt über die Bergkuppe zu ziehen. »Wir schaffen es!«, schrie sie. »Wir schaffen es, verdammt!« Sie zerrte mit aller Macht an dem Schlitten, stürzte beinahe zu Boden, als sie endlich die Kuppe überwanden, und fiel flach auf einen Gepäckballen. »Zieht! Zieht!«, schrie sie, und die Hunde zogen, schneller, immer schneller, bis sie wie ein Geschoss über den Trail rasten und sich in den nahen Wald retteten. »Whoaa!«, rief sie, und die Hunde wurden langsamer und kamen zum Stehen.

Sie blieb schnaufend auf dem Schlitten liegen, bis sie wieder zu Atem kam. Zwischen den Bäumen war es etwas ruhiger, das Heulen des Sturms klang hier weniger bedrohlich. Sie richtete sich auf, rammte den Anker des Schlittens in den Boden und schlug den Schnee von ihrer Kleidung. Sie hatte ihre Wollmaske in der Tasche gelassen, nur die schmale Schneebrille aufgesetzt, ein Fehler, wie sich jetzt herausstellte. Ihr Gesicht war kalt und rot, und sie griff rasch in den Schnee und massierte ihre eisige Haut, bis das Blut in die Wangen zurückkehrte. Sie hatte das Gefühl, sich schmerzhafte Prellungen und blutende Wunden zugezogen zu haben, aber es war nur der Schmerz der Anstrengung, und sie stellte zufrieden fest, dass ihr nichts passiert war. Auch den Hunden ging es gut. Der stämmige Scotty, der als Letzter im Gespann lief, hatte den Blizzard am besten überstanden, und auch Snowball und der ruhige Nugget hatten sich erfolgreich gegen den Angriff gewehrt. Pete und Blue waren außer Atem und hechelten, und Blondie winselte nervös, aber ihm war nichts passiert. »Das hätten wir ge-

schafft«, munterte Clarissa die Hunde auf. »Na, seid ihr bereit?«
Sie fuhren weiter, trotz des starken Windes, der auch zwischen den Bäumen pfiff, und rasteten erst, als der Wald sich lichtete und ein weites Tal mit hohen Schneeverwehungen vor ihnen lag. Der Trail war kaum noch zu sehen. Sie trank von dem heißen Tee, den sie in ihrer Thermosflasche mitführte, und belohnte die Hunde mit etwas Lachs aus einem Blechbehälter. Sie fragte sich, wo Alaska-Jim war. Hatte der Halbindianer den Sturm ebenso glimpflich überstanden wie sie? Hatte er das Glück gehabt, zwischen schützenden Bäumen zu fahren, als der Blizzard zugeschlagen hatte, oder war er auf einer offenen Ebene gewesen wie sie? Hatte ihn seine Erfahrung vor dem Wintergeist gewarnt? Es hieß, dass manche Indianer übernatürliche Fähigkeiten besaßen und einen nahenden Blizzard fühlen konnten.
Sie trieb die Hunde an und lenkte den Schlitten durch das weite Tal, vorbei an meterhohen Schneeverwehungen und eisverkrusteten Felsen. An manchen Stellen war der Wind so heftig gewesen, dass braunes Gras und blanke Felsen zu sehen waren. Sie schlug ein mäßiges Tempo ein, um nicht gegen eines der verdeckten Hindernisse zu prallen, und überließ es dem Instinkt der Hunde, einen sicheren Weg durch das Tal zu finden. Jetzt machte sich die große Erfahrung von Blondie bezahlt. Er bewegte sich mit beinahe traumwandlerischer Sicherheit durch die Schneelandschaft und zögerte nur einmal, als einige abgerissene Zweige von dem abklingenden Wind über den Boden getrieben wurden. Laut bellend rannte er weiter. Anscheinend

hatte er das Gestrüpp für ein kleines Tier gehalten. Die anderen Hunde folgten ihm willig und erkannten seine Führerschaft an.
Alaska-Jim lag unterhalb eines Hügels am Waldrand und war so mit Schnee bedeckt, dass Clarissa ihn beinahe übersehen hätte. »Whoaa!«, rief sie ihren Hunden zu. Sie drückte den Anker in den Schnee und rannte zu ihrem Widersacher. »Alaska-Jim! Ist Ihnen was passiert?« Sie schlug den Schnee von seinem Anorak, schob ihren linken Arm unter seinen Hals und flößte ihm etwas von ihrem heißen Tee ein. »Die Hunde«, seufzte er leise. Sie überließ ihm die Thermoskanne, rannte zum Schlitten, der mit beiden Kufen in einer hohen Schneewehe steckte, und zog ihn heraus. Sie sicherte das Gefährt mit dem Anker und wurde von den Hunden des Halbindianers kräftig ausgebellt. »Den Huskys ist nichts passiert«, beruhigte sie ihn. »Die warten nur darauf, wieder laufen zu können. Der Schlitten ist auch in Ordnung.« Sie nahm die Thermosflasche und half ihm auf. »Wie sieht's mit Ihnen aus?«
»Ich bin gesund«, antwortete er mürrisch. »Warum haben Sie gehalten? Fahren Sie weiter! Ich denke, Sie wollen gewinnen!«
»Ist Ihnen wirklich nichts passiert?«
»Ein Indianer kennt keinen Schmerz. Schon mal gehört?« Ein breites Grinsen erhellte sein Gesicht, dann nahm es wieder jenen abweisenden Ausdruck an, den sie von ihm gewohnt war. »Machen Sie schon, dass Sie weiterkommen! Fahren Sie los!«
Sie stieg auf ihren Schlitten und fuhr zögernd weiter. Erst als die Hunde unruhig bellten, ließ sie ihnen freien Lauf. Der Sturm hatte sich vollkommen gelegt, und für

einen Augenblick war sogar die Sonne zu sehen, dann ballten sich wieder graue Wolken am Himmel und ließen kaum erkennen, wann der Tag zu Ende ging und die Nacht begann. Der Trail wurde breiter. Er führte zum Stewart River hinunter und folgte dem Ufer bis zum Checkpoint an der sommerlichen Furt. Clarissa war bereits dabei, ihre Hunde zu versorgen, als Alaska-Jim mit einem Rückstand von vier Minuten und zwanzig Sekunden vor dem einsamen Blockhaus eintraf. Er würdigte seine Widersacherin kaum eines Blickes und sah sie nicht einmal an, als er ein leises »Danke, Ma'am« brummte.

»Mich hat der Sturm auf dem nackten Bergkamm erwischt«, berichtete sie, nur um etwas zu sagen. Sie schüttete etwas lauwarmes Wasser in den Futtertrog ihres Leithundes. »Ich hatte großes Glück, dass mir nichts passiert ist. Der Wind war ziemlich heftig.« Sie goss das restliche Wasser in den Schnee und blieb zögernd stehen. »Morgen kommt es drauf an«, sagte sie.

»Vier Minuten, zwanzig Sekunden«, sagte er schlecht gelaunt. »Warum haben Sie angehalten? Wenn Sie weitergefahren wären, hätten sie schon so gut wie gewonnen.« Er schien böse zu sein, dass sie es nicht getan hatte, und spannte fluchend seine Hunde aus. Er drehte sich nicht mehr um, als sie ins Haus ging.

Der verantwortliche Zeitnehmer am Stewart River war ein Constable der Royal Canadian Mounted Police, den sie flüchtig auf dem Breakup Ball kennen gelernt hatte, sie wusste aber nicht, wie er hieß. »Bedienen Sie sich, Ma'am«, forderte er sie freundlich auf. Er deutete auf den heißen Kaffee und die Doughnuts. Obwohl er sich alle Mühe gab, freundlich und zuvorkommend zu sein, wirkte er nervös und beinahe abwesend. Er paffte ständig an seiner Pfeife und trank einen Kaffee nach dem anderen. Alle paar Minuten lief er zum Fenster und starrte in die Nacht hinaus.

»Warum sind Sie so nervös, Constable?«, fragte sie, von einer dunklen Vorahnung beseelt. »Ist irgendetwas nicht in Ordnung?«

»Einer unserer Polizisten wird vermisst«, antwortete er. »Von der Patrouille, die nach Bill Anayak gesucht hat. Sie wissen schon ...«

»Wie heißt der Polizist?«, unterbrach sie ihn ungeduldig.

»Frank J. Watson. Wieso?«

Clarissa ließ sich auf einen Stuhl fallen und starrte den Constable entsetzt an. Sie fühlte sich wie vom Schlag getroffen, und es dauerte eine Weile, bis die schreckliche Nachricht in ihr Bewusstsein gedrungen war.

»Frank? Constable Watson? Sind Sie sicher?«, fragte sie mit so leiser Stimme, dass er sie kaum verstand.

»Ja, aber ... Kennen Sie ihn?«

Sie blickte an dem jungen Polizisten vorbei und spürte, wie ihre Augen feucht wurden. »Er ist ... ich meine, wir sind befreundet. Wir haben auf dem Breakup Ball zusammen getanzt ...« Sie errötete und senkte den Kopf. »Erzählen Sie mir alles, was Sie wissen, Constable! Wie konnte das passieren? Ist er ... noch am Leben?«

»Wir wissen kaum etwas«, berichtete der Polizist. Er hatte längst gemerkt, wie sehr die Nachricht der jungen Musherin zu Herzen gegangen war, und wählte seine Worte sehr bedacht. Im Unterbewusstsein glaubte er sich auch zu erinnern, etwas von einer Beziehung zwischen Constable Watson und einer jungen Witwe gehört zu haben. »Soweit ich weiß, sind die anderen Mitglieder der Patrouille erst vor zwei Stunden zurückgekehrt. Ihre Hunde sind erschöpft, und ihre Vorräte sind zur Neige gegangen. So hat man mir jedenfalls gesagt. Zwei der Männer sind verletzt. Sie waren in eine Schießerei mit Bill Anayak verwickelt.«

»Weiter, Constable! Weiter!«, drängte Clarissa ungeduldig.

»Sie hatten sich in den Felsen versteckt, irgendwo in den Ogilvies«, fuhr der Polizist fort. »Nur eine Tagesfahrt von Dawson entfernt, sonst hätten es die Männer bestimmt nicht bis zum Hauptquartier geschafft. Sie haben zwei Tage nach Watson gesucht, konnten ihn aber nicht finden. Dieser Anayak hatte ihren Schlitten erwischt und die Hunde davongetrieben. Der Sergeant Major muss ziemlich wütend gewesen sein und will jetzt selber eine Patrouille in die Berge führen.« Er paffte an seiner Pfeife und versuchte, sie aufmunternd anzublicken. »Sie finden ihn, Ma'am!«

Clarissa trank von dem heißen Kaffee und merkte gar nicht, wie Alaska-Jim den Raum betrat und sich in eine Ecke zurückzog. »Ihr Constable kommt zurück«, brummte er in seinen Bart.

»Wie bitte?«, erschrak sie.

»Er schafft es. Er kommt zurück«, wiederholte Alaska-Jim.

»Woher wollen Sie das wissen?«

»Ich weiß es, Ma'am.«

Sie legte sich auf eine der Pritschen, die man für die Teilnehmer des Rennens bereitgestellt hatte, und drehte sich zur Wand. Dankbar registrierte sie, dass der

Mountie das Licht löschte und nur eine kleine Lampe auf dem Holztisch mit dem Kaffeetopf und den Doughnuts brennen ließ. Sie starrte auf die flackernden Schatten an der Wand und ließ ihren Tränen freien Lauf. »Frank«, flüsterte sie. Als keine Tränen mehr kamen, begann sie zu beten. »Lieber Gott«, flehte sie, »bitte lass ihn nicht sterben! Du hast mir den Ehemann genommen, und ich habe versucht, darüber hinwegzukommen! Jetzt habe ich ein neues Leben begonnen. Lass mir den Mann, mit dem ich diese Zukunft aufbauen will!« Dann kam ihr Robinson, der Papagei in den Sinn, und sie musste beinahe lächeln, als sie hinzufügte: »Gelobt sei Jesus Christus. Amen.«
Diesmal schlief sie nur wenige Minuten, und als es Zeit wurde, die Hunde vor den Schlitten zu spannen, fragte sie: »Constable, haben Sie irgendwas Neues gehört? Haben sie Frank gefunden? Constable Watson! Haben sie meinen … ihn gefunden?«
Der Mountie schreckte aus seinem Halbschlaf. »Wie? Constable Watson?« Er rieb sich den Schlaf aus den Augen. »Nein, Ma'am. Tut mir Leid, Ma'am. Es gibt keine neuen Nachrichten.«
»Wann wollen sie den Suchtrupp losschicken?«
»Heute oder morgen, Ma'am.«
»Aber dann kann es schon zu spät sein!«
»So was braucht seine Zeit«, erklärte der Polizist. »Sie müssen Verpflegung und Ausrüstung fassen, und der Sergeant Major muss überlegen, wo er mit der Suche anfangen soll. Bill Anayak ist immer noch auf freiem Fuß.« Er sah die Enttäuschung in ihren Augen und fügte schnell hinzu: »Aber ich bin sicher, dass einige Buschflieger unterwegs sind und nach ihm Ausschau

halten, obwohl das Wetter in den Ogilvies ziemlich schlecht sein soll.«

Clarissa zwang sich, nach draußen zu gehen und die Hunde zu versorgen. An diesem Morgen sprach sie kaum mit den Tieren. Blondie heulte mitleidig, schien zu merken, dass seine Herrin etwas bedrückte. Die anderen Hunde wirkten verstört. Sie zog die letzten Riemen fest und steuerte den Schlitten zur Startlinie. Ihr Gesicht war eine starre Maske, als sie auf die Bremse trat. Es war kurz vor sieben Uhr, und der Himmel war mit unzähligen Sternen übersät. Der Mond zerfloss auf dem zugefrorenen Stewart River. Zartes Nordlicht tanzte über den mächtigen Bergen, die sich wie drohende Schatten gegen den leuchtenden Himmel abhoben. Die Bäume am Ufer waren in dichten Nebel gehüllt.

»Geht es Ihnen gut, Ma'am?«, fragte der Polizist besorgt.

»Ich bin in Ordnung, Constable«, antwortete sie.

Sie umklammerte die Haltegriffe und wartete auf das Kommando. Hinter sich hörte sie die Hunde des Halbindianers bellen. Er lag über vier Minuten zurück, und wenn sie keinen Fehler mehr machte, standen ihre Chancen gut, als Erste durchs Ziel zu gehen. Die mürrische Miene von Alaska-Jim schien ihr zu sagen, dass er wohl selbst nicht mehr daran glaubte, diesen Vorsprung aufzuholen. Clarissas Hunde waren in bester Verfassung, das hatte der Tierarzt ausdrücklich bestätigt, und wenn das Wetter ruhig blieb und auf dem King Solomon's Dome und dem Eureka Dome nichts Unerwartetes geschah, war ihr der Sieg nicht zu nehmen. Die Berge waren das einzige Hindernis, das noch

zu einer ernsthaften Gefahr für die junge Musherin werden konnte.
»... drei, zwei, eins, go!«, zählte der Mountie, und Clarissa trieb die Hunde auf den zugefrorenen Stewart River hinaus. Das silberne Licht des Mondes und der Instinkt ihres Leithundes wiesen ihr den Weg. Es war etwas wärmer geworden, aber immer noch zwanzig Grad unter null, und sie hatte darauf verzichtet, ihre Wollmaske über den Kopf zu ziehen. Die schwarze Maske machte sie nervös und ließ sie wie einen Verbrecher aussehen. Sie wollte den Wind in ihrem Gesicht spüren, auch wenn er eisig kalt war, und sie wollte ein möglichst großes Blickfeld haben, um jede Einzelheit auf dem Trail zu erkennen. Diesen Teil des Weges kannte sie besonders gut. Auf ihren Trainingsfahrten hatte sie den Stewart River unzählige Male überquert, und sie kannte fast jeden Baum und jeden Stein. Bis nach Dawson waren es keine hundert Meilen mehr, den Umweg über den King Solomon's Dome und Eureka Dome bereits eingerechnet. Ihre Führung hatte sich bestimmt längst herumgesprochen, und sobald der Reporter, der tagsüber in einem Buschflieger nach ihr suchte, seiner Zeitung meldete, dass sie wenige Meilen vor Dawson City war, würden die meisten Bürger ihre Häuser verlassen und bereits weit vor der Stadt auf sie warten.
»Vorwärts, Blondie!«, feuerte sie ihren Leithund an. Die Hunde hatten längst vergessen, wie traurig sie von ihrer Herrin begrüßt worden waren, und spürten instinktiv, wie nahe sie dem Sieg waren. Noch nie waren sie so schnell gewesen. Clarissa spürte den eisigen Wind in ihrem Gesicht, den leichten Schnee, der von

den Hunden und dem Schlitten aufgewirbelt wurde und in silbernen Schleiern in der Luft hing. Von dem Halbindianer war weit und breit nichts zu sehen. Sie stellte sich vor, wie Pater DeWolfe und Lucy in dicke Mäntel gehüllt an die Strecke kamen, wie Bill Lavery seine Leser mobilisierte und mit bunten Fähnchen bewaffnet vor der Stadt postierte. Wenn sie den King Solomon's Dome als Erste erklomm, war ihr der Sieg nicht mehr zu nehmen, das war sicher, und selbst wenn sie von Alaska-Jim geschlagen wurde, konnte sich das Ergebnis sehen lassen, denn sie würde nur wenige Minuten hinter ihm liegen. Sie würde mit hoch erhobenem Haupt nach Dawson City zurückkehren, wie ein Champion, der die Erwartungen seines Publikums voll erfüllte.

Ungefähr vierzig Meilen vor Dawson City hielt sie den Schlitten an. Rechts von ihr führte ein schmaler Trail nach Nordosten, derselbe Weg, den sie damals mit Frank aus den Ogilvie Mountains gekommen war. Sie blickte nach hinten und hatte das unbestimmte Gefühl, ihren Vorsprung auf Alaska-Jim noch vergrößert zu haben und fühlte sich stark und unbesiegbar. Sie würde dieses Rennen gewinnen. Sie würde über den Schnee fliegen und zwanzig oder dreißig Minuten vor Alaska-Jim in Dawson City eintreffen. Sie würden den goldenen Pokal und den Scheck bekommen, der für den Sieger der ersten Yukon Trophy bereitlag.

Die Hunde bellten nervös. Sie wussten nicht, warum sie mitten in der Wildnis angehalten hatte, und wollten endlich weiterlaufen. Clarissa blieb unschlüssig auf der Bremse stehen. Die Dunkelheit wich langsam dem ersten Grau des Morgens. Der Wind, der von den Bergen herunterkam, sprühte einen frostigen Schleier aus Neuschnee auf ihr Gesicht. Er rauschte in den dunklen Fichten und schien ihr eine Botschaft mitzubringen. Sie zögerte nicht länger und lenkte den Schlitten auf den schmalen Pfad. Mit heiseren Rufen trieb sie die Hunde nach Nordosten, den fernen Ogilvie Mountains entgegen.

27

Weinend feuerte Clarissa die Hunde an. Sie fuhr in das ungewisse Zwielicht, das auf den schneebedeckten Bäumen lag und den kommenden Tag ankündigte. Der Wind fegte über die verschneiten Hügel und wirbelte einen Schwall glitzernder Schneeflocken durch die Luft. Die Kälte machte ihr kaum noch etwas aus, war zu einem Teil ihrer Welt geworden, die bis zum weißen Horizont jenseits der Wälder reichte. Dies war ihre Heimat. Sie war von der gewaltigen Schönheit dieser urwüchsigen Natur begeistert und kämpfte gegen ihre Übermacht, wenn der Wintergeist aus dem Norden kam und das Land mit tosenden Stürmen und eisigen Schneefällen peinigte. Hier blieb die Natur immer siegreich. Selbst Bären und Wölfe unterlagen, wenn der Wintergeist mit seinem frostigen Atem über sie herfiel, und der Mensch wurde zu einem hilflosen Wesen, das auf die Gnade seines Gottes und der Geister angewiesen war, wenn es überleben wollte. Man konnte sich mit dieser übermächtigen Natur arrangieren. Man konnte ihr mit einem erfahrenen Hundegespann und warmer Kleidung zu Leibe rücken, aber besiegen konnte man sie nicht. Wenn der Wintergeist zürnte, war jeder Mensch verloren.
Clarissa wusste, wie aussichtslos ihr Kampf gegen dieses Land war. In einem unwegsamen Gebiet, das von einem Horizont zum anderen reichte, suchte sie nach einem einzelnen Mann. Es war leichter, die berühmte Stecknadel in einem Heuhaufen zu finden. Wenn er abseits der befahrenen Trails durch die Wildnis irrte,

war es beinahe unmöglich, ihn aufzuspüren, und auch wenn er sich in ein Blockhaus oder eine Höhle geschleppt hatte, standen die Chancen schlecht, ihn lebend zu finden. Nicht jeder hatte so viel Glück wie sie und wurde von einem Wolfshund mit magischen Kräften zu einem sicheren Unterschlupf geführt. Wenn erfahrene Polizisten der RCMP vergeblich nach ihrem Kameraden gesucht hatten, und selbst Buschflieger erfolglos von ihren Erkundungsflügen zurückgekehrt waren, war es dann nicht vermessen von ihr, an einen Erfolg zu glauben? Selbst der Glaube an Gott und ihre Liebe zu Frank reichten nicht aus, ihr diesen Wunsch zu erfüllen. »Frank!«, rief sie in das Schneegestöber, als ihr bewusst wurde, wie aussichtslos ihr Unterfangen war. »Frank! Wo bist du? Du darfst nicht sterben, Frank!«

Die Hoffnung, zufällig auf den Mountie zu treffen, und der Glaube an ein Wunder trieben sie weiter. Wenn die Berichte der zurückgekehrten Polizisten zutrafen, waren sie höchstens eine Tagesreise von Dawson City entfernt gewesen. Wahrscheinlich hatte es in den Bergen geschneit, und sie hatten die Spuren ihres Kameraden nicht mehr gefunden. Aber weit konnte er nicht sein. Zu Fuß schaffte man in dieser Wildnis höchstens ein paar Meilen am Tag. Wenn er am Leben war, würde er sich bemerkbar machen. Er war ein erfahrener Mountie und auf eine solche Situation vorbereitet. Solche Notfälle wurden bei der RCMP geübt. Er würde ein Feuer anzünden und Schüsse aus seinem Karabiner und seiner Pistole abfeuern. Aber was geschah, wenn er verletzt im Schnee lag, so wie damals, als sie ihn gefunden hatte? Was war, wenn er erneut mit Bill

Anayak aneinander geraten war? Das war ein gerissener Bursche, der sich besser als jeder Mountie in den Ogilvie Mountains auskannte. Und er war ein eiskalter Mörder. Das hatte er bei seinen zahlreichen Überfällen bewiesen. Was war, wenn Frank mit dem Tode rang?

Sie kannte die Antwort und fuhr dennoch weiter. Mit heiseren Zurufen trieb sie das Hundegespann über den unwegsamen Trail. Ihre Tränen waren in dem eisigen Wind getrocknet, aber sie war immer noch benommen und ignorierte die tausend Gefahren, die in der Wildnis auf sie warteten. Sie lenkte den Schlitten immer tiefer in die Berge hinein, folgte einem namenlosen Bach und überquerte einen See, auf dem die Spuren eines Buschflugzeugs zu sehen waren. Ein Pilot war auf dem festen Eis gelandet. Eine Panne hatte ihn zu einer Notlandung gezwungen, oder er war vor dem starken Schneefall in den Bergen geflohen. Er war längst wieder verschwunden, aber sie entdeckte die Reste eines Lagerfeuers, das er im Schutz überhängender Felsen angezündet hatte. Ob er auch nach Frank gesucht hatte? Oder hatte er Bill Anayak im Schnee gesehen?

Am Ufer bremste Clarissa den Schlitten ab. Sie stieß den Anker in den tiefen Schnee und setzte sich auf die Ladefläche, ohne sich um die nervös bellenden Hunde zu kümmern. Die Stimme der Vernunft befahl ihr, in Ruhe nachzudenken und zu essen und zu trinken, bevor sie ziellos in ihr Unglück fuhr. Sie musste einen Plan fassen. Ihre Vorräte reichten für ein oder zwei Tage. Selbst wenn sie die Hunde und sich selbst auf eiserne Ration setzte, durfte sie nicht mehr als zwei Nächte in der Wildnis verbringen. Ihre Thermosflasche war nur noch halb voll. Mehr Tee hatte sie nicht dabei. Sie würde ein Feuer entzünden und sich mit geschmolzenem Schnee begnügen müssen. Nachdenklich stand sie auf und blickte über den gewundenen Trail zu den Bergen empor. Nebelfetzen hingen über den Fichten und zwischen den Felsen. Aus dem Norden zogen dunkle Schneewolken heran, und es sah ganz so aus, als rüste der Wintergeist zu einem neuen Angriff. Einen Blizzard in den Bergen überlebten nur wenige Menschen. Selbst Huskys kapitulierten vor einem solchen Sturm.

Clarissa fasste einen Entschluss. Sie würde bis zum frühen Nachmittag auf dem Trail bleiben und sich dann durch die unwegsame Wildnis nach Westen kämpfen. Am Morgen des dritten Tages würde sie nach Dawson City zurückkehren. Jeder andere Plan wäre leichtsinnig und unverantwortlich gewesen, auch den Hunden gegenüber, die ein anstrengendes Rennen gelaufen waren und bald am Ende ihrer Kräfte sein würden. Sobald der Mond am Himmel erschien, würde sie ein Nachtlager aufschlagen und ihnen etwas Ruhe gönnen. »Bis es dunkel wird, Blondie! Einverstanden?« Sie kraulte den Leithund am Hals und liebkoste auch die anderen Huskys. »Frank ist verschollen«, erklärte sie ihnen. »Der Mann, dem ich mein neues Leben verdanke. Wir müssen ihn finden! Ich hab keine Ahnung, wie wir das in diesem riesigen Land schaffen sollen, aber wir müssen ihn finden!«

Sie kehrte zum Schlitten zurück und zog den Anker aus dem Schnee. Mit einem Pfiff bedeutete sie den Hunden, weiterzulaufen. Sie verzichtete auf die Wollmaske und die Schneebrille und ließ sich den eisigen

Fahrtwind ins Gesicht wehen. Der Wollschal über dem Mund musste genügen. Schweigend fuhr sie den Bergen entgegen, das Hecheln der Hunde und das Scharren der Kufen in den Ohren. Der Trail war holprig, und sie spürte die Anstrengung in allen Knochen, war alle paar Meter gezwungen, ihr Gewicht zu verlagern oder mit den Füßen nachzuhelfen. Ihre Tränen waren längst versiegt. Die Angst um den geliebten Mann war ein schlechter Ratgeber in dieser unnahbaren Natur. Sie versuchte, sich ganz auf ihre Aufgabe zu konzentrieren. Es galt, den Trail zu meistern und Ausschau nach einem dunklen Punkt oder einer Bewegung zu halten, und selbst wenn sie zweimal auf einen laufenden Schneehasen hereinfiel, sie durfte nicht aufgeben. Das war sie Frank schuldig. »Frank! Wo bist du?«, rief sie immer wieder. »Verdammt! Irgendwo musst du doch sein! Wo steckst du?«

Sie blickte nach Norden und erkannte, dass die dunklen Wolken näher gekommen waren. Sie standen bereits über den bewaldeten Hügeln, die sich jenseits ausgedehnter Schneefelder aus dem Land erhoben. Spätestens in der kommenden Nacht würde es stark schneien, und dann war überhaupt nicht mehr daran zu denken, einen verletzten Mann zu finden. Der Schnee würde alles zudecken. Missmutig lenkte sie die Hunde nach Westen. Die Huskys sprangen in den tiefen Schnee und kämpften sich über einen leicht abfallenden Hang, der zu beiden Seiten von Bäumen gesäumt war. »Whoaa!«, bremste sie das Gespann. Sie setzte den Anker und schnallte ihre Schneeschuhe an. Ohne ihre Hilfe würde der Schlitten im Schnee stecken bleiben. Mit gesenktem Kopf stapfte sie an dem Ge-

spann vorbei, die Arme zur Seite gestreckt, und bahnte den Hunden einen Weg durch den Schnee.
Es dauerte länger als eine Stunde, bis sie die andere Seite des verschneiten Hanges erreicht hatte. Erschöpft legte sie eine Pause ein. Sie blickte nach vorn und hatte beinahe das Gefühl, im Kreis gelaufen zu sein, denn vor ihr erstreckte sich ein weiterer Hang, der sich kaum von diesem unterschied. Der Schnee war jungfräulich. Es gab keine Spuren, nicht mal den Abdruck eines Schneehasen oder eines Wolfs. Die Schatten der Bäume waren nicht mehr zu erkennen. Die Dämmerung war einem trüben Halbdunkel gewichen, das kaum noch Glanz auf den Schnee zauberte. Die Bäume wirkten dunkel und bedrohlich.
Sie drehte sich keuchend zu den Hunden um. »Auf der anderen Seite rasten wir«, sagte sie. »Da drüben sind Felsen. Vielleicht finden wir eine Höhle, in der wir übernachten können. Hörst du mich, Blondie? Nur noch diesen Hang! Kannst du noch, Blue?«
Sie stapfte los, und die Hunde folgten ihr, als wüssten sie, dass auf der anderen Seite des Hanges eine Belohnung wartete. Die Bedrohung durch die dunklen Wolken nahmen sie nicht ernst. Sie fanden sich auch im dichten Schneetreiben zurecht, und wenn es ein Blizzard war, würden sie sich in den Schnee graben und geduldig auf das Ende des Sturms warten. Clarissa konnte die Gelassenheit ihrer Hunde nicht teilen. Sie hatte Angst, von den Hieben des Wintergeistes getroffen zu werden, und blickte nervös zum Himmel empor. Doch ihr blieb keine andere Wahl. Erst wenn sie den Hang überwunden hatte, war an ein Nachtlager zu denken. Wenn der Sturm sie überraschte, würde sie

versuchen, in den nahen Wald zu fliehen und dort einen Unterschlupf zu finden. »Los, Blondie!«, feuerte sie ihre Hunde an. »Wir müssen uns beeilen!«
Clarissa hatte Glück. Der Wintergeist verschonte sie, und obwohl die schwarzen Wolken bis auf den Boden zu reichen schienen, zog kein Blizzard auf. Erst als sie die andere Seite des Hanges erreicht hatte und auf die Felsen zuhielt, begann es zu schneien. Dicke Flocken hüllten sie ein, und der Wind frischte gefährlich auf. Sie blickte sich suchend um, stapfte näher an die Felsen heran und fand eine Einbuchtung in der zerklüfteten Wand, die von einem überhängenden Felsen überdacht wurde. »Keine Höhle, aber besser als nichts«, sagte sie zu den Hunden. Sie sicherte den Schlitten und suchte hastig einige Sträucher zusammen. Nur weil sie Frank genau zugesehen hatte, gelang es ihr, innerhalb kürzester Zeit ein Wicki zu errichten. Sie bedeckte die Kuppel aus Ästen und Zweigen mit einer der beiden Wolldecken, die sie auf dem Schlitten mitführte. Der Wind pfiff ihr bereits scharf ins Gesicht, als sie die Hunde an einige Bäume in der näheren Umgebung band und fütterte. Ihr nervöses Bellen zeigte ihr, dass es nicht mehr lange dauern würde, bis der Wintergeist seinen kalten Atem über Berge und Täler blasen würde.
Sie sorgte dafür, dass der Schlitten sicher zwischen zwei Felsen verkeilt war, und zog sich mit der anderen Decke in ihr Wicki zurück. Es blieb keine Zeit mehr, ein Feuer anzuzünden. Sie hüllte sich in die Wolldecke, hoffte darauf, dass der Sturm zwischen den Felsen an Stärke verlor, und war doch nicht auf das vorbereitet, was wenige Minuten später geschah. Der Winter-

geist stürzte sich unvermittelt wie ein wildes Tier auf das Land. Heftiger Wind rollte aus der Dunkelheit heran und heulte zwischen den Felsen und Bäumen und wütete in dem tiefen Schnee. Nur weil das Wicki geschützt zwischen den Felsen stand, wurde es nicht umgerissen. Der Sturm toste und trommelte, ratterte und orgelte wie ein Güterzug, der mitten durch Clarissas zerbrechliche Hütte zu brausen schien. Abgrundtiefe Dunkelheit hüllte sie ein, und die Kälte fraß sich durch ihre feste Winterkleidung. Sie fror erbärmlich, fühlte sich an einen Tornado erinnert, dessen Ausläufer sie in South Dakota abbekommen hatte. Damals war ihr der Regen in sintflutartigen Sturzbächen entgegengeschlagen.

Sie begann leise zu weinen. Ihre Gedanken waren bei Frank, der irgendwo in dieser Wildnis ausharrte. Wenn er verletzt war, hatte er kaum eine Chance, ein solches Unwetter zu überstehen. Oder war er längst tot? Sie betete zu Gott, er möge ihn zu einer Trapperhütte geführt haben, und verharrte mit geschlossenen Augen, als könnte ihr der heulende Wind eine Antwort geben. Es dauerte keine halbe Stunde, bis der Blizzard von ihr abließ, aber ihr kam es vor, als seien zwei oder drei Stunden vergangen, und danach war sie so erschöpft, dass sie willenlos gegen die Sträucher sank.

Das Heulen eines Wolfs riss sie aus dem Schlaf. Sie öffnete die Augen, kroch aus dem Wicki und schlug ihre Hände gegen die Kälte zusammen. Die Wolken waren verschwunden, und am Himmel leuchteten tausende von Sternen. Ihr silbernes Licht brannte in dem Schnee, den der Wind vor den Felsen und zwischen den Bäumen angehäuft hatte. Nur die Verwehungen und einige abgerissene Äste ließen erkennen, mit welcher Wucht der Sturm gewütet hatte. Sie zog den Schlitten zwischen den Felsen hervor und ging zu den Hunden. Sie hatten den Sturm unbeschadet überstanden und bellten aufgeregt, als Clarissa sie der Reihe nach begrüßte und an den Geschirren packte. Sie konnten es nicht erwarten, wieder zu laufen, waren wohl in dem Irrglauben, dass sie immer noch an dem Rennen teilnahmen. Ihre Herrin verstaute das Gepäck auf dem Schlitten und stieg wieder auf die Kufen.

Zwei Stunden lang folgte sie dem breiten Trail durch die Nacht. Hier brauchte sie keine Schneeschuhe. Der Sturm hatte den Schnee zur Seite gefegt, und sie kamen schnell voran. Manchmal fuhren sie über den nackten Waldboden. Am Rande einer Lichtung hielt Clarissa an. Blondie hatte Durchfall. Sie wartete, bis der Hund sich entleert hatte, und beugte sich besorgt zu ihm hinunter. Er wirkte angeschlagen und war nicht im Vollbesitz seiner Kräfte. »Blondie! Armer Kerl!«, tröstete sie den Hund. Sie fuhr weiter, doch schon nach wenigen Metern zwang ihr Leithund sie dazu, erneut anzuhalten, und sie musste hilflos zusehen, wie er jaulend in den Schnee sank. Er hatte zu viel Flüssigkeit durch den Durchfall verloren. Sie schüttete ihm etwas von dem warmen Wasser aus ihrer Thermosflasche in eine Schale. »Du musst trinken, Blondie«, redete sie ihm gut zu. Er rührte das Wasser nicht an. Ihr blieb nichts anderes übrig, als ihn aus dem Gespann zu nehmen und auf den Schlitten zu legen. Sie wickelte ihn in die beiden Decken, nur noch sein Kopf schaute heraus. Nun ließ sie Blue an der Spitze laufen. Jetzt war nach Duffy auch ihr zweiter Leithund ausgefallen, und es gab keinen Hund mehr, der die anderen führen konnte. Sie würde die doppelte Zeit brauchen, um das Gespann auf dem richtigen Kurs zu halten, und konnte von Glück sagen, wenn sie Dawson City jemals erreichte.

Es blieb ihr nichts anderes übrig, als so schnell wie möglich nach Hause zu fahren. Ohne einen Leithund war es viel zu gefährlich, in der Wildnis zu bleiben. Die anderen Huskys waren es gewohnt, sich auf den Instinkt ihres Anführers zu verlassen und ihm blind zu folgen. Sie zeigten wenig Eigeninitiative, besaßen nicht die Erfahrung von Blondie, der monatelang mit den Polizisten der Royal Canadian Mounted Police unterwegs gewesen war und sich in diesem wilden Land auskannte. Er wählte instinktiv den richtigen Weg, witterte mögliche Gefahren und hätte auch ohne einen Schlittenführer nach Dawson gefunden. Während des Rennens hätte sie ohne Blondie sofort aufgeben müssen. Schon nach wenigen Metern zeigte sich, dass Pete, Nugget, Snowball und Scotty dem jungen Blue die führende Position nicht gönnten, und es kam mitten auf dem Trail zur einer wilden Beißerei. Snowball schnappte wild um sich, und selbst der eher behäbige Scotty verlor die Beherrschung und beteiligte sich an dem Kampf. »Auseinander!«, fuhr Clarissa die Hunde an. »Sofort auseinander! Benehmt euch nicht wie Kojoten! Auseinander, oder ich schlage euch den Schädel ein!« Ihre derbe Sprache brachte sie zur Vernunft, und sie ordneten sich widerwillig in das Gespann ein. »Wir müssen zusammenhalten!«, ermahnte sie die Hunde. »Blondie ist krank! Wir müssen es jetzt allein schaffen!«

Und das war leichter gesagt als getan. Der Blizzard hatte alle Spuren verweht, und es gab nicht einmal die Andeutung eines Trails. Ihr blieb nichts anderes übrig, als ihre Schneeschuhe anzuschnallen und eine Spur für die Hunde in den Schnee zu treten. Widerwillig lenkte sie ihr Gespann nach Südwesten. Sie stapfte über einen verschneiten Hügel und verharrte minutenlang im schneidenden Wind, um nach Frank Ausschau zu halten. Sie marschierte enttäuscht weiter, als sie nicht die geringste Spur eines Menschen im weiten Umkreis entdeckte. Am Waldrand zog sie die Schneeschuhe aus. Hier war der Schnee flacher und fester, und sie konnte auf den Kufen mitfahren. Nur die Arbeit, die sie mit den führerlosen Hunden und dem kranken Blondie hatte, ermöglichte es ihr, die Gedanken an Frank zu verdrängen. Alle paar hundert Meter musste sie anhalten, um das Gespann zu ordnen. Snowball wurde immer aggressiver, und sie hatte ihren Revolver bereits hinter den Gürtel gesteckt, um ihn im Notfall gleich zur Hand zu haben. Es ging jetzt nur noch darum, die nächste Siedlung ohne den Verlust eines weiteren Hundes zu erreichen. An eine Rettungsaktion war nicht mehr zu denken.

28

Nanuk stand auf einem einsamen Hügel, das Gesicht im eisigen Wind, und rief nach Clarissa. Sein Heulen riss sie aus der dumpfen Verzweiflung, die sie auf den letzten Meilen durch die Wildnis begleitet hatte, und ließ sie auf die Bremse treten. »Whoaa!«, rief sie automatisch. »Whoaa!« Die Hunde reagierten erst auf ihr zweites Zurufen und blieben verwirrt stehen. Sie starrte entgeistert zu dem Wolfshund empor. Nanuk war zurückgekehrt. Er verharrte im tiefen Schnee, das weiche Fell in flüssiges Silber getaucht, und als er sie anblickte, sah sie das aufmunternde Funkeln in seinen blauen Augen, das sie schon am ersten Tag ihrer Freundschaft bemerkt hatte. »Nanuk«, flüsterte sie verwirrt.

Der Wolfshund hatte auf sie gewartet. Er wirkte nicht so gelassen wie sonst und drehte sich ein paarmal im Kreis. Er schien sie aufzufordern, ihm über den Hügel zu folgen. Sein Heulen war verstummt. Er lief ihr einige Meter entgegen, drehte sich um und verschwand hinter dem Hügel, dann kehrte er zurück. Clarissa schnallte ihre Schneeschuhe an. Von neuer Hoffnung beseelt, kämpfte sie sich den Hügel hinauf, gefolgt von ihrem erschöpften Gespann und dem knarrenden Schlitten. Dies war ihre letzte Chance, das spürte sie instinktiv, und der Ausblick vom Hügelkamm würde über ihr weiteres Leben entscheiden.

Mit klopfendem Herzen blieb sie stehen. Sie starrte verwundert auf die kleine Lichtung hinab, spürte instinktiv, dass sie an diesem Platz schon einmal gewesen war, und erkannte das Blockhaus, in dem Frank und sie in der letzten Nacht vor ihrer Rückkehr nach Dawson City übernachtet hatten. Hinter dem Fenster war flackernder Lichtschein zu erkennen, und in dem bleichen Mondlicht, das über den Fichten hing, stieg eine dünne Rauchfahne empor. »Frank«, flüsterte sie ergriffen. Ohne in Betracht zu ziehen, dass sich auch ein wildfremder Trapper oder ein Goldsucher in der Hütte aufhalten könnte, kämpfte sie sich den Hügel hinab. Sie keuchte und ächzte, fiel in den Schnee und rappelte sich wieder auf, erreichte endlich festen Boden und stürzte auf die Blockhütte zu.

Nanuk war vorausgelaufen und wartete neben dem Eingang. Er hielt knurrend das Gespann in Schach, als sie mit zitternden Händen die Tür öffnete und in die warme Hütte stürzte. »Frank!«, rief sie verzweifelt. »Frank! Du lebst!« Sie rannte zu dem Mountie, der mit schmerzverzerrtem Gesicht auf einer Pritsche lag und wohl gerade noch so viel Kraft gehabt hatte, ein Feuer zu entzünden. »Frank! Frank!« Er war es wirklich, obwohl er einiges Gewicht verloren hatte und etwas abgemagert aussah. Selbst in seinem dicken Anorak wirkte er viel zu schwach. »Frank! Ich habe so gehofft, dich zu finden!« Sie fiel neben seinem Lager auf die Knie, umarmte ihn und bedeckte sein eingefallenes Gesicht mit Küssen. »Ich liebe dich, Frank! Ich liebe dich wirklich!«

Er war zu schwach, um sie in die Arme zu schließen, aber auch sein Blick verhieß Liebe und Dankbarkeit. »Clarissa. Clarissa. Ich hatte die Hoffnung schon aufgegeben, dich jemals wieder zu sehen.« Er spürte ihre kalten Lippen und ihre zärtliche Berüh-

rung. »Wie kommst du hierher? Wie hast du mich gefunden?«
»Nanuk wusste, wo du warst«, erwiderte sie. »Der Wolfshund, der mich nach dem Absturz gerettet hat. Er hat mich zu dir geführt. Verstehst du das?« Ihr fiel plötzlich ein, dass sie den Schlitten nicht gesichert hatte, und sagte: »Die Hunde! Ich bin gleich zurück, Frank!« Sie rannte nach draußen und rammte den Anker in den Schnee. »Nanuk!«, rief sie. »Wo bist du?« Aber der Wolfshund war nicht mehr zu sehen. »Lauf nicht weg, Nanuk! Hörst du mich?« Sie löste die Lederriemen und band die Hunde an einen nahen Baum, nur den kranken Blondie trug sie in die Hütte. Sie legte ihn in der Nähe des Ofens auf eine Decke und wandte sich wieder Frank zu. Erst jetzt entdeckte sie das Blut an seinem Oberschenkel. »Frank, du bist verletzt? Mein Gott, was ist passiert? Frank!«
»Ist nicht so schlimm«, beruhigte er sie. Seine Stimme klang schwach und leise. »Die Kugel ist glatt durchgegangen.« Er berührte den notdürftigen Verband, den er selbst angelegt hatte. »Aber ich hab viel Blut verloren und … bin noch etwas … schwach.« Er sammelte neue Kraft. »Ich hab seit zwei Tagen nichts mehr gegessen. Meine Vorräte … ich hab alles verloren. Ich kann von Glück sagen, dass ich es bis hierher geschafft habe. Ich dachte, meine Kameraden finden mich. Sie können nicht weit sein. Aber es hat stark geschneit, und dann kam dieser Blizzard, und sie haben wohl woanders gesucht. Vielleicht sind sie nach Dawson City zurückgefahren, um Verstärkung zu holen. Ein Glück, dass du gekommen bist, Clarissa. Du hast mir das Leben gerettet.«

»Du brauchst etwas zu essen. Und einen Verband«, erwiderte Clarissa. Sie warf neues Brennholz in den Ofen und füllte einen Topf mit Schnee. Mit dem heißen Wasser säuberte sie die Wunde. Die Kugel hatte Franks Bein aufgerissen, und er blutete immer noch, wenn auch nicht mehr so stark. Sie holte ihren Erste-Hilfe-Kasten vom Schlitten, desinfizierte die Wundränder und legte einen festen Verband an. Mit etwas heißem Tee und dem letzten Trockenfleisch aus ihrer Vorratstasche kehrte sie an sein Bett zurück. Sie flößte ihm den Tee ein und gab ihm zu essen.

Kurz darauf schlief er ein. Die Erschöpfung hatte ihn übermannt. In sein Gesicht war etwas Farbe zurückgekehrt, und er atmete regelmäßig. »Ich liebe dich, Frank«, flüsterte sie wieder. Sie deckte ihn mit einer Wolldecke zu und blickte lange auf ihn hinab, bevor sie zu Blondie ging und ihm heißes Wasser in den Futtertrog schüttete. Er war viel zu schwach, um zu trinken. Sie tauchte einen Lappen in das Wasser und befeuchtete seine Schnauze, aber wartete vergebens darauf, dass er etwas von dem trockenen Lachs fraß, den sie ihm hingestellt hatte. »Armer Blondie«, bemitleidete sie ihn. Sie legte Holz nach und hüllte sich in die Decken, die sie auf dem Boden für sich ausgebreitet hatte.

Clarissa erwachte erst, als schwaches Licht in die Hütte fiel. Frank erwartete sie mit fröhlicher Miene. »Es geht mir schon viel besser.« Er blickte sie verschmitzt an. »Hab ich geträumt, oder hast du gestern tatsächlich gesagt, dass du mich liebst?«

Sie setzte sich auf den Rand der Pritsche und sank vorsichtig in seine Arme. Diesmal war er stark genug, sie zu berühren. Ihre Lippen fanden sich zu einem langen und zärtlichen Kuss, und sie weinte vor Glück, legte ihren Kopf auf seine starke Brust. »Ich habe Angst um dich gehabt«, gestand sie. »Ich weiß nicht, welcher Teufel mich geritten hat, nach dir zu suchen, aber ich bin froh, dass ich es getan habe.« Sie erzählte ihm von ihrem erfolgreichen Rennen, und wie sie erfahren hatte, dass er vermisst wurde. »Zwei Polizisten deiner Patrouille waren angeschossen und kamen zu Fuß nach Dawson zurück. Sie haben lange nach dir gesucht und dich nicht gefunden. Was ist passiert, Frank?«

Er hob ihren Kopf von seiner Brust und blickte sie erstaunt an. »Du hast das Rennen verlassen? Du hast geführt und bist einfach in die Berge gefahren, obwohl du gewonnen hättest? Du hast meinetwegen auf den Sieg verzichtet? Das durftest du nicht tun, Clarissa. Du hast viele Monate für dieses Rennen trainiert.«

»Ich musste es tun, Frank! Ich liebe dich!«

»Aber …«

»Was ist passiert, Frank?«

Frank berichtete, wie er mit seiner Patrouille in einen Hinterhalt von Bill Anayak geraten war, der die Hunde mit ihrem Schlitten und allen Vorräten vertrieben hatte. Es war zu einer Schießerei gekommen, und zwei seiner Kameraden waren verwundet worden. Ein gesunder Mountie hatte sich um sie gekümmert. »Ich wollte ihnen zu Hilfe eilen«, erinnerte Frank sich an die dramatischen Ereignisse in den Bergen, »aber dieser Anayak hatte es auf mich abgesehen, weiß der Teufel, warum, und jagte mich mit seinem Hundeschlitten durch die Wildnis. Wenn ich stehen blieb, blieb er auch stehen, und wenn ich lief, achtete er lediglich darauf, dass ich ihm nicht davonlief. Er hetzte mich wie ein verwundetes Wild. Ein übler Bursche! Ich nehme an, er wollte sich an mir rächen, weil ich ihm damals entkommen bin. Als du mich zum ersten Mal gerettet hast.« Er lachte. »Weißt du eigentlich, dass du mir schon zum zweiten Mal das Leben gerettet hast? Du bist eine Berühmtheit, Clarissa! Was meinst du, was die *News* schreiben werden? ›Erfolgreiche Musherin rettet Mountie erneut das Leben!‹ Oder so ungefähr.«

»Ich werd's überleben«, antwortete sie amüsiert, »letztes Jahr haben sie jede Woche über mich geschrieben. Auf einen Bericht mehr oder weniger kommt es nicht mehr an.« Sie wurde ernst. »Was ist geschehen, Frank? Wie bist du Anayak entkommen?«

»Ich habe ihn erschossen«, antwortete er nüchtern.

»Du hast … was?«

»Ich habe ihn erschossen. Mein Karabiner lag irgendwo im Schnee, und er dachte wohl, dass ich unbewaffnet bin, aber ich hatte noch meinen Revolver, und als ich zu Boden stürzte und er näher kam, um mir den Rest zu geben, drehte ich mich um und schoss ihm in die Brust. Leider löste sich noch ein Schuss aus seinem Gewehr und traf mich ins Bein. Daher stammt die Wunde. Er stürzte auf mich, und ich verlor das Bewusstsein. Ich glaube, ich blieb nur am Leben, weil seine Leiche auf mir lag. Als ich wieder zu mir kam, waren auch seine Hunde verschwunden, und von meinen Kameraden war nichts mehr zu sehen.«

»Hast du gewusst, dass die Blockhütte in der Nähe war?«

»Erst als ich eine Weile durch das Schneegestöber gehumpelt war. Ich stützte mich auf einen Ast und schleppte mich durch den Tiefschnee. Wenn ich nicht in der Nähe der Hütte gewesen wäre, hätte ich nicht überlebt.« Er schloss die Augen und dachte an die furchtbaren Stunden in der Wildnis zurück. Nur die vage Hoffnung, einen Unterschlupf oder einen seiner Kameraden zu finden, hatte ihn vorangetrieben. »Ich glaube, ich hätte keinen Meter mehr geschafft«, räumte er ein. Und fügte nach einem Augenblick des Schweigens hinzu: »Ich … ich hatte die ganze Zeit dein Bild vor Augen … ich wollte dich nicht verlieren, hörst du?«

Frank verschwieg ihr, wie viel Mühe es ihn gekostet hatte, die Hütte zu erreichen und ein Feuer anzuzünden. Er berichtete auch nicht, dass einige Wölfe seine Witterung aufgenommen hatten und dicht hinter ihm gewesen waren. Mit letzter Kraft hatte er sich in die leere Blockhütte geschleppt, ohne Vorräte und ausreichend Munition, und bereits am zweiten Tag hatte er fantasiert und mit dem Leben abgeschlossen. Während des Blizzards war er nahe daran gewesen, sich selbst eine Kugel in den Kopf zu jagen. »Sie haben mich abgeschrieben!«, hatte er gestöhnt. »Ich werde elend in dieser Hütte verhungern!« Aber er hatte es nicht getan und stattdessen gebetet, so intensiv und inbrünstig, wie schon lange nicht mehr, und Gott hatte sein Flehen erhört und Clarissa geschickt. »Wie viele Vorräte hast du noch?«

»Nichts mehr«, antwortete sie niedergeschlagen. »Wir müssen so schnell wie möglich nach Hause, sonst war alles umsonst.«

»Was ist mit Blondie?«

»Durchfall. Ich habe keinen Leithund mehr.«

»Und ich kann dir auch nicht viel helfen«, erwiderte er verzweifelt. Er deutete auf den Verband. »Mit dem verletzten Bein komme ich nicht weit. Du wirst mich auf den Schlitten laden müssen.«

»Wir schaffen es, Frank!«

Noch in derselben Stunde rüsteten sie zum Aufbruch. Clarissa spannte die bellenden Hunde vor den Schlitten und half dem verletzten Frank, sich auf die Ladefläche zu legen. Den kranken Blondie legte sie zwischen seine Beine. Sie band den Körper des Mounties mit Lederriemen fest und breitete Wolldecken darüber. Der Trail lag unter einer dichten Schneedecke verborgen, aber im Schutz der Bäume war es kaum zu Verwehungen gekommen, und sie konnte auf die Schneeschuhe verzichten. »Blue! Pete! Nugget! Snowball! Scotty!«, rief sie aufmunternd. »Jetzt liegt es an euch, uns sicher nach Dawson zu bringen! Zeigt, was ihr könnt!« Sie stieß einen Pfiff aus, und die Hunde legten sich bellend in die Riemen. Nach ein paar hundert Metern verstummte ihr Gebell, und im gewohnten Rhythmus zogen sie den schweren Schlitten nach Süden.

Jenseits des Waldes war der Trail nicht mehr zu erkennen. Die Hunde blieben im tiefen Schnee stecken, und Snowball verlor die Beherrschung und schnappte bellend nach Nugget. Es kam zu einer wilden Beißerei, die Clarissa nur durch entschlossenes Eingreifen beenden konnte. »Hör endlich auf, Snowball!«, schrie sie den Übeltäter an. Sie drohte ihm mit der Peitsche und fluchte wütend, bis er endlich Ruhe gab. Da bemerkte sie, dass Nugget aus einer Bisswunde blutete, und ließ sich entkräftet auf den Schlitten fallen. »Ohne Leit-

hund geht es nicht«, seufzte sie. »Sie spielen verrückt, wenn Blondie nicht da ist. Wie geht es ihm?«
Frank hatte die linke Hand auf dem fiebrigen Körper des kranken Leithundes liegen und zuckte mit den Schultern. »Er braucht einen Arzt. Ich glaube, er hat sich infiziert. Es wird höchste Zeit, dass wir nach Dawson City kommen. Schaffst du es, Clarissa?«
»Irgendwie«, erwiderte sie, »und wenn ich dich tragen muss!«
Sie schnallte die Schneeschuhe an und glaubte ihren Augen nicht zu trauen, als Nanuk aus dem Halbdunkel zwischen den Bäumen kam und abwartend neben dem Schlitten stehen blieb.
»Nanuk!«, rief sie überrascht. »Willst du mir helfen?«
Der Wolfshund kam näher und ließ sich von ihr streicheln, dann schien er vor seinem eigenen Mut zu erschrecken und rannte davon. In einiger Entfernung wartete er. Er bellte das Gespann an, lief ein paar Schritte und blieb wieder stehen. Die Huskys hatten großen Respekt vor ihm und wagten kaum, sich zu bewegen. Er streifte wie ein Schäferhund um sie herum.
»Was hat er vor?«, fragte sie. »Was bezweckt er damit?«
»Er hält das Team unter Kontrolle«, erkannte Frank. »Siehst du, wie er sie einschüchtert? Er spielt den Leithund, ohne dass du ihn vor den Schlitten spannen musst.« Er griff sich an den Verband, der während der Fahrt verrutscht war, und verzog das Gesicht. »Es ist nichts«, beruhigte er Clarissa, »wir müssen weiter.«
Der Mountie hatte Recht. Sobald sie dem Schlitten vorauslief und einen Trail durch den tiefen Schnee bahnte, achtete Nanuk darauf, dass die Huskys hinter ihr

blieben. Es gab keine Streitereien und kein aufgeregtes Bellen mehr. Der geheimnisvolle Wolfshund war zum neuen Anführer ihres Gespanns geworden und sorgte dafür, dass die Huskys auf dem vorgeschriebenen Kurs blieben. Sobald einer der Hunde drohte, nach links oder rechts auszubrechen, scheuchte er ihn fauchend vor den Schlitten zurück. Er führte das Gespann, als hätte er sein Leben nichts anderes getan, und blieb auch auf dem letzten Teilstück ihres Weges bei ihnen, als der Schnee flacher wurde und Clarissa wieder auf den Kufen stand. Auf einem Hügel oberhalb von Dawson City blieb er stehen. Er lief zu Clarissa und ließ sich ausgiebig von ihr liebkosen, dann rannte er nach Norden in die Wildnis zurück.

»Nanuk!«, rief sie ihm nach. »Nanuk! Komm zurück!« Aber er war längst im Wald untergetaucht und ihren Blicken entschwunden.

»Dort ist seine Heimat«, sagte Frank.

»Ich weiß«, erwiderte Clarissa.

Am Himmel zeigten sich die ersten hellen Streifen, als sie zum Yukon River hinunter und über die Uferböschung nach Dawson City hineinfuhren. Irgendjemand musste sie gesehen und die Feuerglocke geläutet haben, denn als sie die Front Street erreichten, waren jubelnde Menschen auf den Bürgersteigen, und vom Redaktionsbüro der *Dawson City News* zum Hotel spannte sich das rote Zielband der Yukon Trophy, das nur für den Sieger bestimmt war. Obwohl sie sich vor Erschöpfung kaum noch auf den Kufen halten konnte, erkannte sie Bill Lavery, den Chefredakteur, und den Direktor der Bank of Commerce. Sie sah den Superintendent und den Sergeant Major der Mounties, und am

Straßenrand parkte Archie Ferguson mit seinem Landau Convertible und winkte ihr zu. Die ganze Stadt war auf den Beinen. Die Kinder winkten mit roten Fähnchen, und über der Stadt drehte Billy Dutton eine Runde mit seiner *Bellanca* und wackelte mit den Tragflächen. Hinter der Ziellinie warteten Pater DeWolfe und Lucy, begierig darauf, sie endlich in die Arme zu schließen.

Unter Tränen legte sie die letzten Meter über die Front Street zurück. Ohrenbetäubender Jubel ließ sie hochleben, als das Zielband zerriss, und sie den Schlitten mit einem heiseren »Whoaa!« zum Stehen brachte. Sie klammerte sich an die Haltegriffe, um nicht das Gleichgewicht zu verlieren, und blickte Frank an, der sich stolz nach ihr umdrehte. »Ich liebe dich«, flüsterte sie. »Ich liebe dich von ganzem Herzen!« Sie stieg von den Kufen, taumelte ein paar Schritte und sank müde in die Arme des Paters.

Sie sah nicht mehr, wie Alaska-Jim aus dem Schatten eines Gebäudes trat und Pater DeWolfe den Pokal überreichte. »Geben Sie ihr den«, sagte er mürrisch, »ich glaube, sie hat ihn verdient.«

»Gott segne Sie«, erwiderte der Pfarrer. Dasselbe sagte Robinson, der Papagei, als er den goldenen Pokal zu Gesicht bekam. Und: »Gelobt sei Jesus Christus, ihr miesen Landratten! Amen!«

Stefanie Gercke

Ich kehre zurück nach Afrika

Der große Schicksalsroman einer Frau, die ihren Traum von Afrika zu verwirklichen sucht.

Als die junge Henrietta Ende der fünfziger Jahre auf Geheiß ihrer Eltern nach Südafrika zieht, ist das eigentlich als Strafe gedacht. Doch Henrietta ist glücklich, dass sie der Enge und den Konventionen ihrer Heimatstadt entfliehen kann, und baut sich in dem fremden Land ein neues, glückliches Leben auf.

Ihre Seele blieb in Afrika …

Knaur